国家社会科学基金一般项目
“爱伦·坡小说寓意发生的逻辑界面研究”(13BWW037)
北京外国语大学学术著作出版资助书目

寓意的逻辑

爱伦·坡小说研究

于 雷——著

图书在版编目（CIP）数据

寓意的逻辑：爱伦·坡小说研究 / 于雷著. —北京：北京大学出版社，2022.10

ISBN 978-7-301-33408-9

Ⅰ. ①寓… Ⅱ. ①于… Ⅲ. ①坡(Poe, Edgar Allan 1809–1849) –小说研究 Ⅳ. ① I712.074

中国版本图书馆 CIP 数据核字 (2022) 第 178820 号

书　　名　寓意的逻辑：爱伦·坡小说研究
YUYI DE LUOJI: AILUN · PO XIAOSHUO YANJIU

著作责任者　于　雷　著

责任编辑　李　娜

标准书号　ISBN 978-7-301-33408-9

出版发行　北京大学出版社

地　　址　北京市海淀区成府路 205 号　100871

网　　址　http://www.pup.cn　新浪微博：@北京大学出版社

电子信箱　lina@pup.cn

电　　话　邮购部 010-62752015　发行部 010-62750672
编辑部 010-62754382

印 刷 者　大厂回族自治县彩虹印刷有限公司

经 销 者　新华书店
650 毫米 ×980 毫米　16 开本　19.25 印张　370 千字
2022 年 10 月第 1 版　2022 年 10 月第 1 次印刷

定　　价　78.00 元

献给我的母亲晓贤(1949.02—2022.04)

序

2011年5月，我专程前往美国南方旧都里士满——那不仅是坡的文学生涯得以起步之处，也是我在爱伦·坡研究道路上梦寐以求的麦加圣城。我所关注的焦点在于东大街1914—1916号一处全然用石头砌成的18世纪古宅，而这座号称里士满“最古老的房屋”正是传说中的“坡博物馆”(Poe Museum)。事实上，那是一个到了跟前仍需环顾四周寻找的地方，其略带“反高潮”的现身不禁让你恍然嘲笑自己的“睁眼瞎”，而这眼皮底下的藏匿游戏便是坡馈赠于你的“见面礼”。虽看着稍显“落魄”，不过门口左侧的匾牌上标注的历史年代“1737”倒是增添了些许神秘。

站着等了半晌，似乎并不舍得立刻闯入此前积聚的想象，直至最终握住那根纯铜的把手，向下轻轻转动将门拉开一道缝隙，只一股阴冷的湿气袭面而来。侧身进入后将门静静掩上，抬眼瞥见坡的全尺寸肖像立在里屋的门口——依然是一张左右不大对称的面庞，眼睛大得离奇，透着孤傲的失意。正打算掏出相机，听见声响，这才发现光线暗淡的房间正中央居然还有一张木制小桌，后面端坐着一位默不作声的老太太，打量着陌生来客。遂告知来意，并表达对坡的景仰。一番热情的言语来往，老太太似乎来了兴致,邀请我在留言簿上签名,又送我里士满地图,竟然忘记了5美金门票的事儿。

径直推开后门,发现院落内有一大块长方形的私家花园,满眼翠绿,只在角落里绽放着几朵鲜花。中心位置有一座微缩的欧式喷泉,淙淙地诉说着孤寂。顶头壁龛的基座上有一尊大理石的爱伦·坡半身雕像。花园左右两侧各有一座红砖小楼,里面存放着坡生前使用过的物品和创作的手稿。参观的人很少,大多数时候仅我独自一人在那几间展览室内静静地驻足观看:从坡小时候用过的勺子到成年后在《南方文学信使》(*The Southern Literary Messenger*)编辑部坐过的椅子,从玻璃柜中深黄色的文稿信札到墙壁上被放大数倍的坡的哥特小说插画。纵然十分谨慎地放下每一个脚步,亦始终无法抚慰那些年代久远的木质地板。一瞬间竟突然产生了某种让自己落荒而逃的恐惧——不仅想逃离那片阴森的空间,更想逃离那座朽败的城市。除了几栋零星的现代建筑,里士满似乎依然被封存在坡的岁月里,成了一张落满尘灰的黑白相片。然而令我自己也没想到的是,在里士满的日程最终不仅没有缩短,反而刻意延长至一周的时间;每天往返于住处与东大街1914—1916号。我将自己的移情功能调校至最高水准,以那位《南方文学信使》编辑的假想身份走在里士满的街头,甚至不忘在相对偏僻的郊区体会旧南方残留至今的文化历史气息,努力成为坡笔下那个"人群中的人"或是杜宾那样的都市"闲游客"(flaneur)。在里士满,我乘坐了满车厢几乎都是非洲裔面孔的公交巴士,也目睹了毕加索画展开幕当天南方淑媛们盛装出席的雍容华贵。那一切似乎将坡的人物从书页上恭请至眼前,好像浮士德见到了特洛伊的海伦。

里士满之行使我在冥冥之中与坡签订了一份契约。未来的十年内,我将凭借某种难以抗拒的使命感完成爱伦·坡小说研究的"三部曲"——《基于视觉寓言的爱伦·坡小说研究》《寓意的逻辑:爱伦·坡小说研究》以及《爱伦·坡小说导读》。其中第一部业已完成并于2015年由南京大学出版社推出,第二部正是眼前这份由国家社科基金项目资助完成的书稿,而第三部尽管尚未真正动笔,但也早早地留下了十万字的读书笔记。倘若说在第一部专著中,我首次意识到坡于作品里暗藏的视觉认知机制,那么在第二部著作的研究中,我乃是力图将那一认知机制拓展为一种跨文类意义上的小说诗学逻辑。只有摆脱经典文类规约的束缚,方有可能打通文本之间的边界，并在此基础上触碰到爱伦·坡小说的灵魂。长期以来，我们往往戴着哥特或是侦探小说的眼镜反复凝视坡的刻板文类，某种意义上将坡妖魔化为那满头蛇发的美杜莎；不仅石化了坡，也在事实上恰恰石化了我们自己的批评身份。在我看来，一位具有责任感的文学批评者理应强调情感的输入，直至还原作品原初的生命力，如希腊神话里那位名叫皮格马利翁的塞浦路斯国王将自己心仪的雕塑变为有血有肉的美貌女子盖拉蒂娅。与此同时，坡的视觉认知逻辑也屡屡暗示我们：一位批评家若是举着放大镜寻找作品的所谓"深层"寓意，便不可避免地会沦为"睁眼瞎"，进而对眼皮底下的表层逻辑视而不见——正如那封看似被随意搁置在书报架上的"被盗的信"，真理往往并不在井底，而恰恰就在最为显眼的山巅之上。这是坡的认识论，也是其小说世界赖以建构的逻辑基础。可以说，那封"被盗的信"本身的意义在很大程度上早已让位于被盗的方式、藏匿的策略以及夺回的原则。

维特根斯坦(Ludwig Wittgenstein)在《逻辑哲学论》中说："世界的意义必然位于世界之外。"这一认识某种意义上印证了坡在其小说世界中所反复强调的"游戏之外的事物"(things external to the game)；它不仅为坡笔下那位享誉世界文坛的神探提供了天才的刑侦策略，更为坡本人所一贯崇尚的"秘密写作"提供了"语言游戏"赖以发生的独特规则——围绕中心与边缘、前景与背景、明流与暗流等常规二元认知图式展开偏正倒置的逻辑加工。如阿甘本(Giorgio Agamben)在论及"思辨的边缘"时所例释的那样，19世纪意大利艺术批评家乔瓦尼·莫雷利(Giovanni Morelli)的名作真伪鉴定之所以有其独到功效，恰恰是在于"检查一些无关紧要的细节，例如耳垂、手指和脚趾的形状"——"福尔摩斯对泥地里的鞋印、路面上的烟灰，甚至一个耳垂的弧度……近乎狂热的专注，无疑让人想起了莫雷利对大师画作的边缘细节的留意"。在我看来，阿甘本眼中的"思辨的边缘"正是齐泽克尤为倡导的"斜视"(looking awry)，而其认识论意义上的文学逻辑演绎则不可避免地需要回溯至坡所屡屡意在凸显的"侧目而视"(sidelong glance)——它与"游戏之外的事物"交相呼应，使得文学系统内部既拥有一个精灵古怪的盗信者D部长，亦同时拥有一个运筹帷幄的夺信者杜宾。他们分别代表着韦恩·布斯(Wayne Booth)与沃尔夫冈·伊瑟尔理论体系中的"隐含作者"与"隐含读者"，共同构建坡的叙述动力学。如坡所精辟概括的,“盗信者知道失信者知道盗信者”。这一看似陷入循环逻辑的思辨方式在元语言层面上成了坡的小说叙述机制,也即作者知道读者知道作者。如此一来,坡往往刻意模糊作品旨在表达的具体寓意(当然,这一缺席的在场反而触发了阐释的冲动),转而将重心放在那一潜在寓意得以发生的逻辑策略之上。正因为如此,坡在《创作的哲学》中强调《乌鸦》(“The Raven”)的玄机实则在于让读者看到末尾处那一句“将你的喙从我的心头挪开”,才会恍然大悟地意识到整首作品的象征性,进而重新回头去“寻找寓意”。坡自然从未告诉我们那寓意究竟为何,但却似乎围绕“让读者恍然大悟”表现出更多的热情。

本书写作的动机正在于暂时撇开深层寓意的诱惑,将批评的聚焦点投向“游戏之外的事物”,如齐泽克阅读拉康那样,从边缘反顾中心,将背景与前景翻转,用显性情节发展去映衬原本沉默的隐性叙事进程。基于此,本书从坡的逻辑诗学入手,首先通过观照坡的审美折中主义去建构其小说的诗学“突现论”——如坡所强调,创新并非材料本身之新,而恰恰在于既有材料的独特组织原则,这在一定程度上乃是对维特根斯坦“语言游戏”观念做出的预表。在确定了坡的小说逻辑诗学这一基本框架之后,本书即分别围绕“文学与控制论”“视差与表层阅读”“文类能量与进化”“语言游戏与语义增殖”“新媒介与秘密写作”“文学与仪式”以及“双重束缚与替身结构”等七个层面对坡的小说加以重新解读,凸出其寓意赖以发生的逻辑话语。这一构思力图在爱伦·坡小说研究领域有所突破,与此同时也围绕叙事的本质提出新的阐释视角。它重在回答以下几个问题:控制论的稳态与反馈机制如何与文学叙述进程的认知操控产生内在契合?基于“视差”所引发的“斜视”或“侧视”作为认知机制如何服务于当下西方表层阅读阐释学?文类进化过程中的话语“外爆”和“内爆”如何成为推动文类基因发生突变的能量?文学作品中的游戏话语如何转化为小说创作的叙事学乃至语义学模型?文学秘密写作如何对新媒介的发展做出不乏想象力的诗学回应?文学如何呈现人类学的仪式性关注且受到那一关注的反向诗学影响?“双重束缚理论”(double-bind theory)如何从精神分裂研究领域映射替身文学的审美发生机制,与此同时又是如何凭借巴赫金式的镜像对话关系服务于显性情节发展与隐性叙事进程之间的辨证统一?此类问题均可在坡的小说中窥见一斑,这也是坡作为推动短篇小说“标准化”(standardization)进程的开创者所拥有的原型价值。

作为国内爱伦·坡小说研究领域的一项新成果，本书乃是依托于国家社科基金的大力支持，因此无论从创作心理上说，还是从资助的层次看，均预设了一个较高的学术标准和严苛的智性挑战。这固然带来了一定程度的焦虑，但也同样触发了学术创新的内在动力和潜能。本项目始于2013年6月，原定于2016年12月结项，但由于我在项目执行后期不得不兼顾工作调动所引发的烦琐事宜，加之我本人在学术工作进程中逐渐染上的“洁癖”与“偏执”，使得前期积累的还算丰厚的科研成果迟迟无法说服自己草草成书。最终，我在2015年年底决定放弃之前的成果(那其中包含了我在国内文科一流刊物和专业领域权威刊物上发表的系列论文)，重新围绕课题的预定路线设计一套更具理论前沿意识的新方案，以更加全面、深刻地体现爱伦·坡小说寓意发生的逻辑。这一转向现在看来是值得的，更是必要的；它使得我在里士满的黑白记忆中增添了一抹色彩，仿佛那已故的雷姬亚(Ligeia)重新在脸颊上泛出了一丝红晕——坡的经典文学身份在我的这些看似略带“先锋”意识的批评尝试中居然有了某种新生的迹象。我想说，坡不仅是经典的，同样也可以是现代的；他的原型价值显然不止于文学领域，同样也在逻辑层面上频频与现代哲学思想产生对话。

最后，我想就本书脚注中的文献体例格式略作说明。本书在参照了国家社科基金《文后参考文献著录规则》的基础上，主要依据国内文科一流刊物《外国文学评论》的最新做法：一是兼顾国际学术界较为通行的MLA格式对英文文献进行标示。二是为了避免同一文献在当前页脚注中多次出现时造成篇幅浪费，仅对具体章节中首次出现的相关文献进行完整信息标注，再次出现时将采用“作者、题名及页码”等简注方式加以标示。此类脚注体例现象一并在此说明，正文中不再另作注。

回顾这些年来走过的学术道路，这才意识到坡居然是我的第一个且是唯一一个系统研究的学术对象。或许我对坡的感情早已过了“蜜月期”，难免会有一丝审美疲劳；然而眼前的这份书稿却在呼唤着我进入另一个全新的世界——坡的原型意义正在于他既可成为我们洞察文学总体现象的“裸露岩层”，亦可充当我们探索文学宇宙奥秘的“哈勃望远镜”。与其说我是掉进了坡的井底，倒不如说是站到了坡的山巅之上，如坡在

《我发现了》中所描绘的那般得以通过在原地进行360°的快速旋转去把握普适化的艺术真谛。或许,对于任何一个热衷于小说叙事研究的人而言,最佳途径莫过于"坡道起步"。

于 雷

2019年初春于北京外国语大学

目　录

导　论

爱伦·坡小说研究中一个极具争议的问题在于坡的作品是否具有寓意表征的自省意识，迄今大致存在四种代表性观念：(1)坡作为“一个彻头彻尾的形式主义者”只强调结构美学，而基本与“寓意”无缘①；(2)坡将朗费罗(Longfellow)等人的寓意表达斥为“说教式异端”，但颇具悖论的是，坡本人即是“严肃且颇具影响的说教诗人”②；(3)坡的小说的确有所寓，但却并非创作者的主观意图，而是“歪打正着”的无意识体现③；(4)唯美主义作为“体裁观”主要适用于坡的诗歌创作，而坡的某些小说则在关注形式美学的同时不排斥“以隐蔽、精妙的方式传达道德寓意”④。第四种观念在笔者看来具有两个突出之处：一是确认坡

---

① Charles E. May. *Edgar Allan Poe: A Study of the Short Fiction*. Boston: Twayne Publishers, 1991, p. 13.

② Allan Tate, ed. *The Complete Poetry and Selected Criticism of Edgar Allan Poe*. New York: The New American Library, Inc., 1981, p. xv.

③ James A. Harrison, ed. *The Complete Works of Edgar Allan Poe*, Vol. XVII. New York: AMS Press Inc., 1965, p. 28.

④ Dan Shen. "Edgar Allan Poe's Aesthetic Theory, the Insanity Debate, and the Ethically-Oriented Dynamics of 'The Tell-Tale Heart'," in *Nineteenth-Century Literature*, Vol. 63, No. 3 (2008), p. 325.

的小说并不缺乏寓意;二是暗示坡的寓意表征具有隐性逻辑策略。遗憾的是,多数批评者只注意到了前者而忽略了后者。这一断裂意味着小说的故事层与寓意层之间的内在逻辑关联被搁置,从而造成阐释上的过度相对主义。多样化的寓意发掘当然是有其自身价值的,但是读坡的小说却恰恰需要不时地绕过那一常规套路,到钟表的内部看看机芯、发条和齿轮,因为那正是小说在讲述自己的故事——托多洛夫(Tzvetan Todorov)称其为"元文学故事"(metaliterary tales)①。这是本书的缘起,也是笔者首次较为系统地将坡的小说创作(诗学)置于寓意发生的逻辑界面之上加以考察的尝试。

作为一种在国际学术界并不陌生的方法论②,"界面研究"注重在对两个原本看似疏离的现象层面(作为前提的"界")加以"打通";而要实现此"打通",则必须有一个切入口——此即所谓的"面"。③ 就本书来说,故事层与寓意层分别代表着两个不同的"界",而两者之间的逻辑关联则是用以"打通"的"面"。这一点对于研究坡的小说而言至关重要;如霍夫曼所暗示,"坡是一个分裂的人。我们如果不顾及他的胡诌便无法理解他的天才,同样,我们如果不顾及他的天才也就无法理解他的胡诌"④。在此基础上,本书将坡的认知逻辑视为一种"元语"(metalanguage)构造,凭借它可以弥合坡的小说在故事与寓意之间的逻辑断裂。伴随文学发生学批评方法的有效运用,当下批评界愈发关注坡的小说究竟传达了何种"寓

---

① See Tzvetan Todorov. *Genres in Discourse*. Trans. Catherine Porter. Cambridge: Cambridge University Press, 1990, p. 100, p. 102.

② 譬如在智利著名神经生物学家弗朗西斯科·瓦雷拉(Francisco Varela)看来,"意识"既非内源性物质(意义的内在经验),亦非外源性物质(意义赖以依存的生物体),而是一种"内与外之间的表层接触面"——齐泽克称其为"界面"(interface);这是我们的"内在意识体验"赖以发生的"表面"。在此意义上,"内"即是"外",是一种最富活力的"表层效果"(See Slavoj Žižek. *The Parallax View*. Cambridge: The MIT Press, 1992, p. 206, pp. 222-223.);类似地,英国著名人类学家格雷戈里·贝特森在论及艺术家的创作之际,同样用了"界面"这一概念来表示无意识和有意识之间产生的艺术化的"独特困境"(Gregory Bateson. *Steps to an Ecology of Mind*. Chicago: The University of Chicago Press, 2000, p. 138.)。对于坡的小说而言,故事层和寓意层代表的"外"与"内"("无意识"与"有意识")常常是翻转错位的,而两者之间的界面恰恰为坡的逻辑诗学提供了独特的演绎平台。

③ 潘文国:《界面研究四论》,载《中国外语》2012 年第 3 期,第 110-111 页。

④ Daniel Hoffman. *Poe Poe Poe Poe Poe Poe Poe*. Garden City: Doubleday & Company, Inc., 1972, p. x.

意”。毋庸说，这一趋势业已因手稿发掘、版本考证以及阅读史调查而时常陷入相对主义的阐释困境。批评者们讨论的是“坡的寓意是什么”，而不是“坡如何传达寓意”，换言之，他们在研究爱伦·坡小说寓意的过程中常忽略一个事实，即坡并不仅仅着眼于“寓意”的具体内涵，而是更为热衷于设计寓意表征的逻辑路径；阿多诺（Theodor W. Adorno）将“这样的坡”称作现代艺术“最初的技术专家”①，而坡本人则更为辩证地强调逻辑表征与目标寓意之间的有机关联——“为了逻辑而逻辑”同样是不可取的②。

就目前国内外相关研究而论，一个最突出的问题表现为批评者惯于将坡的逻辑机制仅仅与其推理叙事相联系，而一旦触及非推理类小说则忽略“逻辑”对于寓意表征的潜在作用。譬如厄舍屋的倒塌往往被视为哥特式恐怖的高潮节点，却从未有研究者追问那一“倒塌”的文类演进意义；事实上，通过研究厄舍屋倒塌背后的逻辑必然性，我们不仅可以深入洞察坡的创作意图，而且也能够将作品置于新媒介发展的历史语境中，探析哥特小说自身的文类革新与进化策略。又譬如“红死魔”的化装舞会若仅仅被当作瘟疫之灾的终极狂欢，则会极大地弱化其内在的仪式表达，更无从在人类学语义框架下审视欧洲中世纪以降直至维多利亚时代的化装舞会传统。鉴于此，本书拟将聚焦点从寻求静态的寓意本身转向故事层与寓意层之间的交互地带，通过对小说的逻辑表征及其认知理据进行考察，实现跨主题、跨文本乃至跨文类意义上的多重“打通”，并在此基础上形成本书的八个章节：“坡的小说诗学：三个逻辑之争”“文学与控制论：基于坡的小说考察”“视差与表层阅读：从坡到齐泽克”“厄舍屋的倒塌：坡与‘德国风’”“‘游戏之外的事物’：坡与游戏”“催眠·电报·秘密写作：坡与新媒介”“‘红死魔’、化装舞会与文学仪式”以及“‘双重束缚理论’与坡的替身小说”。

将坡与逻辑加以并置考量的尝试历来都难免流于一种约定俗成的批

---

① Theodor W. Adorno. *Aesthetic Theory*. Trans. C. Lenhardt. London: Routledge & Kegan Paul, 1984, p. 193.

② A. H. Quinn. *Edgar Allan Poe: A Critical Biography*. New York: D. Appleton-Century Company, 1942, p. 316.

评定势,即坡的逻辑经不起推敲抑或只是徒有其表的玄虚之术。然而,这种观念本身恰恰早已为坡本人所坦承,进而造成此类研究陷入客观上的冗余之说。事实上,坡所关注的与其说是诗学的逻辑,倒不如说是逻辑的诗学,也即将逻辑当作诗学的表征模态,通过对正统逻辑加以戏仿而实现对诗学本质的突现。鉴于此,"坡的小说诗学:三个逻辑之争"拟聚焦于《创作的哲学》("The Philosophy of Composition")、《我发现了》(*Eureka*)以及《椭圆画像》("The Oval Portrait")等几则直接或间接映射文学逻辑现象的作品,分别探讨坡的小说诗学中时常发生的"主题与效果之争""逻辑与直觉之争"以及"'名'(name)与'物'(the thing named)之争",并在此基础上力图说明坡往往采取折中美学(aesthetic of eclecticism)[①],模糊上述二元对立的边界,从而实现其小说诗学上的"因果循环""逻辑直觉"以及鲍德里亚式的(Baudrillardian)"拟像先置",使它们成为坡的诗学"突现论"(emergentism)赖以建构的核心组件。

无论是《创作的哲学》,抑或是《诗歌原理》,均显现出坡对文学创作系统的强烈操控意识;而与此同时,西方控制论(cybernetics)学者们又不乏神秘地偶或提及《被盗的信》("The Purloined Letter")或是"梅伊策尔的自动象棋机"(Maelzel's Automaton Chess-Player)。有趣的是,发端于第二次世界大战后期的控制论正凭借某种近乎"群体无意识"的认识论面相蛰伏于人文社会科学的诸多领域,乃至于文学竟然在控制论专家眼中亦被视为"阐明机器逻辑的'前控制论'方式"[②]。然而遗憾的是,既有的少量文学控制论研究几乎均以后现代小说为对象,且多聚焦于科技伦理抑或先锋诗学;更为突出的是,将文学控制论局限于诸多以现代控制论为潜在依据的后现代文学,不仅在内在逻辑上造成了批评冗余,也恰恰意味着在本体价值上忽略了文学控制论的审美普适性。在此语境下,坡的创作哲学因其相对于现代控制论的客观时距(尤其是它本身那不乏传奇色彩

---

① 此处所谓的"折中美学"乃是笔者借用了美国学者麦吉尔在论及坡的创作之际所提出的概念(Meredith McGill. *American Literature and the Culture of Reprinting, 1834—1853*. Philadelphia: University of Pennsylvania Press, 2003, p. 151.)。

② 托马斯·瑞德:《机器的崛起:遗失的控制论历史》,王晓、郑心湖、王飞跃译,北京:机械工业出版社,2017年,第81页。

的诗学操控意识[①])而更易成为文学控制论的批评原型。鉴于此,"文学与控制论:基于坡的小说考察"那一章节拟因循从拉康的"研讨会"到维纳(Norbert Wiener)的"自动机"(automaton),从卢曼(Niklas Luhmann)的"社会系统论"到贝特森(Gregory Bateson)的"心灵生态学"(ecology of mind),再从马图拉纳(Humberto Maturana)的"自创生"(autopoiesis)到海耶斯(N. Katherine Hayles)的"后人类"这一条控制论思想线索,以期重新考察坡的诗学操控策略,重点厘清"诗性直觉"/"机械理性"以及"情节偏离"/"整体效果"这两组辩证二元论各自所包含的对立统一。通过对坡的经典短篇小说作品进行诗学控制意义上的细读与分析,该章着重得出以下三点结论:(1)文本话语系统中同样拥有控制论意义上的"反馈"(feedback)与"稳态"(homeostasis)这两大核心逻辑;(2)文学审美操控(如坡的职业分裂人格所例释的那样)往往因其踟蹰在"无意识"的习惯认知与"有意识"的技术控制之间而陷入某种艺术悖论当中,但又恰恰因此而不乏"朴素地"映射了现代控制论自身在20世纪70年代进行的理论扬弃;(3)热力学第二定律基于"熵增"与"热寂"的"悲观目的论"使得文学控制论获得了其存在的合法性——借助艺术的拟真机制将"美"从维纳眼中那针对熵增所作的"局部的、暂时的抵抗"转化为莎士比亚在"第18首十四行诗"(Sonnet 18)当中所宣扬的"永恒的抵抗"。

坡的"诗学控制论"尤其体现在其所崇尚的"秘密写作"(secret writing)策略当中,它强调通过"游戏之外的事物"对作为阐释策略的"侧目而视"进行认知规约;而这一内在循环回路得以发生的基础正在于坡的"表层逻辑"——如那封被藏匿于眼皮底下的"被盗的信"所示。基于以上认识,"视差与表层阅读:从坡到齐泽克"那一章重点关注了西方阅读史上围绕"深层"与"表层"模式历来存在的潜性或显性的理论争端。这一难以消解的二元对立使得现代文学阅读呈现出两大流派:以马克思、弗洛伊德、

① 除了《创作的哲学》和《诗歌原理》等那一类颇具显性意识的诗学控制思想,即便像《我发现了》这样的"科普类"作品(如美国学者斯图亚特·莱文和苏珊·F.莱文所敏锐意识到的)亦同时贯穿着坡在其诗歌、小说乃至于批评当中彰显的诗学原则——它们以一种"循循善诱"(graduated impression)的方式"拿捏读者的思维","构建[文本]的效果"(Edgar Allan Poe. *Eureka*. Ed. Stuart Levine and Susan F. Levine. Chicago: University of Illinois Press, 2004, pp. xiv-xv.)。

尼采、阿尔都塞等为代表的“深层阐释/怀疑阐释”(depth hermeneutic / hermeneutics of suspicion);以苏珊·桑塔格、斯蒂芬·贝斯特(Stephen Best)、伊芙·塞奇威克等为代表的“表层阅读”(surface reading)。与此形成对照的是,齐泽克在其理论著述中构建的“视差”(parallax view)学说客观上将爱伦·坡的“侧视”(作为一种文学认知理据)演绎为一种富于哲学批判精神的“斜视”策略,为当下方兴未艾的文学“表层阅读”实践提供了一种独特的认识论,也在一定程度上消除了长期以来批评界在“深层”模式与“表层”模式之间构筑的壁垒。通过重新聚焦上述两种阅读模式之间的辩证关联,该章着重指出:(1)文学阐释在“表层”与“深层”之间的二元对立就其本质来说理应被消解为“表层”结构**自身**所固有的内在否定;(2)坡与齐泽克在视觉认知上的“巧合”拥有其本质上的认识论之必然性,也即通过边缘化的视角对自然化的“表层”加以“侧/斜视”,使得文本内部原本沉默的罅隙、断裂与悖论现身;(3)“视差”理论指导下的文学“表层阅读”能够对潜在的庸俗表象批评实践加以反拨与修正,从而将传统阐释学的“深层”图式有效地融合到二维性的“表层”话语逻辑当中,使现代阅读的聚焦点回归黑格尔美学理念中那一由艺术赋予人类的独特“表面”。①

当下西方兴起的“表层阅读”趋向说到底乃是根植于坡在其小说世界中早已预设的那种针对“深层阐释”的规避。正如哥特文学中作为经典道

---

① 为了更好地理解“表层阅读”,笔者以为有必要将申丹教授在国际叙事学界提出的“隐性进程”概念纳入考量之中,因为它在某种程度上乃是将传统的“深层阐释”替换为更具包容意义的“隐性进程”。如申丹教授所指出的那样,“尽管批评家着力挖掘情节发展的深层意义,但没有关注与情节并列前行的其他叙事运动,这是导致隐性进程被忽略的一个根本原因”(申丹:《西方文论关键词:隐性进程》,载《外国文学》2019年第1期,第89页)。在此基础上,笔者认为叙事作品的伦理结构并非惯常所认为的那样藏于深处,而恰恰是隐于表层,它之所以能够成为“隐性”的,一方面是因为我们往往只会选取“视差”结构中处于显性的或是主流的“观察面”(类似于维特根斯坦所说的 *aspect-seeing*),另一方面也是因为读者往往缺少某种视角翻转意识(譬如马克·吐温的《加州人的故事》与爱伦·坡的《凹凸山传奇》(“A Tale of the Ragged Mountains”)当中的催眠与反向催眠机制),从而忽略了叙事对象本身所预设(无论作者是否有意识)的多重内在规定性。因此,若要瞥见“天堂的另一面”,则不妨从坡的视觉认知策略中汲取方法论,以“偏正倒置”(相对于传统阅读的思维定式来说)的方式引发背景意义结构的前景化,或是边缘意义结构的中心化,进而凸显申丹教授所强调的“隐性进程中至关重要而在情节发展中无足轻重的文本成分”(申丹:《情节冲突背后隐藏的冲突:卡夫卡〈判决〉中的双重叙事运动》,载《外国文学评论》2016年第1期第120页)。

具的"面纱"在酷儿理论家伊芙·塞奇威克那里意味着苏珊·桑塔格眼中的"艺术情色学"(erotics of art),坡笔下的文本事件同样似"面纱"那般显现出不容忽视的表层逻辑。"厄舍屋的倒塌:坡与'德国风'"即以坡的小说世界中最为经典的表层事件"厄舍屋的倒塌"为例,在文类进化的意义层面上重新审视坡对于小说创作美学的独到理解。在《厄舍屋的倒塌》("The Fall of the House of Usher")走过的一个多世纪的批评历程中,始终有一个问题没有得到澄清:那代表着"庸俗"哥特文化的"德国风"(Germanism)何以进入坡所预设的"灵魂的恐怖"图式中?以此为出发点,该章重点考察坡本人在各类零散文献中围绕"德国风"所阐发的辩证观念,尤其是当下德国浪漫主义在坡看来所遭遇的"特定历史情境"——"冲动精神为批判精神所包围"。这一对相互抵牾的进化"能量"为坡在电子媒介时代的文类发明找到了一位独特的见证人,麦克卢汉;其媒介学理念成为洞察"德国风"文类现象的天然视角:"德国风"一方面见证了机械哥特话语从18世纪末至19世纪初所经历的修辞性"外爆"(explosion),另一方面也在以内省式的戏仿姿态召唤哥特文类演化的"内爆"(implosion)进程,而由此引发的美学坍缩又恰恰巧妙地通过厄舍屋的倒塌在字面及隐喻层面上同时产生意义。

值得注意的是,厄舍屋的倒塌还依赖于一个精巧的机关设置——"缺陷"不仅存在于"人"(基因病态)与"屋"(结构破损),还存在于批评界所忽略的最流于表层逻辑的"文"(文类抵牾),且"文"的颠覆性力量最为关键:伴随午夜风暴的"放电"奇观,借助吟诵"德国风"愚作(《疯癫之约》"Mad Trist")那一"语言学事件",叙述者无意之间施为的"疯狂仪式"使得厄舍的妹妹玛德琳(Madeline Usher)的破棺而出戏仿性地表征了哥特文类话语扩张的极致之境。这一不乏"电子化"的遥感进程从一个微观视角解释了麦克卢汉缘何将坡的文类发明视为电子媒介引入后而直接产生的文化影响,与此同时亦通过其所印证的"语言创造经验"那一鲍德里亚式的"拟真"逻辑,将玛德琳的死而复生演绎为一个在真实与虚构之间消解了距离的"超真实"(hyperreality),继而针对以叙述者为代表的"德国风"庸俗批判者们实施了一场生动的以"灵魂式恐怖"为主题的文学情感教育。

爱伦·坡小说的另一大特色在于其所富含的游戏元素,它们常见于情节、语言乃至创作哲学等诸多层面。坡之所以强调"游戏之外的事物",

在很大程度上乃是因为它不仅贯彻了表层逻辑的二维空间布局(也即中心与边缘的偏正倒置),更突出了“秘密写作”赖以发生的独特语言规则——就此而言,坡的观念可谓预表了维特根斯坦的语言游戏说。基于此,“‘游戏之外的事物’:坡与游戏”那一章着眼于以荷兰著名文化史学家赫伊津哈(Johan Huizinga)和法国社会学家罗杰·卡约(Roger Caillois)的游戏学说为理论观照,首先梳理整合坡在作品中尤为热衷描述的博弈游戏,分析它们围绕作者与(理想)读者所体现的叙事学模型;其次,聚焦于19世纪30年代曾在欧美引发广泛关注的“梅伊策尔的自动象棋机”,一方面探讨这一机械装置与坡的创作哲学之间发生的隐喻契合,另一方面就坡对此发明展开的科学解剖,分析其创作的“魔法揭秘”与坡/杜宾的博弈美学之间存在的有机关联;最后,立足于文学与哲学围绕“语言游戏”所产生的对话潜能,探求“游戏规则”对坡的文学创作施予的语义增殖功效。

坡生活的时代恰好处于电子通信革命的滥觞期,而他本人作为一名职业媒介工作者显然对19世纪初新媒介所历经的技术演进表现出高度敏锐的意识:从时下颇具影响的灵学(Spiritualism)研究界围绕“思想转移”(thought transference)、“思维电报”(mental telegraphy)以及“心电感应”(telepathy)等超心理学(parapsychology)实验,到以“生物磁力”(animal magnetism)为学理基础的医疗催眠(mesmerism),再到以摩尔斯电报(Morse Telegraph)为代表的通信技术革命,坡在其围绕小说文类革新所展开的诗学延拓进程中不断对新媒介的审美潜能加以发掘、转化和利用。以此为背景,“催眠·电报·秘密写作:坡与新媒介”那一章拟从“作为诗学的催眠”“电报通信与秘密写作”以及“新媒介、信息论与文化焦虑”等三个层面加以考察,通过将坡的相关小说文本置于19世纪初新媒介的技术发生历史语境之中,审视坡的小说诗学如何与新媒介展开审美互动,以及那一互动所映射出的技术文化焦虑。催眠借助的是所谓的“生物磁力”,而这恰恰是前电报时代通信的朴素表达,其本质乃是在于以某种神秘方式使得通信双方实现信息的编码传输;莫尔斯电码是最为精确的技术隐喻,而同时代的坡显然不打算错过这一绝妙的机遇。只需读一读《金甲虫》(“The Gold-Bug”),即可领会坡缘何写出那篇看似充满原创性思考的技术论文《秘密写作刍议》("A Few Words on Secret Writing")①。新媒介的出现对于文学艺术而言既提供了文类演进的机遇,与此同时也对传统的文学信息交往模式提出了挑战。那封"被盗的信"被草率地搁置在眼皮底下的书报架上,几乎被拦腰撕毁,却又反讽性地藏匿着让众人趋之若鹜的"宝贵"信息。在电子媒介入侵文化领域的时代,坡似乎业已凭借自己的敏锐感知预示了信息储存及流通方式的革命性变迁。借助某种不乏戏谑的情节设置,那封"被盗的信"倒不只是为杜宾的刑侦天赋准备了一份来自巴黎警署的巨额赏金,更凸显了以信息共享为特质的媒介技术革命如何使得传统媒介沦为一种弃之不舍、留之不见的文化焦虑符号。

众所周知,2016 年的世界文坛发生了一件"新鲜事儿",那就是美国著名民谣音乐家鲍勃·迪伦(Bob Dylan)荣获了诺贝尔文学奖。这在许多学者当中引发了关于文学边界的争议。事实上,那一争议乃是基于文化相对主义对文学本质的片面把握所致,即便是诺贝尔文学奖的颁奖词亦无法让矛盾缓和。问题的关键在于如何从迪伦诗歌的音乐呈现方式上找到文学口头传统的原初仪式性。可以说,迪伦对现代文学发展的重大贡献与其说是在于"为伟大的美国歌曲传统创造了新的诗性的表达"②,不如说是在于他为悠久的书面诗歌传统**找回**了更为古老的口头文学的仪式性表达。有趣的是,迪伦对坡十分欣赏,不仅背诵他的诗歌,还时常为之谱曲;而两者更是拥有某种精神气质上的同构性,特别是在仪式感的体现上几乎成了二人在各自领域共同分享的艺术生存之道。围绕上述现象,本书的第七章"'红死魔'、化装舞会与文学仪式"特别以《红死魔化装舞会》("The Masque of the Red Death")为例,深入分析坡在该小说中如何同样呈现其独特的仪式属性,以及那一属性与坡的小说诗学之间存在的逻辑关联。《红死魔化装舞会》在哥特文类批评语境下往往被视为一则

① 此篇文章由坡在 1841 年 7 月刊发于《格雷厄姆杂志》(*Graham's Magazine*),后又在当年的 8 月、10 月及 12 月出版的《格雷厄姆杂志》上围绕"秘密写作"发表了三则续篇(See James A. Harrison, ed. *The Complete Works of Edgar Allan Poe*, Vol. XIV. pp. 114-132, pp. 133-149.)。

② The Nobel Prize in Literature 2016. NobelPrize. org. Nobel Prize Outreach AB 2022. Tue. 4 Oct 2022. <https://www.nobelprize.org/prizes/literature/2016/summary/>

瘟疫恐怖之作,而在元语诗学批评语境下则显著淡化小说的狂欢主题;由此带来一个问题:如何将狂欢与恐怖纳入同一语义阐释框架之下,使得故事世界中诸多不可解释的现象合理化。鉴于此,该章拟从小说中最为表层的仪式现象——化装舞会——入手,首先分析它在维多利亚时代的基本文化面相及其相应的社会功能;与此同时,借助人类学围绕仪式所提出的相关理论对小说中的化装舞会做出仪式化解读。一方面,说明"去仪式化"批评可能引发的问题与阐述不足,另一方面,突出文本中的仪式属性对于情节建构的核心意义。其次,该章尝试在文学发生学意义上重点考察1842年维多利亚女王在白金汉宫亲自策划的大型化装舞会,以及此前的"热身"事件——1839年由埃格林顿伯爵(Earl of Eglinton)全权负责的露天化装舞会大赛;在此基础上探析《红死魔化装舞会》如何对上述化装舞会做出讽喻性的文学再现,特别是英国议会制改革及"宪章运动"的历史语境对"红死魔"阶级内涵的唤醒。最后,该章着重聚焦于小说中的"红死"(red death)意象之缘起,并为此对故事中的城堡式教堂与同样不乏历史传奇的著名建筑"伦敦塔"(Tower of London)进行类比性关联,从创作逻辑上说明文学想象如何有可能作为一种独特的仪式化言语行为成为对历史真实的神谕式观照。

正如上述各章节所意在暗示的,阅读坡的小说往往必须关注"秘密写作"那一独特概念。但是,同样如坡本人在《秘密写作刍议》中所强调的那样,"秘密"之所以留给人们玄奥之面相,与其说是得益于"秘密"本身的复杂性,不若说是在于其赖以建构的独特的语言组织形式。这一观念当然能够在维特根斯坦的"语言游戏"概念中得以合理诠释,但亦可借助申丹教授在国际叙事学界提出的"隐性进程"加以再认识。隐性叙事进程与小说的显性情节发展在对立统一的辩证关系中演绎为一种有助于实现"秘密写作"的叙述动力学,两者既相互独立并行,又在关键节点上触发两条线索之间的镜像式对话——或彼此补充,或反向观照。这在相当程度上印证了巴赫金围绕文学"替身"现象所做出的深刻洞见:替身关联不仅存在于人物之间,亦可能对小说的结构布局提出相应的技术性要求。基于此,本书的最后一章"'双重束缚理论'与坡的替身小说"拟借助英国人类学家格雷戈里·贝特森在其精神分裂症研究中提出的核心观念"双重束缚理论",分析坡笔下的人物镜像关联如何受制于"双重束缚"在心理学与美学之间衍生出的“跨语境”规约，并由此进一步探究坡的替身小说如何将病理性的“双重束缚”转化为叙事“隐性进程”赖以发生的美学心理学基础。换言之，“双重束缚理论”不仅合理揭示了替身小说的人物关系，更在叙事学意义上解释了替身小说的结构布局，使得坡的“秘密写作”理念有了其尚未被充分关注的多重逻辑内涵。与此同时，也在文学视野中映射了贝特森本人借助“双重束缚理论”所揭示的艺术创造力。

第一章

坡的小说诗学:三个逻辑之争

逻辑是爱伦·坡小说中一个绕不开的现象,但又恰恰最易被视作"玄虚之术"而难登大雅之堂。事实上,坡不仅时常提及西方的重要科学家,更屡屡谈到西方自古以来的逻辑学家,从亚里士多德到培根,从约翰·斯图亚特·穆勒(John Stuart Mill)到莱布尼茨(Gottfried Wilhelm Leibniz),如此等等——"逻辑"这个字眼在坡的笔下出现频率非常高,且自省式的逻辑理论思考亦随处可见。譬如坡在《我发现了》当中曾专门围绕人类逻辑的不可靠性进行了一番论述,指出"逻辑之外的其他一切科学均旨在揭示某种具体关系"——比方说数学总体而言乃是探究数字关系的科学,而逻辑"却是旨在揭示抽象关系的科学";如此一来,当"其他科学"的"公理"都能够借助某种不言而喻的具体关系得以实证之际,"逻辑公理(logical axiom)却只能依赖于"关系的显而易见"(obviousness of relation)。由此带来的问题是,这种抽象的"显而易见"不仅因人而异,而且也会随历史的变迁而发生变化[①]。既然"逻辑公理"是存

① Edgar Allan Poe. *Eureka*, pp. 50—51. 下文凡出自该著作的引文均直接以作品标题与引文出处页码在括号中随文标示,不另作注。

在变化的，那么诸多建立在上述“逻辑公理”之上的所谓“真理”也就有可能从根本上发生动摇。正因为如此，坡虽然在其小说当中常常突出分析理性的强大功效，但他同时也十分重视“感性”“悟性”和“诗性”等直觉判断机制。在《被盗的信》中，杜宾之所以比巴黎警署的办案人员更加高明，乃是在于他与其影子形象D部长一样，既是一位“数学家”，也是一位“诗人”。这种融理性与感性/非理性为一体的认识论在坡看来正是伟大科学家们做出突破性贡献的重要原因①，但却由此又引发了批评家们围绕“坡的逻辑”展开了诸多不乏争议的逻辑学探讨。鉴于此，笔者拟从“主题与效果”“逻辑与直觉”以及“‘名’与‘物’”等三个层面，对既有的逻辑之争加以厘清，并在此基础上对坡的逻辑诗学进行文学语义还原。

第一节　主题与效果之争

坡的小说诗学命题当中最为突出的莫过于那极具传奇色彩的“美女之死”(death of a beautiful woman)。它一方面为批评界所津津乐道，而另一方面却又总是被普通读者乃至专业学者想当然，以为那不过是坡为了自圆其说而做出的权宜之计，抑或是为了属人耳目而进行的故弄玄虚。在1846年4月《格雷厄姆杂志》上发表的《创作的哲学》一文中，坡通过一系列逻辑推衍得出一个著名的结论：“美女之死毫无疑问是世界上最富诗意的主题。”②然而由于《创作的哲学》本身在学术界历来所遭遇的批评信任危机，坡的研究者当中事实上鲜有围绕“美女之死”那一诗学逻辑加以严肃对待的。不过，笔者倒是注意到一个例外的情形：美国学者查尔斯·

---

① 就这一点而言，坡与现代科学思维逻辑产生了某种跨越时空的碰撞，如美国控制论奠基人诺伯特·维纳所指出的：“承认世界中有着一个非完全决定论的、几乎是非理性的要素，这在某一方面讲来，和弗洛伊德之承认人类行为和思想中有着一个根深蒂固的非理性的成分，是并行不悖的。”(N.维纳：《人有人的用处——控制论和社会》，陈步译，北京：商务印书馆，1978年，第4—5页。)

② James A. Harrison, ed. *The Complete Works of Edgar Allan Poe*, Vol. XIV. p. 201. 下文凡出自该多卷本全集的引文均直接以缩写词“*CW*”、卷数与页码在括号中随文标示，不另作注。

蔡尔德·沃尔卡特早在1941年即发表过一篇题为《坡的逻辑》的论文，破天荒地对“美女之死”的逻辑论证进行深度剖析。毋庸说，其最终的研究结论依旧还是为了证明坡的“逻辑理性”只可被视为“一种风格元素”，因此不必在文学虚构与科学真实之间做出区分。[①] 换言之，坡的逻辑理性在很大程度上仅仅是一种样式主义。有趣的是，围绕这样一则连坡本人也并不否认的“研究结论”[②]，沃尔卡特却在其整体的论证过程中将坡的逻辑推衍煞有介事地当成了逻辑学的真值评判，并在此基础上试图彻底颠覆坡的美学逻辑建构。沃尔卡特的核心依据在于从坡围绕“美女之死”的逻辑推衍中发现了一个逻辑矛盾：“美”似乎陷入了“主题”与“效果”之间的模棱两可。

批评界围绕“坡的逻辑”这一话题所给予的关注往往着眼于抵达一个早有预设的结论：坡的逻辑话语乃是近乎“花拳绣腿”的虚张声势。譬如有学者将《创作的哲学》视为坡在19世纪初的机械狂热时代为了迎合“美国的技术拜物论”所作，又或者如波德莱尔（Baudelaire）所暗示的，多少出于某种“讽刺意图”而实施的“一点虚伪”[③]；即便对于《我发现了》那般高度“理性”的科普之作，美国学者斯图亚特·莱文和苏珊·F.莱文亦在表现出肯定之际流露出对坡的创作心态的不信任，如他们所指出：虽然坡热衷于呈现自己作为“一位伟大的逻辑学家”之姿态，但那部作品的“骗术”（bunko）依然是个确凿的事实（*Eureka* xxii, 154）。同样地，沃尔卡特在《坡的逻辑》一文中试图说明坡并非绝大多数研究者眼中那种“高度理性之人”（Walcutt 438），而《创作的哲学》一文中围绕那个“最富诗意的主题”所展开的理性推断似乎仅仅说明，“坡的所谓逻辑”是何等混乱（Walcutt 443）。沃尔卡特通过对坡在文章中所阐发的推衍进程予以细

---

① Charles Child Walcutt, “The Logic of Poe,” in *College English*, Vol. 2, No. 5 (Feb., 1941), p. 444. 下文凡出自该文献的引文均直接以作者姓氏与引文出处页码在括号中随文标示，不另作注。

② 坡曾在给好友库克（Philip P. Cooke）的书信中写道：“[我的那些]推理故事之所以受欢迎，主要还是在于它们的新样式。我并非说它们缺乏精妙之处——而是说人们将它们看得过于精妙——仅仅因其所表现出来的方法或方法之架势（*air* of method）。”（*CW* XVII 265）

③ John Tresch. “‘The Potent Magic of Verisimilitude’: Edgar Allan Poe Within the Mechanical Age,” in *The British Journal for the History of Science*, Vol. 30, No. 3 (1997), p. 289.

读,认为坡时常在逻辑上混淆“主题”(subject)与“效果”(effect)这两个概念:

> 我们很难确定坡所宣称的“以‘美’为职责”究竟是指诗歌的主题还是效果,不过,当他接下来指出“凡果(effects)必直接起于因(causes)”之际,“美”[在坡那里]似乎既是主题,也是效果:他先是混淆而后又糅合了诗歌的主题和效果(美学体验[aesthetic experience])……(Walcutt 440)

值得注意的是,沃尔卡特刻意在“效果”一词后增加了一个夹注——“美学体验”,清晰代表了其本人对“效果”这一概念的理解。但是,坡设置的局部话语语境并非基于修辞层面而是意指逻辑层面;他在此所讨论的“effects”并非作为“美学体验”意义上的“效果”,而是逻辑学意义上的“(结)果”,对应的是“因”。换言之,坡一方面肯定“美”是诗歌的主题,但另一方面也在明确强调自己更为关注围绕“美”这一诗性主题究竟存在怎样的“艺术法则”(因果关联)。沃尔卡特在实施逻辑批判的同时却颇为反讽地刻意摒弃逻辑话语的基本概念,恰恰忽视了坡的局部本真意图。如坡所清晰地指出,“美”在诗歌中既是“氛围”(atmosphere)也是“本质”(essence);“准确而言,人们提及‘美’之际,并非在表达一种品质而是在表达一种效果(effect)——他们指的是那种基于对美丽事物加以冥思而产生的强烈、纯粹的灵魂之提升”。(*CW* XIV 198)沃尔卡特借此判断,坡所涉及的乃是“美”的艺术效果。然而坡在接下来的言论中再次提及“effect”时,却是以一种近乎轻微的转折表明:他在此希望暂时抛开作为美学体验的“效果”,转而从逻辑学意义上分析“美”这一诗歌主题背后的因果关联:“现在我之所以将‘美’视为诗歌的职责,不过是因为艺术自有其道,凡果必直接起于因”。为了避免使读者混淆“effect”的多重意义,坡甚至还在这一论断之后随即补充说道,“目标(objects)的实现务必借助最能促其得以实现之渠道(means)”。(*CW* XIV 198)这个类比关联证明坡在此处更为强调的是“因果关系”中的“结果”,而非坡站在普通受众的立场上所暗示的作为美学体验的“效果”。换言之,坡并不满足于追逐作为常识的“美”的“效果”,也同样注重“美”的逻辑发生机制。

坡在“美女之死”的推衍进程中明确界定了三个概念:一是“美”

(Beauty),也即“强烈的、纯粹的灵魂之提升”;二是“真”(Truth),也即“智性的满足”;三是“情”(Passion),也即所谓“心灵的激荡”。此分类乃是旨在说明上述三者在诗歌创作中的不同地位(“美”为上,“真”与“情”辅之)。然而,对于笔者而言尤为重要的是,“美”“真”“情”这三者在坡的逻辑体系中均明确被视为“目标”(“结果”)。(*CW* XIV 197—198)厘清基本语境之后,我们不妨重新审视沃尔卡特在文中所提供的逻辑批判路径图(Walcutt 443):在他看来,坡首先对“主题”与“效果”这两个概念加以混淆(subject=effect);其次,坡暗示“美”(注释特别指出“美”即“效果”)与诗歌完全一致,也即“效果”创造诗歌(“Beauty”/effect=poetry);再者,坡认为“一则阴郁的主题通过与‘美’发生关联而变得富有诗意”(subject=poetry);最终得出结论:阴郁的主题因其富有诗意而富有诗意。

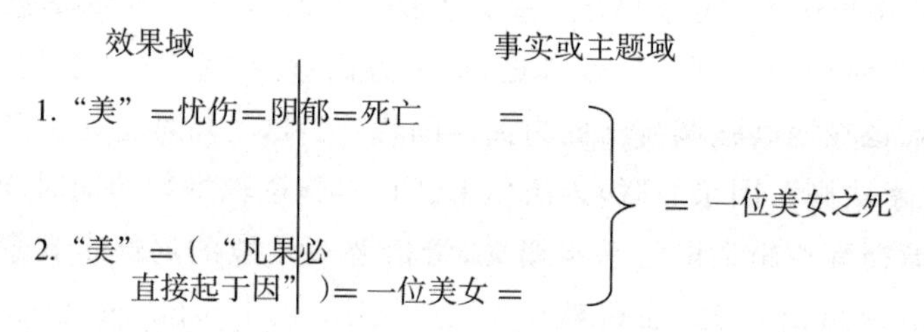

可以看出,为了让坡陷入循环论证的“圈套”,沃尔卡特刻意将“美”与“阴郁”和“死亡”直接画上了等号,但坡本人的意图乃是说明:“阴郁”是诗歌的最佳“调性”,而“死亡”又是“最为阴郁的人间话题”,因此“死亡”能够将诗歌的最佳“调性”发挥到“极致”(supremeness);换言之,坡围绕“忧伤”“阴郁”及“死亡”所做出的逻辑推衍其实是为了强化这样一种概念,即“死亡”是诗歌的最佳“调性”。另一方面,沃尔卡特未曾注意到坡在推衍进程中对“effect”一词所持的游离立场:首先是作为“美”的“效果”,也即美之“印象”(impression);其次通过“凡果必直接起于因”那一公认的“艺术法则”将“效果”转切为逻辑因果论意义上的“结果”。如此一来,坡的“效果论”实际上既肯定了“效果”作为“美学体验”的重要价值,与此同时也更为强调“效/结果”在因果律意义上存在的合法性。在笔者看来,坡的逻辑推衍图示理应如此呈现:

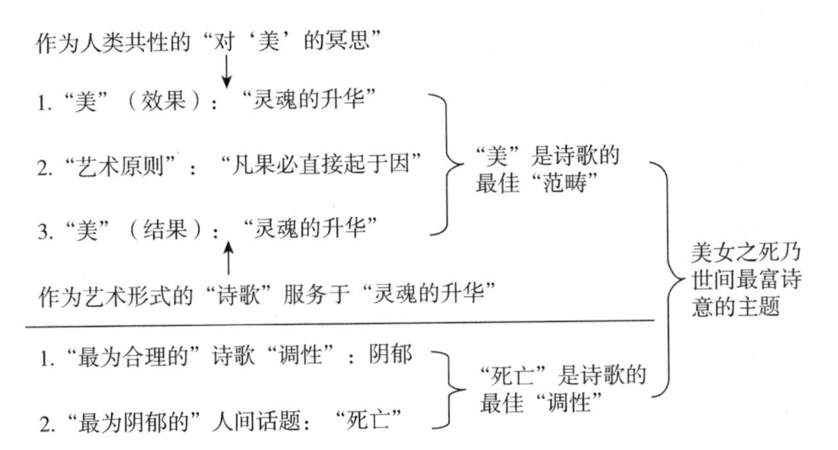

沃尔卡特试图将坡逼入逻辑悖论之中，但他忽略了最明显的一点：“美”既是“主题”亦为“效果”，这一命题并不违反矛盾律。在坡的美学逻辑当中，“效果”几乎可被视为“主题”的隐喻，正如“美”与“美女”的关联所暗示的那般；它与坡所调侃的英国哲学家约翰·斯图亚特·穆勒眼中所谓“一棵树既是死的也是活的”（*Eureka* 13—14）那一类命题截然不同。在坡看来，“美”的主题与“美”的效果可谓是相辅相成，共同完成其诗学建构，唯有这般方可“尽善尽美”（perfection at all points）。坡的逻辑推衍如下：（1）先明确主题——“美”是诗歌的“唯一合理范畴”（the sole legitimate province）；（2）再分析主题（效果）得以实现的因果律——首先，“有一种愉悦源自对美丽事物的冥思”，它同时具备“最强烈、最激扬和最纯粹”这三个特质。因此，当人们谈论“美”之际，乃是指“强烈而纯粹的‘灵魂’的升华”这样一种“效果”；其次，艺术之道强调直接的因果关联，也即“目标的实现务必借助最能促其得以实现之手段”（“凡果必直接起于因”），而诗歌无疑是“最易于”实现灵魂升华的渠道——诗歌这一艺术形式是“因”，灵魂升华是“果”（*CW* XIV 198）。与此同时，一旦灵魂升华从“结果”变为“效果”，即又使得自己反过来成为诗歌艺术的形式之“因”。

坡在《我发现了》中特别强调对“人的建构”（human constructions）与“神的建构”（Divine constructions）做出甄别；对坡而言，前者只注重从“因”到“果”的直线因果律，而后者却突出“因”与“果”之间的“互惠性”（reciprocity），也即“果”务必对“因”产生“反作用”——“因”与“果”能够“在任何时刻”发生反转：“因”可为“果”，反之亦然，以至于我们“无法绝对分清彼此”；“就虚构文学的情节建构而言，我们对于任何一则事件的安排，务必做到无法甄别它究竟是缘起于还是作用于其他事件”(*Eureka* 88—89)。在此，我们有必要将英国人类学家贝特森的深刻见解视为对坡的诗学逻辑所作的一则脚注，如其指出：“逻辑世界往往规避‘循环论证’，但因果循环序列又恰恰是现实世界的组织原则而非例外”；甚至于生物有机体(包括人类自身)的“互动与内部组织性”均无法通过常规逻辑去描述。[①] 在此意义上，坡的诗学逻辑围绕“主题”与“效果”所形成的某种循环回路不仅算不上一种逻辑缺陷，反倒是借助独特的诗学视角揭示了“美”作为宇宙的普遍秩序而预设的内在规定性。正如列斐伏尔从人类的生命节奏(vital rhythm)中揭示的循环特质——虽然自然时间循环往复，但却不会产生线性时间的乏味，正相反，“每一次饥渴都是新鲜的”[②]。

第二节 逻辑与直觉之争

如笔者在上文所示，坡旨在借助一系列不乏逻辑思辨的“严密论证”告诉我们，“美女之死”乃是这个世界上“最富诗意的主题”；然而，细读之，我们却很难判断坡在那些论证进程中使用的到底是何种逻辑方法。事实上，针对西方两大经典逻辑理论——归纳与演绎，坡在《我发现了》的开篇处恰恰是进行了一番堪称空前绝后的批判。坡假借一位来自“2848 年”未来社会的“瓶中手稿”的作者之身份，以一种不乏戏谑的寓言口吻论及了西方哲学史上“两条通往真理的实践之路”：亚里士多德的演绎法与弗朗西斯·培根的归纳法。(*Eureka* 9)事实上，那一不乏幽默、调侃的“逻辑论”乃是重现了坡在短篇小说《未来景致》(“Mellonta Tauta”)中所描述的全然一致的情形：叙述者主人公回顾了人类“古代”所盛行的两大逻辑传统，演绎(*a priori*)与归纳(*a posteriori*)——其代表人物分别为“阿

---

① Gregory Bateson. *Mind and Nature: A Necessary Unity*. Cresskill: Hampton Press, Inc., 2002, pp. 18—19.

② Henri Lefebvre. *Critique of Everyday Life*. Vol. III. Trans. Gregory Elliot. London: Verso, 2005, p. 129.

瑞斯托德”(Aries Tottle)和“霍格”(Hog);得益于这两位哲学家的深远影响,人们时常将他们的逻辑方法称为“亚里士多德式”(Aristotelian)和“培根式”(Baconian),甚至更进一步简化为“白羊”和“公猪”两大类别。[①]在“我”看来,“羊”(Ram)和“猪”(Hog)这两大流派均不足以帮助人类抵达真理,相反还可能因为“抑制想象”而成为人类文明发展的“巨大障碍”:当人们选择“羊”的路线时,许多伪公理被误当成了“公理”,进而又堂而皇之成了“真理所赖以为继的恒定基础”。同样,当人们选择“猪”的路线时,许多表面上的“事实”也会被当成真正的“事实”;不仅如此,他们还可能因为过度关注细节而沦为“睁眼瞎”,“以为只要将观察对象拿得距离眼睛越近就看得越清楚”。此外,“我”还批判了历史上另外一位逻辑学家“穆勒先生”(Mr. Mill)[②]:穆勒一方面指出,“判断公理的标准绝不应该是看其能否为人类的设想所包容”,而另一方面又认为“矛盾双方不可能同时为真——换言之,不可能共存于自然界。……比如一棵树绝不会既是树又非树……因为我们无法设想矛盾双方可能同时为真”,如此一来,穆勒先生本人恰恰陷入了自相矛盾的逻辑悖论之中。(*Eureka* 12—15)事实上,早在短篇小说《未来景致》的创作当中,坡业已围绕《我发现了》当中的逻辑哲学进行过相似的探讨,也同样强调指出:判断真理的至高标准(“一致性原则”)并非基于传统逻辑学派那种“鼹鼠”式的掘地三尺,相反,它依靠的是那种基于直觉判断的“猜测”;正因为如此,揭示真理的重任理应被交给“富于想象的人”(the men of ardent imagination)——他们才是“真正的思想家”。[③] 在坡看来,“一棵树既为树又非树”那样的怪诞命题绝非约翰·斯图亚特·穆勒的正统逻辑论所能涵盖,因为它不是以“能否付诸现实构想”来作为“公理标准”的,但却可能是“天使或魔鬼以及许多凡世间的疯子或超验主义者们所热衷玩味的”(*Eureka* 14)。

可以看出,坡对经典逻辑学的归纳法与演绎法这两大路径均在相当

---

① 热衷于文字游戏的坡在此处刻意将亚里士多德的名字(Aristotle)拆分为 Aries 和 Tottle,而 Aries 恰好是白羊(座),对应的动物是公羊(Ram);接着,他又取英国思想家弗朗西斯·培根的姓名之双关意,将 Bacon 理解为 bacon(熏猪肉),并进一步引申为公猪(Hog)。

② 此处的“穆勒先生”指的是英国 19 世纪著名哲学家约翰·斯图亚特·穆勒。

③ Edgar Allan Poe. *The Complete Poems and Stories of Edgar Allan Poe with Selections from His Critical Writings*. New York: Alfred A. Knopf, 1964, pp. 686—688.

程度上有所保留。实际上,他主张的是一种不乏独一性的、基于直觉想象的感性逻辑论,至少对坡而言,这才是本体论意义上的文学逻辑。笔者注意到意大利哲学家阿甘本在论述“范式”这一概念时所表达的逻辑学思想某种意义上印证了坡的观念。阿甘本同样回溯至亚里士多德并指出:“当归纳是从特殊到普遍,而演绎是从普遍到特殊时,范式就由一个矛盾的第三类运动所定义,它是从特殊到特殊”;范式是一种类比关系,它处于逻辑两分(特殊/普遍、形式/内容、表层/深层)的中间,也即“被给出的第三项”。阿甘本概括性地指出,“范式是一种认知的形式,它既不是归纳的,也不是演绎的,而是类比的。它从独一性走向独一性”;其次,“通过把一般和特殊之间的二分中性化,范式用一个两极类比的模型取代了二分的逻辑”。[①] 阿甘本的理论启发在于暗示我们,坡的诗学逻辑恰恰属于这种“从独一性走向独一性”的类比关联。当坡指出“美女之死”堪称世界上“最富诗意的主题”之际,他并未倚仗正统的归纳法或演绎法,而是如阿甘本无意中提醒我们的那样,选择了一种基于直觉想象的范式推衍。这正是文学逻辑相对于数理逻辑所表现出的独特属性——就这一点而言,“美女之死”与“被盗的信”实则异曲同工,两者均旨在类比性地通过核心对象的“缺席”而凸显某种意义秩序的“在场”。值得注意的是,华裔美国学者宋惠慈同样将那种有别于现实世界中的“科学推理”和“法律推理”的独特模态称为“文学推理”(literary reasoning);它指的是一种基于可能世界语义逻辑之上的虚构思维图式,尽管在概念上多少流于矛盾修辞(文学中的古怪人物行为或是超自然的奇诡事件似乎与现实意义上的“理性”背道而驰),但宋惠慈依然采用这一独特的表述以突出强调:可能世界逻辑语义上的“文学推理”相对于现实世界中代表工具理性的“科学逻辑”或“法律逻辑”来说,乃是“更为复杂”的认知现象。[②] 这种复杂性在笔者看来恰恰体现于坡的小说诗学之中,也同样为阿甘本的哲学思考所洞察。

---

① 吉奥乔·阿甘本:《万物的签名:论方法》,尉光吉译,北京:中央编译出版社,2017 年,第 16—17 页,第 31—32 页。

② Wai Chee Dimock. “Cognition as a Category of Literary Analysis,” in *American Literature* 67.4 (1995), pp. 826—827.

坡的直觉逻辑观念可谓其小说美学中“真实观”得以操演的思维基础[①]，也在相当程度上印证了德国17世纪哲学家莱布尼茨围绕两种“真”所做出的甄别——推理之“真”与事实之“真”：前者是“必然的”，后者是“偶然的”。[②] 坡虽然未必在其小说创作中有意识地贯彻这样的逻辑理念，但从他在《我发现了》及《页边集》（“Marginalia”）中数次提及莱布尼茨来看（*Eureka* 136），可以判断他围绕文学语义真值的逻辑维度所给予的独特观照；如坡在《我发现了》“前言”处的开宗明义所示：此“真理之书”乃是献给那些“基于所感而非基于所思”的人（*Eureka* 5）。坡的意思是，逻辑当属“先天”之物。有趣的是，这个观念日后亦同样成为维特根斯坦眼中人类思维的本性所在。[③] 或许，要理解坡的直觉逻辑，最佳的方式莫过于回到康德那里体验所谓的“知识完备”那一概念——康德将其划分为“感性完备”与“逻辑完备”，前者在于“知识与主体相符合”，缺乏普遍有效的客观法则，但是却因为包含着“主观的普遍愉快的根据”（也即“美”）而能够“在直观中产生快感”；后者则是“以其与客体相符合为根据”，依赖于“普遍有效的法则”。尽管做出上述区分，康德依旧特别提醒我们两者之间存在合作的潜能，如其所言，“本质的感性完备是与逻辑的完备相容的，并且可以与逻辑的完备极好地结合起来”；在康德那里，“天才的特性和艺术便显示在[……]逻辑的完备与感性的完备的最大可能的协调中”[④]。不妨说，康德的逻辑理念为坡的逻辑直觉观提供了不容忽视的哲学基础。

第三节　“名”与“物”之争

围绕“美女之死”的逻辑问题所展开的诗学讨论实际上还引发了另一个值得关注的争议——“美”如何在艺术与现实之间做出取舍？譬如美国学者弗雷德里克·弗兰克与安东尼·玛奇斯特雷尔即从《红死魔化装舞

① 关于坡的小说美学中的“真实观”及其逻辑表征，详见于雷：《爱伦·坡小说美学刍议》，载《外国文学》2015年第1期，第52—54页。

② 陈波：《逻辑哲学》，北京：北京大学出版社，2005年，第76—77页。

③ 维特根斯坦：《逻辑哲学论》，韩林合译，北京：商务印书馆，2013年，第76页。

④ 康德：《逻辑学讲义》，许景行译，杨一之校，北京：商务印书馆，2010年，第35—38页。

会》中得出这样一则道德规训:“对于艺术家而言,尝试超越现实的约束去创造一个纯粹想象的王国,不仅是徒劳的,亦是致命的。”[①]我们常说艺术源于生活而又高于生活,但在坡的笔下,这两者之间似乎总是产生某种程度的逻辑抵牾,使得“美”的艺术效果得以实现的基础往往有赖于现实生活中的“美女之死”。于是,“美”作为一种数理逻辑意义上的“类”的集合与“美女”作为那一集合中的典型“元素”,在坡的诗学层面上构成了某种类似于“罗素悖论”(Russell's paradox)的有趣现象;而这也恰恰是坡的小说诗学留给我们的困惑——“美”的产生恰恰要以“美(女)”的消亡为代价。“罗素悖论”基于这样一个数学逻辑问题:设 $R=\{x \mid x \notin x\}$(意为 R 是一个由“所有自身不为自身元素的集合”构成的集合);于是,假如 $R \in R$,则不符合其自身的集合定义,从而 $R \notin R$,反之,假如 $R \notin R$,则符合其自身的集合定义,从而 $R \in R$;如此一来,便出现了 $R \in R \Leftrightarrow R \notin R$ 的悖论。[②] 鉴于此,罗素(Bertrand Russell)提出的“逻辑类型论”(Theory of Logical Types)不仅在数学意义上具有重要价值,而且作为认识论的必要环节也同样具有深远影响。譬如逻辑学史上著名的“说谎者悖论”(“我在撒谎”)与“埃庇米尼得斯悖论”(Epimenides' paradox)——克里特的先知埃庇米尼得斯说“所有的克里特人是骗子”;为了解决此类悖论,“逻辑类型论”便有了其存在的价值。贝特森同样从这一理论当中看到了行为科学研究中经常犯的典型错误,即把“名”(name)与“名”所代表的“物”(the thing named)混为一谈,正如美国哲学家阿尔弗雷德·科日布斯基(Alfred Korzybski)那个同样著名的论断——“地图不是领土”——所警示的。[③]

上述逻辑悖论对贝特森而言成了精神分裂症患者“使用不带标签的隐喻”(unlabeled metaphors)所引发的病理结果,也就是说,他无法甄别

---

① Frederick S. Frank & Anthony Magistrale. *The Poe Encyclopedia*. Westport: Greenwood Press, 1997, p. 224.

② 关于“罗素悖论”这一概念的简要认识,可参见 Reinhardt Grossmann, “Russell's Paradox and Complex Properties,” in *Nous*. Vol. 6, No. 2(May, 1972), p. 156.

③ Gregory Bateson. *Steps to an Ecology of Mind*, 2000, p. 205. 贝特森(以及笔者在此)所论述的“名/物之争”并非中世纪经院哲学的“唯名/实论”之争;前者的“物”乃是现实之物,而非后者理论语境下作为“精神实体”的共相之“实”。

艺术之名与现实之物在不同层面上的“逻辑类型”；如果说罗素通过改造逻辑语言而成功地解决了此类悖论，那么科日布斯基则通过强调“地图不是领土”，同样意在说明：对事物的表征不等于被表征的事物，也即地图不等于地图所现之物；这一“便捷的隐喻”在贝特森看来恰好高度概括了因果关联——“果不是因”([T]he effect is not the cause)；换言之，地图可被视为“果”，它是“对‘领土’中的差异进行求和或是加以组织化”。[①] 值得注意的是，贝特森此处的观念乃是针对常规逻辑而言的，但事实上，他本人恰恰从精神分裂症研究当中找到了常规逻辑所无法描述的逻辑循环现象(正如上文围绕“主题”/“效果”之争所揭示的类似情形)——在那里，“果”同时也成了“因”，这与坡眼中的“神的建构”之逻辑如出一辙。可以说，贝特森尽管帮助我们厘清了艺术与现实的隐喻关联，然而他用以揭示这一逻辑本质的“病理分析”却在不经意之间反向论证了一个同样深为坡所欣赏的诗学逻辑——“名”与“物”之间的界限模糊对于艺术家的创作来说恰恰是一种难得的优势。就这一点而言，鲍德里亚的“拟像先置”(precession of simulacra)观念可谓是对科日布斯基的“地图/领土”二元论进行的艺术化改造(也即“地图先于领土”[②])；由此所产生的基于“语言创造经验”的“超真实”现象，如笔者围绕《厄舍屋的倒塌》中的拟真逻辑所论述的那样，乃是对坡的“名/物”二元论所做出的精彩诠释。[③] 在笔者看来，坡的小说《椭圆画像》堪称是围绕上述逻辑所进行的最具体系性的诗学例证。

《椭圆画像》故事发生在亚平宁山区一座新近被遗弃的城堡。身负重伤的第一人称叙述者主人公在男仆佩德罗(Pedro)的帮助下强行闯入，打算在此过夜。这座城堡“阴森而肃穆”，丝毫“不亚于拉德克利夫女士[④]的幻想”。在房间里，“我”发现墙壁上挂着许多装裱考究的现代绘画。也许是由于神志恍惚的缘故，“我”对这些绘画表现出了强烈的兴趣。凑巧的

---

① Gregory Bateson. *Mind and Nature: A Necessary Unity*, p. 102.

② Jean Baudrillard. *Simulacra and Simulation*. Trans. S. Glaser. Ann Arbor: The University of Michigan Press, 1994, p. 1.

③ 详见于雷：《“厄舍屋”为何倒塌？——坡与“德国风”》，载《外国文学评论》2018 年第 1 期，第 80—84 页。

④ 即 19 世纪英国著名哥特小说家安·拉德克利夫(Ann Radcliffe)。

是,枕头上恰好有一本手册专就房间里的画作逐个加以点评和描述。于是,“我”一边细细阅读讲解,一边沉醉地凝视着画作,不觉之中已至午夜。此刻,“我”为了获得更佳的阅读光线对烛台的位置略做调整。然而这一动作却意外地使得“我”发现壁龛里的一幅肖像画(先前为床柱的阴影所遮蔽),画的是一位年轻的少妇;其椭圆形外框不仅镀金华丽,而且采用了摩尔人的金银透雕丝工。更重要的是,这幅作品令“我”吃惊,即刻将“我”从先前的恍惚带入“清醒的生存状态”。究竟是什么原因使得这幅画作拥有一种“魔咒之效”呢?“我”思忖良久,终于发现“表情的绝对逼真”乃是其中的秘密。为了更多地了解这幅画作,“我”急切地从手册中寻找到对应的页码;于是便有了如下的一段套层叙述——“她”曾经是一位美若天仙的少女,可是当“她”遇见、爱上并嫁给一位画家之际,黑暗的时光便降临到“她”的身边。这位画家丈夫一心专注于艺术创作(“艺术中的新娘”),却将年轻的妻子搁置在一边;久而久之,“艺术成了她的仇人”。直到有一日,那走火入魔的丈夫决定为自己的新娘创作肖像画。后者出于对前者的挚爱而心甘情愿地充当模特,丝毫没有怨言;随着时间一天天地流逝,新娘也慢慢地变得憔悴,但这一切却不曾为陷入迷狂的画家所留意。到了创作即将告罄之际,他的眼睛甚至很少离开画布,完全投入作品最后的点缀收尾当中。终于,画笔放下了,画家痴迷地站在自己的艺术成果面前;随即,他又变得慌张起来,大声喊道,“这简直就是**生活**本身!”(This is indeed *Life* itself!)与此同时,他突然转身去看自己的娇妻——她已经死了。

乍一看,《椭圆画像》似乎是坡刻意借助这样一则寓言去“讽刺”那些将艺术当作“生活本身”的艺术家。但是,我们务必对此类“批判”话语的合理指数保持足够的警惕,因为坡的文学讽刺或戏仿所针对的往往正是他本人所不乏欣赏的事物。关于这一特色,读者只需对《“乌木风”文章的创作方法》(“How to Write a Blackwood Article”)与坡的小说中所弥漫的“乌木风”(Blackwood)元素稍加比照,即可有所意识。笔者认为,《椭圆画像》与其说是一则为强化艺术与生活的逻辑边界而设置的美学警示,不若说是一则诗学寓言,借以告诉我们:真正的艺术潜能如何有可能突破现实的抵御,使“美”成为一种以生活为代价的最高意义上的逻辑“突现”——“美女之死”的诗学命题之所以如此受到坡的重视,其缘由恐怕正在于此。对于坡来说，打通艺术与现实的屏障乃意味着将贝特森眼中那“不带标签的隐喻”转化为一种诗学的生产力，就像坡在《语词的力量》（“The Power of Words”）中提出的观念：花儿“是”梦，而并非花儿“像”梦①。“美女之死”那一看似不乏逻辑悖论的诗学命题，其实质乃是在于将现实之“物”当作供奉艺术之“名”的牺牲，而并非某种针对超验主义所做出的决然否定或是讽刺，恰如坡在《阿恩海姆园林》（“The Domain of Arnheim”）中创造的一个常被忽略的精辟表述，“经过死亡锻造的美之感悟”（death-refined appreciation of the beautiful; *CW* VI 185）。

在此意义上，笔者认为贝特森从“罗素悖论”中看到的问题正是坡希冀在其诗学逻辑中付诸实践的答案。它绝不仅仅是精神分裂症所导致的“隐喻功能障碍”，相反，那一病理逻辑恰恰获得了不乏人文主义的普适价值，使其呈现出某种海德格尔式的存在主义神韵；贝特森为此专门创造了一个重要术语——“双重束缚”（double bind）。这一理论概念尽管脱胎于贝特森所长期从事的精神分裂症研究，但却是缘于应对“多重逻辑层面”而形成的“生活中反复出现的特征”；如贝特森所告诉我们的那样，“双重束缚”其实是人类存在的本质属性：一方面我们无法逃避死亡，另一方面我们又必须“争取个人生存”②。对笔者而言，这可谓“美女之死”与“美”本身所表现出的逻辑关联：生活的磨难正是在艺术赋予的秩序中得到了救赎；亦如列斐伏尔所暗示的，浪漫主义说到底不过是解决社会矛盾的“理想化手段”③，而现代艺术家通过将抽象与具体加以杂糅所产生的“思维混沌”（mental confusion）④也屡屡印证了贝特森提出的“双重束缚”理论。在这样的“病理艺术学”当中，我们既可以找到与精神分裂症病原学基质相关的“经验性成分”，也能够发现“相关的行为模式，譬如幽默、艺

---

① Stuart Levine and Susan F. Levine, eds. *The Short Fiction of Edgar Allan Poe*. Indianapolis: The Bobbs-Merill Company, Inc., 1976, pp. 107—108.

② Mary Catherine Bateson. “The Double Bind: Pathology and Creativity,” in *Cybernetics and Human Knowing*. Vol. 12, Nos. 1—2(2005), p. 11, p. 15.

③ Henri Lefebvre. *Introduction to Modernity: Twelve Preludes, September 1959—May 1961*. Trans. John Moore. London: Verso, 1995, pp. 300—301.

④ Henri Lefebvre. *Critique of Everyday Life*. Vol. I. Trans. John Moore. London: Verso, 1991, p. 120.

术、诗歌等”;换言之,“双重束缚”理论并不会在艺术家与精神分裂症患者这些“亚类属”(subspecies)之间做出甄别——我们无法断定“某个具体的人是否会成为一个丑角,一位诗人,一个精神分裂症患者,或是这些角色的综合体”。这种兼病理与禀赋于一身的独特情境被贝特森称为“跨语境综合征”(transcontextual syndromes),它可能为一位艺术家的生活平添情趣,亦可能让一位精神分裂症患者陷入思想混沌;当然,两者之间存在一个共同点,即往往都采用“双重视角”——“一片飘零的树叶”绝不会“仅此而已别无他”。①

第四节 建构坡的诗学“突现论”

作为“突现论”鼻祖的约翰·斯图亚特·穆勒与坡产生关联并不奇怪,这不仅得益于他们的同时代性,更源于坡在不少场合屡屡论及穆勒的逻辑学观念。穆勒的“突现论”思想发端于他在1843年出版的《论逻辑体系》(*A System of Logic*)一书中,在那里,他特别指出化学反应中产生的“异质效应”(heteropathic effect),也即数个反应物经过化学反应后所产生的化学效应不等于单个反应物效应的总和——这一现象不同于“机械模式”下的部分之和等于整体,因为它乃是从旧物质的组合当中创造出全新的属性,且这一新属性无法从原先单独存在的旧物质当中生成。② 有趣的是,坡亦曾屡屡指出,任何所谓的创新“仅仅是非同寻常的组合而已”③。同样是围绕“梅伊策尔的自动象棋机”所创作的揭秘文章,坡却能够通过对既有数据重新加以修辞组合,便最终得以凭借某种“全新”的姿态一跃成了魔法“揭秘”的“原创者”,这恐怕是苏格兰发明家大卫·布鲁

---

① Gregory Bateson. *Steps to an Ecology of Mind*, p. 272.

② Brian P. McLaughlin. “The Rise and Fall of British Emergentism,” in *Emergence: Contemporary Readings in Philosophy and Science*. Ed. Mark A. Bedau and Paul Humphreys. Cambridge: The MIT Press, 2008, pp. 26—27.

③ Robert L. Hough, ed. *Literary Criticism of Edgar Allan Poe*. Lincoln: University of Nebraska Press, 1965, p. 78.

斯特(David Brewster)始料未及的。[①] 在笔者看来，坡的诗学发生逻辑正是典型的“突现论”之表征。

“突现论”的一个重要核心在于对“突现属性”(emergent property)与“生成属性”(resultant property)做出区分，两者均是由“基础条件”组合而成的系统属性。对前者而言，系统属性(在正统的“突现论”语境下)无法从基础条件当中获得解释，也不能化约为基础条件；对后者而言，系统属性则不仅通过基础条件得以解释，而且也能够化约为基础条件。显然，当沃尔卡特围绕“美”到底是“效果”还是“主题”那一争议对坡的逻辑推衍加以批判时，他仅仅关注到了基于“主题”的“生成属性”，而没有留意到基于“效果”的“突现属性”。用罗素的术语来说，即是指作为“主题”的“美”与作为“效果”的“美”并不构成逻辑意义上的排中律，因为两者乃是属于不同的“逻辑类型”。值得注意的是，“突现论”学者们往往突出“突现属性”的两种趋向——“向下归因说”(downward causation)与“向上决定论”(upward determinism)——所衍生出的“自反性”(self-reflexivity)；这一概念意味着系统属性不仅发端于作为“微观成分”的基础条件本身，更重要的是，它还能通过某种新的“因果影响”对基础条件本身施与反作用。[②] 这一自反性的“向下归因说”在“突现论”学者当中常常引发诸多争议，原因在于它“似乎陷入某种循环论证”的逻辑悖论之中——处于较高层次的宏观属性如何能够“影响并改变”其自身借以孵化的基础属性？[③] 很明显，这种争议也正是沃尔卡特在讨论“美女之死”的逻辑问题时所同样产生的困惑。虽然罗素的“逻辑类型”以及贝特森的“双重束缚”学说业已帮助我们对此有所厘清。不过，最佳的解释却莫过于约翰·塞尔(John Searle)在“突现论”自身的学术语境下所做出的反思。

---

① 关于坡如何对大卫·布鲁斯特围绕“梅伊策尔的自动象棋机”所做的揭秘加以“回收再用”，且成功实现“出于蓝而胜于蓝”之“创新”目的，详见于雷：《坡与游戏》，载《外国文学》2018年第6期，第144—145页。

② Jaegwon Kim. “Making Sense of Emergence,” in *Emergence: Contemporary Readings in Philosophy and Science*. Ed. Mark A. Bedau and Paul Humphreys. Cambridge: The MIT Press, 2008, pp. 141—145.

③ Mark A. Bedau. “Downward Causation and Autonomy in Weak Emergence,” in *Emergence: Contemporary Readings in Philosophy and Science*. Ed. Mark A. Bedau and Paul Humphreys. Cambridge: The MIT Press, 2008, p. 177.

塞尔在论及“突现论”时尝试对其进行一定程度的改良。与传统“突现论”对于“不可化约性”所秉持的保守姿态相比,塞尔更为赞成“可化约性”:某一实体/系统(譬如人类的“意识”)属性虽无法直接向下回溯至那一实体赖以构建的原初成分之属性,但却能够借助对各成分之间的“因果关系”做出“某种额外的阐释”,从而实现其“可化约性”——塞尔称其为“因果式突现属性”(causally emergent property)。塞尔借助例证告诉我们,即便像“意识”那样看似“不可化约”的“突现属性”也往往只是认识论意义上的假象,如其所曰:“意识的不可化约性与颜色、热度及固态等现象的可化约性之间存在着表面上的对照,但实际上,那对照恰恰就停留于表面之上。譬如,当我们将红色化约为光线反射率之际,我们并未真的消除了红色的感官性,我们仅仅是不再管那感官体验叫红色罢了。”①如果我们将坡的诗学逻辑同样置于“突现论”的哲学语境中,即可发现文学艺术的“突现”属性就其本质而言正在于将“物”的现实元素加以有机组合,进而“向上”转化为意识/隐喻性的诗学之“名”;与此同时也能够在关键节点上对此前诸多流于沉默的文本细节加以逆向回溯,由此对微观层面的文本基础信息实施“向下”的“因果影响”。如坡在《乌鸦》的末尾处通过一句诗行的植入——“将你的喙从我的心头挪开”——使得“意义的暗流”得以贯穿于先前的所有诗节,进而引导读者意识到乌鸦的象征性并力图从整首诗歌当中“寻找寓意”(*CW* XIV 208)。无论是从“美”的逻辑因果律走向艺术效果论,抑或是从“德国式恐怖”走向“灵魂的恐怖”②,坡旨在完成美学意义上的升华,建构一种关于小说诗学的“突现论”。

---

① John Searle. “Reductionism and the Irreducibility of Consciousness,” in *Emergence: Contemporary Readings in Philosophy and Science*. Ed. Mark A. Bedau and Paul Humphreys. Cambridge: The MIT Press, 2008, pp. 76—78, pp. 69—70.

② “灵魂的恐怖”出现于1840年版《奇异故事集》(*Tales of the Grotesque and Arabesque*)的“前言”当中,正是在那里,坡围绕批评界为其哥特小说贴上的“德国风”标签做出辩解——“倘若恐惧已成为我许多作品的主题,那么我以为它并非德国式恐怖,而是源自灵魂的恐怖。”(*CW* I 150—151)

第二章

文学与控制论：基于坡的小说考察

在《控制论无意识：关于拉康、坡与法国理论的再思考》一文中，美国哥伦比亚大学刘禾教授颇具启发性地考量了拉康学说背后的美国控制论渊源。在她看来，美国作家爱伦·坡之所以成为拉康研讨会的座上客，很大程度上乃是与法国控制论理论家们对美国同行的学术译介分不开的——譬如前者在自己的控制论著述中明确提及了《被盗的信》；如此，坡多少有理由成为联结拉康学说与控制论的巧妙机缘。[①] 不过，在笔者看来，那一看似偶然的理论历史事件却在本质上拥有其尚不及严肃探讨的必然性：坡本人的诗学原理（而不止于个别仅对某一现代理论做出巧合性屈从之作）当中即包含着现代控制论思想的诸多潜能。就历史逻辑而言，笔者所突出的"作为控制论思想者的坡"或许

---

① See Lydia H. Liu. "The Cybernetic Unconscious: Rethinking Lacan, Poe, and French Theory," in *Critical Inquiry*, Vol. 36, No. 2 (Winter 2010), pp. 299－301.

免不了沦为某种“时间错误”，但那一错误的表象合理性却多少源于我们围绕控制论思想本身所产生的现代错觉。事实上，控制论作为一种认识论思想要远早于控制论本身。早在17世纪以数理逻辑闻名于世的莱布尼茨那里，现代“控制论之父”诺伯特·维纳便宣称自己找到了控制论在科学史上的“守护神”①；同样，坡在《页边集》等著述中亦屡屡将莱布尼茨视为其诗学控制学说的代言人②。如维纳所告诉我们的，“控制论”（cybernetics）这一概念从词源上说来自希腊文 *Kubernetes*，相当于英文的“舵手”（steersman），不仅如此，英文单词“管理者/调节器”（governor）也同样源于这个希腊单词；在维纳正式以它命名这门“新”学科之前，这个术语实际上早在19世纪初即曾被用于政治科学领域。③ 尽管现代控制论思想直接发端于维纳在第二次世界大战后期的武器自控研究，但它却正以其自身强大的生命力在现代人类观念生态中占据某种突出的基因优势：从神经回路到信息通信，从自然进化到人工智能，从经济博弈到社会交往，“控制”作为一个概念不再是人类围绕自动机器所怀揣的远古理想，事实上它业已凭借其认识论的哲学隐形变体在诸多人文社科领域实现了信息接入。

第一节　从控制论到小说批评

虽然美国学者大卫·珀卢什在《柔软的机器》一书中将其所命名的“控制论小说”（cybernetic fiction）仅仅作为科幻文学的一个“亚类别”局

---

① Norbert Wiener. *Cybernetics: Or Control and Communication in the Animal and the Machine*. New York: The MIT Press, 1961, p. 12.

② 在坡看来，莱布尼茨的独特魅力在于他不仅注重科学理性，也同样强调形而上学，甚至在其数理逻辑中不忘贯穿“伦理思考”——与其说是旨在让世人“理解”，不若说是为了让大家“惊叹”（Edgar Allan Poe. *Marginalia*. Charlottesville: University Press of Virginia, 1981, p. 26.）。

③ Norbert Wiener. *The Human Use of Human Beings: Cybernetics and Society*. London: Free Association Books, 1989, p. 15. 下文凡出自该著作的引文均直接以该著作的名称首个实词与引文出处页码在括号中随文标示，不另作注。

限于“后现代作品”①，然而在笔者看来，却恐怕鲜有别的作家能够像坡那样对“文学控制论”（不妨在本书中做出这一临时规约）表现出更具主体意识乃至于原型价值的“慷慨”展示——无论看似怎样“玄虚”，那“玄虚”本身恰恰就是坡在其小说诗学系统中实施的审美控制。坡的那篇不乏传奇色彩的“文论”《创作的哲学》因其与坡的另一篇同样充满传奇色彩的魔术揭秘文章《梅伊策尔的自动象棋机②》（“Maelzel's Automaton Chess-Player”）表现出相似的机械逻辑，而使得坡在某种意义上成了一部“诗歌自动机”（poetry-automaton）。③ 难怪乎维纳在《人有人的用处——控制论和社会》一书中提及“自动象棋机”之际不得不向坡脱帽致敬了（详见笔者在下文的引述）。坡所一贯主张的“数学理性/诗性直觉”以及“整体效果论/情节偏离说”等辩证二元论也在相当程度上契合于控制论的两大核心思想：“稳态”（homeostasis）与“反馈”（feedback）④——同样凭借它们，智利著名生物学家马图拉纳和瓦莱拉甚至将生命系统亦视为一部控制论

---

① David Porush. *The Soft Machine*: *Cybernetic Fiction*. New York: Methuen, 1985, pp. 17－19. 下文凡出自该著作的引文均直接以该著作的名称首个实词与引文出处页码在括号中随文标示，不另作注。

② 该装置于1769年由匈牙利人肯普兰伯爵（Baron Kempelen）发明，后转入德国发明家梅伊策尔（Johann Maelzel）手中。1783年，梅伊策尔在伦敦展示其魔幻之术，后于1836年在美国各地（包括坡的故乡里士满）再次进行巡回表演。不久，坡在1836年4月出版的《南方文学信使》上发表了题为《梅伊策尔的自动象棋机》的揭秘文章，引发广泛关注（James A. Harrison, ed. *The Complete Works of Edgar Allan Poe*, Vol. XIV, p. 12.）。

③ John Tresch. “‘The Potent Magic of Verisimilitude’: Edgar Allan Poe Within the Mechanical Age,” p. 289. 尽管“诗歌自动机”这一标签在相当程度上忽视了坡所一贯强调的诗性原则（真正的天才理应“既是数学家，亦是诗人”——尤其是后者的“纠正”机制），但它所包含的“机械原理”与控制论思维逻辑存在着有机关联，笔者将在下文另作阐述。

④ 所谓“稳态”与“反馈”，即是系统运行中的动态平衡机制，两者相辅相成，德国哲学家克劳斯甚至认为：“稳态系统即反馈系统，反馈系统即等于‘追求目标的系统’”（G. 克劳斯：《从哲学看控制论》，梁志学译，北京：中国社会科学出版社，1981年，第286页；下文凡出自该著作的引文均直接以该著作者名与引文出处页码在括号中随文标示，不另作注）。控制论的“稳态”与“反馈”原理常被隐喻为瓦特蒸汽机上的那个颇为别致的摆锤装置——“离心调节器”（centrifugal governor），它能够根据转速大小使自身产生上下惯性波动，通过类似于刹车的功效来实现对蒸汽阀门的自动控制，保证蒸汽机运转不至于超速或失速；正是因为这一“在当时并没有以任何科学理论为依据”而设计出来的巧妙装置，控制论在其开创阶段“与其说是一门科学，倒不如说是一门艺术”（克劳斯 296）。

的“自创生机器”(autopoietic machine)①。

德国学者本尼·珀克是少数正面触及文学与控制论的代表人物之一,在其《媒介性、控制论与叙事性:1960 年之后的美国小说》一书中,他指出文学阅读与创作所表现出的“自创生”(autopoiesis)逻辑:我们从文化记忆中提取模板,而后又演绎性地将这些模板重新用于“个体交往记忆”;换言之,文学书写负责对认知模板加以检验、联结,以“高度规约化的形式对思想进行‘再生’”,而文学阅读则是作为“记忆训练方式”,藉“自反性”姿态对主体记忆赖以依托的图式加以质询和调整。② 尽管“自创生”作为一个发端于生物学的概念在文学研究领域尚显陌生,但它却着实在人文社会科学中产生了不容忽视的渗透性影响,甚至业已在文学研究者当中引起了一定程度的共鸣。

有趣的是,“自创生”这个听似古怪的术语在其最初由马图拉纳和瓦莱拉苦思冥想之际,恰恰是意外间得益于一位友人的文学话题:塞万提斯笔下的堂·吉诃德·德·拉曼恰如何面临着“从文”(*poiesis* / creation)抑或是“从武”(*praxis* / action)的“两难境地”。这个灵感为控制论生物学界创造了一个久负盛名的专业概念,在马图拉纳看来,它作为一个“没有历史的字眼”恰恰能够最为恰当地表征“生命系统所固有的自治动力学”③。然而值得注意的是,“自创生”作为控制论思想的核心衍生逻辑,无法直接从生物学领域介入社会科学;换言之,也即无法在“生命系统”与“社会系统”之间直接找到某种学理上的同构性。在笔者

---

① 对于马图拉纳与瓦莱拉而言,“自创生机器即是稳态机器(homeostatic machine)”,它是一种“被定义为整体性(unity)”的组织化系统,该系统能够“持续再生”系统自身赖以维系的构成元素,换言之,即是在系统与系统的“组件”之间通过“持续的扰动(perturbations)与补偿(compensation)”机制实现一种闭合循环回路(Humberto Maturana and Francisco Varela. *Autopoiesis and Cognition*: *The Realization of the Living*. Dordrecht: D. Reidel Publishing Company, 1980, pp. 78—79.);用德国社会系统论学家尼古拉斯·卢曼的话说,“自创生”的本质在于它“不仅能够再生其再生,同时还能再生其赖以再生的条件”(Niklas Luhmann. *Art as a Social System*. Trans. Eva Knodt. Stanford: Stanford University Press, 2000, p. 50.)。

② Benny Pock. *Mediality, Cybernetics, Narrativity in the American Novel after 1960*. Heidelberg: Universitätsverlag Winter, 2011, p. 146.

③ Humberto Maturana and Francisco Varela. *Autopoiesis and Cognition*: *The Realization of the Living*, p. xvii.

看来，面对这一断裂，德国著名社会控制论学家尼古拉斯·卢曼的“社会系统论”(social systems theory)在相当程度上发挥了重要的弥合作用：如果说马图拉纳和瓦莱拉所揭示的“自创生”逻辑意味着“认知是生命系统的内部结构与环境之间的交互作用”，进而实现了“物质—生命—心智之间的连续性关系”[①]，那么卢曼则是在社会学领域对那一逻辑加以变形，类比性地找到了从神经系统(有机体)到意识系统(心理)再到交往系统(社会)的连续性关系，且每一级系统本身均为“自创生系统”，而前一级系统又均受到后一级系统的“修正”[②]。在笔者看来，卢曼的艺术“社会系统论”之所以重要，一方面在于它拓展了生物学“自创生”逻辑的认识论边界，另一方面也在于它为摆脱传统阐释学对于意义的单维考量而建构了“意义功能说”[③]，并由此在学理上使得控制论与人文社会科学(包括卢曼本人所同样重视的文学和艺术)之间的嫁接成为可能。

受到卢曼的启发，美国叙事学家布鲁斯·克拉克在《新控制论与叙事》一书中进一步对前者的“社会系统论”加以利用，使得文学叙事通过读者的社会信息交往而获得“自创生”式的意义循环，如其所指出，“文本不会阅读自身。而且，即便它们被阅读，往往也是在系统性孤立的状态下实现的。除非读者或观众在某种社会系统的网络中相互渗透，否则一切均

---

① 李恒威、肖云龙：《论生命与心智的连续性》，载《中国社会科学》2016年第4期，第51—52页。

② Niklas Luhmann. *Art as a Social System*, pp. 9—10, p. 13.

③ 卢曼意图将自己的“社会系统论”嫁接到马图拉纳的认知生物学体系之上，为此他特别将“意义”首先视为一种系统功能，指的是“人类经验的组织方式”；卢曼称之为“意识结构”(structure of consciousness)或“选择性原则”(selection rule)，而不只是传统观念中的那种基于主体意识所产生的具体内容。因此“意义”在“意义建构系统”(meaning-constituting system)中提供的是包含多种可能性的潜能，而“信息”仅仅是那些可能性当中一个最终得以落实的选项。在卢曼看来，“意义不是一种选择性事件，而是系统与环境之间的选择性关系(selective relationship)”；“意义”的功能在于它能够为“经验加工”(experience processing)提供前提，使得“信息”作为一种“选择”能够从多种可能的意识状态/内容中显身，但与此同时却不以牺牲其他未被选择的可能性为代价。换言之，“意义”的功能并不仅仅在于“信息”本身如何“降低”系统环境的复杂性，而在于那一复杂性如何得以“保持”(See Niklas Luhmann. *Essays on Self-Reference*. New York: Columbia University Press, 1990, pp. 25—31.)。

无从发生"[1]。克拉克的"控制论叙事学"聚焦于文学文本的意义建构系统,将关注点从意义层面转向意义发生的逻辑层面(实际上也即卢曼所强调的"意义功能说")。或许正是在这个层面上,J.希利斯·米勒从文学与新媒介的物质性关联中真正体会到了所谓的"赛博空间那无法想象的异质性",正如他几十年之后才终于理解了其在年轻时代围绕丁尼生(Alfred Tennyson)的一首诗歌所产生的困扰,"我现在还在试图理解并接受阐释学和诗学之间的分歧,即意思和意思的表达方式之间的分歧"[2]。类似地,坡的文学作品与其说是注重意义自身,倒不如说是更为突出意义的"表达方式";换言之,即是故事寓意发生的逻辑路径,就像那封"被盗的信"——重要的不是信的内容(阐释学的"意义"),而是信的藏匿方式(诗学的"意义表达方式")以及由此所形成的控制论意义上的闭合循环回路(意义的社会性):"盗信者知道失信者知道盗信者"[3]。这一"自创生"逻辑可谓从微观视角映射了美国数字人文学者海耶斯所暗示的观念:文学的控制论基础在于它与媒介技术及"具身性读者"之间通过彼此生产与被生产的过程而形成的复杂的"反馈回路"(feedback loop)[4]。

可以看出,无论是本尼·珀克还是布鲁斯·克拉克,甚或是海耶斯,控制论对于文学研究的接入方式就目前而言,大抵还是社会系统论式的功能主义再现——正如卢曼眼中那"作为社会系统的艺术",小说乃是作

---

① Bruce Clarke. *Neocybernetics and Narrative*. Minneapolis: University of Minnesota Press, 2014, p.18. 下文凡出自该著作的引文均直接以该著作名称首词与引文出处页码在括号中随文标示,不另作注。

② J.希利斯·米勒:《文学在当下的"物质性"和重要性》,丁夏林编译,《国外文学》2013年第2期,第4—5页。

③ Edgar Allan Poe. *The Complete Poems and Stories of Edgar Allan Poe with Selections from His Critical Writings*, p.595. 下文凡出自该著作的引文均直接以缩写词"*CPS*"与引文出处页码在括号中随文标示,不另作注。

④ 笔者注意到"具身性读者"(embodied reader)在此被赋予了显著的控制论色彩,而不只是情感载体,如海耶斯所指出:人体作为信息载体与图书存在着诸多共同点,两者均是"信号"(signal)与"物质性"(materiality)"纠缠"的产物:人体既可通过分子生物学来理解,亦可借助基因信息来表达,而"文学语料库"则是"物理对象"与"表征空间"的结合体(N. Katherine Hayles. *How We Became Posthuman: Virtual Bodies in Cybernetics, Literature, and Informatics*. Chicago: The University of Chicago Press, 1999, p.29.)。在海耶斯那里,"具身性读者"是其文学控制论的信息"反馈回路"得以运转的关键环节,某种意义上与卢曼的自创生"意义功能说"中的读者角色可谓异曲同工。

为“大众媒介的产物”[①]而寄生于意义的社会网络之中;即便在涉及具体作家、作品的情形之下,亦往往只是聚焦于后现代文化维度中的科技定位与人文反思,似乎控制论思想只情愿向约翰·巴思(John Barth)、托马斯·品钦(Thomas Pynchon)那一类负载科技信息的后现代作家敞开心扉,且尤为偏爱那一类文学作品所固有的“主题与形式”(*Soft* 19)。不过,也许正是“得益于”这一问题化的学术情境,坡作为文学控制论思想者的身份反倒显出了几分本体论意义上的重要性,而更为关键的是,坡的小说诗学提供了一个难得的原型样本,使我们能够尝试站在认识论的层面上去发掘、考察文学话语系统内部的控制论意义。

第二节 诗性直觉与“自我修正”

如笔者在上文所强调,坡与现代控制论思想的跨时空交往并非偶然。诺伯特·维纳在《人有人的用处——控制论和社会》一书中曾给予坡一个短暂亮相的机会。那是维纳在谈及“机器自动化”的未来可能性之际所举证的一个不乏传奇的事例——“梅伊策尔的自动象棋机”:

> 我曾经提出过一种方法,用现代计算机来下象棋,当然棋艺至少要算得上差强人意。在这项工作中,我所追随的思想线索背后是一段值得关注的历史。坡曾经探讨过梅伊策尔的自动象棋机骗局,并且写了一篇文章进行揭秘;指出那部机器之所以能够下棋,乃是因为内部藏着一个无腿的瘸子进行操控。(*Human* 175)

虽然将坡笔下的“侏儒”描述成“无腿的瘸子”流于夸张,但真正值得我们留意的是,坡能够以某种看似偶然的姿态激发一位现代控制论奠基人的科学想象。在笔者看来,这偶然性背后倒在相当程度上体现了“坡文学”自身的控制论“直觉”。热衷于“秘密写作”的坡从“自动象棋机”当中揭示了一种“创作的哲学”,一种将诗性直觉隐匿于机械逻辑之中

---

① Niklas Luhmann. *The Reality of the Mass Media*. Trans. Kathleen Cross, Cambridge: Polity Press, 2000, p. 55.

的文学控制体系。[①] 倘若说坡的数学理性往往包藏着艺术的非理性,那么维纳的控制论思想则同样不乏"机器的柔软",如其写道:即便数学这种"看似最注重事实的科学",恰恰在数学家眼中"建构出了人类所能想见的最为庞大的隐喻",并借此获得了其在智性之外的"美学"附加值(*Human* 95)。

对坡而言,文学叙事的系统逻辑在于《被盗的信》中神探杜宾所尤为强调的"既是数学家,又是诗人"(*CPS* 602);在于《金甲虫》中海盗基德(Kidd)在设置藏宝信息时如何将"诗性的统一"(poetical consistency)与理性的"常识"加以兼收并蓄(*CW* V 141)——无论是使用海滩上意外发现的那只神秘甲虫作为标定藏宝区域的悬锤,还是将白皙的骷髅头置于树梢作为指引寻宝的导航灯,均在控制论意义上体现了文本话语系统中诗性直觉对于机械理性的反馈修正功效。莱布尼茨作为科学家的超凡脱俗之处即在于此,如坡所言——绝不仅仅因为他是"一流的数学家",而更因为他拥有一个"指路的仙人"(fairy guide)——"想象",这正是牛顿那样的科学家们所缺乏的。[②] 有趣的是,坡一方面在《我发现了》当中以类似的观念指出开普勒宇宙定律最初倚赖的与其说是逻辑,毋若说是"猜测"(*Eureka* 79);而另一方面又在《创作的哲学》中看似一反常态地将诗性直觉当作艺术家口中的故弄玄虚,转而突出《乌鸦》一诗创作的"纯粹机械"进程。在笔者看来,这绝非坡故意扮演其小说世界中的"逆反的精灵"(the imp of the perverse),而是通过控制论意义上的"逆向

---

① 详见于雷:《坡与游戏》,第143—145页。在纯粹机械的外表下包藏着人性因素,这恐怕也堪称"机器"之所以"柔软"的原因,不过珀卢什在《柔软的机器》中仅有的一次认真提及坡的场合却依照批评"惯例"将《创作的哲学》的"文学揭秘"视为不可靠——至少法国作家雷蒙·鲁塞尔(Raymond Russel)的文学操控"揭秘"在他看来要"远比坡更具可能性"(*Soft* 37)。且不论《创作的哲学》中向来为批评界所忽略的那"匿于明处"的事实:坡在"纯粹机械"伪装下隐藏的恰恰是《乌鸦》那一基于艺术直觉所作的诗歌;换言之,它业已规定了自身的否定性——元语言性的"逆向反馈";关键在于,珀卢什还忽略了另一个事实,即《创作的哲学》本身绝不等同于一篇创作论意义上的学理之作,更可被视为"一则以《乌鸦》的发生为谜案、以诗学探讨为线索、以逻辑分析为手段的推理故事"(详见于雷:《一则基于〈乌鸦〉之谜的"推理故事"——〈创作的哲学〉及其诗学问题》,载《外国文学评论》2013年第3期,第5—19页。)。

② Edgar Allan Poe. *Eureka*, p. 36.

反馈”[1]对系统中的激进输出加以纠正[2],借此保持诗学系统的“稳态”建构。如美国学者约翰·特雷西(John Tresch)所暗示的那样,就《创作的哲学》之隐含作者而言,无论是“讽刺意图说”,还是“技术拜物论”,均是对坡的误读——坡既非19世纪美国新兴机械文化的狂热崇拜者,更非思想保守的盲目抵制者,他只是在纯粹直觉的非理性系统中突出数学逻辑的调控作用,恰如他在纯粹机械的理性系统中强调诗性的直觉;即便在《泄密的心》(“The Tell-Tale Heart”)那一类以精神分裂为特质的反理性作品中,主人公的疯癫之中同样存在着机械感十足的逻辑样式主义,如约翰·特雷西所言,坡热衷于在“自然化与机械化之间、混乱与控制之间”提供一种“轮换结构”(structure of shifting)。[3]

艺术诗性与数学理性之间的“轮换结构”作为坡的小说美学特质,同样可以在英国控制论人类学家格雷戈里·贝特森的“心灵生态学”[4]中找到理论共鸣。贝特森暗示我们如何从更为宏观的认识论视野将“反馈回

---

① “反馈回路”是控制论思想体系中的核心概念,在美国哲学家肯尼思·塞尔看来,它指的是这样一种进程:借助它,任何操控系统的行为在对那一系统的操控环境产生影响的同时,又受到那一影响的影响。控制论的反馈分为“顺向反馈”(positive feedback)与“逆向反馈”(negative feedback)两种。前者是“不稳定之源”,如果不加以抑制将导致系统自身的失衡、瘫痪;后者是“稳定与控制之源”,其功能在于“防止”或“否定”常规操控条件下可能出现的“系统过度偏差”(Kenneth M. Sayre. *Cybernetics and the Philosophy of Mind*. London: Routledge & Kegan Paul, 1976, pp. 49—51.)。笔者在下文所讨论的“整体效果论”/“情节偏离说”之间的辩证关联正是坡的小说美学所体现的“反馈回路”思想。

② 譬如坡在《创作的哲学》开篇处即先行亮出其意在批判的“靶子”(这是坡在传统诗学系统中发现的强势或曰极端信息输出):“绝大多数作家——尤其是诗人——往往宁愿别人当他们的创作是基于某种精致癫狂(fine frenzy)——某种灵魂出窍的直觉(ecstatic intuition)”(*CPS* 979)。忽略坡所设定的这个批判前提,便极易执着于其创作哲学的“纯粹机械”表象,从而完全忽略那当中所暗含的诗性反馈机制。

③ John Tresch. “‘The Potent Magic of Verisimilitude’: Edgar Allan Poe Within the Mechanical Age,” pp. 289—290.

④ 所谓“心灵生态学”(ecology of mind),如贝特森所言,即是指“观念生态学”(ecology of ideas),也就是生态学意义上的“一种思考观念的新方式”:观念如何互动?是否存在某种自然选择,以决定某些观念的幸存和其他观念的灭绝或消亡?是何种经济学在某一特定的心灵区域中对观念的增殖加以限制?对于这样的一个系统或者子系统而言,其赖以保持稳定(或生存)的必要条件是什么?(Gregory Bateson. *Steps to an Ecology of Mind*, p. xxiii. 下文凡出自该著作的引文均直接以该著作的名称首词与引文出处页码在括号中随文标示,不另作注。)笔者认为,坡在其作品中所倡导的诗性直觉与数理逻辑之间的“轮换结构”正体现了“观念生态”意义上的“适者生存”之道如何满足具体文本的系统环境规约。

路”思想转化为某种不乏普适意义的通用哲学,如其所云:当人类的意识行为缺乏艺术、宗教乃至于梦幻(作为无意识潜能)的“协助”,人类将注定“只见树木不见森林”,当然也就无法真正领略所谓“心灵的系统化本质(systemic nature)”;我们赖以生活的世界是一个“拥有回路结构”的世界——“仅当智慧(也即对回路性[circuitry]加以理解或认可)掷地有声,爱方能幸存”。贝特森所说的“爱”乃是人类对(生态)系统的尊重,对“回路”逻辑的敬畏,否则即便是“自然母亲”也可能在进化过程中因为过度注重“目的理性(purposive rationality)”而酿成大错。作为终生崇拜威廉·布莱克(William Blake)的著名学者,贝特森之所以强调那一类为无意识所青睐的诗性“协助”,说到底不过是告诉我们系统思维的重要价值:纯粹的“理性”(也即贝特森眼中那“缺乏非理性协助的人类意识”)将“必然是病原性的”(*Steps* 146)。如此说来,坡在其小说美学中正是突出了非理性对理性、偶然性对必然性、诗性直觉对机械逻辑的修正调校作用,恰如托多洛夫在评价坡的此类二元对立现象时所指出,坡的“理性主义”注定必须接受各种看似游离于常规之外的“偶然”与“巧合”①。毋庸说,坡与贝特森在“艺术性协助”的问题上所表现出的共鸣绝不止于推崇“两种文化”的融通之意,更在于其所包含着的“作为认识论的控制论”之普适价值,就像贝特森所强调的那样,“即便在最为简单的自我修正系统(self-corrective system)中,整体性(holistic)特征同样是显而易见的”(*Steps* 315)。也正是在此意义上,我们有必要进一步从控制论的“反馈回路”视角重新考察坡所尤为关注的“整体效果论”。

第三节 “神的建构”与“反馈回路”

文类小说的图式化所引发的信息“冗余”往往使得情节偏离成为整体效果赖以实现的重要美学补偿,它尤其体现于坡在《我发现了》当中所论及的两个重要的“宇宙法则”,一是“离散法则”(law of departure),二是“回归法则”(law of return);“任何针对常态所做出的偏离(deviation)均

① Tzvetan Todorov. *Genres in Discourse*, p. 99.

包含着回归常态的趋向"(*Eureka* 45)。笔者认为,坡在突出整体效果之际将情节偏离作为一种潜在的"反馈回路"纳入其创作哲学的逻辑进程中,实现"偏而不离"的叙述动态平衡。正如控制论学界时常提及的那个著名的隐喻对象——瓦特蒸汽机上的离心力调节器[①]所展示的,通过双球摆锤因转速变化而产生的上下起伏来控制蒸汽阀的开合度,由此将蒸汽机的运转速度限定在合理区间内。[②] 坡围绕小说创作所强调的整体效果与情节偏离之间的辩证关联正体现了控制论在因果律与目的论之间的对接耦合。借用德国哲学家克劳斯围绕控制论所作的精辟概括,不妨说"稳态系统即反馈系统,反馈系统即等于'追求目标的系统'";克劳斯通过对比"直线式因果性"与"反馈式目标性"这两种逻辑进程(见下图[③]),说明后者的科学性在于"反馈回路"对维护系统稳态所起到的关键作用。(克劳斯 286—287)

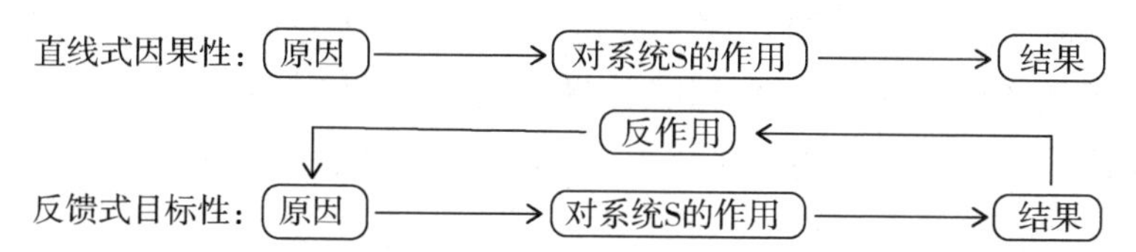

正如我们所看到的,控制论的诸多理念(譬如此处的"反馈回路")一旦显性化之后似乎并不复杂,而是颇具常识性的生活哲学,某种意义上也促使我们重新思考拉康的"控制论无意识":那究竟是他在《被盗的信》之研讨会上做出的自然流露,抑或果真如刘禾教授所暗示的那样,乃是要

---

① 离心力调节器(centrifugal governor)对于保障瓦特蒸汽机的系统"稳态"所起到的巧妙功效不仅在控制论领域成为一个传奇,而且也是生物进化论学界的一个重要概念隐喻。英国博物学家阿尔弗雷德·华莱士(Alfred Russel Wallace)首次从离心力调节器对于蒸汽机的作用上看到了自然选择对于动物王国生态失衡的自动校正功效。正是在此意义上,贝特森不禁感慨道,倘若当初是华莱士而非达尔文首先提出进化论,那么伴随"自然选择"观念的诞生将能够使得现代控制论提前100年出现(Gregory Bateson. *Mind and Nature*: *A Necessary Unity*, pp. 39—40.)。

② Norbert Wiener. *Cybernetics*: *Or Control and Communication in the Animal and the Machine*, p. 97.

③ 围绕图中所展示的控制论反馈回路,笔者从托马斯·品钦的《拍卖第49批》(*The Crying of Lot 49*)当中发现一个有趣的象征符号——特里斯特罗(Trystero)邮政系统的独特标记,一个装有弱音器的邮政驿车号角,其形状似乎正是克劳斯在此所提供的"直线因果"与"目标反馈"的综合体。

“刻意”跟我们玩一场“匿于明处的游戏”[1]? 但无论如何,控制论思想所表现出的强烈的认识论色彩显然足以使之契合于文学艺术的审美表达进程。基于克劳斯围绕控制论“反馈回路”思想所给予的评价,我们不禁联想起坡在《我发现了》当中围绕“宇宙是上帝的情节”所作的那段著名的阐述。在那里,坡着重对所谓的“人的建构”以及“神的建构”加以对比,指出前者乃是基于一种直线式因果律:“某一具体原因引发某一具体结果……但仅此而已,我们看不到互惠性。‘果’并未反作用于(re-act upon)‘因’”,然而“神的建构”却不同,它表现出一种独特的反馈式因果律——“因”与“果”能够“在任何时刻”发生反转:“‘因’可为‘果’,反之亦然,以至于我们无法绝对分清彼此”;值得注意的是,坡虽然是在探讨宇宙观,但却给读者提供了一个诗学例证,如其所言,“人类天赋的展示所给予我们的乐趣往往表现为在多大程度上接近这种[因果]互惠性。譬如说,就虚构文学的情节建构而言,我们对于任何一则事件的安排,务必做到无法甄别它究竟是缘起于还是作用于其他事件”(*Eureka* 88—89)。在笔者看来,坡于此处所强调的因果“互惠性”正是控制论“反馈回路”思想的诗学再现。

据笔者观察,坡的受众往往注重留意其小说美学中甚为突出的“整体效果论”(*CW* XIV 196)[2],而极少关注他针对那一聚合意识所暗藏的逆向反馈机制——“情节偏离说”。如果说控制论的“逆向反馈”(作为诺伯特·维纳眼中的“否定”美学)乃是着眼于系统“稳态”之保障,那么坡的“情节偏离说”则正是出于维系“整体效果论”那一终极目标而实施的辩证

---

① Lydia H. Liu. “The Cybernetic Unconscious: Rethinking Lacan, Poe, and French Theory,” pp. 318—319.

② 值得注意的是,效果整体论(totality of effect)与情节整体性是相辅相成的,正因为如此,坡在不同场合均提及情节设置层面上的格式塔意识;譬如坡在 1839 年 8 月的《君子杂志》(*The Gentleman's Magazine*)上写道:“一个完美的情节——如果理解正确的话——仅仅在于我们发现自己无法从中抽取或扰乱(*disarrange*)任何一个相关事件而不会对情节的整体造成破坏”(See *CW* XIII 44—45);另外,在 1841 年 4 月出版的《格雷厄姆杂志》上,坡再次暗示情节整体性的重要性:“情节一词就其恰当的定义而言乃是指,任何部件的移动均会对整体造成破坏”(See *CW* X 116—117);但与此同时,情节的“部件”设置却预设了其自身的偏离趋向,使之成为情节整体性乃至于效果整体论的建构方式和组织逻辑,正如厄舍屋在风雨飘摇之中所秉持的“诗性平衡”。

的否定。在笔者看来，这就如同走钢丝的杂技演员必须伸出双臂或是手持平衡杆，看似在身体重心的中轴线两侧产生了姿态“偏离”，但却更为有效地实现了整体系统的稳定性。事实上，控制论所说的“稳态”并非机械不变的恒定值，而恰恰是基于“偏离”趋向所形成的动态平衡；这与克劳斯用作类比的“恒温器”有着近乎一致的工作原理，它凝缩了控制论的稳态逻辑：预定温度与实际温度之间的差距作为“刺激因素”能够产生效能，并因此使得系统“围绕着预定温度而振动”；换言之，“系统在经过一切干扰、偏离之后，总是又达到了自己的‘目标’”（克劳斯 284）。笔者认为，控制论意义上的目标反馈原则在坡的“整体效果论”与“情节偏离说”的辩证关系中得到了某种哲学式体现，尤其是坡在讨论霍桑的小说创作风格时所发表的相关言论：

> 一位技艺精湛的作家创作一则故事，不会按照事件的要求去安排自己的想法，相反，他首先刻意地酝酿出某种力图达至的“独特效果”（*single effect*），而后创造出事件，再对它们加以组合；当这些事件为作家论及之际，它们便会有助于构建那先前预设好的效果。倘使作家的第一句话未能顾及那一效果的营造，那么他在起点的位置上便犯下了大错。在整个创作当中，不该有任何字眼未尝不是直接或间接地趋向于表现那个既定的设计。（*CW* XIII 153）

在坡的小说创作中，情节的适度偏离同样亦是为了对作者事先设定的“独特效果”加以系统化的营造与凸显。由于坡作为美国短篇小说“标准化”①传统的重要开创者缺乏既有的创作理论参照，同时也因为“[坡]对戏剧原则的理解与他对短篇小说的形式构建存在着密切关联”②，坡在《论美国戏剧》（“The American Drama”）一文中所谈及的情节偏离观念值得我们在控制论的“逆向反馈”思想语境下加以重新审视：

---

① 美国学者阿冯索·史密斯在提及坡对美国短篇小说的独特贡献时，强调短篇小说文类传统在坡那里首次得以“标准化”（C. Alphonso Smith. *Edgar Allan Poe: How to Know Him*. Garden City: Garden City Publishing Co., Inc., 1921, p. 239.）。这一标签再次暗示了坡的小说美学具有更为系统的机械理性与“控制论”意识。

② Margaret Alterton. *Origins of Poe's Critical Theory*. New York: Russell & Russell, Inc., 1965, p. 93.

> 有些颇具价值的剧本虽然拥有情节,但却富于无关事件——此类事件,在我们看来,即便是予以替换抑或加以清除也完全不会对情节本身产生任何影响;然而,这些剧本却丝毫不会因此而引起观众的反感;于是,那些事件便表现出了**情理之中**的无关性——**显而易见**的偶发性。它们的偏离化特征(digressive nature)为观众所心知肚明;但凡出现,观众会自然而然地将其视为一则插曲,而不至于劳心费神地去构建它们与主题性旨趣……之间的关联。莎士比亚的戏剧即是如此。[与此相反],对于技艺拙劣的艺术家来说,情节的无关性却往往使得其作品发生扭曲变形,容颜尽毁。艺术家之所以犯下如此大错,正在于[其无关事件]的**效用缺失**。次要情节相互叠加……但却毫无意旨——**漫无目的**。那些穿插性的无关事件未能对作品的主要事件产生终极影响。(*CW* XIII 47)(着重标记由坡本人所作)

笔者认为,坡意图借助文本系统元素之间的“创新组合”[①]使得情节产生一定程度的偏离,并因此同其甚为强调的“整体效果论”产生操控性“对峙”——这两种趋向构成了坡的小说艺术张力。值得注意的是,坡认为情节偏离在优秀的作品中理应成为“心知肚明”或是“情理之中的无关性”,一旦出现,受众(至少是理想读者)便会“自然而然地将其视为一则插曲,而不至于劳心费神地去构建它们与主题性旨趣……之间的关联”。这说明最佳的情节偏离不仅能够做到在偏离之际始终不忘对“整体效果”那一终极目标做出反馈,更在于它能够让偏离机制获得某种控制论意义上的“自动修正”功效,使之成为一种无意识,如贝特森从英国作家塞缪尔·巴特勒(Samuel Butler)那里得到的重要启发——“让习惯成为传达意识观念的高度经济性原则”(*Steps* 141)。

---

① 坡曾屡屡指出,任何所谓的“创新”之说都“仅仅是非同寻常的组合而已”(Robert L. Hough, ed. *Literary Criticism of Edgar Allan Poe*, p. 78.)。“组合”即是对文本系统元素的组织原则加以操控,而“整体效果”与“情节偏离”正是那一操控的最佳体现。当然,如笔者在上下文中所同样突出的,坡的“组合”机制还包括“诗性直觉”与“理性逻辑”之间的权重分配,以及“组织闭合”(整体效果)与“结构开放”(情节偏离)共同构建的“自创生”逻辑;其中,情节偏离往往借助类比性、隐喻性、戏仿性或互文性等多种“超链接”策略来实现某文本系统从外部知识体系(也即文本系统所处的“系统环境”)当中摄取“信息”,这是“自创生”得以实现的一个关键环节。关于“组织闭合”与“结构开放”在“自创生”系统当中的运作逻辑,详见李恒威、肖云龙:《论生命与心智的连续性》,第 50 页。

或许正是在此意义上,《创作的哲学》所饱受的诟病有了一个合理的脚注:将诗性直觉的“自动机制”化约为坡笔下的“齿轮组合”(wheels and pinions),这可谓坡无意间犯下的忌讳,也恰恰抛弃了贝特森乃至于坡本人所强调的那基于奥卡姆剃刀原则的“习惯”认知,就连坡自己也不得不在这篇好为人师的“创作导论”中倍感唏嘘:“我时常想,一个作家倘有意愿且有能力在杂志上一步一步地详述其创作进程直至句号得以圆满画上的那一刻,该是多么有趣的事情,然而令我不解的是,这样的文章竟然从未问世。”(*CPS* 979)在笔者看来,坡的“不解”恰恰以一种极其“朴素”的理论先知预示了“控制论”本身在其发展进程中所遭遇的瓶颈,而这一问题也是导致控制论在 20 世纪 70 年代前后从第一阶段演进至第二阶段的关键动因。鉴于坡的诗学控制理念在此处的相关性,我们不妨略做概括:被观察的对象系统在所谓的“一阶控制论”(first-order cybernetics)当中是全然被动的,正如比利时控制论学家海利根(Francis Heylighen)所言,它往往被“观察者”(observer)当作“可被随意观察、操控和拆解的消极、客观既定之物”,而观察者围绕被观察系统所建构的“认知模型”又被误当作系统自身;相较而言,“二阶控制论”(second-order cybernetics)则更为强调观察者与被观察对象的互动,两者均是独立的系统(量子物理学那个著名的双缝实验所考察的“波粒二象性”即是这一互动的经典模型),且观察者总是努力针对被观察的系统“建构认知模型”①。

---

① Francis Heylighen and Cliff Joslyn. “Second Order Cybernetics,” http://pespmc1.vub.ac.be/SECORCYB.html [2018-12-06] 关于“二阶控制论”意义上的观察者系统如何对周围的(环境)系统进行所谓的“认知建构”,我们可以从马图拉纳的生物学实验室找到那只著名的青蛙,它能够针对高速飞行的苍蝇进化出一套独特的视觉系统,而那一系统却能够使之对身边栖息的鸟儿视而不见;换言之,生物体系统通过对环境加以“认知操控”(cognitive operation)建构那一感知系统,继而又使之“归因于那一系统所依赖的环境”,并由此形成了马图拉纳所颇为强调的“自反性控制论”(self-referential cybernetics),也即“二阶控制论”(*Neocybernetics* x-xi. See also N. Katherine Hayles. *How We Became Posthuman*, pp. 134-135)。虽然“一阶控制论”与“二阶控制论”均强调观察者针对被观察系统建构“认知模型”,但有着本质的区别:前者是单向机械的、片面化的,而后者则是双向互动的、“自创生的”。与马图拉纳所揭示的青蛙视觉系统相仿,量子物理学围绕“波粒二象性”(wave-particle duality)所进行的著名实验同样反映出观察者系统与被观察环境系统之间的互动关联:量子在未被我们观察到的情况下,乃是处于波粒叠加状态,也即兼具粒子与波的特征(“wavicle”),而一旦被我们用仪器加以观察时,量子便表现出粒子的特征;哲学家们之所以误以为量子物理学“让我们身边的世界变得不再真实”,(转下页)

简要比对,我们即可发现《创作的哲学》所体现出的“作为文学控制论思想者的坡”显然处于“一阶控制论”意义层面之上;而坡所表达的“不解”多少是因为他将文学家的创作无意识(也即贝特森所说的“习惯”)强行纳入其作为控制论“观察者”所建构的过度的艺术自觉(认知模型)之中。坡的困惑在笔者看来正是“一阶控制论”在自我扬弃的关键节点上所呼唤的“二阶控制论”的“自创生”逻辑:一位观察者如何置身于被观察系统之内却又从外部对那一系统属性加以“认知操控”?[①] 坡的“不解”某种意义上正在于他自身分裂的职业化人格——既是艺术家,亦是批评家;既在他所观察的系统之内,又同时处于那一系统之外;既拥有习惯认知的无意识,又占据模型认知的自觉性。要理解这一复杂情境所隐含的文学控制论意义,不妨将其置于贝特森的精辟言论中加以领会:艺术的真谛悖论性地体现于“意识与无意识之间产生的界面”,在那里艺术家遭遇到一种“独特的困境”;他为了熟能生巧而不断加以实践,但这将导致一种“双重效应”,即一方面必须通过长期训练来提升自己的创作技法,另一方面却又因此而对其所掌握的技法逐渐减弱意识。正因为如此,艺术家往往无法像艺术鉴赏家那样清晰地评价自己的创作机制,而这困惑就隐藏在贝特森提供的隐喻当中——艺术家若要描述自己的创作无意识,其难度莫过于一个站在扶手电梯上的人描述自己的运动。(*Steps* 138)

第四节　情节偏离与“逆向反馈”

坡的文学控制论思想主要局限于“一阶控制论”范畴,并不意味着那些诗学控制理念本身没有存在的价值,正如现代控制论学家绝不会因为“二

(接上页)恰恰是因为忽略了“自创生”逻辑的本质——观察者系统(正如马图拉纳的青蛙那样)并未“改变”环境系统,而仅仅是根据观察者系统的内在要求对环境系统加以“认知建构”(See Victor F. Weisskopf. “What Is Quantum Mechanics?” in *Bulletin of the American Academy of Arts and Sciences*, Vol. 33, No. 7 [1980], pp. 37-38.)。

① 海耶斯在《我们如何成为后人类》中也曾借助“后人类小说”暗示“二阶控制论”出现的必要性:它涉及的是“何处安置观察者的难题——究竟是放在被观察的系统之内抑或是之外?”(N. Katherine Hayles. *How We Became Posthuman*, pp. 23-24.)

阶控制论”而彻底否定“一阶控制论”的局部合法性。虽然坡的诗学控制理念因《创作的哲学》而多少陷入某种程度的批评信任危机之中,不过,那倒不妨碍他在其他众多场合表现出更为显性的辩证姿态,某种意义上也是对那一“信任危机”所给予的元批评意义上的“逆向反馈”与“自我修正”:除了突出诗性直觉对机械理性的反馈之外,坡亦特别强调情节偏离对整体效果的反馈;前者是后者的逻辑,后者是前者的演绎。基于此,笔者拟聚焦于坡的几则经典短篇小说,更为清晰地说明情节偏离与整体效果如何在控制论意义上实现辩证统一。

对坡而言,情节偏离既可展示为内容层面上的声东击西,亦可呈现为逻辑层面上的偏正倒置,仿佛是 T. S. 艾略特笔下的那些蜿蜒的“街道”——“如同一则包藏着诡谲意图的冗长论断”,或是坡在《一桶艾蒙提拉多酒》(“The Cask of Amontillado”)中所描绘的错综复杂的墓穴通道:迂回的全部意图似乎仅仅在于将主人公蒙特雷瑟(Montresor)手里那“最后一块石头”严丝合缝地嵌入墙壁,完成文本格式塔的终极建构。[①] 在《玄虚之术》(“Mystification”)当中,坡为我们提供了一个关乎情节偏离逻辑的隐喻模型:玄术高手瑞茨纳·冯·荣格男爵(Baron Ritzner von Jung)在大学宿舍里高谈阔论之际遭受到对手赫尔曼(Hermann)的不敬言辞,前者的反制之举不是针对赫尔曼本人,而是将酒瓶掷向赫尔曼在镜中的映像;当后者就这一怪诞行为前来寻求答案时,前者却又指示其去阅读某文章(两三周前男爵刻意丢在赫尔曼住处)当中一段不知所云的文字(*CPS* 219)。在《被盗的信》中,杜宾尽管对破案的赏金表现出十足的“贪婪”,但并未直接向警署署长索取,而是转述一则笑话:一个富有的吝啬鬼不想掏钱看病,于是装模作样地跟医生拉家常,顺便将自己的病症转嫁到一个并不存在的朋友身上,并问医生他那朋友该如何服药;医生也不含糊,随即答复说“当然遵照医嘱服药”;为了说明 D 部长为何决定将密信藏于最显眼之处(“压根儿不去藏它”),杜宾却转向了“地图寻字游戏”:在此类游戏中,最易为人眼所忽略的是地图上那些印刷字体超大的地名,它们往往从地图的这一端一直延伸到另一端;这种游戏的新玩家们却不懂

---

① 详见于雷:《从“共济会”到“最后一块石头”——论〈一桶艾蒙提拉多酒〉中的“秘密写作”》,载《国外文学》2014 年第 3 期,第 99 页。

得这其中的哲学,“往往为了让对手尴尬而专门挑选那些字体印刷得很小的地名”(*CPS* 604)。

可见,“匿于明处”的游戏在元语言意义上乃是以一种欲擒故纵的偏离姿态纠正“功利主义”情节目的论;若从宏观层面看,《被盗的信》之总体谜面也正在于一系列平行的类比序列——那位“皇室女性”公然将信件置于明处以避人耳目的做法与D部长藏匿信件的策略如出一辙;杜宾破案时的逻辑换位及心理认同策略同样也是D部长公然拿走密信时所采用的。这些重复出现的情节元素围绕“杜宾夺信”那一主导线索构成了多重镜像偏离。由此,我们不禁想起了列斐伏尔在论述“索引”(index)对于社会学研究的价值之际所提出的精辟观念:“一个好的索引往往表现出相对的恒定性……它不仅仅只是一个表象,而是揭示了隐蔽的现实”;不仅如此,这样的索引还能够摆脱“原初语境”的纠缠,抽象为某种“客观标准”,借此,我们能够将其用作理解其他类似现象的“分析工具”(analytic implement)①。显然,坡在展开“部长盗信、杜宾夺信”那一核心情节之前首先讲述了那位“皇室女性”如何**在眼皮底下藏信**的事实,不过是为我们提供了列斐伏尔所论及的那种预表性的“索引”——它作为具有标准功能意义的“分析工具”将会帮助我们(乃至于杜宾本人)去把握故事核心情节的发生逻辑。因此,偏离的目的恰恰在于回归,在于成为揭示本质的一个**看似**无关的“索引”。

偏离技法在《莫格街凶杀案》(“The Murders in the Rue Morgue”)中同样获得了一条高度凝缩的操控原则——关注“游戏之外的事物”(*CPS* 316)。如果我们仅以杜宾的高超推理为例,那么这种偏离将意味着一系列虚实错位的逻辑判断。在此不妨关注叙述者提供的一个有趣的片段:“我”与杜宾在街头溜达,各自思忖着问题。然而杜宾突然“秃头秃脑”地说道:“没错,他个子太矮,只会去杂耍班子露几手。”这令“我”万分惊讶,因为杜宾所言正是“我”心中所想之事。为了满足“我”的强烈好奇,杜宾遂对其神秘洞察力做了一番解释:原来,15分钟前,“我”被路上一个头顶苹果篓子的水果商贩撞了个踉跄,一脚踩在道路施工现场的石块上并因

---

① Henri Lefebvre. *Critique of Everyday Life*. Vol. II. Trans. John Moore, London: Verso, 2002, p. 144.

之轻微扭了踝骨；"我"不免生气地嘟哝了两句，又回头瞅了一眼那堆铺路石，便缄默着继续前行，而这一切均被杜宾看在眼里。他注意到"我"在这之后一直低头注视着地面，就断定"我"还在惦记着那些石头；接着，二人转到一条小路上，那里正在进行层叠法道路铺设试验。当时，杜宾发现"我"在口中嗫嚅"石头切割法"(stereotomy)一词，于是便推断"我"有可能联想到了"原子"(atomy)概念以及不久前二人所讨论过的伊壁鸠鲁的星云宇宙进化论。果不其然，杜宾发现"我"不由地抬头仰视夜空中的猎户座大星云。于是，杜宾又联想到前一天《博物馆报》上围绕鞋匠尚迪伊(这个"矮个子"是巴黎有名的戏剧"票友")的演出所发表的讽刺文章。文章的作者影射尚迪伊为了进入戏剧圈而更改姓名这件事，还特意套用了一句拉丁文，"第一个字母不发原来的音"，而杜宾此前多次跟"我"提及这句拉丁文，说它是指"猎户座"这个字的发音如何发生了变化。杜宾据此断定"我"准会在那一刻将"猎户座"与"尚迪伊"联系起来，并合理解释了杜宾先前打断叙述者思绪的那句话，他指的正是那半道出家的鞋匠"戏迷"尚迪伊。

上述片段实际上是《莫格街凶杀案》故事正文之前的序曲，对于整篇小说而言则可谓是继题头语之外的第二层类比性"引子"；其功能不止于从"实践"上展示杜宾的"天才思维"，而更是在元语言意义上突出"游戏之外的事物"如何服务于游戏本身。正如荣格男爵将玄术矛头偏离性地指向对手的镜中映像，杜宾从"石头切割法"中看到的是宇宙物理学的"原子"，从"猎户座大星云"当中发现的是一个为了进军演艺圈而不惜更改姓名的戏剧票友。笔者认为，坡的小说之所以突出此类认知偏离，也是基于一种以"侧视"为认知理据的逻辑认识论："唯有用余光，将视网膜的外围区域(*the exterior portions of the retina*)对准夜空的星体，方可将它们看清"(*CPS* 326)。在坡那里，聚焦于某个预设的系统目标，恰恰悖论性地需要发挥"明修栈道"的偏离功效。那些看似与情节主旨无甚关联的细节与片段在历经跌宕迂回之后，总能以某种令人恍然大悟的新奇之态"反馈式地"兑现最初预设的"整体效果"。

情节偏离之所以重要，乃是缘于它能够在文本系统内部创造差异，成为故事世界中信息交换得以实现的驱动力，换言之，也即推动叙述进程的内在能量。这是坡那个时代的早期热力学定律可能赋予文学家们的科学隐喻,如法国人萨迪·卡诺在1824年出版的《论热量的驱动力》中所指出的那样,"凡有温差之处,凡有热量得以实现再平衡之空间,驱动力便获得了其发生的条件"①。海耶斯在一处提及坡的地方同样注意到"卡诺定律"对于《厄舍屋的倒塌》所可能产生的潜在意义(详见下文)。不过,在笔者看来,这种基于情节偏离所引发的"差异动力学"还可以依照"图形—背景理论"的认知模型做出深层考量:该理论在文学认知研究中所关注的"图形—背景反置"(figure-ground reversal)旨在"诱导"或"操控"读者对其思维模式中所习以为常的前景/背景关系加以"来回转切"②,正如《金甲虫》的标题本身即暗示了一种典型的偏正倒置逻辑:故事的"图形"并非那只让读者魂牵梦绕的神秘甲虫,而是"金"这个看似仅仅充当了"背景"的修饰语——"这只甲虫定会让我发财……它是我找寻金子的索引(index)。"③(*CPS* 455)

在笔者看来,此类发生于聚焦点与非聚焦点之间的"来回转切"乃是偏离性情节在审美进程中与主导性情节之间产生的虚实错位,并由此创

---

① Nicolas Léonard Sadi Carnot. *Reflections on the Motive Power of Heat*. New York: John Wiley & Sons, 1897, p. 48.

② Reuven Tsur. "Metaphor and Figure-ground Relationship: Comparison from Poetry, Music, and the Visual Arts," in *Cognitive Poetics: Goals, Gains and Gaps*. Ed. Geert Brone and Jeroen Vandaele. Berlin: Mouton de Gruyter, 2009, p. 266. 笔者注意到文学认知学家斯托克维尔在论及阅读的"语境框架理论"(contextual frame theory)时基于某种相似的情节逻辑,将此类基于偏离性情节/主导性情节的反置运动关系描述为"主导/非主导"(primed/unprimed)属性(See Peter Stockwell. *Cognitive Poetics: An Introduction*. London: Routledge, 2002, pp. 155—156.);从某种意义上说,那不过是对"图形—背景反置"现象进行的叙事学改造。

③ 在坡的笔下,那只偶然在海滩上被发现的怪异甲虫原本并非仅仅扮演"索引"的次要角色,而恰恰是故事的焦点;只是随着更多偶然事件的汇入,那只神秘的甲虫方才逐渐从前景淡出为背景,真正成为一个用以发现宝藏的"索引"。有趣的是,列斐伏尔在其围绕"日常生活社会学"所展开的研究中曾专门提及"索引"对于认识社会现象的重要价值;让笔者颇感惊讶的是,列斐伏尔几乎精确回应了坡的文学哲学思想,如其写道,"索引乍一看上去时常给人一种非意指性(non-signifying)的错觉",而实际上它却包藏了所谓的"意指进程"那一"陷阱"——"索引通常指涉某种隐蔽之物,抑或正相反,指涉某种显而易见却又恰恰因之而不为所见的东西";不仅如此,由于"索引"往往表现出其"秘而不宣"(secretive)的意图,所以科学家在使用索引之际,务必发挥其"理性本能"(rational instinct),也即"直觉";"动用自己的想象力"(Henri Lefebvre. *Critique of Everyday Life*. Vol. II, p. 143.)。坡笔下的甲虫之所以从一个看似独立的"非意指性"符号逐渐变为"意指进程"本身,乃是因为它全然兑现了列斐伏尔眼中一个索引理应发挥的功能——"陷阱";也正是得益于这个"陷阱",坡的情节偏离策略获得了其存在的认知理据。

造出贝特森眼中的认知“多重性”,如同我们的“双眼视觉”所产生的视差能够对采集到的多重信息加以比对,甄别其中变化的部分。这正映射了贝特森理论思想中那个著名的表述——“生异之异”(the difference that makes a difference)——所暗示的关于系统“信息”的最佳定义;贝特森甚至提供了一个文学上的经典事例:莎翁戏剧舞台上的麦克白如何通过触觉与视觉的比对,最终证明眼前漂浮的匕首不过是个幻觉。① 基于以上讨论,笔者认为:坡围绕情节偏离如何服务于整体效果所形成的美学操控机制丰富了我们对于文学控制论的理解,尤其是作为“逆向反馈”的偏离机制如何有效实现文本话语系统的稳态建构,并借助偏离引发的美学差异为叙述进程提供内在驱动力。

第五节 “顺向反馈”的诗学启示

坡尽管十分注重情节偏离对于文本格式塔的维系作用,但也热衷于在诸多涉及超自然或是“艺术神经质”题材的那一类小说中做出更为复杂的演绎:一方面突出“逆向反馈”(话语性偏离机制)对文本系统“稳态”(修辞性整体效果)的调校,另一方面又会如其“现代门徒”②托马斯·品钦在《拍卖第49批》当中所做的那样,将控制论意义上的“顺向反馈”(话语性颠覆机制)付诸实施③,直至整个叙事系统的话语建构进程在最后一刻扭转为“多米诺骨牌效应”所引发的话语解构进程。换句话说,坡不仅崇尚“稳态”,更可能会出于“翻新”其自身文学谱系之目的而刻意追逐“失衡”的乐趣。正如坡在给友人的书信中所坦承的那样,既然在《莫雷拉》

---

① Gregory Bateson. *Mind and Nature: A Necessary Unity*, pp. 66—68.

② 笔者将品钦视为坡的“现代门徒”,不仅因为品钦在创作美学上明显受到坡的“秘密写作”之影响,更因其在宇宙观方面亦同坡存在逻辑上的一致性;譬如美国学者曼宁即指出品钦的“熵增”观念在文学审美意义上可回溯至坡所提出的“精神‘以太’(ether)”(Susan Manning. “‘The Plots of God Are Perfect’: Poe's ‘Eureka’ and American Creative Nihilism,” in *Journal of American Studies*, Vol. 23, No. 2 [1989], p. 248.)。

③ 将《拍卖第49批》视为“顺向反馈的疯狂运作”(positive feedback at its crazy work)乃是美国学者凯瑟琳·伍德沃德(Kathleen Woodward)于1981年12月在现代语言协会(MLA)的会议上所做出的论断(*Soft* 114, 226)。

(“Morella”)当中业已使用过“渐进式”的借尸还魂路数,就有必要在《雷姬亚》(“Leigia”)的结尾处“做一点变化”,让“渐进式”成为“突变式”(*CW* XVII 51—53)。在笔者看来,这是一种相对复杂的系统构造,因为它实际上涉及两种看似相互抵牾的审美趋向:一是内容层面上以颠覆或者毁灭为目标的故事话语系统,二是形式层面上以整体效果为目标的修辞话语系统。这一悖论的解决乃是基于这样一个事实,即坡在此类情形下不过是将法国游戏理论家罗杰·卡约所说的“眩晕”(ilinx)[①]预设为作品最终旨在实现的“独一效果”(single effect);如此,坡借助“顺向反馈”所实施的话语颠覆恰恰服务于那一终极修辞预设。

在笔者看来,没有什么例证能够像坡在《红死魔化装舞会》当中所设置的那7个房间更具象征性,同时也更具“元语性”地展示出“逆向反馈”与“顺向反馈”之间的对立统一。如坡在小说中所描述的那样,上述房间与常规皇室的直线布局不同,它们呈蜿蜒之势排开,而每转一个弯便能领略到另一番“新奇之效”(a novel effect)——这是偏离所引发的审美愉悦。唯独到了最西端的房间,情况有所不同:室内的色调是黑色的(黑色的丝绒幕布和黑色的丝绒地毯),而窗玻璃则显出“深暗的血液之色”——这既是“红死魔”在字面上所预示的终极之灾,也是小说本身所预设的整体效果。有趣的是,在故事的尾声,坡不乏意味地让“红死魔”当着众人的面大摇大摆反向穿越前6个房间,这个举动自然可以理解为入侵者对一国之君的挑衅,但更具美学意义的解读却在于它完美诠释了整体效果围绕情节偏离所规约的“反馈回路”思想:蜿蜒、新奇的建筑空间布局最终由“红死魔”的整体穿越加以统领,正如《乌鸦》末尾的那句“将你的喙从我的心头挪开”带着读者重新回到作品的起点“寻找寓意”(*CW* XIV 208)。当然,这是一次以话语颠覆为目标的“顺向反馈”;其破坏性从本质上说并不在于一座与世隔绝的教堂以某种超自然的神秘方式遭到了“红死魔”的入侵,而是在于那一全然封闭的文化系统自身业已抵达其失序的极限。换

---

① 在罗杰·卡约的游戏分类中,“眩晕游戏”旨在“享受恐惧、战栗和震惊所带来的身体快感”;借此,游戏者得以“满足自己暂时破坏身体平衡的欲望”,进而“逃避其常规感官的专制”(Roger Caillois. *Man, Play and Games*. Trans. Meyer Barash. Chicago: University of Illinois Press, 2001, p. 44.);坡的笔下存在大量的此类小说案例,不复赘述。

言之,毁灭并非来自外部的入侵者,而恰恰来自那一临时规约的文化系统因其极端封闭所引发的灾难。如美国学者查普夫所指出的那样,“[《红死魔化装舞会》]就其创作形式来说可被视为对熵增进程的例释”,而红死魔作为普洛斯彼罗王子(Prince Prospero)想象出来的“文化超级符号”则成为毁灭其创造者的一股“自治的力量”;也就是说,“红死魔”本质上乃是一种“虚空之怖”,它在王子惊恐倒毙之后落入追捕者手中的仅仅是一片没有实体的裹尸布。[①] 一个封闭系统的颠覆,其原因与其说是来自入侵者,不若说恰恰来自系统内部的熵增定势。在此意义上,查普夫所说的“自治的力量”不乏准确地把握了维纳的控制论思想,也即“任何孤立的系统会自然产生熵增趋势[……],且终将毁于热寂(heat death)”。(*Human* 28, 31)

“顺向反馈”(如克拉克所指出的)往往意味着系统突然增强输出,从而导致那一系统进入“失控状态”(wild state);然而对于艺术创作(譬如摇滚乐)而言,那一“失控状态”恰恰使得所谓的信息“噪音”成为某种可被利用的系统资源。[②] (*Neocybernetics* 79—80)笔者认为,克拉克围绕“失控状态”所做出的审美阐释正是坡在《红死魔化装舞会》中践行的诗学操控。无论是“红死魔”的机械降临,抑或是《厄舍屋的倒塌》中玛德琳的破棺而出,它们所发挥的“顺向反馈”功效均直接引发了故事话语系统的崩溃,但却与此同时使得那一“失控状态”成为可被利用的系统资源,进而又戏剧性地凭借某种不乏悖论的姿态服务于修辞话语系统的“稳态”构建。这一程式与《梅岑格斯坦》(“Metzengerstein”)中的情形可谓如出一辙:年轻气盛的主人公正是在试图驯服一匹从画布上复活的神秘烈马而最终陷入“失控”境地;而当烈马最终载着骑手一并消失于“混乱的火海”之际,故事戛然而止,“风暴的狂怒”亦瞬间平息并“随即沦为一片死寂(dead

---

① Hubert Zapf. “Entropic Imagination in Poe's ‘The Masque of the Red Death,’” in *College Literature*, Vol. 16, No. 3 (Fall, 1989), p. 212, p. 216.

② 在控制论信息理论中,“噪音”(noise)即是指信息的对立面、通信的干扰项,由此显出“冗余”作为模式或规则的重要性——其语法的“可预测性”是对通信“噪音”的克服(认知图式的作用即在此);但正如坡小说中的“熵增”与“失控”那样,“噪音”非但不是毫无价值,反而能在对通信交往产生干扰的同时,也为新模式的诞生创造条件。如贝特森所总结的那样,“凡不为信息者,不为冗余者,不为模式及不为规约者——均是‘噪音’,那是‘新’模式赖以发生的唯一可能之源”(*Steps* 416)。

calm)"(*CPS* 100)。小说尾声所提供的那一连串表述("失控""混乱""狂怒""死寂")使得我们不禁感叹坡的控制论直觉——即便对同时代的卡诺热力学定律未必知晓,然其小说中所屡屡表现出的对科学原理的高度契合亦足以让人称奇。故事话语层面的失控意味着熵增加剧,神秘烈马的闯入作为导致系统输出得以增强的"顺向反馈"机制,最终成为系统稳态在行将丧失之际被施予的致命推手。

基于相似的逻辑,海耶斯在《混沌之缚》一书中亦将《厄舍屋的倒塌》视为"坡对热力学第二定律的预示";具体说来即是指"玛德琳作为一种组织化力量(organizing force)"乃是在努力"挣扎着使自己回归生命之态",然而恰恰是"这些挣扎"却又不可避免地导致了她最终的覆灭;这一事件在海耶斯看来也同时类比性地说明了午夜风暴的"能量消耗"如何引发了厄舍屋的倒塌。尽管坡在海耶斯笔下仅有这一次短暂登台的机会,但他显然被清晰地纳入控制论思想体系之中。[①] 实际上,海耶斯的"热力学解读"似乎是在以玛德琳的"挣扎"为例,告诉我们控制论意义上的"顺向反馈"(系统输出增强)恰恰会造成系统稳态的丧失,直至崩溃。不过,海耶斯的解读在笔者看来却存在着一处关键的瑕疵,理由是她在人与屋之间构建的平行类比关联(人之亡/屋之朽)显然将玛德琳与厄舍屋割裂开来,而没有注意到玛德琳就是厄舍屋那一封闭系统的内在驱动,甚或堪称控制论意义上驾驭系统"稳态"的"舵手"。在此意义上,笔者主张将玛德琳与厄舍屋视为一个有机系统,而导致厄舍屋系统瘫痪的原因乃是玛德琳在系统稳态业已处于风雨飘摇之际却实施了"顺向反馈"(也即海耶斯所说的最后的"挣扎"),加速了系统的崩溃——这与上文所聚焦的"红死魔"以及"神秘烈马"的系统功能几近一致。作为某种隐喻性关联,笔者注意到美国哲学家肯尼思·塞尔曾在控制论意义上专门以火药爆炸为例,说明"顺向反馈"的工作原理乃是在于通过热量的产生与化学元素合成速度提升之间的反复影响,最终使得那一由化学元素"组合"而成的操控系统走向覆灭。[②] 有趣的是,无论是"西点军校"的威廉·海克少校,抑或是美

---

① N. Katherine Hayles. *Chaos Bound: Orderly Disorder in Contemporary Literature and Science*. Ithaca: Cornell University Press, 1990, p. 21.

② Kenneth M. Sayre. *Cybernetics and the Philosophy of Mind*, p. 50.

国爱伦·坡研究专家丹尼尔·霍夫曼，他们均围绕坡在军事学院的炮弹研发工作做出过直接或间接的文学隐喻解读：对于坡而言，诗学的“技术精密性”乃是以某种目的论式的逻辑服务于不乏想象的“毁灭视野”①。

第六节 “自创生”与“元文学故事”

通过借鉴马图拉纳与瓦莱拉在其生物学实验中揭示的系统“自创生”逻辑，本尼·珀克在谈及元小说的控制论特征时指出，元小说往往被视为带有某种戏仿属性的“自足游戏”(a self-contained game)，然而从现代认知科学的角度来看则意味着它所特有的“自反性”并非对外部世界的拒斥，而是凭借“自创生性的闭合”(autopoietic closure)去建构一种独特的身份，以便对环境做出更为有效的反应。② 当然，这绝不是后现代文学的专利。坡的小说之所以带有显著的控制论“基因”，同样在于托多洛夫从坡那里所发现的“自反性”：

> 如果细读[坡]的作品，我们就会相信他的作品几乎从无相继事件的简单接续。甚至在那些讲述最具连贯性事件的故事里，譬如[《瓶中手稿》(“Ms. Found in a Bottle”)或《皮姆历险记》(*The Narrative of Arthur Gordon Pym of Nantucket*)]，叙述通常始于一系列惊险事件，而后转入神秘，并迫使我们回顾叙述本身，更为仔细地重读它所讲述的谜。推理故事同样亦是如此，故从这一意义上

---

① See William Hecker, ed. *Private Perry and Mister Poe: the West Point Poems, 1831*. Baton Rouge: Louisiana State University Press, 2005, pp. xvii-lxxv. See also Daniel Hoffman. “Foreword: Marching with Poe,” in *Private Perry and Mister Poe: the West Point Poems, 1831*. Ed. William Hecker. Baton Rouge: Louisiana State University Press, 2005, pp. xi-xv.

② Benny Pock. *Mediality, Cybernetics, Narrativity in the American Novel after 1960*, pp. 130—131. 虽然珀克的观念聚焦于后现代小说，但在笔者看来，这一自足性的闭合逻辑恰恰是坡在小说中热衷呈现的特质：除了《被盗的信》当中那个经典的逻辑回路(“盗信者知道失信者知道盗信者”)，我们还可以在《一桶艾蒙提拉多酒》当中发现主人公的家族纹章图案(人类的一只巨足踩踏在一条蛇身上，而蛇的毒牙又嵌在巨足的脚踵部位)可谓异曲同工。事实上，这些逻辑回路表征也同样印证了美国控制论学家路易斯·考夫曼(Louis Kauffman)围绕“自我指涉”现象所特别提及的那个代表“社会修辞形式”的环形箭头。(See *Neocybernetics* 77—78.)

> 讲，此类推理故事与现今的侦探小说形式相去甚远。在坡的推理故事当中，情节逻辑被代之以求知逻辑，我们看到的绝非因果连贯，而只是事后的因果演绎。……[坡]的所有作品均受到寓言倾向的驱使。……[他的]故事热衷于把文学当作对象，这是一些元文学故事(metaliterary tales)。[他]对叙事逻辑如此关注，以至于将叙事本身视为其主题。①

托多洛夫所说的“事后的因果演绎”在相当程度上体现了控制论的“反馈回路”思想，同样如坡在《创作的哲学》中围绕《乌鸦》末尾处那句诗行(“将你的喙从我的心头挪开”)所作的分析：自此，“意义的暗流”得以贯穿先前的全部诗节，读者也因之对“乌鸦的象征性”恍然大悟，不得不重新回顾整个作品以“寻找寓意”。可见，小说(尤其是元小说)的自我指涉现象意味着文本成了某种“自创生”系统，而使得这一系统得以运作的正是维纳所强调的系统内部的“双向通信”(也即反馈回路)，它相对于“单向通信”(也即直线因果)的显著优势表现为对错误指令做出及时的自我纠正(*Human* 49—50)。在此意义上，笔者认为文学文本系统内部亦同样潜藏着“隐含作者”(implied author)与“隐含读者”(implied reader)之间发生的“双向通信”。申丹教授曾非常科学地将“隐含作者”界定为由“创作时的作者”(编码)与“文本中的作者”(解码)共同建构的综合体。② 在笔者看来，所谓“文本中的作者”实际上在阐释进程中恰好对应于沃尔夫冈·伊瑟尔在《阅读行为》一书中所确立的核心概念“隐含读者”；其实践优势在于它(如伊瑟尔所暗示)乃是一个将“文本性结构”(在文本中规约的读者)与“结构化行为”(在阅读中进行想象的读者)融合为一体的产物。③ 如此，“隐含作者”与“隐含读者”之间存在着一种在笔者看来颇为工整精致的预设—反馈回路。这或许是文学作品带有“自创生”属性的潜在基础，也正因为如此，坡笔下普遍存在着的那些“元文学故事”与同样强调

---

① Tzvetan Todorov. *Genres in Discourse*, p. 100, p. 102.

② 申丹：《何为“隐含作者”？》，载《北京大学学报》(哲学社会科学版)2008年第2期，第140页。

③ See Wolfgang Iser. *The Act of Reading: A Theory of Aesthetic Response*. Baltimore: The Johns Hopkins University Press, 1978, pp. 34—36.

“自创生”属性的“二阶控制论”产生了不容忽视的契合。[①]

文学文本系统的“自创生”现象是一种天然的美学衍生物,其发生的认知肌理乃是在于“隐含作者”与“隐含读者”之间所不可避免的自我循环指涉;就这方面而言,元小说与传统小说仅仅存在程度上的差异。加拿大学者丹尼尔·威尔逊在讨论“读者”问题时即特别关注到韦恩·布斯的一个“常为人引用的段落”——“作者创造……一个自我的形象,又创造一个读者的形象;他创造出读者,恰如他创造其第二个自我,而最为成功的阅读则正得益于这两个被创造出来的自我,也即作者与读者,能够实现全然合拍”[②]。值得注意的是,这种“双向通信”对于具体审美活动而言实际上仅仅是一种理论模型——毕竟创作进程总是艺术家的个体行为,如坡本人所调侃的那般:“[作者]事先根据明确的解密目的编织了一张网,而后又自行拆开这张网,哪里存在什么精妙之处呢?”(*CW* XVII 265)。换言之,作家往往必须像坡那样采取一种双重意识,既无限接近“隐含作者”,又充分贴合“隐含读者”。这意味着“隐含作者”与“隐含读者”凭借各自在“作品中的客观化(objectivized)创造行为”,共同构建出最为“优化”的信息交往模型。[③] 毋庸说,这种双重意识使得文本系统的“自我指涉”获得了其内在的社会属性。笔者认为,卢曼的社会交往理论(同样针对“自我指涉”概念)为我们提供了一段极佳的注解:

> 当我提到双重权变(double contingency)时,我头脑里想到的是那种对于纯粹的可能性所给予的导向性依赖,它只可这般而不能那样。一切经验或行为,凡涉及他者(Other),便具有双重权变属性,因为它所依赖的不仅是我,还有他者,我必须将其视为另一个自我(alter ego),如我一样自由、不可预料之人。我寄予他者的期

---

① 关于“自创生”与“二阶控制论”的内在关联,大卫·珀卢什在讨论小说“自我意识”之际有所提及(*Soft* 68—70),此处不再赘述。如笔者在上文所指出,坡的文学控制论思想主要处于“一阶控制论”意义之上,但坡笔下流露出的“自创生”逻辑也说明其小说美学与“二阶控制论”存在隐性关联。

② W. Daniel Wilson. “Readers in Texts,” in *PMLA*, Vol. 96, No. 5 (Oct., 1981), pp. 848—849.

③ Wolf Schmid. *Narratology: An Introduction*. Trans. Alexander Starritt. Berlin: De Gruyter, 2010, p. 55.

> 望若要得以实现,唯有通过“他和我”共同为此创造必要条件——而这条件本身既通过我们的部分期望来加以映现,与此同时也构成了那些期望。[……]社会结构所采取的期望形式并非针对行为(更不必说具体的行为方式),而恰恰是针对期望本身。[……]这种对于期望的期望(expectations about expectations)能够提高社会交往的效率[……]围绕期望所产生的可期望性(expectability of expectations)乃是一切基于意义导向的社会互动所不可或缺的前提。①

所谓“对于期望的期望”在笔者看来正是控制论对于“冗余”的重视,其图式化意义对于提高社会交往效率具有不容忽视的重要性。同样地,在坡的文学认知模型中,作者的文本预设恰恰是通过隐含读者的“冗余性”解码来实现对位关联的——基于坡小说所惯常的循环逻辑,我们不妨借用杜宾的语法②将其表述为“作者知道读者知道作者”;而卢曼所谓“围绕期望所产生的可期望性”说到底不过是体现了这种图式化的循环认知结构,它能够使作者与读者之间同样存在着的“双重权变”不再过度随机和随意。这里特别需要注意的是,卢曼在谈及“期望”时并非指完整的期望,而仅仅是指“部分期望”。这个细节在笔者看来十分关键,因为它能够在理论层面上有效回应这样一个潜在的诗学悖论:“隐含读者”与“隐含作者”在实现无缝对接之际,固然使得文学信息交往获得了卢曼所暗示的经济性原则,但却因其冗余性的闭合循环而多少有违于J.希利斯·米勒眼中的文学“本质”——“掩藏秘密”③。因此,“部分期望”乃是注定了要在文本系统当中一方面推动“隐含作者”与“隐含读者”通过耦合而生成冗余结构,另一方面又突出坡所主张的“诗性直觉”与“情节偏离”等操控策略,以对那一冗余结构施加合理干扰,使之成为“秘密写作”的否

---

① Niklas Luhmann. *Essays on Self-Reference*, p. 45.

② 杜宾的语法当然在显性层面上指的是其在《被盗的信》当中所说的那句“盗信者知道失信者知道盗信者”,然而在诗学层面上又可转化为《莫格街凶杀案》的第一人称叙述者所精辟概括的“双面杜宾——出题人与解题人(a double Dupin—the creative and the resolvent)”(*CPS* 318)。

③ 希利斯·米勒:《文学死了吗》,秦立彦译,桂林:广西师范大学出版社,2007年,第60页。

定美学。①

在《摩诺斯与邬娜的对话》(“The Colloquy of Monos and Una”)当中,坡借助两位对话者围绕死亡与重生问题的探讨特别指出:现代文明的“进步”实则意味着一种“倒退”(retrogradation),它以功利主义的自傲凌驾于自然法则之上,拒绝听从后者的引导——“人类因其学会了对自然资源施加与日俱增的操控而不乏幼稚地沾沾自喜”;与此相对,“诗性的智慧”(poetic intellect)作为通向真理的最佳途径,则将那代表着工具理性的“技艺”视为引发社会“病态骚动”(diseased commotion)的罪魁祸首。(*CPS* 359)可以说,“诗性的智慧”正是坡在《诗歌原理》中围绕“美”所做出的界定:“美”一方面是“诗的职责”,另一方面亦为“诗的真正本质”(*CW* XIV 275—276)。有趣的是,维纳在其控制论思想语境下同样对“美”做了一番诠释:“美,正如秩序,在这个世界的许多地方发生着,当然仅仅作为一种局部的、暂时的抵抗,来应对熵增的尼亚加拉瀑布”(*Human* 134)。尽管理论立场相去甚远,但坡与维纳却显然达成了这样一种共识,即“美”是抵御熵增、克服无序的组织性力量,而其所提供的“秩序”却是诗性的,正如维纳从数学那一“最为庞大的隐喻”体系中同样发现了其“美学”附加值。

诗性的秩序,就坡的小说美学而论,乃是在以情节偏离为核心的“逆向反馈”基础上,实现文本话语系统的动态平衡;而就坡的宇宙观来说,则意味着以“诗性直觉”为基础去规避那种“凌驾于自然法则之上”的过度操控。在笔者看来,这其中所包藏的控制论思想远不止于围绕坡的小说诗学所做出,它甚至针对人类在其现代文明进程中所怀揣的“控制论无意识”提出了警示。就这一点而言,贝特森为我们理解坡提供了一则完美脚注:宇宙作为一个系统有其自身的纠错机制,“它所包含的控制难题与其说是类似于科学,毋宁说是近乎艺术”——“每一次伟大的科学进步……从来都是雅致的”,因此“社会科学家们最好不要意气用事,以为自己能够

---

① 关于文本“自创生”系统的冗余“辩证法”,卢曼有一段触及文学认知的言论极具启发性:“那些用来让情节得以尘埃落定的信息已先行输入,而其功能却尚未落实,读者不得不回去找到某样东西方可实现循环闭合(to close the circle)”,换言之,即是“让不确定性得以自发地生成与化解”(Niklas Luhmann. *The Reality of the Mass Media*, pp. 56—57.)。

控制那个仅仅为我们所一知半解的世界";人类的愚蠢在于将自己的一知半解当作"焦虑的食粮",并由此而"加强了控制的欲望",其结果只能是因操控而失控。贝特森呼吁我们回归"那一如今业已鲜为崇尚的古老动机",也即"围绕自身所处的世界而表现出的好奇心";从那里,"人类得到的奖赏不再是权力而是美"(*Steps* 268—269)。

尽管热力学第二定律带着某种"悲观目的论"预言"美"将不可避免地最终沦为"局部的、暂时的抵抗",但那一宇宙科学观恰恰说明了"文学控制论"存在的必要性与独特价值:唯有在拟真的逻辑意义上,我们方得以将那"局部的、暂时的抵抗"幻化为不乏永恒意义的"抵抗",如莎士比亚在诗中所表达的信念,"只要有人类生存,或人有眼睛,/ 我的诗就会流传并赋予你生命"。

第三章

视差与表层阅读：从坡到齐泽克

齐泽克主张“斜视”，透过大众文化的棱镜去重新审视拉康，因为它有可能帮助我们“洞察那些逃逸于学术‘直视’以外的方面”①。这一观念有意或是无意间与爱伦·坡的视觉认知哲学表现出相当程度的契合，并成为齐泽克理论思想体系中一道亮丽的风景线。当然，齐泽克在《视差之见》(*The Parallax View*)与《斜视》(*Looking Awry*)等重要著述中对于坡的贡献却表达得远不算慷慨。事实上，坡在文学作品乃至于批评文献中均多次论及“侧视”(sidelong glance)②在其创作论乃至于认识论层

① Slavoj Žižek. *Looking Awry: An Introduction to Jacques Lacan Through Popular Culture*. Cambridge: The MIT Press, 1992, pp. vii-viii.

② 坡在作品中使用此概念时的原文是“take a glance in a sidelong way”，美国学者詹姆斯·韦尔纳(James Werner)在其著述中将这一表述简化为“sidelong glance”(James Werner. *American Flaneur: The Cosmic Physiognomy of Edgar Allan Poe*. New York: Routledge, 2004, p. 63.)；限于篇幅，关于“侧视”这一视觉认知策略在坡的创作哲学中所起到的作用，详见于雷：《爱伦·坡小说中的“眼睛”》，载《外国文学评论》2012年第3期，第52—64页。

面上的重要价值。与此同时,西方阅读史上围绕"深层"与"表层"模式之间的理论争端似未有过休战的迹象。一方面是经典阐释传统中以弗洛伊德、尼采、阿尔都塞等为代表的"深层阐释"(depth hermaneutic),另一方面是现代阅读理念中以苏珊·桑塔格、斯蒂芬·贝斯特、伊芙·塞奇威克等为代表的"表层阅读"。不过,据笔者看来,这一由来已久的争端(显性或隐性)大抵缘于"深"与"浅"往往被视为二元对立的双方,进而导致人们未曾意识到从坡到齐泽克的这一个多世纪以来,在文学的哲学边缘地带时而隐现的一种基于"侧/斜视"的"视差"理念——它促使我们重新反顾那一争端,并在"深层"与"表层"阅读模式之间找到一种借以弥合逻辑断裂的"界面"①。

第一节 "视差罅隙"的表层逻辑

在齐泽克的理论体系中,"视差"这一概念首先意味着围绕同一对象所展开的"视角的切换"(shift of perspective),譬如辩证唯物主义与历史唯物主义"在实质上是一致的",它们不过是围绕"人性本身"所产生的不同角度;其次,"视差"还意味着同一对象本身即包含了将"我"与"我自身中的非我"区分开来的所谓"视差罅隙"(parallax gap),譬如"人性"与"人性自身当中的非人性"之间的分裂——齐泽克称之为"最小差异"(minimal difference),与"视差罅隙"属于同义语。② 如果说齐泽克的"视差"概念略显晦涩,那么我们不妨求助维特根斯坦围绕"鸭兔图"(duck-rabbit)的"看作"(seeing-as)机制所做的分析;在那里,对象并未变化,只是"看的层面"(aspect-seeing)发生了转换。③ "鸭兔图"在笔者看来即是

① 笔者的这一概念取自智利神经生物学家弗朗西斯科·瓦莱拉对"意识"的定位——既非内源性物质(意义的内在经验),亦非外源性物质(意义赖以依存的生物体),而是一种"内与外之间的表层接触面"——齐泽克称其为"界面"(interface);这是我们的"内在意识体验"赖以发生的"表面"。在此意义上,"内"即是"外",是一种最富活力的"表层效果"(See Slavoj Žižek. *The Parallax View*, p. 206, pp. 222—223.)。

② Slavoj Žižek. *The Parallax View*, p. 5, p. 18.

③ See William G. Lycan. "Gombrich, Wittgenstein, and the Duck-Rabbit," in *The Journal of Aesthetics and Art Criticism*, Vol. 30, No. 2 (Winter, 1971), p. 234.

一个典型的齐泽克式的“视差”结构,它意味着这一独特的对象(“鸭兔”)与其自身的“非我”成分(“鸭”或“兔”——均构成“非鸭兔”)之间所呈现的裂隙。这一隐喻性的“最小差异”对阅读模式而言,则不再是“表层”与“深层”之间的区分,而是“表层”与“表层中的非表层/表层中的‘深层’”之间的视差结构;正是在此意义上,齐泽克借助其对现代绘画的理解,客观上道出了“表层现象”的本体价值:“现实本身变成了表象(appearance)。换言之,事物不仅仅是看似什么(appear),亦可是看似在看似什么(appear to appear)。”①

从某种意义上说,齐泽克从坡那里汲取了灵感,将后者的独特视觉认知机制转化为一种富有哲学精神的文化思辨模型。笔者认为,阅读的“表层转向”在展现其不乏“革命性”的返璞归真之际却仍遭受不同程度的诟病,乃是因为它未能如坡或齐泽克那样充分践行以“侧/斜视”为认知策略的“视差”方法论,从而使得垂直意义上的传统“深层”建构依然游离在水平意义上的“表层”逻辑之外。齐泽克注意到德勒兹(Gilles Deleuze)在《意义的逻辑》(*The Logic of Sense*)中提及的一个重要悖论:能指层面的“结构性位置”对所指层面的“填充性元素”固然具有逻辑上的预设作用,但不能忽略这两大层面之间的“永不重叠”——“我们总是同时遭遇这样一个实体”,它既是一个在结构性上“虚空、未被占据的位置”,同时也是一个在意指性上善于快速变化的“逃逸之物”,一个“找不到位置的占据者”。② 笔者认为,这一悖论恰恰映射了“表层阅读”实际上所涉及的两大要素:一是文学叙事的表层逻辑如何对潜在寓意的发生加以规约,二是审美寓意(作为拉康式的无以实现的“欲望对象”与坡笔下那封“被盗的信”)如何摆脱那一结构性操控。“侧/斜视”能够帮助我们在背景与前景、中心

---

① Slavoj Žižek. *The Parallax View*, p. 29. 这一在“表象”与“表象的表象”之间展开的区分某种意义上回应着德勒兹围绕“柏拉图二元论”(Platonic dualism)所做出的判断:它绝非“理式”与“物质(身体)”之间的区分,而是隐藏在“物质(身体)”本身当中的“更为深刻、更为秘密的二元论”——“摹本(copies)与拟像(simulacra)之间的区分”(Gilles Deleuze. *The Logic of Sense*. Trans. Mark Lester with Charles Stivale. New York: Columbia University Press, 1990, p. 2.)。

② Slavoj Žižek. *The Parallax View*, p. 122. 有趣的是,英国小说史上的“奇书”《项狄传》(*Tristram Shandy*)为此提供了一则隐喻性的“脚注”:叙述者因为难以用语言去描绘一位寡妇的闭月羞花之貌,竟然破天荒地获得了作家本人赋予的特权——一张空白的书页,以邀请读者画出自己心中的美女。

与边缘、故事层与寓意层之间实现齐泽克所强调的“态度的切换”(而非“对象的切换”)[1],并捕捉到那一“切换”所带来的“视差罅隙”——这里正是传统意义上的“深层”与“表层”进行信息交互的最活跃的界面,也是“表层阅读”理应真正焕发生机的核心地带。

就其对于“表层阅读”的实践意义而言,齐泽克的“视差罅隙”作为一个概念难免存有几分抽象,但我们可以从齐泽克(尤其是拉康)所特别关注的荷尔拜因(Hans Holbein Jr.)的画作《大使》(“The Ambassadors”)中找到一种服务于“表层阅读”的模型:在拉康眼中被视为“示范性结构”的“视觉失真”(anamorphosis)机制恰恰在于利用“平面光学”(flat optics)对三维透视的立体幻象加以变形;[2]于是,我们所熟悉的经过“透视”处理的三维现实世界被“挤压”成了一种令人费解的二维平面畸像——“深层”结构在此以一种不可能的方式变成了“表层”结构。笔者认为,画面正下方被扭曲拉伸的“骷髅头”(拉康眼中代表“作为对象 a 的‘凝视’”之象征物)恰恰成了表层阅读者借助“侧/斜视”策略方得以无限接近的隐含寓意;在此意义上,“视觉失真”(作为文学寓意的发生逻辑之共性要求)不仅将“深层”扭转为“表层”,更进一步衍生出“表层”结构的内在张力——“骷髅头”代表的隐性维度(基于“侧/斜视”)与画作本身代表的显性维度(基于“直视”)被压缩在同一个平面之上。换言之,“视觉失真”以一种隐喻性的方式生动展现了文学创作者如何在其艺术表层布局中巧妙规避/藏匿“道德之重”;与此同时,亦可作为同样有效的阐释机制,反向引导读者对作品进行更为准确的“表层阅读”。可以说,“怎么看”不仅决定了“怎么写”,同时也预设了“怎么读”——坡将这一“秘密写作”的“表层”游戏发挥到了极致[3],与齐泽克在其哲学书写中所呈现的独特魅力遥相呼应。

---

① See Slavoj Žižek. *The Parallax View*, p. 4, p. 152.

② Jacques Lacan. *The Seminar of Jacques Lacan, Book XI: The Four Fundamental Concepts of Psychoanalysis*. Trans. Alan Sheridan. New York: W. W. Norton & Company, 1998, p. 85.

③ 关于坡的“侧视”机制如何带来创作与阅读上的此番“双重乐趣”,详见于雷:《基于视觉寓言的爱伦·坡小说研究》,南京:南京大学出版社,2015 年,第 80—88 页。

第二节 文学文化的“表层转向”

齐泽克在《视差之见》中特别提及一种有趣的现象,即在柏拉图传统形而上学体系中,“艺术往往关乎(美丽的)外表及其难以捕捉的晦涩意义,而科学则关乎表象之下的真实”;不过,这一切业已发生了“奇怪的扭转”——“今天的科学越来越多地聚焦于自治化的表象(automatized appearances)那一奇诡领域,也即被剥离了所有实质性支撑的现象性进程”,而与此相对的是,“现代艺术却越来越多地聚焦于‘真实之物’(Real Thing)”。简言之,科学的求真姿态与艺术的尚美追求正在发生着角色性互换。齐泽克的洞察当然注意到了现代科学在认识论上的“表层”转向,然而,他围绕艺术的“求真”趋势所做出的表述却并不在于告诉我们艺术之真脱离了表面而进入了现象背后的深处。恰恰相反,艺术对于“真实”的把握(正如齐泽克在分析苏联作曲家普罗科菲耶夫的小提琴奏鸣曲之际所暗示的那样),依然摆脱不了那“表面上的‘玩兴’”(superficial “playfulness”),一种无法使得“某种内在的东西”解脱出来的挣扎。[①] 或许也正是在此意义上,王尔德(Oscar Wilde)提出的悖论有了意义——“唯有肤浅的人才会不依赖表象去判断”[②]。

黑格尔在《美学》(第一卷)中指出,艺术赋予人类的并非关乎自然万物的“所有必要维度”,相反它提供的“仅仅是一个表面”,而凭借这一“表面”,我们却能够得到“来自现实世界的同等印象”[③];这一从纷繁审美反应中得到的“同等印象”,在文学认知专家看来乃属于一种对海量信息进行“加权平均”之后得到的审美原型。[④] 这一点同样在神经科学中得到了

---

① Slavoj Žižek. *The Parallax View*, pp. 147—148.

② Qtd. in Susan Sontag. *Against Interpretation and Other Essays*. Farrar: Picador, 1990, p. 3.

③ Qtd. in Semir Zeki. *Inner Vision: An Exploration of Art and the Brain*. Oxford: Oxford University Press, 1999, p. 43.

④ Patrick Colm Hogan. *Beauty and Sublimity: A Cognitive Aesthetics of Literature and the Arts*. Cambridge: Cambridge University Press, 2016, p. 45.

证实：人脑的视觉机能之一在于从瞬息万变的信息中捕捉柏拉图式的“恒定元素”[①]，这与齐泽克眼中代表“真实之物”的所谓“艺术的本体‘目标’”[②]不谋而合。也就是说，艺术的“真实”依然徘徊于黑格尔所言及的“表面”之上。19 世纪以“尼采－弗洛伊德”为轴心的“祛魅”进程旨在将人类生存的玄奥表象蜕变为世俗之真，而到了 20 世纪伴随胡塞尔现象学乃至于量子物理学的兴起，则产生了一股“复兴表象自身”(rehabilitating appearance itself)的强劲趋势，尽管围绕“表象”所展开的界定方式各有千秋。[③] 约翰·塞尔在阐述“突现论”之际同样暗示了“表层”逻辑的深刻内涵：“意识的不可化约性与颜色、热度及固态等现象的可化约性之间存在着表面上的对照，但实际上，那对照恰恰就停留于表面之上。譬如，当我们将红色化约为光线反射率之际，我们并未真的消除了红色的感官性，我们仅仅是不再管那感官体验叫红色罢了”，如塞尔所概括，“表象即是现实”([T]he appearance is the reality)。[④]

笔者认为，文学文化的“表层转向”尤其体现于“表层阅读”这一概念的提出、批评与传播。在那一过程中，它博采众长，与哲学、社会学、认知科学乃至于量子物理学中的诸多观念产生共鸣，其中最为突出的当属胡塞尔的现象学。美国学者贝斯特与马库斯(Sharon Marcus)在对“表层阅读”加以例释时指出，批评者“不应将鬼魂解读为缺席，而要将其视为在场”，“鬼魂即是鬼魂，不可说那是某某人的鬼魂”[⑤]。这一认识即回应着胡塞尔的现象学观念：“事物即是现实，而并非某种‘自体性’本质的表相”；现象学对“表层阅读”的启发还可以表现在其围绕“本质直觉”所做的阐述中——在那里，“本质既非隐蔽的，亦非秘密的，[……]而是对事物自身直接呈现于意识的东西所进行的未经中介干预的把握”[⑥]。尽管文学的现象学阐释同样注重通过“看”去构建某种表层函数，但围绕文学的“本

---

① Semir Zeki. *Inner Vision*, pp. 11－12.

② Slavoj Žižek. *The Parallax View*, p. 147.

③ Ibid., p. 165.

④ John Searle. “Reductionism and the Irreducibility of Consciousness,”, pp. 76－77.

⑤ Stephen Best and Sharon Marcus, “Surface Reading: An Introduction,” in *Representations*, 1 (2009), p. 13.

⑥ Maurice Natanson. *The Erotic Bird: Phenomenology in Literature*. Princeton: Princeton University Press, 1998, p. 17, p. 20.

质还原"尚缺乏真正具有突破性价值的"看"的有效手段：如果现实世界的读者在把握《等待戈多》那一类作品的"本质"之际只能通过对世俗逻辑判断加以"悬置"，从而"进入那一戏剧本身所想当然的日常存在的世界中"[①]，那么这将意味着，现象学式的"悬置"在文学阅读中实际上仅仅作用于文本之外，而并未"中止"文学"可能世界"(possible worlds)内部的文类话语逻辑。[②] 从此意义上说，"表层阅读"(在坡与齐泽克的理论意义上)所固有的"侧/斜视"机制恰恰能够通过将现象学式的"悬置"施于文本自身的表层结构，触发齐泽克所倡导的"理论的短路"(theoretical short-circuit)[③]，在视差罅隙生成的界面上探求文本寓意的发生逻辑。

"表层"这一概念对于以贝斯特与马库斯为代表的"表层阅读者"来说，既非"文本的物理性表层"(譬如纸张、装帧与排版等)，亦非用来隐藏"奥义"的"症候式表征"，而是"文本中显而易见的、可为观察的、能被领会的部分；既非藏匿之物也非隐身之所；它在几何意义上只有长度与宽度，却没有厚度，并因此而摒弃了深度。表层之价值往往在于被'看到'(looked *at*)，而不在于我们通过训练所学会的'看穿'(see *through*)"。[④] 贝斯特与马库斯所总结的几种"表层"模式，大致可概括如下：(1)"物质性表层"，细分为两种亚模式，一是"书的历史"，也即通过将作者、读者与销售商联系起来关注阅读史、书籍的出版与流通。二是"认知研究"，也即调查阅读进程中读者的大脑运作机制[⑤]；(2)"结构性表层"，也即主要借助形式主义与新批评的细读工具，着重审视文本的精密话语结构；(3)"体验

---

① Maurice Natanson. *The Erotic Bird*, p. 83.

② 酷儿理论家塞奇威克围绕18世纪哥特小说展开的"表层阅读"之所以颇具说服力，恰恰在于成功地对哥特小说本身的文类规约进行了现象学式的"悬置"，从而发现了"表层意象"(如面纱)作为欲望本身(而非传统象征物)所独具的非凡感染力(See Eve Kosofsky Sedgwick. "The Character in the Veil: Imagery of the Surface in the Gothic Novel," in *PMLA*, Vol. 96, No. 2 [Mar., 1981], pp. 255—270.)。

③ Slavoj Žižek. "Series Foreword," *The Parallax View*, p. x.

④ Stephen Best and Sharon Marcus, "Surface Reading: An Introduction," p. 9.

⑤ 贝斯特与马库斯指的是文学书写"如何指引读者模仿[……]那些对认知结构加以规约的'物质条件'"(Stephen Best and Sharon Marcus, "Surface Reading: An Introduction," p. 9.)。美国文学认知研究专家帕特里克·霍根教授使用了一个更为简洁的术语——"拟真"(simulation)，也即借助"文本指令"，"利用我们对既往情境的独特记忆……去想象一种并不存在抑或未曾经历的情境"(Patrick Colm Hogan. *Beauty and Sublimity*, pp. 79—80.)。

性表层”,也即基于苏珊·桑塔格强调的“艺术情色学”,突出阅读进程中的“直接感官”与情感反应;(4)“同构性表层”,也即文本的深层结构恰恰停留于文本自身,“深层是表层的延续,乃至于成为一种内在效果”;(5)“模板性表层”,也即文本内部(对于作为“解剖学家”的批评者而言)以及文本之间(对于作为“分类学家”的批评者而言)存在着的“表层叙述结构与抽象模板”;(6)“字面性表层”,也即一种摒除了隐喻式扭曲(如维多利亚时期小说中的女性友谊被人为边缘化,以满足女性主义解读的伦理预设)的“忠实阅读”(just reading)——不再刻意“将在场看作缺席,将肯定当成否定”。①

与齐泽克从坡那里汲取的非凡批判灵感一样,贝斯特和马库斯也主张从坡的视觉认知策略中领会“表层阅读”的重要性:“如埃德加·爱伦·坡的故事《被盗的信》所一直教导我们的那样,眼皮底下存在的事物值得关注,但却经常从人们的观察视野中逃逸——尤其是那些生性多疑的侦探,他们往往将目光绕过表面转而去发掘那表面以下的东西。”②希瑟尔·罗夫对贝斯特和马库斯的“表层阅读”理念大加赞赏,因为它至少在客观上积极回应了法国社会学家拉图尔(Bruno Latour)与美国社会学家戈夫曼(Erving Goffman)在其微观社会学研究中所实施的基于“表层”的“描述性方法”,进而使得“抛开深度假设的细读”成为可能。③ 实际上,“表层阅读”在贝斯特和马库斯那里并非简单鼓吹利用某种(伪)科学的人文姿态去取代文化研究的传统地位,而是希望通过可为借鉴的科学方法“去拓展我们所从事的工作”;随着大数据时代的到来,文学阅读(研究)能够借助电脑平台,通过利用人工智能手段来实现从传统“英雄式批评家”(执着于“文本矫正”的“深层阐释”)向现代“非英雄式批评家”(执着于“矫正批评的主观性”之“表层阅读”)的转型,进而重返文学研究领域中长期以来被视为“禁忌”的母题——“客观性、有效性和真实性”。④

---

① See Stephen Best and Sharon Marcus, “Surface Reading: An Introduction,” pp. 9—12.

② Stephen Best and Sharon Marcus, “Surface Reading: An Introduction,” p. 18.

③ Heather Love. “Close but not Deep: Literary Ethics and the Descriptive Turn,” in *New Literary History*, Vol. 41, No. 2, *New Sociologies of Literature* (SPRING 2010), p. 375, p. 383.

④ Stephen Best and Sharon Marcus, “Surface Reading: An Introduction,” p. 17.

值得注意的是,贝斯特和马库斯尽管对“表层阅读”进行了空前的系统界定,但恰恰在提及坡的视觉认知之际忽略了“侧视”这一关键环节。在笔者看来,坡不仅仅着眼于“表面”,更关注如何通过“侧视”去发现“表面”上那些原本极易为人们所视而不见的“沉默”之物,恰如拉康式的“对象 a”——“仅有从某个视角对景观加以审视方可察觉它的在场”①。正因为如此,当下的文学“表层阅读”还无法像齐泽克那样用坡的“眼睛”在包罗万象的哲学思索中屡建奇功,它更多的使命似乎仅仅停留在贝斯特和马库斯所说的“矫正批评的主观性”层面上。相比较而言,坡与齐泽克理论意义上的“表层阅读”则不止于对各种遭受“隐喻式扭曲”的批评观念加以反拨,而是更进一步,主张在诸多被默认的、自然化的文本现象中揭示叙述结构的断裂或创伤节点,使得齐泽克式的“视差”成为传统“深层意义”得以(再)生产的表层逻辑。

第三节　“表层”与“深层”的辩证关联

长期以来,西方学界围绕阅读/阐释②的“深层”模式与“表层”模式展开了持久论争,这似乎成了某种“元语性的”视差之见。“深层阐释”的强大实践传统将桑塔格在《反对阐释》中所担忧的那种“对表象(appearances)的公然蔑视”③转化为一种惯常的批评姿态。与此同时,围绕“表层阅读”所产生的学术偏见则大抵来自这样一种论断,即“表层现象不仅误导,而且刻意欺骗”④。法国哲学家保罗·利科用“怀疑阐释学”一词“描绘那种为了揭示被压抑或隐匿的意义而对文本加以反常规阅读的实践”;围绕这一实践,形成了以尼采和弗洛伊德等为代表的“怀疑学派”,

---

① Slavoj Žižek. *The Parallax View*, p. 18.

② 依照贝斯特与马库斯对“表层阅读”中的“阅读”这一概念的界定,本章凡提及“阅读”之处均等同于“阐释”(See Stephen Best and Sharon Marcus, “Surface Reading: An Introduction,” p. 1.),不另在其他学术意义上进行区分。

③ Susan Sontag. *Against Interpretation and Other Essays*, p. 6.

④ Rita Felski. “Suspicious Minds,” in *Poetics Today* 32:2 (Summer 2011), p. 221.

他们确信“表象是欺骗性的”,文本的深层意义掩藏于“显性的内容”之中。[①] 事实上,无论是桑塔格心目中的“艺术情色学”(基于表层的快感)还是保罗·利科眼中的“怀疑阐释学”(基于深层的愉悦),诸如“表层/深层”与“显性/潜性”等二元对立模式始终未能摆脱其反讽性的两极纠缠。譬如,美国学者伊丽莎白·韦德认为贝斯特与马库斯的“表层阅读”宣言书在很大程度上误读了詹明信在《政治无意识》中对“症候式阅读”所表达的亲和,原因不仅在于他们忽略了詹明信本人围绕“怀疑/否定/深层阐释”[②]自身的“局限性”所发出的警告,更在于他们忘记了阿尔都塞对弗洛伊德《释梦》理论精髓的“表层”诉求,进而对阿尔都塞的“症候式阅读”进行了背道而驰的方法论界定。[③]

“深层”这一概念由于其在认知上的内在隐喻性而不幸陷入永恒的歧义:物理性的深度?抑或是思想性的深刻?亚瑟·C.丹托在对阐释意义上的“深层”与“表层”加以甄别时,亦曾注意到“深层”这一概念的误导作用,为此他明确予以澄清,强调“深层阐释”中的“深层”并非“深刻”(profound)之意。[④] 反过来说,文学艺术品的“深层(深刻)”尚可见于表层结构,而亚瑟·C.丹托也正是通过“返回表层历史”才得以确认诗歌艺术的“历史有效性”。[⑤] 另一方面,“表层”阐释在亚瑟·C.丹托那里看似将我们重新拖回对作者权威的敬畏传统,如其所云,“艺术家在涉及其……表层再现的内容时往往处于特权位置”;正因为如此,彼得·拉马克将亚瑟·C.丹托视为“表层阐释的意向主义者”[⑥]。然而,在笔者看来,亚瑟·C.丹托在表达对作者权威的敬意之际并未夸大那一“特权”身份,相反,

---

① See Rita Felski. “Suspicious Minds,” pp. 215—216. See also Heather Love. “Close but not Deep: Literary Ethics and the Descriptive Turn,” p. 382.

② 针对作为“表层阅读”对立面的阐释传统,诸如“怀疑阐释”“否定阐释”以及“深层阐释”等概念大体上构成了西方阅读理论术语体系中的同义语(See Elizabeth Weed. “The Way We Read Now,” in *History of the Present*, Vol. 2, No. 1 (Spring 2012), p. 100. See also Rita Felski. “Suspicious Minds,” p. 225.)。

③ Elizabeth Weed. “The Way We Read Now,” pp. 100—101.

④ Peter Lamarque. *The Philosophy of Literature*. Oxford: Blackwell Publishing Ltd., 2009, p. 156.

⑤ Arthur C. Danto. “The Philosophical Disenfranchisement of Art,” in *Grand Street*, Vol. 4, No. 3 (1985), p. 188.

⑥ Peter Lamarque. *The Philosophy of Literature*, p. 156.

他显出几分保留:作家的"特权"仅仅是围绕"表层再现的内容"(而非"表层再现"的逻辑/方式)存在着。换句话说,"表层阅读"的深刻性依然可能摆脱作家权威的束缚,使得"现象"与"本质"之间的视差关联表现出富于变化的阐释动力。实际上,即便是阿尔都塞的"症候式阅读"(作为一种经典的"深层阅读"方法论)也无法回避"内"与"外"、"深层"与"表层"、"本质"与"非本质"之间在认识论意义上相互设定的界面:

> 认识的体现以本质和非本质、表层和深层、内在和外在的差别形式完全表现在现实对象的结构中!因此,认识实际上已经存在于它要认识的现实对象中,已经存在于这一现实对象的两个现实部分的相互支配的形式之中!实际上,整个认识都存在于现实对象中:不仅是认识的对象,也就是被称作本质的现实部分,而且还有认识的活动,也就是现实对象的两个部分之间实际存在的区别和相互设定,其中一个组成部分(非本质部分)是隐藏和包裹着另一个部分(本质或内在部分)的外在部分。①

这一观念在某种程度上(如同齐泽克所说的"最小差异")确认了"表层"逻辑的本体地位:认识的"表层"与"深层"最终实际上仍统一于作为"表层"的现实对象的结构中。相应地,美国学者丽塔·菲尔斯基在分析"怀疑阐释学"的审美与伦理之际,也不乏精辟地暗示了那一传统"深层阅读"模式本身所固有的"表层"逻辑:"承认思辨的情感维度倒未必是在否认智性或分析性元素的效能,而仅仅是在对显而易见之处加以肯定。"②作为受制于"情感风格"的世界观表现形式,"怀疑阐释学"的另一"表层"潜质在于它所热衷展示的"推理之乐"(pleasures of ratiocination),并因此与侦探小说的创作肌理相映成趣:

> 如我们所知道的那样,经典侦探小说依赖于这样一种双重情节,通过对犯罪故事的分析来讲述犯罪故事;用[托多洛夫]的话来说,前者缺席但却有其事实,而后者则虽在场但却没有实质。[……]当这

① 路易·阿尔都塞、艾蒂安·巴里巴尔:《读〈资本论〉》,李其庆、冯文光译,北京:中央编译出版社,2001年,第33—34页。

② Rita Felski. "Suspicious Minds," p. 219.

两个情节最终汇合于侦探围绕犯罪行为及罪犯身份做出的解释之际,文本的工作便大功告成。文学研究中所应用的怀疑阐释学依赖于类似的双重结构。批评家如同侦探一样力图追踪并揭示遭受掩蔽的因果模式[……]。①

由是观之,"深层阐释"传统并不绝对排斥批评家扮演侦探的"表层"之乐。这一点不仅更为戏剧性地出现于坡在《创作的哲学》中围绕《乌鸦》一诗所进行的看似不乏"深度"的解剖当中②,甚至在学术界最为传奇的批评家身上亦不乏表现。譬如詹明信的"政治无意识"学说之所以有其合法性,乃是在于它能够"使阶级斗争史当中遭受压抑与被掩埋的真实回归文本的表层"③;也正是在这一意义层面上,我们发现阿尔都塞的"症候式阅读"在《政治无意识》当中表现出一种有趣的逻辑悖论:深层文化冲突的价值体现恰恰在于反顾表层症候。④ 詹明信虽然在"表层"与"深层"之间画上了分割线,但并未否定前者在批判性阅读进程中的独特地位;事实上,"症候式阅读"本身恰恰是在强调表层资源对于发掘"深层"意义的重要性。丽塔·菲尔斯基在论及此类阅读模式之际,即认为尽管"表象不再是通向深层真实的关口",但却依然作为一种"策略"能够对那一"深层真实"加以掩蔽。⑤ 即便是传统意义上那些看似"深层"的阐释,也不得不在注重"内核"的同时将"表层"视为不可或缺的共谋者;而"表层阅读"的审美聚焦则更为自觉地作用于视差界面上的寓意发生逻辑⑥,不再仅仅纠缠

---

① Rita Felski. "Suspicious Minds," p. 225.

② 详见于雷:《一则基于〈乌鸦〉之谜的"推理故事"——〈创作的哲学〉及其诗学问题》,第5—19页。

③ Fredric Jameson. *The Political Unconscious: Narrative as Socially Symbolic Act*. Ithaca: Cornell University Press, 1981, p. 20.

④ Mary Thomas Crane. "Surface, Depth, and the Spatial Imaginary: A Cognitive Reading of *The Political Unconscious*," in *Representations*, Vol. 108, No. 1 (Fall 2009), p. 77.

⑤ Rita Felski. "Suspicious Minds," p. 223.

⑥ 此界面的原型,如笔者在上文所示,隐喻性地体现于荷尔拜因在油画《大使》中所采用的视觉失真技法——当且仅当观者从右上往左下(以几乎与画面平行的细微夹角)进行观察,方能发现表层画面当中遭受扭曲(进而被藏匿)的神秘幻象——骷髅头;就文学阅读而言,那一夹角构成的狭窄区域颇为形象地成了连接"故事层"与"寓意层"的逻辑界面。

于因阐释立场的变迁而产生波动的具体目标寓意。[①] 换言之,真正的"表层阅读"理应对维特根斯坦在《哲学研究》中论及的"鸭兔图"进行一次不可完成的使命:在看到"鸭"的同时,亦能以坡的"侧视"瞥见"兔",在阅读视角的转切之间以某种阈限性的游离姿态体会维特根斯坦所说的"惊奇"[②]。列斐伏尔在《日常生活批判》一书中曾告诉我们,把握"日常生活"实际上就是把握现实生活的"表象"(appearance),这"表象"虽看似虚空,却与"本质"保持着一种辩证关联——"本质"借助"表象"得以"揭示和遮蔽"(reveal and conceal),深层不过是表层内部的藏匿之物,深层即在表层之中。[③] 与此同时,列斐伏尔显然在无意之间触及了视差的必要性:捕捉现象背后的"本质"恰恰要求在把握"本质"的同时"将其推至一边"。[④] 这种在"看"与"不看"之间达至的视觉阈限性某种意义上正是对维特根斯坦眼中的"鸭兔图"所做出的哲学回应。

面对"深层阐释"那绵延两千多年的强大传统,"表层阅读"作为一个专业概念的提出,使得我们能够以爱伦·坡所开创的"侧/斜视"重新看待"深层"与"表层"之间的辩证关联,当然也能够如朱迪斯·巴特勒在提及现象学的"悬置"之际所描绘的那样——"让奇妙复归对象"[⑤]。

---

① 事实上,那种抛开"表层阅读"精髓的所谓"深层阐释"与其说是发现了表层之下"潜藏的结构",毋庸说是"怀疑派批评家们在其阅读中企图创造的维度",而不是"揭示"的维度(Heather Love. "Close but not Deep: Literary Ethics and the Descriptive Turn," p. 388.)。

② "惊奇"产生于"鸭兔图"(作为同一个对象)的不同"层面之间的切换"(aspect change),而不是孤立地对它们分别加以"识辨"(recognition)(See Ludwig Wittgenstein. *Philosophical Investigations*. 3rd edition. Trans. G. E. M. Anscombe. Oxford: Basil Blackwell Ltd., 1967, p. 199.)。

③ 值得一提的是,在论及"日常生活"的"层理"(layers)之际,列斐伏尔似乎给读者留下了某种"深层阐释"的印象——毕竟他指出"日常生活研究触及了'社会个体'内部的深层肌理"。但是,作为法国辩证学派的大师,列斐伏尔实际上依旧突出了"深层"的表层本质,正如他反复强调指出,"最为内在的恰恰也是最为外在的"(Henri Lefebvre. *Critique of Everyday Life*. Vol. II, pp. 60—61.),与此相应,"内容唯有在形式当中方得以呈现其自身,也只有在形式当中才可以被把握"(63);列斐伏尔的这一"表层社会学"("日常生活业已丧失其深度之维"[78])某种意义上映射出表层阅读的文化哲学——只有长度与宽度,没有厚度。

④ Henri Lefebvre. *Critique of Everyday Life*. Vol. II., p. 27.

⑤ Judith Butler. "Foreword," in Maurice Natanson, ed. *The Erotic Bird: Phenomenology in Literature*. Princeton: Princeton University Press, 1998, p. xi.

第四节　表层阅读的学理依据

“表层阅读”的关键在于充分利用坡在其文学的哲学中被齐泽克发扬光大的“侧视”机制,并“在德勒兹的意义上”借助“边缘化”的“透镜”复兴那些被正统、主流意识形态遗弃的思想和观念。[①] 换言之,齐泽克所谓的“边缘化透镜”乃是辅助我们从“次要”的作家、文本或观念入手,重新审视人类文化中的经典画卷;他本人对拉康的阅读即以此且颇见成效。当然,坡的“侧视”技法不仅造就了齐泽克的“斜视”,而且也让坡的研究者们受益匪浅。譬如美国学者佩里与塞德霍姆即不乏创意地透过《黄色墙纸》对坡的经典小说《厄舍屋的倒塌》加以“斜视”,用厄舍的妹妹玛德琳的“边缘化”视角对作品展开重新阅读。[②] “侧/斜视”促使文本中诸多原本遭受视而不见的罅隙与缺失得以重见天日。美国宾州州立大学教授坎特卢珀在论及坡的短篇小说《钟楼里的魔鬼》(“The Devil in the Belfry”)时对壁炉台上放置的中国时钟同样产生了浓厚的“边缘化”的兴趣,因为那物件“就在眼皮底下”——“恰如《被盗的信》当中那封赫然置于D部长公寓内的信件”[③],然而却可能因为近距离的直视而从视网膜上消失。在此,我们有必要借助“表层阅读”的认知语境重新体会一番坡的“侧视”言论:

> 真理并非总在井底深处。事实上,就比较重要的知识而言,我倒以为她一贯显露在浅处。真理之所以显得深奥乃是因为人们总在峡谷中寻觅,而不知道她恰恰就栖息于山巅之上。人们对于天体的观察便能够很好地说明此类谬误的性状与根源。要想看清夜空的星体,要想最佳地感受其发出的光亮,就该用余光侧视——将视网膜的外围区域(它对微弱光线的敏感度高于中心区域)对准它们——完全

---

① Slavoj Žižek. *The Parallax View*, p. ix.

② Denis R. Perry and Carl H. Sederholm. *Poe, "The House of Usher," and the American Gothic*. New York: Palgrave Macmillan, 2009, p. 20.

③ Barbara Cantalupo. *Poe and the Visual Arts*. University Park: Pennsylvania State University Press, 2014, p. 88.

正视只会让星体的光亮随之黯淡。①

坡的视觉认知理念表达了这样一个有趣的悖论：为了“看清”，恰恰必须“不看清”（只能以余光瞥视）——正如列斐伏尔强调为了把握日常生活的本质，反倒有必要将其“推至一边”；这样的逻辑策略使得齐泽克的“斜视”观念拥有了一种难得的批判价值：借俗赏雅，以边缘反顾主流，从“表层”捕捉“深层”，将现象学意义上的“悬置”付诸实践，对维特根斯坦所界定的“看作”加以问题化。“侧/斜视”对于“表层阅读”的重要性不言而喻，没有它，我们无法将荷尔拜因的《大使》前景正下方那一处扭曲拉伸的晦涩图案还原为人的骷髅头。这种古老的“视觉失真”技法不只是吸引了文艺复兴时期的艺术家，显然也是从坡到齐泽克的“侧/斜视”理论的重要源泉。② “侧/斜视”的目的不是为了扭曲，而恰恰是为了还原，这正是“视觉失真”一词的希腊文词源所包含的本质意义——“回归”（*ana-*）和“形态”（*morphe-*），在光学层面上指的是依据一个独特的视角“让扭曲的影像复原为可辨的形态”。③

“侧/斜视”的独特价值不只是在认识论的隐喻层面上得以体现，甚至在认知科学领域的“表层”基质上亦不乏几分“传奇”。神经认知学家塞米尔·泽基假想我们以三种不同的视觉运作方式对荷兰画家蒙德里安（Mondrian）的某一幅“格子画”代表作加以关注：第一种是侧视，即在聚焦于视觉“接受场”（receptive field）中心位置“X 点”的同时，“偏离性地”对画作加以审视；第二种是直视，即聚焦点恰好与“X 点”处于同一直线，且视觉距离与侧视情形保持一致；第三种是短距离直视，即在第二种实验条件下仅仅将画作拉近。实验结果表明，侧视所产生的视觉信息最为清晰明了（每一条横向线条均独立作用于相应被激活的视觉细胞），因为在

---

① Edgar Allan Poe. *The Complete Edgar Allan Poe Tales*. New York: Avenel Books, 1981, p. 256.

② 关于坡的创作哲学与“视觉失真”乃至于“表层阅读”的部分关联，详见于雷：《当代国际爱伦·坡研究的“视觉维度”——兼评〈坡与视觉艺术〉（2014）》，载《当代外国文学》2015 年第 4 期，第 144—146 页。齐泽克围绕“视觉失真”所展开的探讨十分有限，但仅从其在上下文语境出现的位置来看，仍是直接服务于“视差”理念的潜在核心概念（See Slavoj Žižek. *The Parallax View*, p. 26.）。

③ Barbara Cantalupo. *Poe and the Visual Arts*, p. 110.

这种情形下,视觉大脑仅有一侧被激活(比如向左侧视则右脑工作);第二种实验同时激活视觉大脑的左右两侧,并因此使得信息加工变得更为复杂(左右大脑对画作的左右两部分各自展开信息处理);第三种情况则"更为棘手",因为距离的拉近不仅同时激活大脑皮层的左右两侧,而且使得同一线条被多个相应视觉模块中的细胞加以处理。①

另一方面,人类在漫长的进化过程中逐渐意识到人的"面部"所包含的"大量有趣和重要的信息",并因此发展出一种被称之为"梭状回"(fusiform gyrus)的特殊区域,专门负责"面部识别"。围绕"面部"所产生的原始神经基质在某种意义上也同样适用于"表层阅读"的认知范式。有意思的是,艺术家们尤其热衷于反向利用视觉大脑的这一工作原理,将人物肖像的面部隐藏于画布的弱光区域,而给予次要部件(如衣领)高光处理(譬如法国画家方丹-拉图尔的《自画像》)。② 当我们的视觉聚焦点自然落在高光部分时,恰恰能够以余光侧视的方式感知更为丰富的面部信息。这说明艺术家的创作往往有可能在无意识当中巧妙映射了人脑认知策略中的"陷阱";相应地,"表层阅读"也并非简单地对故事话语的外在布局进行相同程度的关注,而是在二维性的语言认知平面上既受制于同时也得益于某种独特的表征逻辑,关键只在于如何借助"侧/斜视"意识到那"眼皮底下"的风景。

如果说"视差"的哲学实践价值在于它规约了以"侧/斜视"为核心逻辑的"表层阅读"方法论,那么它的哲学理论价值则表现为它在某种意义上成了拉康眼中的"对象 a"——以一种无法琢磨的逃逸姿态造成"象征性视角的多重结构";在此意义上,"视差"被齐泽克定义成所谓"将同一对象与其自身加以划分的最小差异"③。为此,他还从量子物理学的独特认识论当中汲取灵感,认为视差结构所展示的不仅是"表象乃真实所固有",更在于凭借"表象自身所固有的分裂"(而非表象与真实之间的分裂)那一堪称"闻所未闻的模式"去展现事物如何真实地向我们出示其表象。④ 此

---

① Semir Zeki. *Inner Vision*, pp. 126—128.

② Ibid., pp. 167—168, p. 175.

③ Slavoj Žižek. *The Parallax View*, p. 18.

④ Ibid., p. 173.

“闻所未闻的模式”某种程度上回应着齐泽克在《斜视》一书中围绕拉康的“作为‘对象 a’的凝视”所做出的阐述:那一凝视摆脱了传统意义上的镜像对称,转而将主体的凝视行为客体化,换言之,即是“从自己身外审视自己,从某种不可能的角度审视自己”,并由此带来“某种创伤”——“我的凝视不再属于我,它是从我这里偷走的”。①

依照拉康在荷尔拜因的视觉失真技法中得到的启发,笔者认为“从自己身外审视自己”一方面意味着“作为‘对象 a’的凝视”处于主体的常规视域之外,另一方面也为“侧/斜视”这一独特的视觉认知机制提供了用武之地:非镜像式的聚焦模态促使观者在前景与背景、中心与边缘之间进行反向视角调整,继而透过那一进程中产生的“视差罅隙”让原本模糊的边缘对象获得相对清晰的轮廓。之所以说“相对清晰”,乃是因为“侧/斜视”所针对的目标就其本质而言正是拉康哲学意义上的“对象 a”,一种只可无限接近但却无以达至的“欲望的对象成因”——“[它]总是被错过;而我们能做的一切只是围绕着它。”②正如西尔维娅·普拉斯(Sylvia Plath)在其诗歌《爱是一种视差》(“Love Is a Parallax”)中所表露的那样,“地平线鸣金而退,只因我们横渡诡海(sophist seas)将其赶追”③。饶有意味的是,美国哲学家莫里斯·纳坦逊在讨论胡塞尔之际,特别强调自己虽意在指涉后者的现象学,但却为了“避免直接引用他”而将视线转向奥地利现象学社会学家阿尔弗雷德·舒茨(Alfred Schutz)对胡塞尔的阐述。④ 这一不乏“悬置”意义的阅读行为与齐泽克对拉康的“斜视”策略存在异曲同工之处。

第五节 表层阅读的批评实践

文学言语行为研究者认为,文学叙事作为独特的艺术语言乃是一种

---

① 斯拉沃热·齐泽克:“中文版前言”,《斜目而视:透过通俗文化看拉康》,季广茂译,杭州:浙江大学出版社,2011 年,第 4—5 页(出于本章在译文表达一致性方面的考虑,笔者将“小客体”改为另一通行的术语译法“对象 a”。)。

② Slavoj Žižek. *Looking Awry*, p. 4.

③ http://www.poemist.com/sylvia-plath/love-is-a-parallax[2022—9—36].

④ Maurice Natanson. *The Erotic Bird*, p. 20.

"表演性的愉悦场"，而非"信息性的知识场"。[①] 在笔者看来，无论是坡，还是齐泽克，其理论意义上的"表层阅读"所展现的恰恰是文学话语的逻辑动力，它所固有的"表演性"规约着文学阅读的言语行为旨向——奥斯汀的"言即是行"(saying is doing)某种程度上成了"视即是行"(seeing is doing)[②]。齐泽克的哲学写作可谓渗透到社会文化的多重领域当中，尽管其文学阅读作为某种具有浓厚哲学意味的思考几乎湮没在他那堪称浩瀚的话语汪洋之中，但他对《罗生门》的解读显然可被当作"表层阅读"实践的范本。如笔者在上文所强调的那样，与"表层阅读"紧密相关的是坡提出的(当然也是齐泽克所领悟到的)"侧/斜视"策略。以《罗生门》的四重叙述视角为例，齐泽克不仅摒弃了现代传统读法(其结论是：主观视角的多重性无法构建客观真实)，而且也抛开了"伪尼采式"的"透视主义"(也即绝对真实的缺席)；他要做的乃是围绕同一事件所产生的四种叙述，发掘出一个能够在多重视角关系之间观察"量子纠缠"的视差结构，而这一结构的生成恰恰依赖于阐释者的"侧/斜视"，一种仅仅"借助于某个角度"方能看清事物的视觉逻辑。[③]

对齐泽克而言，《罗生门》的叙述结构中包含的四个故事版本并非乍一看上去所显现的那种平行中立的关联，而是以目睹作案现场的樵夫的叙述版本为"创伤节点"(这正是齐泽克理论意义上的"视差罅隙")，将其当作视觉失真机制赖以运作的独特窗口，进而还原整部作品的逻辑序列——"女性欲望的爆发"及其对"男性权威"的"逐步削弱"。[④] 毋庸说，齐泽克的阅读方式读出了"深刻"之处，但那一深刻性恰恰不是来自对"绝对真实"的空洞偏执，而是对那一空洞的真实(拉康意义上的"对象 a")加以斜视，在视觉失真的"扭曲"状态中"填充"某种意义。[⑤] 这亦正是坡的

---

① Shoshana Felman. *The Literary Speech Act*: *Don Juan with J. L. Austin*, *or Seduction in Two Languages*. Trans. Catherine Porter. Ithaca: Cornell University Press, 1983, p. 27.

② 笔者所说的"看"不是指字面上的用眼睛去看，而是指文学话语本身围绕"表象"与"内核"所进行的"视觉失真"处理，如何将"理想读者"的表层阅读策略呈现为一种规约性、预设性的视觉认知逻辑。在这方面，坡的小说具有典型意义(详见于雷：《基于视觉寓言的爱伦·坡小说研究》，第 212 页。)。

③ Slavoj Žižek. *Looking Awry*, p. 11.

④ Slavoj Žižek. *The Parallax View*, pp. 173－174.

⑤ Slavoj Žižek. *Looking Awry*, pp. 12－13.

小说寓意赖以发生的逻辑。或许并非一种巧合，坡在作品中曾多次强调“真实比虚构更加奇怪”，而拉康似乎同样看出了玄机——“真实‘乃是如同虚构一般被建构’”①。

阅读“现代之文”的乐趣如罗兰·巴特所言，乃是在于玩味“语言的游戏”；为此，读者应当“与文粘贴缠绕”，抛开对故事内容的真值向往，转而追寻语言游戏中闪现的“两条边线的缝隙，醉的裂处”②。在坡的小说中，文本的某一边缘信息往往是寓意发生的精巧榫卯，它如同“被盗的信”那般让读者视而不见，却又是通向逻辑界面的视差罅隙。一旦捕捉到其重要性，便能够促使我们重新对故事加以透视，在故事从前景向背景后撤的动态进程中让寓意的模糊面得以现身。譬如坡将《乌鸦》中临近末尾的那句看似不经意的诗行（“将你的喙从我的心头挪开”）视为全诗的象征性被激活的关键节点，读者（如坡所说）由此重新回溯整首诗以“寻找寓意”③。当然，坡并未告诉我们读者应该读出怎样的“寓意”。这也再次说明“表层阅读”关注的焦点不在于具体多变的寓意本身，而在于寓意赖以发生的逻辑。在此意义上，《被盗的信》成了一则关于“表层阅读”的元小说：在那些扑朔迷离、跌宕多姿的琐屑表层事件中，坡所真正感兴趣的依然还是故事中那一似非而是的“边缘”逻辑——“盗信者知道失信者知道盗信者”④。

“表层阅读”的旨趣很大程度上乃是凸显于它所创造的“生产性”：一封“被盗的信”成了阿尔都塞式的“没有问题的回答”，而那一“回答”又恰恰生产了诸多“隐藏在这个新的回答中的问题”⑤。寻找“被盗的信”所表征的那种身处眼皮底下却遭遇视而不见的缺失，引发了一系列意义生成的阐释活动。“看即是做”的文学认知行为在“表层阅读”的平台上似乎可以更为戏剧性地（尤其对于坡和齐泽克那样的阅读者而言）表达为“不看即是做”，如同阿尔都塞从古典政治经济学当中所揭示的那样，“[它]没有

---

① Qtd. in Slavoj Žižek. *Looking Awry*, p. 18.

② 罗兰·巴特：《文之悦》，屠友祥译，上海：上海人民出版社，2009年，第14—15页。

③ James A. Harrison, ed. *The Complete Works of Edgar Allan Poe*, Vol. XIV. p. 208.

④ Edgar Allan Poe. *The Complete Edgar Allan Poe Tales*, p. 467.

⑤ 路易·阿尔都塞、艾蒂安·巴里巴尔：《读〈资本论〉》，第16页。在《被盗的信》中，巴黎警署之所以掘地三尺亦找不到那封“被盗的信”，正是因为他们采用了旧的立场去回答新的问题；而杜宾之所以能够成功，则是由于他选择了新的立场（也即用表层逻辑取代传统的深层逻辑）；马克思看到了亚当·斯密所看不到的东西，恰如杜宾看到了巴黎警署所无法看到的东西。

看到的东西正是它做的东西"[①]——就像笔者在上文所提及的列斐伏尔的观念:把握实质的要领恰恰在于将其"推至一边",在于"看"和"不看"之间的阈限视角。这不禁使我们想起了英国人类学家格雷戈里·贝特森在谈及艺术的(无)意识问题时所做的一个有趣的比方:艺术家似乎总是站在扶手电梯上,他想表达的运动恰恰是其自身所无法觉察的。[②] 阿尔都塞强调通过"症候式阅读"去揭示那种兼具理论负载性与规约性的所谓"总问题"(或曰"问题式""知识型"[③]),"系统地不断地生产出总问题对它的对象的反思,这些对象只有通过这种反思才能够被看得见"[④]。笔者认为,"表层阅读"理应关注的寓意发生逻辑正如同阿尔都塞理论意义上的"问题式"——借助它,我们可以通过"反思"对象文本,展开二次阅读,使原本沉默的罅隙地带熠熠生辉;就像《乌鸦》末尾处的那句激活全诗象征性图式的诗行("将你的喙从我的心头挪开")所引起的反思,抑或如杜宾采用的表层逻辑围绕巴黎警署的深层逻辑所做出的反思。

"表层阅读"是一种批评方法论,尽管它在实践意义上也多少表现出哲学式的认识论面相;它甚至可以没有一个固定的、统一的专业称呼,而呈现为多种拥有相似家族基因的变体。在此,笔者认为申丹教授在国际学界提出的"隐性进程"概念为我们理解"表层阅读"的价值提供了一个颇具启发的叙事学理论工具,如其所言:

---

① 这一围绕"看"的"忽视"现象所得出的结论当然首先在于说明"旧的视野"注定无法看到"新的问题"(路易·阿尔都塞、艾蒂安·巴里巴尔:《读〈资本论〉》,第15—16页),因此,亚当·斯密本人在其"旧的视野"中所无法看到的东西恰恰成了马克思借助新的视野所看到的,而马克思所拥有的这个新视野又恰恰是斯密通过其旧的视野进行新的回答时"不知不觉地生产出来的"(20)。事实上,阿尔都塞揭示的这一认识论在笔者看来,似乎以某种"元语言"的方式回应了斯密本人在《国富论》中留下的那个著名概念——"一只看不见的手":个体总是寻求私利的最大化,但却往往在无意之间推动了社会公共利益的发展(Adam Smith. *An Inquiry into the Nature and Causes of the Wealth of Nations*. Vol. II. London: G. Walker, 1822, p. 181.)。显然,寻求私利最大化的立场无法看到社会公共利益的价值,但是它却在自己看不见的地方悄然"生产"出新的公共立场。有趣的是,我们还可以在进化论的语境下为这只"看不见的手"找到一个更为形象化的类比:蜜蜂的无意识授粉恰恰发生于其有意识的采蜜行为。

② Gregory Bateson. *Steps to an Ecology of Mind*. Chicago: The University of Chicago Press, 2000, p. 138.

③ 张一兵:《析阿尔都塞的"症候阅读法"》,载《南京大学学报》(哲学·人文科学·社会科学版)2002年第3期,第70页。

④ 路易·阿尔都塞、艾蒂安·巴里巴尔:《读〈资本论〉》,第26页。

> 受亚里士多德以来批评传统的影响,[批评家们]均聚焦于情节发展,从各种角度阐释其深层意义,而没有关注与情节并列前行的隐性叙事进程。对于在隐性进程中至关重要而在情节发展中无足轻重的文本成分,他们常常视而不见,或者往情节发展上生拉硬扯。如果能把视野拓展到情节发展背后的隐性叙事进程,我们就能发现文学阐释的新天地,就能看到"作品更加复杂深刻和更为广阔的意义世界"。①

申丹教授的"隐性进程"概念使我们得以从叙事学理论视阈再次体会坡于其创作哲学中所一再强调的表层之乐——恰如那封藏匿在眼皮底下却不为所见的"被盗的信",西方学者在评价"隐性进程"的理论意义时亦如是说道:"[隐性进程]揭示的意义之所以被读者错过,不是因为意义过于隐蔽,而主要是因为读者的阐释框架不允许他们发现其实就在眼前的意义"②;这就如同亚当·斯密不可能看到马克思所看到的东西那样。虽然"隐性进程"是一个具有独立理论价值的叙事学概念,但它所占据的三个重要特征(笔者在此拟将其概括为"视角转切""偏正倒置"和"明暗互动"③)也在相当

---

① 申丹:《情节冲突背后隐藏的冲突:卡夫卡〈判决〉中的双重叙事运动》,第120页。如果我们留意此段引文中所指出的"与情节并列前行的隐性叙事进程",即会发现所谓的"隐性"其实就在表层叙事结构当中,而并非传统阐释所奢求的"深层"(况且"深层"不过是与"深刻"时常发生混淆之后造成的批评幻象)——毕竟,它乃是"与情节并列前行的"。在此意义上,"隐性进程"对于传统深层阐释者而言与其说是"不可见的",毋若说是"视而不见的",正如荷尔拜因画笔下那颗经过"视觉失真"处理的骷髅头——唯有当观看者切换到某个独特的视角,方可瞥见其真面目。"隐性进程"的存在不仅符合文学的本质要求(也即J.希利斯·米勒所说的"保守秘密"),更由此而增添了叙事作品中所引发的"文之悦"。

② 转引自申丹:《情节冲突背后隐藏的冲突:卡夫卡〈判决〉中的双重叙事运动》,第120页。

③ "隐性进程"这一概念的独特价值在于它有效规避了传统阐释学在"表层"与"深层"之间(乃至于在"深层"与"深刻"之间)造成的逻辑混乱;换言之,当我们说情节发展的背后存在"隐性进程"之际,并不意味着那进程乃是藏匿于传统批评意义上的"深层"地带,而恰恰指的是处于"眼皮底下"与情节发展并行互动的文本表层。如此一来,过去我们所反复纠缠的"深层"(实乃"深刻"之意)内涵便可能在逻辑上同桑塔格所倡导的"艺术情色学"并行不悖。在此意义上,笔者认为申丹教授所提出的"隐性进程"概念在相当程度上弥合了"深层"与"表层"之间的阐释裂隙。据笔者的观察,要顺利揭示一部叙事作品的"隐性进程",至少需要三个层次的工作:首先是进行主次人物之间视角运作的切换,譬如从厄舍的妹妹玛德琳的立场去审视《厄舍屋的倒塌》;其次是在视角转切的基础上将背景加以前景化处理,或对边缘进行中心化处理;如此可进入第三个层次,即把握叙事作品中情节发展与隐性进程这两条"明暗"线索如何在全局性的修辞意义上产生对峙、对话和对接。

程度上印证了“表层阅读”在当下批评界得以唤醒的内在逻辑要求。相比之下,弗朗科·莫莱狄(Franco Moretti)则倡导一种基于文学地图学与文学历史学、以文学“数据性”取代“丰富性”的所谓的“距离阅读”(distant reading),其所针对的是自“新批评”以降被确立起来的那根深蒂固的“文本细读”传统;也正是在这一理论批判背景之下,宾夕法尼亚大学教授希瑟尔·罗夫通过借助“描述社会学”的微观数据方法论提出了文学阅读的“描述性转向”,主张所谓“细而不深”(close but not deep)的改良路径。①为了说明描述性阅读的价值,罗夫还专门以莫里森的《宠儿》为例,试图“从表层对这一小说加以阅读”,进而留意到“文本中常为批评家们所忽略的品质”。在研究中,罗夫聚焦于女主人公面临奴隶主的追捕而亲手杀死亲生幼女的血腥场面,认为传统的深层阐释路径(如叙事学家詹姆斯·费伦(James Phelan)的修辞伦理解读)往往将此处原本遭遇问题化的叙述视角(在场的奴隶主?旁观的叙述者?)简单地视为“奴隶主视角”在读者反应中引发的“伦理拒斥”(ethical repudiation);而描述性阅读则可以进一步观察到文本中因模糊叙述视角而导致的一种“祛人性化的物质进程”(女主人公与锯子、木屑及木棚之间的同构性)。罗夫将其概括为小说中的“纪实美学”,它不再热衷于作品中可被发掘的某种代表“政治无意识”的深刻性,而仅仅在于揭示一种“带有真实效果的进程”——如小说的开放式结局所暗示的那样,莫里森旨在“展示历史的缺失而不是修复它们”②。

另一个极佳的“表层阅读”范例来自著名“酷儿”理论家伊芙·塞奇威克围绕18世纪哥特小说所展开的研究。在那里,“面纱”作为一种屡屡出现的哥特式道具,不再沦为文类小说传统规约下的机械象征物,相反,那一典型的用以隐藏/压抑欲望(“内容”)的“表层”物件恰恰成了欲望本身——“面纱”与“肉体”构成了“性冲动”意义上的同义语;相应地,哥特小说中的人物塑造亦处于“二维化”与“人格化”的二元对立之中:一方面是文类语汇的刻板化(譬如人物塑造的重复性编码),另一方面是虚构性拟真对人物之“物理性存在”所提出的个性化要求。但是,这种对抗非但不

① Heather Love. “Close but not Deep: Literary Ethics and the Descriptive Turn,” pp. 374—375.

② Ibid., pp. 385—386.

是一种缺陷,倒恰恰成了哥特小说对文学人物塑造的发展所起到的"最为激进的贡献"。塞奇威克的批评实践不仅展示了传统文本细读以何种方式服务于"表层阅读"模式,同时也在批判性地暗示:以往的诸多基于理论预设的"深度主题召唤"在相当程度上对"表层"信息进行了化约式的草率处理。① "表层阅读"在西方阅读史上时常被庸俗化为某种缺乏内涵的"字面主义",但是,随着各类文学"深层阐释"实践在其批评效能方面的日趋"石化"及其所导致的审美认知上的狭隘,文学作品的"表层"价值也正以其革新的面貌重返学术视野。事实上,文学阅读的"表层转向"并未排斥对"深度"的发掘;问题仅仅在于,那"深度"往往被搁置在读者眼皮底下某些看似随意不经的表层结构之中。在笔者看来,文学"表层阅读"不是简单地对文本表面的现象数据加以罗列,而是需要扮演胡塞尔眼中那"永恒的新手",借助"侧视/斜视"去洞察并建构它们之间的认知性、结构性乃至于社会性关联,对作品寓意的发生逻辑做出创新性的揭示。②

苏珊·桑塔格告诫我们切勿用"思想"或"文化"去同化艺术,而要将"透明性"(transparence)视为艺术的"最高价值"——批评的功能"不在于揭示作品的意义是什么,而在于说明作品如何成为其所是"。③ 毋庸说,桑塔格围绕艺术的形式逻辑所给予的观照为"表层阅读"提供了一则重要脚注;但是"表层阅读"的要义却不在于将"表层"与"深层"区分开来,而恰恰在于借助坡的"侧视"与齐泽克的"斜视"将传统意义上的"深层"返还到文本"表层",在两者构成的罅隙中捕捉齐泽克所说的"最小的差异"。在桑塔格看来,理想的作品应当借助"表层的凝练"成为"它本身",而不是沦

---

① Eve Kosofsky Sedgwick. "The Character in the Veil: Imagery of the Surface in the Gothic Novel," pp. 255—256, p. 263, p. 255.

② 如笔者在上文所述,"表层阅读"乃是部分得益于描述社会学的方法论,而那一方法论的科学之境在美国社会学家肖伯格看来,则主张"弱化描述与解释之间的绝对划分",从而使得"描述"本身在应对社会事件或社会事实的相互关系方面,亦表现出一定的"解释性品质";毋庸说,这一认识有助于避免庸俗化的文学"表层阅读"。有意思的是,肖伯格在力图澄清描述社会学的学理争议之际,不禁带着几分"爱伦·坡式"的唏嘘,感叹"[原本值得重视的]显眼之见恰恰总是不幸逃离人们的关注"(See Gideon Sjoberg. "A Rationale for Descriptive Sociology," in *Social Forces*, Vol. 29, No. 3 [Mar., 1951], p. 252.),似乎从另一侧面暗示了坡的视觉机制对"表层阅读"的独特价值。

③ Susan Sontag. *Against Interpretation and Other Essays*, pp. 13—14.

为阐释者附加给它的"伪智性";反过来说,"表层阅读"理应"将对内容的考察融化在对形式的考察当中"①。"深层"阅读作为一种默认的阐释显学,业已将文学艺术的表层魅力置于极其不利的从属地位,如塞奇威克在研究哥特小说的"表层意象"时所抱怨的那样,批评家们过于围绕"内容"进行书写而对作品的表层却"极不耐烦",尽管他们往往看似"最快地抵达'真正的深度'";然而,围绕主题和心理所展开的所谓"深度"捕捉恰恰忽略了哥特传统当中"最具特色、最富勇气的领域",也正是得益于那些领域,读者的关注力方才得以"返回表层"。② "表层阅读"倘有其日渐茁壮的成长,理应被视为德勒兹理论体系中的所谓"根茎",在"表层"游戏的视差罅隙中去把握"深层",在两者之间建构一种所谓"'和'的逻辑",如"千高原"的奇诡隐喻所暗示的那般:"一种垂直的方向,一种(卷携着一方和另一方的)横贯的运动,一条无始无终之流,它侵蚀着两岸,在中间之处加速前行。"③

古希腊神话中的帕尔修斯为了砍下美杜莎的头颅而又不会变成石头,只能借助间接方式通过其盾牌反映的"镜像"加以"斜视",这一神话在意大利作家伊塔洛·卡尔维诺(Italo Calvino)看来成了"诗人与世界的关系的寓言":言语之"轻"如何传递道德之"重"。事实上,那一寓言同样契合于"表层阅读"的运作机制,正如卡尔维诺所强调的那样,"帕尔修斯的力量永远来自他拒绝直视,但不是拒绝他注定要生活于其中的现实。他随身带着这现实,把它当作他的特殊负担来接受"④。

---

① Susan Sontag. *Against Interpretation and Other Essays*, pp. 11—12.

② Eve Kosofsky Sedgwick. "The Character in the Veil: Imagery of the Surface in the Gothic Novel," p. 255.

③ 德勒兹、加塔利:《资本主义与精神分裂(卷2):千高原》,姜宇辉译,上海:上海书店出版社,2010年,第33—34页。

④ 伊塔洛·卡尔维诺:《新千年文学备忘录》,黄灿然译,南京:译林出版社,2009,第2—4页。

第四章

厄舍屋的倒塌:坡与“德国风”

一个多世纪以来,厄舍屋(House of Usher)的“倒塌”乃是作为一个核心问题事件存在于文学批评史的浩繁卷帙之中,然其答案的寻觅却始终被隔离在哥特文类的结构性演化进程之外,使得《厄舍屋的倒塌》(以下简称《厄舍屋》)在其日后的经典化征程中时而遭遇不乏偏见的艺术评判。它在美国著名批评家布鲁克斯(Cleanth Brooks)与沃伦(Robert P. Warren)的“微辞”中被视作“为了恐怖而恐怖”[1]——这一多少堪称致命的判断不过是《厄舍屋》从其诞生之日起即在学界引起的波澜之缩影。早在1839年9月首次刊发于《伯顿君子杂志》(*Burton's Gentleman's Magazine*)时,《厄舍屋》便因沾染所谓的“德国风”[2]而陷入尴尬之境——即便与霍拉斯·沃波尔(Horace

---

① Leo Spitzer. "A Reinterpretation of 'The Fall of the House of Usher'," in *Comparative Literature*, Vol. 4, No. 4 (Autumn, 1952), p. 351.

② “德国风”这一译名乃是基于坡的同时代批评界往往以此标签指涉德国浪漫主义(尤其是哥特)流派的作家及作品。

Walpole)的《奥特兰多城堡》(“The Castle of Otranto”)之间的相似度[①]算不上太明显,却又如何摆脱霍夫曼(E. T. A. Hoffmann)的小说《遗产》(“Das Majorat”)带来的影响性关联[②]?纵然如此(或许也正因为如此),《厄舍屋》引发的批评热情从未衰退。除了D. H. 劳伦斯、艾伦·泰特(Allen Tate)的“吸血乱伦说”之外,还出现了诸如“生命—理性/死亡—疯癫”“生存意志/死亡冲动”等“二元对立说”、基于“散文诗”《我发现了》之“宇宙进化说”(“统一/辐射/离散/回归统一”)、通向深层自我(厄舍屋的内外/主人公的身心)的“精神旅行说”以及用以映射坡的创作哲学之“元语镜像说”,如此等等,不一而足。[③] 据笔者调查来看,在这百年来的研究著述中,未曾有将厄舍屋的“倒塌”加以文类化处理的案例,不仅忽略了坡本人就批评界的责难所做出的文类意义上的辩护——《厄舍屋》的恐怖并非“德国式恐怖”,而是“灵魂的恐怖”;更进一步忽略了19世纪初的电子媒介革命对坡的文类创新所产生的深刻影响:厄舍屋在故事末尾处的内向性坍缩与厄舍的同胞妹妹玛德琳自地窖里实施的外向性突破存在何种逻辑关联,而这一关联又如何映射出18世纪欧洲哥特想象在19世纪初的美国所经历的文类变迁?

第一节 “德国风”:走向内爆的文类演进

1839年,坡致信《南方文学信使》主编詹姆斯·希思(James Heath),

---

① 在沃波尔的笔下,曼弗雷德(Manfred)身后的城堡墙壁在冤魂出没的瞬间发生了坍塌,但仅凭几处相似的场景描绘而断言《厄舍屋》是《奥特兰多城堡》的“精巧凝缩”(Frederick S. Frank and Anthony Magistrale. *The Poe Encyclopedia*, p. 126.)则不仅否认了后者的复杂性,更忽略了前者的独特性。

② 关于《厄舍屋》与霍夫曼相关作品的影响性关联,已有学者进行过细致分析(See Claudine Herrmann and Nicholas Kostis, “‘The Fall of the House of Usher’ or The Art of Duplication,” in *SubStance*, Vol. 9, No. 1, Issue 26 [1980], p. 38.)。

③ 围绕《厄舍屋》批评史上的研究路径及其相关文献出处,批评界已有诸多定见(See Marita Nadal. “Trauma and the Uncanny in Edgar Allan Poe's ‘Ligeia’ and ‘The Fall of the House of Usher’,” in *The Edgar Allan Poe Review*. Vol. 17, No. 2 [2016], p. 190.),笔者不再逐一赘述。

希望9月初新近刊登在《伯顿君子杂志》上的《厄舍屋》能够得以转载。希思于1839年9月12日回复坡，指出他本人虽颇为欣赏坡的“卓绝技法”，但与刊物的创办人托马斯·怀特（Thomas White）一样并不看好此类以“恣肆、虚幻和恐怖”为主要特征的“德国流派的故事”：

> 我业已细致拜读大作《厄舍屋》，在你所创作的那一类作品当中，我认为它当属我所见到过的上佳之作。无须批判性的审视或是十分精致的品位，读者即可看出，这则故事若非拥有伟大的想象力、卓越的思维和对语言的那种愉悦的把控，便不可能写就；不过倘若我说自己对那一类创作向来兴致寥寥，我确信你也会欣赏我的诚恳。[……怀特]担忧《厄舍屋》不仅可能占用本已十分局促的版面（专栏稿件刊载负荷巨大），而且其内容也概非大多数读者所能接受。他怀疑《信使》的读者会对德国流派（German School）的故事怀揣多少热情，尽管它们技法精湛、能力超群；就这一点来说，我务必坦诚自己与之不谋而合。至于这种恣肆虚幻的恐怖类文学能在本国长盛不衰，我委实不敢苟同。①

长期以来，坡围绕德国浪漫主义文学所秉持的心态多少给批评界留下了十分暧昧的印象。一方面，坡在作品中的确展示了显著的“德国风”痕迹——德国浪漫主义作家E. T. A. 霍夫曼对坡的影响便是极佳的事例②；另一方面，坡又似乎刻意与“德国风”保持距离，并因此而极易造成后世研究者们的偏颇之见，以为坡对德国浪漫主义的态度始终是全然消极的。③ 这一观念的缘起大抵发端于1840年版《奇异故事集》的“前言”

---

① James A. Harrison, ed. *The Complete Works of Edgar Allan Poe*, Vol. XVII. pp. 47—48.

② 美国学者帕默·考伯早在其1908年的博士论文中即专门对此进行了深入研究（See Palmer Cobb. “The Influence of E. T. A. Hoffmann on the Tales of Edgar Allan Poe,” in *Studies in Philology* Vol. 3 [1908]: 1—105.）；值得注意的是，坡所竭力推崇的E. T. A. 霍夫曼乃是公认的“德国哥特”（German Gothic）领域的“经典作家”（See William Hughes. *Historical Dictionary of Gothic Literature*. Lanham: The Scarecrow Press, Inc., 2013, p. 112.）。

③ 正是凭借此类观念上的默认，美国学者斯图亚特·莱文和苏珊·F. 莱文仅仅满足于将《雷姬亚》的讽刺对象锁定于“两大浪漫主义超验流派，即德国派（黑色的雷姬亚 [dark Ligeia]）与英国派（金色的罗温纳 [golden Rowena]）”（Stuart Levine & Susan F. Levine, eds. *The Short Fiction of Edgar Allan Poe*. Indianapolis: The Bobbs-Merill Company, Inc., 1976, p. 104.），（转下页）

中,坡在那里如是谈及了自己对文学"德国风"的看法:

> 就我在过去两三年间所创作的25则短篇小说而言,其总体特征或可一言以蔽之,但若仅凭此便推断我对这类创作怀揣某种过度甚或独特的口味或偏爱,则不仅有失公允,也更有违于事实。……我不禁想,之所以有那么一两个批评家颇为友好地用"德国风"和"阴郁"等为他们所热衷的字眼来指责我,其原因正在于我的那些严肃小说当中普遍存在的"奇幻"色彩。这种指责可谓品位低俗,且缺乏充分的依据。[……]事实上,除却仅有的一个例外,在这些故事当中,没有任何一则带有学者们所指认的那种"伪恐怖(pseudo-horror)"之典型特征;我们之所以被引导去用"德国式"(Germanic)那一概念对其加以描述,无非是因为德国文学中的某些二流作家认同那样的愚蠢创作(become identified with its folly①)。倘若恐惧已成为我许多作品的主题,那么我以为它并非德国式恐怖,而是源自灵魂的恐怖——这样的恐怖完全做到了有据可依,有的放矢。②

值得注意的是,《奇异故事集》及其"前言"乃是在希思回信不久之后的1839年12月4日正式公之于众。③这意味着坡围绕"德国风"的"愚蠢"所做出的辩解很可能是直接针对《南方文学信使》主编希思的回信而为。事实上,在笔者看来,坡的德国文学观呈现出显著的辩证风范——在1846年12月《格雷厄姆杂志》上刊载的《页边集》中,坡以德国浪漫主义作家弗凯(Baron de la Motte Fouqué)的作品《冰岛人西奥多夫及阿斯洛嘉的骑士》(*Thiodolf the Icelander and Aslauga's Knight*)为例指出,当下的德国

(接上页)以为坡对两者的态度并无程度上的区分或是美学上的偏好,从而选择性地忽略了其所引证的美国学者格利夫斯的关键结论——德国浪漫主义如何在寓言层面上"完全战胜了"英国浪漫主义(See Clark Griffith. "Poe's 'Ligeia' and the English Romantics," in *University of Toronto Quarterly* 24.1 [1954], pp. 24—25.)。

① 值得注意的是,坡在提及文坛上的"德国式"恐怖之际,往往假借主流批评立场以"愚蠢"(folly)一词作为标签;在《厄舍屋》中,叙述者对厄舍所热衷于阅读的哥特传奇同样嗤之以鼻,但正是这看似难以卒读的"愚作"——《疯癫之约》——恰恰引发了厄舍屋的倒塌,并由此凸显了反思"德国风"批判之必要性。

② James A. Harrison, ed. *The Complete Works of Edgar Allan Poe*, Vol. I, pp. 150—151.

③ See Frederick S. Frank & Anthony Magistrale. *The Poe Encyclopedia*, p. 339.

浪漫主义正值从“冲动阶段(impulsive epoch)”到“批判阶段(critical epoch)”的转型期，这一历史机缘恰恰在客观上使得当代德国文学获得了独特的魅力和活力：

> 德国人尚未度过[文学文明的]第一阶段[也即冲动阶段]。我们必须记住，德国人在整个中世纪进程中对写作艺术全然无知。他们脱胎于如此彻底的黑暗，同时起步又是如此之晚，所以，作为一个民族来说，他们当然还不可能完全进入第二阶段，或称批判阶段。虽然不排除有个别德国人业已表现出最佳意义上的批判性——然而绝大多数却依然如故。可以说，德国文学目前正显现出一种独特情境，即冲动性精神为批判性精神所包围，当然，也会因此而在某种程度上受其影响。比方说，英国文学早已进入批判性阶段，而法国则走得更远；它们对德国文学的影响表现为后者在总体上的极度异常状态(wildly anomalous condition)。不过，我们千万不要以为[德国文学]会因为时代的推移而得以改善。随着冲动性精神的消退与批判性精神的兴起，[德国文学]将会表现出英国[文学]后来所产生的那种粉饰化的索然乏味(polished insipidity)……目前来说，德国文学在世界范围内乃是独树一帜的——因为它是特定条件下的产物，而这些条件在此个案出现之前则从未出现过。在我于此处所说的异常状态下，[德国人]进行了相应的文学创作，而围绕那些作品，我们的批评也随之陷入了异常之态——大家对德国文学的态度完全是势不两立。就我个人来说，我认可德国式活力，德国式坦直、果敢、想象以及某些其他的冲动品质，正如我也同样愿意认可并欣赏英国及法国文学在第一(或冲动)阶段所表现出来的这些品质。①

基于坡的上述言论，我们可以发现坡眼中的德国浪漫主义文学正处于“冲动阶段”与“批判阶段”之间的胶着状态，尽管这看似“总体上的极度异常状态”，却实则歪打正着地使得德国浪漫主义文学“独树一帜”，成为“特定条件下的”特定产物；其次，坡对于德国浪漫主义文学的态度并非“一刀切”，而是采取扬弃的姿态汲取其精华；再者，坡清晰地意识到德国浪漫主

---

① James A. Harrison, ed. *The Complete Works of Edgar Allan Poe*, Vol. XVI, pp. 115—116.

义文学即将走向“批判阶段”,并因此而逐渐陷入“粉饰化的索然乏味”——这固然让人惋惜,却是无法挽回的文类进化之必然。

文类演进的本质正如托多洛夫所言,乃是围绕“一种或几种旧文类”所进行的“转化(transformation)”;换言之,文类既不会无中生有,亦无法断然消融,而是借助“言语行为”的话语属性,通过“倒置、移置和并置”等手段进行规约性编码与再编码。① 当然,坡因限于其自身所处客观历史时期,仅可洞察到德国浪漫主义正处于从“冲动”走向“批判”的溃缩性节点,一个被戏谑为“德国风”的尴尬之境。尽管坡本人抑或是批判坡的人士并未就“德国风”专门加以定义,但鉴于哥特想象发展到 19 世纪初显然已经度过了其文类演化进程的“鼎盛期”②,因此那一业已被默认的标签伴随哥特话语的过度表演,难免裹挟着诸多戏谑之态。参考 1904 年耶鲁大学教授古斯塔夫·格鲁纳的《坡的德语知识》一文,我们可大致推断“德国风”代表的是坡那个时代围绕“德国浪漫主义”(尤其是哥特小说)所呈现出的总体“文学氛围”③。在那一“氛围”中,坡眼中的“德国式活力”作为文类能量的“外爆性”(explosive)“冲动”,正朝着以自我指涉/戏仿为特质的“内爆性”(implosive)“批判”收拢。④ 与此同时,如果我们聚焦于《厄

① See Tzvetan Todorov and Richard M. Berrong. “The Origin of Genres,” in *New Literary History*, Vol. 8, No. 1, *Readers and Spectators: Some Views and Reviews* (Autumn, 1976), pp. 161-162.

② See Andrew Smith and William Hughes, eds. *Empire and the Gothic: The Politics of Genre*. New York: Palgrave Macmillan, 2003, p. 1. 哥特小说在 1795 年占据英国小说市场最大份额,达到 38%,而到了 1800 年之后便开始萎缩,到 1821 年则减少到不足 10%;到 1805 年为止,哥特短篇小说在期刊杂志上发表的全部小说中所占比例是 3/4,而到了 1814 年之后则“几乎消失殆尽”(See Joseph Crawford. *Gothic Fiction and the Invention of Terrorism*. London: Bloomsbury, 2013, p. 153.)。

③ Gustav Gruener. “Poe's Knowledge of German,” in *Modern Philology*, Vol. 2, No. 1 (Jun., 1904), p. 125.

④ 笔者将加拿大著名媒介学理论家马歇尔·麦克卢汉的“外爆”/“内爆”观念引入探讨,乃是缘起于一篇几乎为坡研究者们完全忽略的麦克卢汉的媒介学论文——《文化变迁的速度》(See Marshall McLuhan. “Speed of Cultural Change,” in *College Composition and Communication*, Vol. 9, No. 1 [Feb., 1958], pp. 16-20.);在该文中,麦克卢汉为了说明新媒介对于文字工作者的重要意义,特别将坡视为一个典型例证,以说明 19 世纪上半叶电报技术的兴起如何悄然影响了坡的创作形态。与此同时,哥特文类进入“电子时代”之后的演进方式与坡本人围绕德国浪漫主义所做出的“冲动-批判两阶段说”亦产生了学理上的共鸣,具体可参见笔者在下文的进一步讨论。

舍屋》叙述者的夜半诵读行为如何对死而复生之恐怖“拟像”实施遥感式召唤,不禁会惊讶地发现哥特文类在那一独特历史景观中的演化如何与鲍德里亚、麦克卢汉等现代媒介理论家的文学思想产生有机关联。

第二节 《疯癫之约》:从言语行为到拟像先置

从布鲁克斯与沃伦合著的《理解小说》(*Understanding Fiction*)到马歇尔·麦克卢汉的《理解媒介》(*Understanding Media*),坡的身影尽管颇显衰微或边缘,却不乏戏剧性地同时闯入文学批评家与媒介理论家的视野。[①] 这一方面得益于坡的多重文化身份——作家、批评家和媒体人,另一方面也得益于文学本身作为一种独特的信息载体所包容的媒介理论价值。[②] 鲍德里亚通过一个题为“拟像与科幻小说”的讨论使得“拟真”与文类产生了某种有趣的关联。笔者认为,文学陌生化的渐次消退与文类模式的逐步强化乃至固化可谓是相伴而行的镜像发展进程。换言之,当某一文类模式发展到极致时,其话语性“外爆”趋向亦抵达顶点,接下来发生的将必然是那种以反讽、戏仿和自我指涉为特征的话语“内爆”进程。在这一“元语性”时刻到来之际,文类某种程度上成了鲍德里亚在其“拟真”

---

① 坡在《理解小说》中占得一席自不待言(尽管稍后的版本又将《厄舍屋》这则唯一入选的坡小说剔除),而麦克卢汉的那本看似与文学毫不沾边的《理解媒介》仍然提到坡的名字则令人略感惊讶。虽然那仅仅看似麦克卢汉在论及19世纪电报技术时的随意之言(See Marshall McLuhan. *Understanding Media*: *The Extensions of Man*. Cambridge: The MIT Press, 1997, p. 257. 下文凡出自该著作的引文均直接以该著作名称的首词与引文出处页码在括号中随文标示,不另作注),但坡的影响却远不止于让自己的姓名在书中匆匆闪过;事实上,麦克卢汉在谈到19世纪的“探索之技”(technique of discovery)时,不经意间呈现了一段“爱伦·坡范式”的言论:“[探索之技]先从有待探索的事物入手,然后如同在装配线上那般,按步骤向回推进(working back),直至所求之物赖以触发的节点被找到。在艺术层面上,这就意味着从‘效果’(*effect*)出发,然后创作出一首诗、一幅画或是一幢建筑以体现那一独异之效”(p. 18);这一进程与坡在《创作的哲学》中所表述的思想完全一致。

② 麦克卢汉在《文化变迁的速度》一文中提及电报媒介对于坡的文类发明所产生的意义,在那里他直接将“浪漫主义诗歌”与“侦探小说”等文类视为“信息交流技术”(Marshall McLuhan. “Speed of Cultural Change,” p. 17.)。

体系中用以创造所谓“超真实”的“模型”①；以此理论图式为鉴，我们可以发现那伴随哥特文类的极致演化所引发的“德国风”则是19世纪初哥特小说在历经其“自然摹仿”（“技术性”[operatic]阶段）与“机械复制”（“生产性”[operative]阶段）锻造之后面临的“拟真”阶段，也即文类上的“元技术”(operational/metatechnique)阶段。②

《厄舍屋》在批评界遭受的“德国风”批判一方面折射出哥特文类在19世纪美国面临的危机之态，与此同时也从一个侧面印证了鲍德里亚围绕科幻文类所揭示得极为相仿的混沌处境，如其所云：要想在“科幻小说的复杂世界”中厘清“生产性”阶段与“拟真性”阶段之间的分界线，“毫无疑问是今天最困难的事情”（*Simulacra* 126）。显然，这一“困难”正是坡在谈及德国浪漫主义文学的“独特情境”时表露的文类进化意义上的焦虑——“冲动精神为批判精神所包围”。此情形与《雷姬亚》末尾处女主人公的借尸还魂可谓异曲同工：尽管那假借出自“格兰威尔”(Joseph Glanvill)的题头语表达了不愿屈服的生命意志，但雷姬亚的死而复生也仅仅是昙花一现式的“回光返照”；最终，德国浪漫主义的“雷姬亚时期”（“冲动阶段”）将永久地失去“复活”的可能。这恐怕既是19世纪德国浪漫主义知识分子遭遇的“人文困惑”，也是坡这样一位“德国浪漫主义追随

---

① 在鲍德里亚那里，“拟真”指的是“本无之，佯作有之”；与“伪装”(pretending)不同的是，“伪装”并不触动“现实原则”，而“拟真”则能“生产出”某些现实性“症候”，换言之，即是“用现实的符号取代现实”，继而成为以“模式先置”这一拟像逻辑为特质的“超真实”（See Jean Baudrillard. *Simulacra and Simulation*, pp. 1—3, p. 16. 下文凡出自该著作的引文均直接以该著作名称的首词与引文出处页码在括号中随文标示，不另作注）。相较而言，康涅狄格大学文学认知学家帕特里克·霍根对“拟真”的定义更为直接地服务于文类意义（尽管在其本质上与鲍德里亚的概念并无二致）——“利用我们对既往情境的独特记忆……去想象一种并不存在抑或未曾经历的情境”；换言之，我们对于文学和艺术对象的把握实际上针对的并非作品本身，而是“我们自己围绕一部作品所产生的想象”，一种在现象学家那里被称为“意向性客体”的东西。这意味着我们务必借助“文本指令”的引导，对作品中的“意向”加以“拟真”（Patrick Colm Hogan. *Beauty and Sublimity: A Cognitive Aesthetics of Literature and the Arts*, p. 76.）。

② 鲍德里亚在论及“科幻小说”之际所做出的“三种拟像域”(three orders of simulacra)的划分（*Simulacra* 127），与笔者所讨论的哥特文类演化进程存在显著的相通性，而这一相通性乃主要取决于科幻小说与哥特小说之间在家族基因上的“不可割裂的联系”（See Clive Bloom, ed. *Gothic Horror: A Guide for Students and Readers*. 2nd ed. New York: Palgrave Macmillan, 2007, p. 2.）。

者”所倍感唏嘘的憾事。[1]

在鲍德里亚看来，拟像演进的自然摹仿阶段对应的是“乌托邦想象”（也即“乌有乡之岛屿对峙着现实之大陆”），而机械复制阶段对应的则是科幻小说（也即“机械或能量的扩张”）；那么，“拟真”阶段又对应着什么呢？鲍德里亚给出的“最可能的答案”是：“往昔美好的科幻小说作为具体文类（specific genres）的想象死了”，取而代之的是想象与真实之间距离的消逝，以及由此而生成的诸多“将真实再造为虚构”的“拟真模型”（models of simulation）。[2] 鲍德里亚所描绘的拟像演进的第三阶段回应着坡在其小说世界中时常提及的一个悖论——“真实比虚构更奇怪”[3]，也在相似意义上诠释了哥特文类延展进化的必由路径，如鲍德里亚所说，“当一个体系抵达其自身的极限而发生饱和，即会导致逆向发展”——“外爆”进程终会开启“内爆”时代。（*Simulacra* 121－124）在此意义上，厄舍屋的内向性坍塌恰逢玛德琳外向性的破棺而出；与此同时，叙述者手中的哥特“愚作”《疯癫之约》也在其得以吟诵的过程中借助某种神秘方式转化为“超真实”拟像（也即玛德琳的致命拥抱），无论是字面上抑或是修辞上均取消了真实与虚构之间的距离。[4]

《厄舍屋》的叙述者在午夜风暴的烘托作用下，通过朗读那一在叙述者眼中不乏“德国风”的“愚作”，无意间对玛德琳实施了“遥感式”操控，最终呈现出一个死而复生的“超真实”情境。从宏观意义上看，“德国风”语境下的文类规约作为某种近似于“拟真模型”的元语控制体系，使得哥特想象能够缔造出一个鲍德里亚式的“没有原型的真实”（*Simulacra* 1），这

---

① 关于坡如何借助《雷姬亚》的创作对德国浪漫主义发展进程加以思考，详见于雷：《〈雷姬亚〉：“德国浪漫主义转型期”的人文困惑》，载《国外文学》2012 年第 3 期，第 145 页。

② 张一兵教授围绕鲍德里亚的“拟像”所概括的三种“历史形式”（“对符号和自然的仿造、无原型的系列生产和模式生成存在的拟真”）与鲍德里亚论及“科幻小说”之际所总结的“三种拟像域”本质上是一致的，区别仅仅在于前者涉及“资本逻辑”（详见张一兵：《拟像、拟真与内爆的布尔乔亚世界——鲍德里亚〈象征交换与死亡〉研究》，载《江苏社会科学》2008 年第 6 期，第 32 页；See also Jean Baudrillard. *Simulacra and Simulation*, p. 121.），而后者关乎“文类逻辑”。

③ 关于这一似非而是的悖论如何频繁出现于坡的小说世界中，详见于雷：《爱伦・坡小说美学刍议》，第 54 页。

④ 尽管叙述者在诵读《疯癫之约》这类作品时持有一种看似超然的屈尊姿态，但小说结尾处的玛德琳现身显然使之惊慌失措，落荒而逃；这一不乏戏谑的场面就其认知意义来说颇似“叶公好龙”，也是对鲍德里亚“超真实”观念的形象化回应。

或许正是“德国风”在19世纪上半叶的美国文坛屡屡遭受诟病的缘由,但也恰恰代表了坡在维护《厄舍屋》的美学价值之际所特别强调的“灵魂的恐怖”。[①] 可以看出,坡对德国浪漫主义心存崇敬,然而他也清醒地意识到其在“批判阶段”行将到来之际所面临的困境。当厄舍唏嘘道,“我必定毁于这可悲的愚蠢(deplorable folly)”[②],他清楚地意识到那“愚蠢”与“无法忍受的灵魂焦虑”紧密相关——美国学者贝利不禁好奇:“怎样的愚蠢?作品里只字未提。或许那愚蠢乃是在于[厄舍]将自己当作隐士生活在厄舍屋之中,借助奇诡的阅读让自己沦为遭受攻击的对象。”[③]值得一提的是,贝利的“吸血鬼主题阐释”敏锐地注意到一个通常为研究者们所忽略的枝节,即那些看似“愚蠢至极”(*CPS* 274)的“德国风”文学并不只是让厄舍陷入疯癫的精神鸦片,相反,它们在某种意义上恰恰成了厄舍借以对棺材里的玛德琳进行“驱魔”的仪式化工具。但是,贝利同时意识到自己的此番言论无法完全将“吸血鬼”传奇的文类模式纳入《厄舍屋》的叙述路径——厄舍“并未当着叙述者的面实施宗教仪式:既无神父,亦无‘圣女颂’”;于是,贝利不得已绕开那一文类程式,转而略带牵强地指出:“或许,正是借助于叙述者眼中[厄舍]‘漫无目的’的徘徊、‘颤颤巍巍的言语’以及‘久久的恍惚凝视’,[厄舍]在竭力召唤《美因茨教会守灵书》(*The Vigiliae Mortuorum Secundum Chorum Ecclesiae Maguntinae*)中的仪式法力。”[④]

笔者认为,《美因茨教会守灵书》之所以重要,不仅仅缘于它(作为真实存在、极为罕见的中世纪善本)能够成为《厄舍屋》展示其“宗教意识形态”观照的某种秘密手段[⑤],更缘于其在表层意义上留给我们的直接信

---

① 若将《雷姬亚》《贝蕾妮斯》(“Berenice”)、《泄密的心》以及《椭圆画像》等坡的其他经典之作纳入考察视野,便会发现它们所表达的“恐怖”正是坡在《厄舍屋》的末尾处所凸显的那种在想象与真实之间消解距离的“灵魂的恐怖”。

② Edgar Allan Poe. *The Complete Poems and Stories of Edgar Allan Poe with Selections from His Critical Writings*, p. 267.

③ J. O. Bailey. “What Happens in ‘The Fall of the House of Usher’,” in *American Literature*, Vol. 35, No. 4 (1964), p. 454.

④ Ibid., p. 459.

⑤ Diane Hoeveler. “The Hidden God and the Abjected Woman in ‘The Fall of the House of Usher,’” in *Studies in Short Fiction*, Vol. 29, No. 3 (Jun., 1992), pp. 386-387.

息：一部围绕德国美因茨天主教大教堂所书的哥特之作；而最为关键的则在于，那善本当中所包含的“疯狂仪式”（wild ritual）对厄舍产生了“影响”（*CPS* 271）。在“仪式”脚本的框架下，我们发现叙述者随手拿起的“愚作”《疯癫之约》看似巧合地服务于厄舍所精心策划的“疯狂仪式”，引发了玛德琳的破棺而出。坡在故事中将自己投射在厄舍身上[①]；在其笔下，厄舍并非乍一看上去留给我们的那种艺术神经质般的印象，相反，他在本质上契合于神探杜宾所崇尚的品质——“既是诗人，也是数学家”（*CPS* 602）。如果说第一人称叙述者扮演了《被盗的信》中那满脑袋理性经验的巴黎警署署长，那么厄舍则凭借突出的生性敏锐与直觉感悟去获悉地窖中发出的诡异声响，而无须通过叙述者对《疯癫之约》的诵读——因为他“多日之前即早已耳闻”（*CPS* 276）。与美国学者克莱夫·布鲁姆一样，批评者们往往将厄舍视为“旧哥特”的代言人[②]，原因在于他们仅仅将目光停留在字面上的“神经质”和复古情结，而没有意识到厄舍那不乏“第六感”的料事如神，以及他阴郁表象之下的敏锐洞察；换言之，“厄舍所预见的不仅仅是死亡，而且是死亡降临的方式。他早已做好了准备”[③]。

美国学者布迪克将《疯癫之约》视为“言语催化剂”（verbal catalyst），认为它“促成了叙述者最后一刻的恐惧意识”[④]。实际上，如果抛开那一外部逻辑，我们还可以发现：作为框架叙述的套层文本，《疯癫之约》的“催化”作用乃是以“拟真”的策略展开，凭借某种遥感式的咒语控制触发了地

---

① J. O. Bailey. “What Happens in ‘The Fall of the House of Usher’,” pp. 445－446. 的确，坡当时的现实焦虑在于无法确认是否能够获准迎娶自己的表妹弗吉尼亚，他在信中央求 J. P. 肯尼迪给予“安慰”——“请尽快，否则为时晚矣”，“我此刻的心情悲凉之至。我正遭受从未有过的精神萎靡……哦，请予我怜悯！”（David M. Rein. *Edgar Allan Poe*: *The Inner Pattern*. New York: Philosophical Library, 1960, pp. 74－75.）。毋庸说，厄舍以急切的口吻在信中向叙述者寻求慰藉的做法与坡在 1835 年向好友肯尼迪发出的书面恳求存在气质性的相通。然而在笔者看来，这一现实的细节却不足以支撑“坡将自己投射于厄舍”的论断，因为它仅仅采用了一种颇为机械的传记式批评在作家的现实片段与创作动机之间画上等号，而没有意识到坡与厄舍的核心共同点乃是在于彼此在精神深处分享的“杜宾情结”。

② See Clive Bloom, ed. *Gothic Horror*, p. 3.

③ John D. McKee. “Poe’s Use of Live Burial in Three Stories,” in *The News Bulletin of the Rocky Mountain Modern Language Association*, Vol. 10, No. 3 (May, 1957), p. 1.

④ See E. Miller Budick. “The Fall of the House: A Reappraisal of Poe’s Attitudes Toward Life and Death,” in *The Southern Literary Journal*, Vol. 9, No. 2 (Spring, 1977), p. 45.

窖里的起死回生。正因为如此,厄舍书桌上那本看似随意放置的"愚作"恰恰比正统的《美因茨教会守灵书》更具备实施"疯狂仪式"的价值。每当《疯癫之约》中的那位勇士做出某种暴力行为(基于叙述者的朗诵所呈现的言语暴力),地窖里的玛德琳即会相应地做出同等力度的破坏之举。这一不乏"拟真"特质的言语行为——虚构作品的诵读作为语言学意义上的施为功能之体现——从另一侧面印证了批评界的洞察:在《逆反的精灵》("The Imp of the Perverse")、《雷姬亚》及《厄舍屋》等诸多小说作品中,叙述者的言语乃是"其自身经验之表征",那种经验若非得益于其本人的言语则无从发生;换句话说,在那一"语言学事件"当中,"语言创造了经验"[①],并由此从一则哥特小说的视角充分践行了"拟像先置"(precession of simulacra)[②]之逻辑,构建出一个鲍德里亚式的"超真实"。

第三节　文类能量:戏仿与内爆

厄舍屋的倒塌在其隐喻意义上乃根植于坡所崇尚的"灵魂的恐怖",一种因循生死边界的模糊化进程所引发的意义结构的坍缩,它代表的是传统哥特文类话语发展到19世纪初所呈现出的"内爆"趋向。与此相对,玛德琳的死而复生伴随其不乏暴力的破棺而出则代表了哥特文类话语"外爆"进程的巅峰之境,并在修辞上表征了时下美国文坛那饱受诟病的"德国风"做派。麦克卢汉媒介理论中的"内爆"概念就坡的历史语境而言,绝非表面上留给我们的"时间错位"之假象。若考虑到18世纪末以降欧洲文学风尚对美国文坛的广泛影响,尤其是坡本人围绕德国浪漫主义转型期(从"冲动"到"批判")之"独特情境"所进行的反思,我们便会发现那一概念的移置具有相当的合法性。事实上,如笔者在前文所及,麦克卢汉本人即曾在探讨新媒介(电报技术)与文学创

---

① Ronald Bieganowski. "The Self-Consuming Narrator in Poe's 'Ligeia' and 'Usher'," in *American Literature*, Vol. 60, No. 2 (May, 1988), p. 177, p. 182.

② 正如由0/1构建的计算机数字模型或是由DNA构建的基因遗传指令,文类演化到其极致之境而呈现出的元语模型乃是以相似的方式呈现为鲍德里亚所说的"拟像先置"逻辑——常识性的"领土生成地图"演化为"拟真"图式下的"地图生成领土"(*Simulacra* 1)。

作之间的关系时将坡视为典型例证。美国学者法雷尔在提到文类进化的经典模式之际，亦同样因循麦克卢汉的媒介理论路径，将热力学第二定律中的核心概念“熵”隐喻性地加以利用，暗示文类的发展往往经历从“原始”（能量扩张期）到“经典”（成果收获期）再到“颓败”（能量消退期）等三个阶段，而最后一个阶段的重要标志即是文类话语体系“向自身坍缩”（collapses on itself）。[①]

很明显，“德国风”在19世纪美国文坛代表的是欧洲传统哥特小说中的机械性层面，而坡的“灵魂式恐怖”则致力于呈现其哥特想象的有机层面；借用麦克卢汉的“有机”观念，即是突出新媒介的“内爆”机制对读者的“介入及参与”（commitment and participation）提出强制性规约[②]，而《厄舍屋》的叙述者诵读《疯癫之约》的行为意义正在于此；它作为一则典型的“‘德国风’故事”[③]，凭借其看似“愚蠢”的机械展示恰恰凸显了希思与怀特的判断失误（尤其是当叙述者那不乏藐视的阅读心态最终引发了一场“超真实”的灾难之际）：“德国风”尽管在其文类话语形态上看似陈旧老套，却可能通过功能层面上的悄然转型而获得文类演进的潜在动力。如热奈特从俄国形式主义那里所看到的那样，推动文类发展的未必是“形式更替”，最为根本的倒恐怕是“功能变化”。[④] 在笔者看来，文类如同麦克卢汉提及的作为隐喻的“电灯”——“纯粹的信息”，一种“没有内容的媒介”，若非通过将其作用于某一具体场合（譬如“夜晚的棒球赛”）便无法展示其存在；在此意义上，麦克卢汉同时指出，“一切媒介往往均会因其‘内

① See Joseph Farrell. “Classical Genre in Theory and Practice,” in *New Literary History*, Vol. 34, No. 3. *Theorizing Genres II* (Summer, 2003), p. 391. 麦克卢汉的媒介理论与“熵”的契合及其与文类的潜在关联，主要体现在麦克卢汉围绕“热媒介”（hot medium）与“冷媒介”（cold medium）所做出的论述中（See John Freund. “Entropy and Composition,” in *College English*, Vol. 41, No. 5 [Jan., 1980], p. 506.）。

② See Lewis H. Lapham. “Introduction,” in Marshall McLuhan. *Understanding Media: The Extensions of Man*. Cambridge: The MIT Press, 1994, p. 5.

③ 仅从字面表述来看，《疯癫之约》的“德国风”身份并不明确，但考虑到坡为其贴上的“愚蠢”之标签与《厄舍屋》（作为“德国流派的故事”）在《南方文学信使》主编那里所遭遇的类似评判，笔者认为其至少在功能层面上扮演了“德国风”创作的角色；正是在此意义上，克莱夫·布鲁姆亦将《疯癫之约》视为一则“‘德国风’故事”（Clive Bloom, ed. *Gothic Horror*, p. 3.）。

④ See David Duff. “Maximal Tensions and Minimal Conditions: Tynianov as Genre Theorist,” in *New Literary History*, Vol. 34, No. 3, *Theorizing Genres II* (Summer, 2003), p. 556.

容'而使得它自身的特点陷入盲区"，唯有像莎士比亚那样的艺术家方可对"新媒介的改造力"形成"直觉感悟"(*Understanding* 8—10)。

自18世纪末沃波尔、拉德克利夫与刘易斯(Matthew Lewis)等英国作家的哥特小说大行其道，那一文类实际上也在体验着其"恐怖修辞"不断延展扩张的历程，而坡凭借自己兼文学家、批评家及媒体工作者于一身的独特角色，敏锐地嗅察到哥特文类话语从"外爆"(摹仿与复制)向"内爆"(戏仿与批判)演进的文学文化气息。有趣的是，"严肃的艺术家"理应如麦克卢汉所说的那样"遭遇技术[革新]而安然无恙"(*Understanding* 18)，然而厄舍作为坡的自我投射，却在围绕"万物有灵"①的新型感知方式做出积极响应之后未能实现最终的"安然无恙"。这一矛盾实则展示了一个更为精妙的设计：厄舍通过其"介入式的"自我消融——主动接受玛德琳的致命拥抱——给予叙述者某种最为直接的文学情感教育：故事的信息并非旨在说明叙述者如何逐步放弃自己原先的理性姿态，由此"开始向[厄舍]的疯癫幻想屈服"②，而是让叙述者认清"德国风"批判的草率以及那一草率如何将"灵魂的恐怖"拒之门外。正因为如此，无论叙述者如何看似理性地对超自然的恐怖氛围加以抵御，他几乎是在同时围绕厄舍的"召唤"做出积极回应——某种类似于"坐过山车所带来的惊悚之乐"③。

文类演化的"内爆"进程势必引发那一文类话语的强烈自我指涉，并成为戏仿特质赖以衍生的重要源泉，而坡的创作正可谓那一进程的重要见证。坡的恐怖小说大抵发端于对传统哥特文类的"戏谑和揶揄"(mockery and contempt)④，于是坡看似陷入一种美学困境之中：一方面

---

① 厄舍不仅坚信"草木皆有灵"(sentience of all vegetable things)，而且以"更为唐突的方式"将上述理念越界至"无机王国"(kingdom of inorganization)——石头、苔藓、朽木乃至于湖面上的倒影——它们借助"自身气息的渐进而明确的收缩"显现出其"拥有灵性的证据"(*CPS* 270—271)。

② I. M. Walker. "'The Legitimate Sources' of Terror in 'The Fall of the House of Usher'," in *The Modern Language Review*, Vol. 61, No. 4 (Oct., 1966), p. 590.

③ Louise J. Kaplan. "The Perverse Strategy in 'The Fall of House of Usher'," in *New Essays on Poe's Major Tales*. Ed. Kenneth Silverman. New York: Cambridge University Press, 1993, p. 55.

④ George Haggerty. *Gothic Fiction/Gothic Form*. University Park: The Pennsylvania State University Press, 1988, p. 81.

他需要呈现“灵魂的恐怖”，另一方面又不忘对传统哥特文学的“字面的恐怖”加以嘲弄，进而使得前者的严肃性颇受牵连。关于此，美国学者哈格尔迪提供了一个颇为深刻的观点，认为从戏仿意义上看，坡小说里那些耸人听闻的哥特语汇（作为笔者眼中“外爆性”的过度铺陈）虽着眼于刻意将传统文类话语的陈词滥调呈现为某种修辞性“尴尬”，但与此同时却“恰恰成了坡的创作利器”，使得读者不止步于戏仿之境，而是超越它“进入一种具有自省意识的哥特主义新天地”——“戏仿并非旨在让我们疏离哥特效果，而是为了使我们更易于受其感染”。[①] 当读者在《厄舍屋》的末尾处发现“假戏”（《疯癫之约》的午夜阅读想象）竟然变成了“真唱”（厄舍妹妹的破棺而出）之际，那种出其不意的恐怖感显然摆脱了 18 世纪传统哥特文类的机械复制模式，取而代之的是鲍德里亚“拟真”逻辑意义上的“超真实”。

厄舍的癫狂艺术想象可谓“对哥特主义的戏仿”，然而这一“戏仿”却不仅仅满足于批判“永无着落的恐怖暗示”[②]；它还意味着厄舍——作为一位杜宾式的艺术侦探家——如何有意识地针对文学批评界弥漫的“德国风”偏见提出反思之必要性，并借此使得以叙述者为代表的庸俗理性批评家经历一次“灵魂式恐怖”的洗礼。在厄舍屋轰然倒塌的瞬间，叙述者的落荒而逃留给读者的并非全然的恐惧，相反倒是在文类话语的“内爆”意义上多少印证了美国学者路易斯·J. 凯普兰所揭示的那种“戏谑的战栗”（playful shudders）——“理性和道德的秩序”何以在对峙性的相反趋势（非理性和反道德）作用下最终“向自身坍塌”（collapse in on themselves）[③]。笔者认为，这恰恰是文类在其进化过程中演绎出的一种“生存机制”，如意大利思想家阿甘本在论及“戏仿”时所给予的例证：“现代爱情诗是在戏仿的暧昧标志下诞生的。彼得拉克（Petrarch）的《抒情诗集》（*Canzoniere*）坚决地背离了游吟诗人的传统，它是从戏仿拯救诗歌的一次努力。”[④]类似地，小说的发展亦同样经历了这一“拯救”，就像塞万提斯的《堂吉诃德》（*Don*

---

① See George Haggerty. *Gothic Fiction/Gothic Form*, pp. 82—83.

② E. Miller Budick. “The Fall of the House: A Reappraisal of Poe's Attitudes Toward Life and Death,” p. 43.

③ Louise J. Kaplan. “The Perverse Strategy in ‘The Fall of House of Usher’,” p. 51, p. 53.

④ 吉奥乔·阿甘本：《渎神》，王立秋译，北京：北京大学出版社，2017 年，第 75 页。

Quixote)相对于中世纪骑士文学传统所例释的那样。[①]

第四节 文类进化与电子媒介

与沃波尔的《奥特兰多城堡》相比,《厄舍屋》建筑的结构性坍塌有着更为复杂的文类意义。在开篇处,叙述者面对厄舍屋产生了一种无以名状的情感混沌——眼前的场景使其陷入一种"无法忍受的阴郁感",摒除了任何围绕恐怖的自然事物所可能产生的美与崇高。值得注意的是,这样一种"悲凉之效",如叙述者所言,完全取决于厄舍屋图景的总体构建——任何细节安排上的不同"均足以改变甚或破坏"那一效果。(*CPS* 263)叙述者的角色并不仅仅是"在厄舍与读者之间搭建一座桥梁"[②],厄舍(某种程度上可被视为创作进程中的坡本人)力图将叙述者在不经意之间"设计"[③]成一个导致厄舍屋倾覆的启动装置,犹如一座多米诺骨牌搭建的精致城堡——全部的乐趣集中在那一整体结构因触发点上的细微碰撞而引起的坍塌。

国内外研究者当中围绕《厄舍屋》中的"人/屋结构"所进行的探讨不胜枚举,但遗憾的是,此类研究几乎无一例外地陷入"艺术复制"(duplication of art)那一批评窠臼之中。换句话说,它们不过是依照坡本人的字面设置在

---

① 美国学者斯科尔斯(Robert Scholes)、凯洛格(Robert Kellogg)将《高文爵士与绿衣骑士》(*Sir Gawain and the Green Knight*)、《堂吉诃德》等作品视为"创造性个体天才"所做出的"非凡跳跃式发展",如其所云:"当一种文学文化已经无法找到有效的发展演变之术,正是那些天才之作方得以使其重获生机"(罗伯特·斯科尔斯、詹姆斯·费伦、罗伯特·凯洛格:《叙事的本质》,于雷译,南京:南京大学出版社,2015 年,第 261 页)。通常而言,此类于绝处逢生的"天才之作"往往呈现出以戏仿为特质的内省趋向,他们以某种自我颠覆的姿态从传统文类话语结构的朽败坍塌之中寻求文类进化的新可能性(See David Duff. "Maximal Tensions and Minimal Conditions: Tynyanov as Genre Theorist," p. 554.)。

② E. Arthur Robinson. "Order and Sentience in 'The Fall of the House of Usher'," in *PMLA*, 76 (1961), p. 80.

③ "设计"一词在《厄舍屋》中出现的场合颇具反讽意味:叙述者庆幸自己挑中了《疯癫之约》作为缓释厄舍焦虑情绪的道具——"我该好好庆祝一下自己的成功设计"(*CPS* 274),却未曾意识到他本人在做出这一"设计"的同时,又恰恰被那看似陷入癫狂的厄舍所"设计"(即上文提及的"文学情感教育");正因为如此,厄舍发出的那最后一声喊叫("疯子!我告诉你她此刻就立在门外!"[*CPS* 276])产生了显著的歧义性——到底谁才是"疯子"?坡的这一开放性话语堪称其精心构思的修辞设计。

“屋”与“人”之间构建出某种情感知觉的象征对位①,而没有注意到“缺陷”(*CPS* 264)乃是在“屋”(建筑外观破损)、“人”(家族基因病变)与“文”(文类话语抵牾)等三个层面上同时存在着的,且“文”是触发厄舍屋倒塌的关键榫卯。可以发现,“文”在厄舍的深层逻辑设计中操控了“人”的行动,对玛德琳的颠覆性回归起到了通灵式的召唤功效,而“人”的行动又进一步引发了理性世界的崩溃,并因此在字面、隐喻乃至于元语层面上呼应着“德国风”哥特话语的“内爆式”坍塌。任何一种文类的进化必然包含着“外爆”趋向与“内爆”势能的潜在对抗,如韦勒克(R. Wellek)与沃伦(A. Warren)在《文学理论》(*Theory of Literature*)一书中所暗示的那般:

> 文学作品给予人的快乐中混合有新奇的感觉和熟知的感觉。②[……]整个作品都是熟识的和旧的样式的重复,那是令人厌烦的;而那种彻头彻尾是新奇形式的作品会使人难以理解,实际上是不可理解的。如此说来,[文类]体现了所有的美学技巧,对作家来说随手可用,而对读者来说也是已经明白易懂的了。优秀的作家在一定程度上遵守已有的[文类],而在一定程度上又扩张它。③

---

① 原因在于坡借助叙述者的口吻明确暗示“人即是屋”,反之亦然(*CPS* 264)。

② 这一由“新奇”与“熟知”共同造就的“混合”之感在文学认知学家那里被称为“非反常性意外”(non-anomalous surprise);我们的审美愉悦之所以产生,乃是在于审美对象既是“新奇的”,同时也是“可以理解的”,一种“部分的不可预测性”(See Patrick Colm Hogan. *Beauty and Sublimity: A Cognitive Aesthetics of Literature and the Arts*, p. 26.)。在笔者看来,这一理念不仅与麦克卢汉的“冷媒介”“热媒介”概念产生共鸣,而且也与热力学熵增定律存在共性——文类演进的动力正在于冷/热、新奇/熟知、无序/有序之间的辩证关联。“新奇”意味着“冷媒介”所要求的更多的“参与度”,进而对既有的文类规约体系形成“无序”之挑战,促进文类的转化。

③ 勒内·韦勒克、奥斯汀·沃伦:《文学理论》,刘象愚、邢培明、陈圣生、李哲明译,南京:江苏教育出版社,2005年,第279页。关于“新奇”与“熟知”之间的辩证关联,还有一个值得一提的相关例证:列斐伏尔曾围绕所谓的“社会文本”(social text)进行过信息论意义上的解读;在他看来,“一个好的社会文本”理应确保符号性(也即图式化的信息冗余)与象征性(也即能够产生新奇效应的信息“噪音”)之间的辩证运动——既不能因为过度的符号性而变得枯燥乏味,也不能因为过度的象征性而变得不可理解(Henri Lefebvre. *Critique of Everyday Life*, Vol. II, p. 307.)。在信息论基础上讨论“新奇”与“熟知”之间的辩证关系的情形并不鲜见。我们还可以参考英国人类学家格雷戈里·贝特森针对信息冗余与噪音做出的讨论(See Gregory Bateson. *Steps to an Ecology of Mind*, pp. 419—420.),以及德国社会系统论学家尼古拉斯·卢曼围绕“信息”(information)与“非信息”(non-information)之间的循环转化所进行的论述(See Niklas Luhmann. *The Reality of the Mass Media*, pp. 19—20.)。

厄舍屋的朽败之气乃是由"熟知的感觉"长期累积所引发,虽能借助"祖宗留下的旧石料"(*CPS* 270)勉强支撑着,却很难再有"新奇"之效,这是哥特文类发展到坡的时代所面临的美学困境。如托多洛夫在论及19世纪初的"浪漫主义危机"时所洞察的那样,"尽管德国浪漫派堪称文类体系的伟大建筑师",然而"文类的界线却不再为[现代作家]所遵循"①。韦勒克与沃伦尽管注意到文类的"扩张"往往与"优秀的"作家如影随形,却没有意识到文类的修辞性"扩张"与批判性"收缩"在经历漫长的平衡角逐之后,将最终步入以"内爆性"为主导的美学坍缩进程。

与坡的《凹凸山传奇》十分相似,《厄舍屋》亦描述了穿越空间、超自然的远程心理感应模式;凭借它,人物行为之间产生了某种不乏"拟真"特质的关联。如笔者在上文所述,在《厄舍屋》中,叙述者的诵读行为直接激活了哥特文类想象的认知机制,并最终呈现为人物眼前的"超真实"——叙述者口中念叨的暴力话语与地窖里同步发生的恐怖情境遥相呼应:一方面厄舍与玛德琳之间存在着批评界所公认的心电感应,另一方面,叙述者借助《疯癫之约》的吟诵与玛德琳的破棺而出产生遥感式关联。这一带有"电子化"色彩的信息传播方式在坡的笔下初见端倪,在马克·吐温那里更是成了一种典型灵学意义上的"思维电报"②,而到了海明威的笔下则演绎为一种基于电报式文体的"冰山理论"。就在坡发表《厄舍屋》约两年前(1837),塞缪尔·摩尔斯(Samuel Morse)在美国申请了电报专利。③稍加留意,我们即可发现那著名的莫尔斯电码(Morse Code)与《金甲虫》里的藏宝图密码设置是何等契合!麦克卢汉在提及媒介发展的"电子时代"之际,看似随口提及的上述三位美国作家竟然有着如此明确的相似之处——伴随电报技术的发展而热诚涉足媒体业界的文学创作者;令笔者颇感惊讶的是,麦克卢汉甚至在一篇极不起眼的媒介学文章中提及19世

① Tzvetan Todorov and Richard M. Berrong. "The Origin of Genres," p. 159.

② 19世纪90年代,马克·吐温曾在《新哈勃月刊》(*Harper's New Monthly*)上数次发表个人案例以探讨"思维电报"这一灵学现象,认为一个人的思想可以进入他人的头脑,并形成控制力(See Mark Twain. "Mental Telegraphy Again," in *Harper's New Monthly Magazine*. Vol. 91 [Sept. 1895], pp. 521-524. See also Deborah Blum. *Ghost Hunters: The Victorians and the Hunt for Proof of Life after Death*. London: Arrow Books, 2007, pp. 172-175.)。

③ 关于电报技术的发展简史,可参见 A. M. Noll. *The Evolution of Media*. Plymouth: Rowman & Littlefield Publishers, Inc., 2007, p. 24.

纪电报技术的兴起如何对坡的文类革新产生潜在影响：

> 在19世纪40年代，当电报尚处于早期发展阶段，埃德加·爱伦·坡即对这一新媒介率先做出了富于想象的回应。在我看来，这对所有从事英语工作的人而言均至关重要，因为它涉及媒介对于英语教育的意义。我认为坡先生定能对我们滔滔不绝，因为他同时发明了两种此前尚不为（或几乎不为）文学所知的信息交流技术——象征主义诗歌与侦探故事。这两种类型拥有一种极为独特的属性，那就是读者受邀成为合著者（co-author），共同的创造者（co-creator）。作者所赋予你们的既非经过完全处理，亦非等着便捷消费的信息包。你们得到的仅仅是一系列线索和一系列部件，配之以说明、引导和暗示以及总体的指令，“自己动手”（Do it yourself）。从那时起，我们花费了整整100年才意识到电子革命的意义在于“DIY运动”的兴起。我们曾如此痴迷机械性的、自动化的事物，以至于我们竟然忽略了诗人与画家们一个世纪前即已领会的显在意义。电子革命意味着“自己动手”——“你就是诗人”。[……]在我看来，坡接受技术挑战的方式为我们提供了一种文化策略。①

如麦克卢汉所云，坡围绕电子媒介的兴起“率先”做出了“富于想象的回应”，而就《厄舍屋》来说，我们则不仅注意到小说在开篇处预示的雷暴将至——“沉闷、黑暗而又无声的秋日的天空，乌云压得很低”（*CPS* 262）②，也

① Marshall McLuhan. “Speed of Cultural Change,” p. 17.

② 从文学发生学意义上看，雷暴天气与《厄舍屋》的创作亦可能存在关联。根据历史气象资料，我们可以发现秋季的新英格兰乃是热带风暴频顾之地（See Emery Boose, Kristen Chamberlin and David Foster. “Landscape and Regional Impacts of Hurricanes in New England,” in *Ecological Monographs*, Vol. 71, No. 1 [Feb., 2001], pp. 27—48.）。就在《厄舍屋》发表前不久的1839年8月28日至30日，大西洋热带风暴袭击了美国大西洋沿岸的南卡罗来纳、北卡罗来纳和弗吉尼亚州；8月30日至31日，飓风又继续袭击了新英格兰地区（Emery Boose, Kristen Chamberlin and David Foster. “Landscape and Regional Impacts of Hurricanes in New England,” p. 35.）。坡于1839年5月起受聘于《伯顿君子杂志》，出任联合主编（Frederick Frank and Anthony Magistrale. *The Poe Encyclopedia*, p. 58.），9月即为该刊量身定制并发表了《厄舍屋》。作为一位迫于生计而不得不高效创作的媒体从业人员，坡很可能直接从上述风暴中获得部分灵感，并将其植入小说的创作当中。可以想见，刚刚经历过热带风暴袭击的新英格兰读者在《厄舍屋》的午夜“放电奇观”中会有着怎样的阅读体验。

会发现那道形如闪电、贯穿于厄舍屋外墙上的“之字形”裂缝,不乏醒目地亮出了美国19世纪初电子媒介时代得以揭开序幕的象征性符号;更为重要的是,厄舍屋外那些被叙述者自然化为所谓“放电现象”(electrical phenomena)的风暴奇观(*CPS* 273—274),在其文学文化意义上使得故事的文类规约趋于摆脱18世纪末以来的机械哥特形态,取而代之的是某种类似于麦克卢汉“内爆”意义上的“电子形态”(electric form)——传统哥特机械模式的“外爆”扩张在此与“电子时代”的“内爆”收缩产生“冲突”①。如笔者在上文指出,就《厄舍屋》而言,传统哥特小说中的恐怖话语乃是以文体夸张的姿态遭到坡的戏仿,从而凸显了其机械性的修辞“外爆”,直至马德琳破棺而出的那一刻抵达其隐喻性之巅。然而,到了麦克卢汉所谓的“电子形态”中,“整体效果”(total effect)的重要性取代了我们对于“内容”或“意义”的关注;如其所云,针对“效果而非意义”所表达的青睐乃是伴随“电子时代”的到来而出现的“一个基本变化”,“效果规约着总体情境”(*Understanding* 26)。似乎并非某种巧合,麦克卢汉的此番阐述不过是在积极回应坡借助其《创作的哲学》所反复强调的(整体)“效果论”②。

美国学者约翰·弗洛恩德在《熵与创作》一文中将热力学第二定律的“熵”视为文学创新的“关键角色”,暗示它(作为系统内部的无序因子)对文类规约的机械化层面起到了补偿性修正之效,并在此意义上与麦克卢汉的“热媒介”“冷媒介”等观念产生了对话机缘。③ 在麦克卢汉看来,“热

---

① 在麦克卢汉看来,电子时代的到来不可避免地导致能量的“外爆”逆转为能量的“内爆”/“收缩”,而“内爆”进程将引发人际交往愈加密切,在教育上则表现为跨学科现象的产生(*Understanding* 35);这一“你中有我、我中有你”的熵增状态与厄舍心目中那跨越有机世界与无机王国的“万物有灵观”不谋而合。

② 坡如是说道:“[技艺精湛的作家]不会按照事件的要求去安排自己的想法,相反,他首先刻意地酝酿出某种力图达至的‘独一效果’(*single effect*),而后创造出事件,接着再对它们加以组合;当这些事件为作家论及之际,它们便会有助于构建那先前预设好的效果。倘使作家的第一句话未能顾及那一效果的营造,那么他在起点的位置上便犯下了大错。”(James A. Harrison, ed. *The Complete Works of Edgar Allan Poe*, Vol. XIII, p. 153.)

③ 在《熵与创作》一文中,弗洛恩德指出,当作家力图将“秩序”强加给整个创作之际,也同时应使得那些“无序”观念获得施展的空间,允许它们“偏离秩序”(John Freund. “Entropy and Composition,” pp. 506—507);值得注意的是,坡在论及“整体情节观”与“情节偏离说”之间的辩证关系时同样做出了类似的表述。对于坡而言,效果的统一并不意味着情节的绝对统一,艺术化的情节偏离对于叙述逻辑的整体性而言恰恰是一种必不可少的美学工具(James A. Harrison, ed. *The Complete Works of Edgar Allan Poe*, Vol. XIII, p. 47.)。

媒介”趋向膨胀、“外爆”,偏于机械性、低参与度;“冷媒介”趋向于收缩、“内爆”,偏于有机性、高参与度;而且只有当前者过渡到后者之后方能被“认识”。① 这在相当程度上适用于文类与戏仿之间的辩证关联。文类(作为文学话语的图式化结构)往往因其固有的规约性/机械性而导致自身呈现出典型的“热媒介”属性;伴随文类的“外爆”式话语膨胀,它将愈发弱化其作为表达媒介所要求的“参与度”,直至那一文类话语结构中逐步衍生出体系性的戏仿机制,进而凸显其注重(内省式)参与的“冷媒介”属性。尽管坡所生活的时代还仅仅是“电子时代”的滥觞肇迹,但是19世纪30年代业已出现的电报技术对大众媒介乃至于人们的通信和阅读方式产生了深远的影响。坡作为一位堪称资深的媒体工作者显然能够敏锐地觉察到“电子时代”的全新气息。美国学者赫伯特·史密斯从《厄舍屋》当中发掘出所谓的“有机隐喻”(organic metaphor)②;事实上,这种“有机性”却也实实在在地呈现为字面意义上的特质,正如“电”在麦克卢汉看来同样是“有机的”(organic)——电子媒介技术的使用能够“确立有机的社会联系”;电子通信成为“人类神经系统”的外部延伸,使得彼此之间能够实现某种程度的“相互通达”(*Understanding* 248)。③ 在此意义上,《厄舍屋》借助午夜风暴所产生的“放电现象”强化了屋外植被、屋内人员以及整幢建筑之间的神秘有机关联。厄舍不仅能够体悟一切生命物质的脉搏,甚至连厄舍屋的建筑石料也摆脱了其无机属性而与主人公的精神世界产生微妙感应。④ 与麦克卢汉的媒介过渡(从“热”到“冷”)相一致,厄舍同

---

① 麦克卢汉指出“媒介”越“热”,其所要求的“参与度”越弱,反之则越强,譬如“一场讲座的参与度要低于一场研讨会”(*Understanding* 23—24);这就解释了文类在其进化至以自我指涉为特质的“内爆”阶段时,往往会要求以戏仿性、批判性为特征的更强的“参与和介入”。

② Herbert F. Smith. “Usher's Madness and Poe's Organicism: A Source,” in *American Literature*, Vol. 39, No. 3 (1967), p. 380.

③ 电报技术与人体神经系统之间的类比性并非麦克卢汉的首创,实际上,自18世纪末以降便引起了知识界的热切关注(Richard Menke. *Telegraphic Realism: Victorian Fiction and Other Information Systems*. Stanford: Stanford University Press, 2008, p. 136.);因此就这一细节而言,坡所了解的并不少于麦克卢汉。

④ 譬如斯皮策尔在探讨《厄舍屋》的“万物有灵”思想之际指出,“玛德琳的青春之躯被她的哥哥埋葬在地窖的石头当中。[……厄舍]自己即是植物与石头”(Leo Spitzer. “A Reinterpretation of ‘The Fall of the House of Usher’,” pp. 357—358);事实上,坡在小说(如《凹凸山传奇》)创作中所善于利用的“生物磁力”也在一定程度上呼应着厄舍屋内外弥漫的(转下页)

样透过建筑石料与周边环境的“搭配方法”与“布局秩序”(哥特文类的机械复制阶段)发现了一种“渐进而明确的氛围收缩”(gradual yet certain condensation of an atmosphere; *CPS* 271)。

尽管厄舍屋的倒塌(作为笔者在上文提及的“语言学事件”)与鲍德里亚、麦克卢汉的媒介理论产生了某种看似“跨越时空”的有趣关联,但是我们依然值得回归厄舍屋倒塌的物理性缘由,在“超真实”的拟像阐释背景下重新反顾坡的本初设计。就这一层面来说,最常为援引的文本细节即在于建筑外墙上留下的一道“之字形”裂缝①。在笔者看来,这道裂缝存在的意义绝不只是导致厄舍屋失去了稳定性,事实正相反,坡恰恰需要这一潜藏的风险来实现某种不乏“威慑”(借用鲍德里亚的术语)的动态平衡,如叙述者眼中所看见的那样:“[厄舍屋]的各个部件依旧处于完美的协调状态中,尽管每一块石头显出摇摇欲坠之势。这幢建筑不禁让我想起了某个被遗弃的地窖中业已腐烂多年的陈旧木工制品,那里不会受到外部空气的侵袭。不过,除却这弥漫的朽败之气,整个建筑构架却鲜有不稳定之迹象。”②(*CPS* 264—265)坡对于“石头”的兴趣往往牵连着他围绕“整体效果论”和“情节整体观”所进行的创作哲学思考。在1841年4月出版的《格雷厄姆杂志》上,坡略加变化,运用了一个有趣的“砖头”隐喻——“情节一词就其恰当的定义而言乃是指,任何部件的移动均会对整体造成破坏。这一点可被描述为一幢由各个部件相互依托而成的建筑,只要变换任何一块砖头的位置即会引发整体结构的坍塌”;在《一桶艾蒙

(接上页)“万物有灵”之气象:弗朗兹·梅斯默(Franz Mesmer)早在18世纪70年代即通过某些伪科学“临床”实践发现,能够对人体产生磁力影响的并不局限于磁铁那一种物质,更可能包含“纸张、面包、羊毛、丝绸、皮革、石头、玻璃、水[……]”等诸多介质(Margaret Goldsmith. *Franz Anton Mesmer: A History of Mesmerism*. Garden City: Doubleday, Doran & Company, Inc., 1934, p. 64.)。

① 围绕这道“裂缝”,中外批评史上已经存在大量的隐喻性阐释,且多有牵强附会之感,笔者在此不加赘述,而仅仅聚焦于这道“裂缝”对于结构平衡的“威慑”意义。事实上,这一“裂缝”的价值非常契合于鲍德里亚眼中的“核威慑”,如其所言,“使得我们的生活陷于瘫痪的并非原子摧毁带来的直接威胁,而是威慑(deterrence),正是它让我们的生活染上了白血病”(*Simulacra* 32);或许这也正是厄舍兄妹被病魔缠身的原因。

② 在叙述者眼中,厄舍屋的石头、苔藓、朽木乃至于湖面的倒影组合成了一种极富灵气的“搭配”(collocation)和“布局”(arrangement; *CPS* 271)——“一丁点儿的调整”亦足以“改变甚至破坏其传达感伤之效的能力”(*CPS* 263)。

提拉多酒》中,坡将整个文本的结构榫卯落实在复仇者蒙特雷瑟砌墙所用的那“最后一块石头”(the last stone)上。① 就《厄舍屋》而言,厄舍本人在妹妹入殓之后实际上成了整个家族基因序列与文本建构的“最后一块石头”,但对于厄舍屋这样一个业已处于精微平衡的结构来说,其功能与《一桶艾蒙提拉多酒》中的情形正相反——它的处置并非着眼于一个完形结构的缔造,而是聚焦于如何以“牵一发动全身”的方式,将初始的颠覆性能量传递给整个平衡机制。厄舍屋的建筑结构因年久失修并不坚固,但却在风雨飘摇之中保持着一种颇为别致的诗性平衡;它在倒塌前夕的动态稳固印证了鲍德里亚“拟真”逻辑中的“威慑”,使得“恐怖的平衡”同样成为“平衡的恐怖”(*Simulacra* 33)。这既是“德国风”行将飘逝之际的踟蹰,却也是坡所特别迷恋的德国浪漫主义时下所处的“独特情境”。

厄舍屋的倒塌乃是文类进化在隐喻/元语意义上遭遇的美学“缺陷”所致,那一“缺陷”缘起于家族基因在其“历史悠久”的漫漫征程中却仅有“极度细微、极其短暂的变化”(*CPS* 264)。因此,厄舍屋的倒塌是必然的。这样一个看似尚且稳固的朽败建筑毕竟已经暴露在“电子时代”的风暴滥觞之中。倘若说“厄舍”(Usher)这个名字(如美国学者霍韦拉所言)可以拆分为“Us / Her”(我们/她),意味着男性话语对“女性入侵”的抵御②,那么在笔者看来,“厄舍”的拼写还可能成为一个变位词——“Urshe/U-r-she”(你即是她)③;既映射了厄舍兄妹之间的同胞亲缘,更

---

① James A. Harrison, ed. *The Complete Works of Edgar Allan Poe*, Vol. X. p. 117. 关于“最后一块石头”如何服务于《一桶艾蒙提拉多酒》的完形建构,详见于雷:《从“共济会”到“最后一块石头”——论〈一桶艾蒙提拉多酒〉中的“秘密写作”》,第94—101页。

② See Diane Hoeveler. “The Hidden God and the Abjected Woman in ‘The Fall of the House of Usher’,” p. 388.

③ 变位词的使用是坡在小说中妙用密码学的表征之一,譬如坡的短篇小说《默》最初采用希腊文“Siope”(后改为对应的英文表述“Silence”)作为其标题,当中即包含着密码信息——“is poe”(See Alexander Hammond. “A Reconstruction of Poe's 1833 Tales of the Folio Club,” in *Poe Studies*, Vol. 5, No. 2 [Dec., 1972], p. 28.);又如《莫格街凶杀案》中的“类人猿”(ape)凶手(“黑猩猩”)恰好也在一定程度上刻意影射了坡本人(E. A. P),美国学者伦萨将这一现象称为“署名埋伏”(signatorial ambushes; See Louis A. Renza. *Edgar Allan Poe, Wallace Stevens, and the Poetics of American Privacy*. Baton Rouge: Louisiana State University Press, 2002, p. 32)。对人物姓名加以变位处理的文本现象在《凹凸山传奇》的末尾处可谓登峰造极:因为报纸排印错误,主人公彼德洛的名字由“Bedloe”变成了“Bedlo”——恰好是坦普尔顿医生(Doctor Templeton)早已(转下页)

重要的是,还能够将叙述者与厄舍的"机械性"同盟("我们"/"她")转化为厄舍与玛德琳在叙述者眼中的"电子化"关联("你即是她"),并由此实现了一个在真实与想象之间不复存在距离的"超真实"。坡作为一位不乏艺术敏感的诗人、批评家与媒体工作者,业已感触到厄舍屋外的午夜"放电现象"对于19世纪初文学技术演化所产生的深刻影响。

在19世纪初的美国文坛,"德国风"尽管尚存些许极为难得的"冲动"精神,但却无法摆脱文类小说所必将面临的以戏仿性自我指涉为特质的"批判"精神之洗礼——其"破坏性"对于俄国形式主义者提尼亚诺夫(Tynyanov)而言,正是"文学进化辩证法"①中不可或缺的关键环节。毋庸置疑,坡对于"德国风"笼罩下的厄舍屋是怀揣同情的;即便那承载着历史沧桑的躯体倒塌了,也依然秉持着最后一刻的桀骜与凝重,向叙述者彰显"灵魂的恐怖",正如厄舍坦然接受那代表着文类"冲动"精神的玛德琳的致命拥抱一般。在坡那里,厄舍屋的倒塌绝非文类大厦的倾覆之暗示,相反,它不过是在话语层面上试图通过"摒弃["德国风"的]舞台道具",将传统哥特文类的机械性修辞媒介转化为有机性的"情感回应",也即坡借助《厄舍屋》所着力强调的"发生于灵魂深处"、不乏愉悦的"哥特体验"②。倘若我们知道以托马斯·卡莱尔(Thomas Carlyle)为代表的英国文坛业已将德国哥特文学视为"毒药""粗俗的恐怖以及各种哗众取宠的夸张",那么坡的伟大之处则在于他能够如厄舍那样,凭借其敏锐的艺术触觉去甄别那些看似权威的伪理性判断。无论是《厄舍屋》的叙述者抑或是《南方文学信使》的主编,他们对于"德国风"自18世纪末即在英国遭受的贬抑之潮不过是加以草率、"一刀切"式的默认,却并未体会到一个多世纪后的今天由现代哥特学者从中品味出的"情感诗学"(affective poetics),一种

(接上页)亡故的战友奥洛德(Oldeb)先生名字的变位词。实际上,变位词现象尽管"略显愚蠢"(Doris V. Falk. "Poe and the Power of Animal Magnetism," in *PMLA*, Vol. 84, No. 3 [May, 1969], p. 540.),但却似乎颇受19世纪作家们的青睐。譬如爱尔兰作家勒·法努(Le Fanu)在其经典小说《卡米拉》("Carmilla")当中,让吸血鬼化身而来的"美丽姑娘"卡米拉(Carmilla)拥有变幻莫测的身份——"米卡拉(Mircalla)"和"米拉卡(Millarca)"。

① See David Duff. "Maximal Tensions and Minimal Conditions: Tynyanov as Genre Theorist," p. 554.

② See Charles L. Crow, ed. *American Gothic: From Salem Witchcraft to H. P. Lovecraft, an Anthology* (2nd Edition). Chichester: John Wiley & Sons, Ltd., 2013, p. 1.

建立在“身/心二元论”基础之上的所谓“神经恐怖”[1]，而这恰恰是坡早在近两百年前借助《厄舍屋》所力图预示的“灵魂的恐怖”。

《厄舍屋》的题头语如是说，“他的心是一把悬置的鲁特琴；触碰之，即会发出回响”(*CPS* 262)，这多少使得厄舍的“心/房”同样成了16世纪德国哲学家雅各布·伯麦(Jakob Böhme)眼中那用以代表“万物”的“签名”——“签名位于本质当中，如同一把静静放着的鲁特琴，[……]如果它被人弹奏，那么，其形式就得到了理解”；倘若说阿甘本在《万物的签名》中有意将“签名”理解为人文进化论意义上的革命性“范式”(“签名作为创造的模型”)[2]，那么我们不妨在此意义上得出结论——“厄舍屋的倒塌”恰恰意指了哥特叙事的范式转换。

---

① See Barry Murnane. “Gothic Translation: Germany, 1760—1830,” in *The Gothic World*. Ed. Glennis Byron and Dale Townshend. London: Routledge, 2014, pp. 233—237.

② 吉奥乔·阿甘本：《万物的签名：论方法》，尉光吉译，北京：中央编译出版社，2017年，第46—49页。

第五章

“游戏之外的事物”:坡与游戏

在《人与游戏》一书中,法国社会学家罗杰·卡约影射了坡在《被盗的信》中提及的“猜玻璃球单双数”的游戏(也即“猜测对手掌心里持有的玻璃球数量是奇数还是偶数”),并将其定性为“运气游戏”(game of chance)[①],用博弈论的术语来说,则是“不完全信息”的零和(zero-sum)游戏——他赢意味着我输,彼此之间的收益之和为零。这一非合作型游戏使得博弈双方完全倚赖“天命”,进而导致游戏的结局充满不确定性。但是,这一不确定性就“运气游戏”而言恰恰强化的是一种以机械感为特质的宿命论,而坡亦由此颇为青睐诸多融合公平精神、更具“民主”气息的竞技游戏,在文学隐喻层面上则是通过作者与(理想)读者之间的“合作”博弈,使得坡的创作哲学在机械逻辑与诗性直觉之间

---

① Roger Caillois. *Man, Play and Games*, p. 12. 事实上,早在20世纪50年代前后,坡在《被盗的信》中提及的“猜单双”游戏即成为法国思想界和理论学界频频援引的经典案例(See Lydia H. Liu. “The Cybernetic Unconscious: Rethinking Lacan, Poe, and French Theory,” pp. 296—301)。

呈现出独特的游戏姿态——规则当中的自由;如荷兰文化史学家赫伊津哈在《游戏的人》(*Homo Ludens*)当中定义的那样:“游戏是在某一固定时空中进行的自愿活动或事业,依照自觉接受并完全遵从的规则,有其自身的目标,并伴以紧张、愉悦的感受和有别于平常生活的意识。”[①]游戏的一个突出意义在于它成功地实现了机械性(规则)与自发性(规则的否定潜能)之间的辩证关联。如列斐伏尔在《日常生活批判》中所指出的,游戏的价值在于它唤醒了人类活动的“自发性”(spontaneity),使之对社会劳动分工所造成的“功能主义”的强大势力产生辩证的否定趋向,这堪称是艺术和文学的游戏本质所在。[②] 在笔者看来,坡的诗学原理恰恰体现了机械性(规则)与自发性(直觉)相互交织的游戏哲学观。

第一节 博弈游戏的叙事学模型

基于赫伊津哈的游戏定义,我们发现坡在小说中描绘的游戏场景不胜枚举,而其中最为常见的当然是博弈游戏。《德洛梅勒特公爵》(“Le Duc De l’Omelette”)中的主人公离奇亡故后不愿轻易交出自己的灵魂,决定通过博弈战胜魔鬼(“魔鬼不敢拒绝纸牌游戏”[③]),并最终成功返回阳界。在《威廉·威尔逊》(“William Wilson”)中,叙述者主人公凭借其出色的博弈技能让一位名叫格兰迪宁(Glendinning)的年轻暴发户输得精光,另一方面又在道德层面与自己的“替身”(一个外貌全然相仿的影子形象)展开王尔德笔下那“道林·格雷(Dorian Gray)式的”精神博弈。类似地,《金甲虫》的主人公勒格朗(William Legrand)刻意用海滩上偶然捡到的一只“金甲虫”作悬锤,标注地下宝藏所处区域;这一并无实际意义的游戏姿态不过是基于勒格朗的“理智”曾遭到叙述者“我”的质疑,故而特意借此伎俩玩弄一番“玄虚之术”,以对“我”施以“不动声色的惩罚”(*CPS*

---

① 约翰·赫伊津哈:《游戏的人:关于文化的游戏成分的研究》,多人译,杭州:中国美术学院出版社,1996年,第30页。

② Henri Lefebvre. *Critique of Everyday Life*. Vol. II, p. 203.

③ Edgar Allan Poe. *The Complete Poems and Stories of Edgar Allan Poe with Seletions from His Critical Writings*, p. 102.

476),正如《一桶艾蒙提拉多酒》中的主人公蒙特雷瑟所宣称的那般,“我不仅要惩罚,且要惩罚得逍遥无恙”(*CPS* 666)。事实上,那“不动声色的惩罚”在坡的笔下正是借助博弈游戏的形态而得以施展,其最佳呈现莫过于坡的另一则短篇小说《玄虚之术》:它讲述了一位匈牙利贵族世家出身的玄术高手瑞茨纳·冯·荣格男爵如何在大学宿舍里的一次关于决斗传统的高谈阔论中遭到同学赫尔曼的不敬言辞,遂将酒瓶掷向赫尔曼在镜中的影像,玻璃碎落一地。众人皆惊起告退,赫尔曼事后亦不解其意,致信要求解答。男爵回信,指示其阅读某文章(两三周前男爵刻意丢在赫尔曼处)当中一段不知所云的文字;虽丈二和尚摸不着头脑,赫尔曼却回复男爵表明深受其用,并感谢之至。不想男爵对其不懂装懂的反馈早有所料:“就算是死一千次,赫尔曼也不会承认自己对世上流传过的‘决斗法则’一无所知”(*CPS* 219)。事实上,关于那段奇怪的文字,男爵知道其破译的关键在于“隔行将第二个字与第三个字去掉”,如此才能看清其中的奥妙。与《金甲虫》的藏宝/寻宝程式相类似,这一以智力角逐为线索的博弈游戏在坡的笔下呈现出显著的“秘密写作”[①]之特征。

值得注意的是,坡在《莫格街凶杀案》的“引子”当中提及三种博弈游戏:(a)象棋,强调“关注力”(attention)——这往往能够决定最终的胜负;(b)跳棋,相对于象棋来说因其本身的简明性而更能体现独创性思维的核心作用,强调“洞察力”(acumen)——以对手的心态进行换位思考;(c)惠斯特牌(whist)——除了通常意义上的精确计算和聚精会神,更强调对“游戏之外的事物”加以观察(对手的脸部表情、只言片语、不经意的动作,等等)。“引子”中提及的上述游戏旨在说明:“分析能力与天才思维不存在简单的对等关系;换言之,一位善于分析的人士必然拥有天才思维,但拥有天才思维的人士在很大程度上却往往并不善于分析。作为天才思维的常规体现,建构或组合的本领(constructive or combining power)[……]屡屡为那些在其他方面智力近乎白痴的人所展示”(*CPS* 315—317)。可以

① 坡曾在《秘密写作刍议》一文中暗示文学作品的创作类似于密码学中的“编码”;其复杂性往往并不等于“解码”过程的艰涩,而在于语言构建形式的“独到”(James A. Harrison, ed. *The Complete Works of Edgar Allan Poe*, Vol. XIV, p. 114.);这与维特根斯坦的“语言游戏”观念存在显著的共通性。

看出,坡眼中的“分析能力”强调的是以理性逻辑为特征的机械推导模式,而真正的天才却往往不必对其加以倚仗,相反他们更多地乃是依赖“近乎白痴的人”所持有的那种先天直觉;换言之,即是在列斐伏尔那里借助游戏实现的“失而复得的自发性”。

坡的博弈游戏观时常表现出这样一种有趣的悖论:凡理性逻辑突出的场合,制胜的秘诀必然在于直觉/诗性,如《被盗的信》;反过来说,在任何以直觉/诗性为特质的语境中,制胜的秘诀则大抵在于机械理性,如坡围绕《乌鸦》一诗所构建的《创作的哲学》。这似乎再次印证了坡本人在故事世界中尤为热衷的“逆反的精灵”——它凭借某种“声东击西”、虚实错位的“障眼法”将文学书写转化为读者与作者之间的博弈游戏。如《玄虚之术》中的荣格男爵所暗示的那样,秘密写作的要旨在于“对语言加以精巧设计,从而让读者耳朵里得以呈现的全部外在符号(outward signs)可为理解,甚至不乏深刻,而事实上却连意义的影子都不存在”(*CPS* 219)。文学阅读与博弈游戏的关联往往是基于隐喻层面之上、在隐含作者与理想读者之间预设的游戏合作关系。斯沃斯基(Peter Swirski)从《被盗的信》中发现三种博弈:女王与D部长围绕“被盗的信”所展开的“零和博弈”、猜玻璃球(单双数)的“零和博弈”、神探杜宾与盗信者D部长之间的“不完全信息博弈”,而其中杜宾与盗信者D部长围绕失窃之信所展开的博弈,也恰恰隐喻性地构建出作者与读者之间的文学认知模型:

> 不完全信息博弈对于我们而言之所以重要,乃是因为作者与读者在阐释进程中可以相对自由地对规则加以采纳和调整。[……]作者与读者围绕一则文学作品有可能以彻底不合作博弈的结局收场。[……]当那一情形发生时,也就意味着读者/评论者会忽略作者(作为博弈的开局者)出于引导合作之目的所提供的全部文本及超文本暗示。但是,这样的情境总体来说则务必以非典型案例加以考察。文学的作者与读者更有可能展开合作性的互动,即便算不上一贯的全然合作,至少也该是相当程度的合作。①

---

① Peter Swirski. “Literary Studies and Literary Pragmatics: The Case of ‘The Purloined Letter’,” in *SubStance*, Vol. 25, No. 3, Issue 81: 25th Anniversary Issue (1996), pp. 77—78.

斯沃斯基围绕博弈游戏所展开的研究忽略了一个细节，即坡本人作为创作者所面对的读者并非普通意义上的大众读者，至少在创作层面上他所针对的乃是其心目中“拟真”出来的“理想读者”，或曰“作者的读者”。换言之，杜宾与D部长之间那看似“不合作”“不完全信息”的博弈仅仅是个幌子罢了，如坡本人所强调的那样，“[作者]事先根据明确的解密目的编织了一张网，而后又自行拆开这张网，哪里存在什么精妙之处呢？”[①]最为关键的是，斯沃斯基逐渐忘却了自己作为文学批评者的身份，转而扮演了一位现实数学工作者的角色，对坡在小说中的计算逻辑加以“实证性测试”[②]；这多少背离了文学虚构的本质属性。坡的作品并非数学教科书，自然没有必要完全受制于博弈命题的准确性——他不过是在试图借助某种博弈修辞去兑现其自身围绕“作者”与“读者”所形成的“双重意识”。

文学阅读的博弈（游戏）模型对于理解创作与阐释之间的合作性竞争具有独特价值，它不仅形象化同时也更为逻辑化地揭示了叙述话语的内在结构与张力。但是，这一模型却显然不宜成为对作品进行真值评判的数学工具；毕竟，虚构时空下的人物决策无论看似怎样高明，到底还只是创作者本人在文类规则下进行的单人“游戏”。当然，理想读者并非作家凭空杜撰出来的非理性产物，而是在现实社会脸谱的大数据平台上抽象出来的概念；因此，即便是现实读者，也必然在相当程度上能够从创作者的“单人博弈”中获得某种趋于均衡的审美收益，正如美国著名经济学家约翰·F.纳什（John F. Nash）在分析“讨价还价问题”之际所得出的结论，“一方没有得到另一方的同意而单独采取的行动不会影响另一方的福利”[③]。在《被盗的信》中，“作案者”D部长（作为谜面的编码者）与神探杜宾（作为揭晓谜底的解码者）之间的勾连牵制，在其元语言层面上代表的是文学作品内部叙述与阐释之间的相互预设，而坡作为短篇小说艺术家的高明之处则恰恰在于其强烈的读者换位意识——他在充当D部长的

---

① James A. Harrison, ed. *The Complete Works of Edgar Allan Poe*, Vol. XVII. p. 265.

② Peter Swirski. “Literary Studies and Literary Pragmatics: The Case of ‘The Purloined Letter’,” p. 79.

③ 约翰·F.纳什、劳埃德·S.沙普利、约翰·C.海萨尼等著，莱因哈德·泽尔腾、罗伯特·J.奥曼、哈罗德·W.库恩编：《博弈论经典》，韩松、刘世军、张倩伟、宋宏业等译，韩松校，北京：中国人民大学出版社，2013年，第4页。

同时也在暗地里扮演着杜宾的角色。这两个角色的融合使得他成了“奥德修斯(Odysseus)的妻子”——那个为了搪塞求婚者而不得不白天织布、晚上拆布的帕涅罗佩(Penelope)。[①] 在此意义上,坡的博弈游戏模型既可“负责虚构作品的语义阐释,更有助于作者—读者互动语用学的构建”[②]。

第二节 “梅伊策尔的自动象棋机”

伴随美国19世纪中叶的科技进步,围绕“人与机器”之间的“模糊界限”引发了时代的焦虑:一方面,机器成为美国公众广为关注的文化意象,坡在其文学创作中亦对那一新生事物颇为倾心,进而将机械性的程式话语纳入他本人的创作哲学之中;另一方面,坡在法国象征派(尤其是波德莱尔)那里又被神话为艺术家的“原型”。[③] 这一对看似矛盾的理念在笔者看来印证了坡所一贯倡导的思想,如其借助神探杜宾之口所言:“既是数学家,也是诗人。”(*CPS* 602)换言之,真正的天才理应将机械性的精密与想象性的恣肆完美结合为一体。那些指责坡的文学创作流于“程式化”的批评者多少忽略了坡尤为强调的诗性直觉之重要性。如此而言,这一围绕“人与机器”引发的逻辑抵牾,恰恰在某种不乏戏剧性的意义上凝缩于坡所特别关注的“自动象棋机”之上——这个身着土耳其人服饰的机械装置内部实则躲藏着一个身材矮小的棋手,在表演时暗自操控游戏机做出决策。

“自动象棋机”于1769年由匈牙利人肯普兰伯爵发明,后转入德国发明家梅伊策尔手中。1783年,梅伊策尔在伦敦展示其魔幻之术,后于1836年在美国各地(包括坡的故乡里士满)再次进行巡回表演。不久,坡在1836年4月出版的《南方文学信使》上发表了题为《梅伊策尔的自动象棋机》一文,引发广泛关注。在坡看来,“自动象棋机”的展示者梅伊策尔

---

① 于雷:《基于视觉寓言的爱伦·坡小说研究》,第74页。

② Peter Swirski. “Literary Studies and Literary Pragmatics: The Case of ‘The Purloined Letter’,” p. 71.

③ John Tresch. “‘The Potent Magic of Verisimilitude’: Edgar Allan Poe Within the Mechanical Age,” pp. 277—278.

着眼于将此装置呈现为绝无人为干预的“纯粹机械”(pure mechanism);因此在游戏进行过程中,梅伊策尔往往故作姿态,让自己的一颦一举显出“漫不经心”,似乎每一步棋均由那装扮成土耳其人的机器所为——坡将其戏谑为“样式主义”(mannerism)。[①] 有趣的是,坡的那篇看似凸显机械理性的诗学名作《创作的哲学》同样充斥着“样式主义”,它与“自动象棋机”一样极富艺术性地在“纯粹机械”的外表下藏匿了一个被刻意“侏儒化”的人工媒介——诗性的“直觉”那一曾被杜宾奉为神明的高贵品质,在此却被坡一反常态地贬抑为三流作家用以掩饰虚荣心的“精致癫狂”(*CPS* 979)。

笔者认为,与坡的创作哲学发生关联的并不止于“自动象棋机”本身的运作原理,实际上,坡围绕这一装置所创作的“游戏揭秘”同样体现了杜宾式的博弈美学。依据美国学者约翰·特雷西的观点,坡在《梅伊策尔的自动象棋机》一文中公然暗示自己对苏格兰发明家大卫·布鲁斯特的知识“剽窃”[②],“似乎是在嘲弄自己的读者”,进而与坡在该文中力图呈现的“原创性”姿态产生抵牾。[③] 应该说,这一发现不乏敏锐,然而却错过了话语层面上的深刻隐喻——坡的此类“明知故犯”乃是以一种游戏姿态践行了神探杜宾的“博弈”理念:“盗信者知道失信者知道盗信者”(*CPS* 595)。坡在某些场合之所以遭受“剽窃”质疑,往往是因为他惯常于凭借“元小说”的自我指涉,对前人业已发表的既定成果加以戏仿[④];一方面对“出于蓝”毫不隐晦,另一方面又能借助公然的创作“博弈”实现“胜于蓝”之目的,正如杜宾不仅从D部长的眼皮底下成功盗信,更要留下暗示让那位

---

① James A. Harrison, ed. *The Complete Works of Edgar Allan Poe*, Vol. XIV, p. 12, p. 18.

② 布鲁斯特是坡同时代的苏格兰发明家,在19世纪西方科普领域(尤其是光学)成就卓著,曾先于坡围绕“梅伊策尔的自动象棋机”发表了逻辑缜密的揭秘文章;坡不仅在其视觉诗学上受益于布鲁斯特的“视觉失真”理论(Barbara Cantalupo. *Poe and the Visual Arts*, pp. 103-104.),也在揭秘“自动象棋机”的问题上直接向布氏“取材”。

③ John Tresch. “‘The Potent Magic of Verisimilitude’: Edgar Allan Poe Within the Mechanical Age,” p. 288.

④ 关于坡小说中的此类“明知故犯”,详见于雷:《〈裘力斯·罗德曼日志〉的文本残缺及其伦理批判》,载《外国文学研究》2013年第4期,第80页;另参见John Teunissen and Evelyn Hinz. “Poe's *Journal of Julius Rodman* as Parody,” in *Nineteenth-Century Fiction* 3 (1972), p. 338.

丢信的D部长明确知晓盗信者的身份。由是观之，这一“明知故犯”与其说是坡的“剽窃”嫌疑，倒不妨说是以某种博弈心态去克服哈罗德·布鲁姆意义上的“影响的焦虑”。

约翰·特雷西虽然不乏创意地将坡的《创作的哲学》类比为梅伊策尔的“自动象棋机”，认为两者均试图展示各自的机械性原理，但在笔者看来却弱化了坡所一贯强调的原则——真正的天才理应“既是数学家，亦是诗人”。当坡在《创作的哲学》中将《乌鸦》视为“一个数学问题”之际，他恰恰是在反讽性地凭借其诗人的身份如是说。类似地，坡的《梅伊策尔的自动象棋机》一文所展示的亦可谓“作为数学家”的坡（在这一点上，坡自然并不比大卫·布鲁斯特更加高明）；不过，在其机械逻辑的表象之下实则同时包藏着一个“作为诗人”的坡。正因为如此，坡尽管在相当程度上“剽窃”了大卫·布鲁斯特的研究结论，却能够凭借卓越的诗性修辞而最终超越后者，空前地赢得广大读者乃至于诸多媒体的信赖。这也再次印证了坡的断言：任何所谓的文学“创新”仅仅是“非同寻常的组合而已”[1]，同样的内容经过不同作者的处理会呈现出迥然不同的修辞功效。正因为如此，坡围绕“自动象棋机”所创作的“揭秘”方得以广为流传，而大卫·布鲁斯特早前发表的原始版本却反倒被世人遗忘殆尽。从坡的那些看似不乏机械感的文学创作中，约翰·特雷西发现了梅伊策尔隐匿于“自动象棋机”内部的侏儒——正是这样一个隐形的“同谋者”使得美国学者维姆萨特的观念有了意义：坡的创作无论怎样看似理性，却总是根植于“完美的想象力”之上。[2] 这种将逻辑与直觉、规则感与自发性融为一体的文学辩证法在坡的笔下真正实现了“机器的柔软”。

有趣的是，作为一个将机械理性与主体干预相杂糅的逻辑模型，“自动象棋机”尚有另一层不易被察觉的政治内涵——坡，一个“戏子”家庭出身的孤儿幸运地成了一位富商的养子，却又因紧张的寄养关系而被扫地出门，沦为一个依靠四处借债苟延残喘的穷书生；这种特殊的人生经历使得坡始终纠结于贵族体制与民主政治之间。罗杰·卡约颇有创意地将游

---

① Robert L. Hough, ed. *Literary Criticism of Edgar Allan Poe*, p. 78.

② W. K. Wimsatt, Jr. “Poe and the Chess Automaton,” in *American Literature*, Vol. 11, No. 2 (May, 1939), pp. 150—151.

戏与政治体制进行嫁接,认为"运气游戏"与那种基于先天规定的种姓制度之间存在着政治逻辑上的同构性,而"竞争游戏"则契合于以颠覆基因决定论为特征的民主体制。[①] 在此意义上,坡对于"运气游戏"的热衷实际折射的是其(作为一个南方人)围绕贵族政治所持有的偏好,这一决定论具有外在的、不以人的意志而转移的机械感,反映到政治体制上便是坡所一贯表现出的对"民主"的否定姿态。譬如在《未来景致》中,坡即通过叙述者之口暗示"民主"有悖于宇宙万物所遵循的"等级法则"(laws of gradation),还将"所有人生来即享有自由与平等"看成一个"再古怪不过"的理论;在他看来,民主体制下的社会结构无异于"草原土拨鼠"的低等生存状态。(*CPS* 689—690)另一方面,坡在小说中围绕"竞争游戏"所展现出的更高程度的热情似乎也在暗示:这样一位自恃贵族气息却又为穷困所迫的潦倒作家,如何急于通过更为强调公平原则的博弈游戏去扭转其尴尬的现实处境——《登龙者的生平花絮(登龙术)》("Some Passages in the Life of a Lion [Lionizing]")、《德洛梅勒特公爵》以及《威廉·威尔逊》等小说中暗藏的民主与贵族政治路线之间的抵牾即是范例。在这些作品中,坡围绕精英文化阶层所流露出的矛盾心态借助博弈话语转化为一种辩证诗学,一种(借用列斐伏尔的游戏功能说)能够对社会等级的"自我调控机制"(mechanisms of self-regulation)加以反拨的日常化"祛魅"[②]。

第三节　游戏规则与"语言游戏"

游戏的本质之一在于寻求"规则界阈内的自由",即便对于那些看似毫无规则约束的"即兴"游戏来说,因"假扮"所引发的"虚构情感"不过是"取代并施为了规则的同等功效";道理很简单——"规则本身即是创造虚构"。[③] 这一理念不仅在某种意义上将文类的约束机制与文学情感的认

---

① Roger Caillois. *Man, Play and Games*, p. 111.

② Henri Lefebvre. *Critique of Everyday Life*, Vol. II, p. 204.

③ Roger Caillois. *Man, Play and Games*, pp. 8—9.

知逻辑有效结合起来,与此同时也说明:游戏精神的魅力在于它能够让游戏者在不觉之中即介入“自由意志”那一重大而又经典的哲学之谜。游戏过程必然包含约翰·塞尔所说的那种“进行自愿的、有意向的行动的经验”,它使得游戏者在“做此”之际尚带有“我可能做彼”的确信——某种围绕心理意义所产生的“选择感”①。“选择感”表现出的游戏性与伦理层面上的严肃性产生了赫伊津哈在《游戏的人》开篇处所展示的对峙,然而游戏的本质恰恰体现在这一对矛盾势力之间;如英国艺术史家贡布里希(Ernst Hans Gombrich)从赫伊津哈的博士论文中所发现的那样,“当我们面对着一种古老的文学时,要明确地说出严肃和不严肃的界限是很难的。[……]因为恰恰在严肃和不严肃这两种状态被混合为一,甚至被有意识地融为一体时,某些人才能够最生动地表达出内心最深处的思想”②。

就坡的文学叙事逻辑来说,“游戏规则”非但不是限定了唯一的必然性,而恰恰是敞开了无限的偶然性,如托多洛夫所暗示,“我们不妨认为[坡]之所以受到怪诞体裁的吸引,正是因为其理性主义(而不是反理性主义)。如果人们坚持自然化的解释,那就得接受生活所安排的偶然、巧合;如果人们希望一切都有据可依,那也必须接受某些超自然的原因”③。与此相应,在20世纪60年代,法国文学理论家雅克·厄尔曼(Jacques Ehrmann)在《耶鲁法国研究》(*Yale French Studies*)的“游戏与文学”专号上也同样强调:“偶然性是必然性的补充,而必然性则是偶然性的决定因素。两者之间的互动即成为游戏。”④基于此,我们不妨说:游戏的魅力在于游戏超越游戏者而成为主宰。从文学创作的角度来看,这种“主宰”

---

① 约翰·塞尔:《心、脑与科学》,杨音莱译,上海:上海译文出版社,2006年,第82—85页。

② 贡布里希:《游戏的高度严肃性:约翰·赫伊津哈〈游戏的人〉随感》,约翰·赫伊津哈:《游戏的人:关于文化的游戏成分的研究》,第264页。

③ Tzvetan Todorov. *Genres in Discourse*, p. 99.

④ Jacques Ehrmann. "Introduction," in *Yale French Studies*, No. 41, Game, Play, Literature (1968), p. 5. 值得注意的是,“Game”与“Play”这两个概念在厄尔曼那里并非笔者在文中所意指的“博弈”和“游戏”,而是“游戏”与“玩(游戏)”;正因为如此,该专号中的论文在触及上述两个英文概念时,往往并未做出明确区分,经常互换使用。鉴于此,该专号的标题译名在本章中被简化为“游戏与文学”(事实上,厄尔曼在“导言”中亦将论题简化为“game and literature”),避免表述上的累赘。

则往往呈现为文类语法的规约机制,如伽达默尔(Hans-Georg Gadamer)所指出的那样:"对于作者来说,自由创造始终只是某种受以前给出的价值判断所制约的交往关系的一个方面。尽管作者本人还是如此强烈地想象他是在进行自由创作,但他并不是自由地创作他的作品。"①

游戏规则的必然性与游戏进程的偶然性相辅相成,反映到文学叙事层面上即是文类语法与"个人天赋"之间的对峙与对话。韦勒克和沃伦在其经典之作《文学理论》中强调指出,"优秀的作家在一定程度上遵守已有的[文类],又在一定程度上扩张它"②;在某种相似意义上,维特根斯坦的"语言游戏"观念亦试图消解"元理论"话语的空洞权威——实现对柏拉图"洞穴寓言"的反拨,让哲学的抽象"重新回到洞内"③;这一趋向正是列斐伏尔从游戏社会功能的阈限特质("既有用,亦无用")当中所揭示的"日常化"④。就坡的小说而言,上述游戏性反拨最为精巧地体现在《X 出一个段落》("X-ing a Paragrab")当中。故事的主人公是一位名叫"一触即发·子弹头"(Touch-and-go Bullet-head)的杂志编辑,创办了一份名为《茶壶》(*The Tea-Pot*)的地方刊物。"子弹头"原本以为自己的刊物在当地乃是独此一家,却不料发现该市多年前便有一位名叫约翰·史密斯的绅士创办了另一份极富影响的杂志《亚历山大大帝欧诺波利斯公报》(简称"《公报》")(*Alexander-the-Great-o-nopolis Gazette*)。正所谓冤家路窄,《茶壶》编辑部竟然就设在《公报》编辑部的正对面。《茶壶》第三天便出版了创刊号,其中的"社论"以犀利的言辞(全篇充满了极富反讽意味的感叹词"Oh/O"——"哦")将《公报》主编批得"体无完肤"。然而,那功成名就的史密斯先生亦非等闲之辈,翌日即在《公报》上予以猛烈回击,称"子弹头"先生"满嘴都是[字母]'O'……难以设想这个流浪汉能够写出一个不包含'O'的字来……。'哦! 真是可悲'"。可以想见,"子弹头"先生绝不会在这场"口水战"中善罢甘休,而最令他无法容忍的是《公报》对其文风

---

① 汉斯-格奥尔格·伽达默尔:《真理与方法——哲学诠释学的基本特征》(修订译本),洪汉鼎译,北京:商务印书馆,2007,第 187 页。

② 勒内·韦勒克、奥斯汀·沃伦:《文学理论》,第 279 页。

③ Christopher C. Robinson. *Wittgenstein and Political Theory: The View from Somewhere*. Edinburgh University Press, 2009, p. 21.

④ Henri Lefebvre. *Critique of Everyday Life*. Vol. II, p. 204.

的讥讽。为此他打算创作一则从头至尾绝无一个[字母]“O”的段落，以让史密斯先生的偏见不攻自破；不过，很快他又决定坚持自己的“文风”，要“永远地‘O’到底”！（*CPS* 708）

经过一夜苦思冥想，“子弹头”终于写出一段通篇夹带字母“O”的批驳文字，譬如，“哦，约翰，约翰，如果你不滚蛋，你便连人也不算——不算！”（Oh，John，John，if you don't go you're no *homo*—no!）然而奇怪的是，当排版工准备输入文字时却发现大、小写字母“O”均已不翼而飞（疑为《公报》当晚差人所盗）。情急之下，排版人员遂按“惯例”使用字母“X”予以替代。如此一来，《茶壶》便刊出了一则旷世“奇文”：“……Xh，Jxhn，Jxhn，if yxu dxn't gx yxu're nx *hxmx*—nx!”针对这段文字，公众在最初的愤怒平息之后逐渐形成了数种观点——并且在表达中都充分利用了字母“X”：有人说那不过是个“精彩”（X-ellent）的玩笑；有人说它源于“子弹头”先生的“丰富”（X-uberance）想象；还有的则认为此事为后人开了“先例”（X-ample），如此等等。在叙述者看来，排版工鲍勃（Bob）的观点恰恰最值得信赖：“子弹头”先生不胜酒力，但却不加节制地畅饮了标注有“XXX”的烈性啤酒，结果“致使其陷入极度的狂躁”（made him X [cross] in the X-treme；*CPS* 709－711）。

在笔者看来，坡的这则故事与其说是折射出19世纪美国报刊业界的激烈竞争乃至于恶意倾轧，毋宁说是在“语言游戏”的意义层面上围绕叙述语法实施了一场“玄虚之术”。它凭借某种类似于《金甲虫》当中海盗藏宝密码设置的“元语言”变体，再次映射了坡的文学“秘密写作”。其基本数学模型某种程度上让我们联想起维特根斯坦在《逻辑哲学论》（*Logisch-philosophische Abhandlung*）当中所提及的一个“符号规则”——“a＝b Def.”，也即“符号‘a’可由符号‘b’来替换”。[1] 坡在小说里以相同的方式给定了这样的“符号规则”：当 x＝o 时，则 Jxhn ＝ John；于是，作为游戏参与的双方（作者与读者）便能够在此机械性规约下进行诸多看似基于自主选择的语义操控。如果我们将故事中那不翼而飞的字母“O”视为那封“被盗的信”，即可发现它的消失绝不仅仅引发了未知数“X”的简单替换，更导致了文学语义的自动增殖。如此说来，“被盗的信”不过

① 维特根斯坦：《逻辑哲学论》，第50页。

是那“被盗的字母”在叙事情节层面上做出的形象化展示(注意“信”与“字母”在英文[“letter”]中的双关意),恰如计算机基于“0/1”所建构的抽象数字模型同样能够转换为更加友好的现代电脑界面。在此意义上,坡眼中的那台“自动象棋机”成了一个语言学模型。倘若说“被盗的信”(作为拉康眼中“纯粹的能指”[①])触发了一场追寻“所指”的游戏,那么,未知数“X”则通过其“缺席的在场”同样制造了一轮基于公众舆论的修辞风暴——“精彩”(X-ellent)的玩笑、“丰富”(X-uberance)的想象、为后人树立的“先例”(X-ample)……如此等等,就连原本用以指示酒精烈度的“XXX”标记也一时间投入这场语言的狂欢之中。维特根斯坦围绕日常语言所提出的“语言游戏”观念同样强调游戏规则以及那规则得以实施的场合。换言之,“任何一个语词概念的含义或意义,并不在于它所意指的对象中,而在于它按照一定的规则与其他语词的组合方式中”,也即“意义乃是语词组合方式的衍生物”。[②]

赫伊津哈曾在《游戏的人》当中指出:“在每一抽象表达背后都存在着极多鲜明大胆的隐喻,而每一隐喻正是词的游戏。这样,人类在对生活的表达中创造出了一个第二级的、诗的世界来沿合物质的世界。”[③]有趣的是,坡在其短篇小说《语词的力量》中亦如是写道:自上帝以“第一语词将第一法则说成了现实”[④],人世间的其他“创造”便沦为了所谓的“二级创造”(secondary creation; *CPS* 635)。在坡的故事世界中,“语言创造了经验”这一鲍德里亚式的拟真逻辑屡屡得以印证,而其至为经典的哥特小说《厄舍屋的倒塌》恰恰在潜文本中将那一“拟真游戏”发挥到了极致:叙述者的午夜诵读(作为一则语言学事件)借助其言语行为的独特“遥感”功效,触发了地窖里的死而复生,直至厄舍妹妹的“超真实”拟像出现在叙述

---

① 拉康:《拉康选集》,褚孝泉译,上海:上海三联书店,2001年,第6页。

② 张志伟:《从维特根斯坦的“语言游戏”说看哲学话语的困境》,载《中国人民大学学报》2001年第1期,第41页。See also Christopher C. Robinson. *Wittgenstein and Political Theory: The View from Somewhere*, p. 22.

③ 约翰·赫伊津哈:《游戏的人:关于文化的游戏成分的研究》,第5页。

④ “第一语词将第一法则说成了现实”([T]he first word spoke into existence the first law)指涉的是《约翰福音》第一章第一节的“太初有道”(In the beginning was the Word)。

者的眼前[①]——她的破棺而出伴着厄舍古宅的摇摇欲坠凸显了罗杰·卡约所特别强调的“眩晕游戏”,一种“为了享受恐惧、战栗和震惊而追逐的身体快感”;借此,游戏者得以“满足自己暂时破坏身体平衡的欲望”,由此“逃避其常规感官的专制”。[②] 如美国学者凯普兰在论及《厄舍屋的倒塌》时所发表的精辟言论:无论叙述者如何看似理性地对超自然的恐怖氛围加以抵御,他几乎是在同时围绕厄舍的“召唤”做出积极回应——某种类似于“坐过山车所引发的惊悚之乐”[③]——全部的兴奋仅仅缘于将自由的宣泄绑缚在轨道之上。

自赫伊津哈在《游戏的人》一书中将人类文明置于“游戏”的棱镜之下,文学与游戏的关联亦随之变得不再陌生。事实上,从柏拉图到德里达,游戏“一直是文学批评理论的核心关注点”,它作为一个学术话题引起了文学批评界的广泛关注,时至今日几乎成了某种“神圣仪式和世俗神话”;但另一方面,游戏在文学理论和批评实践中依然面临着抵触与挑战,主要缘于两个因素,一是游戏作为劳动之对立面的固有思维,使其“难登大雅之堂”,二是游戏作为一个学术概念长期以来缺乏科学界定。[④] 尽管如此,当科学、法律、战争和政治在漫长的历史长河中逐渐失去了同游戏的“接触”,文学的“创作”(poiesis)却依旧明确地呈现出“游戏功用”[⑤]。有趣的是,坡在《被盗的信》中曾借助所谓的“地图寻字游戏”揭示了一种不乏悖论的视觉“哲学”:在此类游戏中,最易为人眼所忽略的恰恰是地图上那些印刷字体超大的地名,它们在布局上往往从地图的一端延伸至另一端,但游戏新手们却“往往为了让对手尴尬而专门挑选那些字体印刷很极小的地名”(*CPS* 604)。“地图寻字游戏”映射出坡在其小说世界中反复操演的杜宾式的经典认知逻辑,然而也凭借某种超越时空的类比,预示着赫伊津哈流露的感喟:现代文明的游戏本质恰恰因其无处不在而颇具

---

① 关于《厄舍屋的倒塌》如何与鲍德里亚的“拟真”逻辑及其所引发的“超真实”发生关联,详见于雷:《“厄舍屋”为何倒塌?——坡与“德国风”》,第75—93页。

② Roger Caillois. *Man, Play and Games*, p. 44.

③ Louise J. Kaplan. “The Perverse Strategy in ‘The Fall of House of Usher’,” p. 55.

④ Sura P. Rath. “Game, Play and Literature: An Introduction,” in *South Central Review*, Vol. 3, No. 4 (1986), pp. 1—2.

⑤ 约翰·赫伊津哈:《游戏的人:关于文化的游戏成分的研究》,第131、134页。

反讽性地遭受视而不见。在此意义上，文学的游戏介入正贯穿了作为“游戏精神化身”的拉布雷[①]与强调“语言游戏”的维特根斯坦，前者的“狂欢”与后者的“日常”不仅有助于重新审视文明的权威，也在微观意义上共同造就了“坡的游戏”，抑或说“游戏的坡”。

---

① 约翰·赫伊津哈：《游戏的人：关于文化的游戏成分的研究》，第203页。

第六章

催眠·电报·秘密写作：坡与新媒介

19 世纪早期的美国似乎经历了一次心理认知与科技发展的邂逅式"迸发"，在两个领域内均产生了诸多"奇迹"。① 坡的文学生涯正是在这一独特的转型期得以拉开帷幕，既充分见证了"灵学界"所探索的"生物磁力"②，也目睹了科技界的电报发明。

---

① Susan Stone-Blackburn. "Consciousness Evolution and Early Telepathic Tales," in *Science Fiction Studies*, Vol. 20, No. 2 (Jul., 1993), p. 244.

② 这一研究在坡那个时代乃至于整个 19 世纪下半叶的文学界均产生了重要影响，坡在其"催眠系列小说"中的相关呈现自不待言，而稍后的马克·吐温则是总部设在伦敦的"灵学研究会"(Society for Psychical Research)的重要会员，对"超心理学"这种旨在探索灵异、催眠及超感知(extra-sensory perception)的学问情有独钟；他在自传及不少小说作品中都曾留下过此类神秘主义的痕迹。19 世纪 90 年代，马克·吐温曾在《新哈勃月刊》上数次发表个人案例以探讨"思维电报"这一灵学现象，认为一个人的思想可以进入他人的头脑，并形成控制力。马克·吐温偏好用这个概念代替当时灵学研究中常用的"思想转移"，一种常见于催眠过程中的超心理学现象(See Mark Twain. "Mental Telegraphy Again," pp. 521－524.)。这一时期与马克·吐温同样痴迷于灵学研究的都柏林物理学家巴瑞特(W. F. Barrett)更是潜心研究催眠与(转下页)

正如加拿大媒介学家马歇尔·麦克卢汉所精辟指出的那样,诗的历史或可被视为"数个世纪以来人类想象与技术发展相互交锋的一段秘史"①。任何作家但凡想要在文学市场上立于不败之地,就有必要积极调整自我,以适应当下的媒介生态,而坡正是凭借自己兼为媒体工作者所秉持的职业敏感,从各种人类通信的潜能之中获得文学创作的灵感。事实上,画家出身的塞缪尔·摩尔斯早在1832年便已经在其日志中呈现了电报的雏形,也即通过考察当时正为科技界所积极探索的"电磁"现象去创造一种新型远程通信手段;为此,他甚至画出一张电路图以说明如何通过"中断"电流的方法来代表26个英文字母。②而在此之前的很长时间里,大西洋两岸的科学家们业已对"生物磁力"进行了大量的实验和研究;与此同时,19世纪的欧美文坛巨擘们亦对此表现出极其浓厚的兴致。

自从德国人弗朗兹·梅斯默在18世纪末将"生物磁力"发展成为一种颇具影响的医疗实践——"催眠",这项事业即开始在美国引起广泛关注。在坡所生活的时代,"围绕催眠所进行的演讲已经成为家常便饭"③;更重要的是,坡在其文学创作中围绕催眠所表现出的热情恰恰展示了"新科学"的独特魅力。④作为19世纪初跨越于灵学与科学之间的神秘通信手段,"生物磁力"(催眠)尽管在科学界引起了诸多争议,但却为作家们的恣肆想象提供了一个文学"异托邦"。作为围绕"催眠"(某种意义上或可称为"电子通信的原始形态")所产生的一种真正具有科技内涵的现代变体,电报技术在坡的时代成为绝对新兴的人类信息交往手段。它的到来对于坡而言不仅意味着通信业界的革命,更引发了一场关于文学"秘密写作"的信息论思考。虽然"生物磁力"与文学浪漫主义之间的亲缘性常为

(接上页)"思想转移"之间的密切联系(Deborah Blum, *Ghost Hunters: The Victorians and the Hunt for Proof of Life after Death*, p. 73, pp. 172—174.)。

① Marshall McLuhan. "Speed of Cultural Change," p. 17.

② Laura Otis. "The Metaphoric Circuit: Organic and Technological Communication in the Nineteenth Century," in *Journal of the History of Ideas*, Vol. 63, No. 1 (Jan., 2002), p. 119. 关于电路闭合与莫尔斯电码之间的关系,详见下文。

③ Fred Kaplan. *Dickens and Mesmerism: The Hidden Springs of Fiction*. Princeton: Princeton University Press, 1975, p. 11.

④ Sidney E. Lind. "Poe and Mesmerism," in *PMLA*, Vol. 62, No. 4 (Dec., 1947), p. 1077.

批评界所关注,然而在笔者看来却多为“素材”研究,也即诸如坡那样的19世纪文学家如何“在作品中直接使用催眠”①,而并非审视其作为不乏神秘主义的“原始媒介技术”如何隐身为一种诗学策略②,进而成为文类演进的内在驱动力。

第一节　作为诗学的催眠

要考察19世纪初美国文学与同时期新媒介技术之间的关联,首先就必须克服传统上围绕“新媒介”所做出的狭义界定。这意味着一方面要突出新媒介之“新”的历史相对性,避免将其视为20世纪以降现代科技的独有专利——事实上,每个时代均拥有自己的“新媒介”③;另一方面还必须强调19世纪初新媒介的“原始形态”对通信技术发展所产生的影响,重新审视作为远程通信技术的电报与同时期欧美“催眠文化”之间所存在的千丝万缕的联系。毋庸置疑,电报与催眠(即“生物磁力”)之间的关联在19世纪上半叶显然远比我们今天所认识得更为紧密。这不仅在于“电报本身往往被当作一种神秘现象”,而人们亦“尚未完全理解电的神秘原理”;与此同时也在于电报与催眠“在流体、同情及磁效应方面所拥有的共享话语”——英国科学家查尔斯·惠特斯通(Charles Wheatstone)在其发明电报之后旋即着手围绕催眠现象展开实验。④ 同样有趣的是,摩尔斯向美

---

① Fred Kaplan. *Dickens and Mesmerism: The Hidden Springs of Fiction*, p. 129.

② 关于“催眠”如何成为一种诗学机制,英国学者提姆·富尔福德曾借助柯尔律治的《古舟子咏》进行过相关阐述(See Tim Fulford. “Conducting the Vital Fluid: The Politics and Poetics of Mesmerism in the 1790s,” in *Studies in Romanticism*, Vol. 43, No. 1, *Romanticism and the Sciences of Life* [Spring, 2004], pp. 57—78.)。

③ Carolyn Marvin. *When Old Technologies Were New: Thinking about Electric Communication in the Late Nineteenth Century*. New York: Oxford University Press, 1988, p. 3. See also Ronald Rice, et al. *The New Media: Communication, Research, and Technology*. Beverly Hills: SAGE Publications, Inc., 1984, p. 288.

④ Richard Menke. *Telegraphic Realism: Victorian Fiction and Other Information Systems*, pp. 80—81.

国国会申请的电报项目专款最终不得不与催眠研究项目进行平分。[①] 由此可见,催眠是19世纪初电子媒介发生、发展进程中不容忽视的影子形象。

在相当程度上,催眠堪称19世纪英美文化领域中的"心灵的科学"(the science of the mind),成为吸引文学家们的一个"中心文化话语场域"[②]。大西洋两岸的浪漫主义文豪们(譬如雪莱、柯尔律治、霍桑、惠特曼、坡)均以各自的艺术方式纷纷涉足生物磁力,将其转化为一种独特的"催眠诗学";这一新兴的文学文化甚至同样感染了英美两国的现实主义大师——1848年11月,由狄更斯改编自英国剧作家伊丽莎白·英奇巴尔德(Elizabeth Inchbald)的"三幕滑稽剧"《生物磁力》(*Animal Magnetism*)在爱德华·鲍沃尔-李敦(Edward Bulwer-Lytton)的宅邸中以义演的方式进行,包括狄更斯在内的所有业余演员均是文坛精英。[③] 马克·吐温则更是连续在《新哈勃月刊》上刊文讲述自己所经历的某种与催眠机制紧密相关的"思维电报"现象。[④] 尽管19世纪初的原始电报形态为浪漫主义的"催眠诗学"提供了技术支持,但是真正将那一诗学原理发挥到极致的作家却屈指可数,而坡的小说则可被奉为圭臬。

坡的研究者们通常有这样一个共识:《瓦尔德玛事件的真相》("The Facts in the Case of M. Valdemar")、《催眠启示录》("Mesmeric Revelation")以及《凹凸山传奇》等三个作品构成了坡的所谓"催眠系列小说"。笔者认为,这一方面是"素材"研究路径的必然结论(因为催眠本身即是此类小说情节的核心内容),另一方面也造成了美国学者多丽丝·V.福尔克所批判的那种不乏问题化的"简洁归类"(neat grouping)——催眠是否仅仅在坡的催眠叙事中产生影响,有无可能成为一种"创作的哲

---

① Jeffrey Sconce. *Haunted Media: Electronic Presence from Telegraphy to Television*. Durham: Duke University Press, 2000, pp. 34—35.

② Bruce Mills. *Poe, Fuller, and the Mesmeric Arts: Transition States in the American Renaissance*. Columbia: University of Missouri Press, 2006, p. xvii, p. 9.

③ William Hughes. *That Devil's Trick: Hypnotism and the Victorian Popular Imagination*. Manchester: Manchester University Press, 2015, pp. 1—2.

④ See Mark Twain. "Mental Telegraphy: A Manuscript with a History," in *Harper's New Monthly Magazine*, Vol. 84 (Dec., 1891), pp. 95—104. See also Mark Twain. "Mental Telegraphy Again," pp. 521—524.

学”,进而获得某些普适化的诗学价值?在福尔克看来,坡小说中的“电磁流”不仅仅是触发肌肉组织产生运动的神经机制,而更可能是“一种广泛的组织化原则,既可解释机体分子与神经系统的关联性,亦可说明物态粒子乃至于宇宙单元之间的聚合力”;如果说这样的观念在《瓦尔德玛事件的真相》与《凹凸山传奇》中得到了“暗示”,那么在《催眠启示录》当中则获得了某种“哲学展示”。遗憾的是,福尔克只是在其文章的末尾处给我们留下了一小段充满隐喻修辞的暗示,如其论及作者与读者之间的诗学关系时所影射的那样,“作为催眠师的坡和他的病人之间的关系……并非由操控者的意愿来建议或是决定催眠故事的情节,而是两种意愿的统一(the union of two wills)所释放的生物磁力发挥了其组织性功能”。[①] 值得注意的是,坡在讨论霍桑的《重述的故事》(*Twice-Told Tales*)之际围绕所谓“真正的创新”(true originality)之“新奇”对作者与读者间的关系问题进行过探究;在那里,坡强调含而不露地实现作品的叙述意图——展示“朦胧的、被抑制的,或是未曾表达过的人类幻想”,诱发“内心情欲中那更为纤柔的悸动”,抑或催生“某种萌芽之中的共同情感或本能”。如此,这种由“表象的新奇”所招徕的“欢愉之效”便与“一种真正的利己之乐”组合在一起。换句话说,“新奇”非但没有让读者倍感沮丧,相反,它使得读者与作者产生了共鸣和“同情”,让读者在“内部”和“外部”这两个层面上获得了“双倍的乐趣”:一方面,他能从“[创作]思想的表象新奇”当中体会到“真正的新奇”,另一方面,这种“绝对的创新”又不仅仅属于作者,“也同样属于[读者]本人”;于是读者会产生一种幻觉,以为“全天下唯有他们俩”方能做到“英雄所见略同”——“是他们俩共同创造了这个事物”。[②] 这种类似于“伯牙鼓琴,子期善听”的默契在笔者看来正是《凹凸山传奇》中的催眠师坦普尔顿医生与那位同样不乏神秘的被催眠者奥古斯塔·彼德洛(Augustus Bedloe)之间所逐渐形成的“和谐”(rapport)[③]。

---

① Doris V. Falk. “Poe and the Power of Animal Magnetism,”, p. 536, p. 538, p. 546.

② James A. Harrison, ed. *The Complete Works of Edgar Allan Poe*, Vol. XIII, pp. 145—146.

③ James A. Harrison, ed. *The Complete Works of Edgar Allan Poe*. Vol. V. p. 165.

可以看出,围绕催眠与文学这一命题往往会产生两类研究范式:一是将催眠当作文学素材,譬如坡的上述三篇小说当中直接将19世纪初堪称"风靡一时"的催眠或曰"生物磁力"当作情节内容加以发掘;二是试图将催眠机制视为某种创作的哲学,也即作家如何将催眠术的发生肌理转化为小说的诗学话语。很明显,在第二类情形下,唯有对作品本身的文体与修辞进行细读方能洞察叙述进程中的"催眠话语"。为了更清楚地展示坡在小说中如何暗藏"催眠话语",我们不妨首先对马克·吐温的短篇小说《加州人的故事》("The Californian's Tale")略做例释——这个作品虽然极其边缘化,但在笔者看来却是系统运用催眠机制的典范。如上文所指出,马克·吐温对催眠的浓厚兴趣体现于他作为灵学研究会的资深会员身份,以及他在《新哈勃月刊》上连续发表的"思维电报"体验;最有意思的是,马克·吐温在自传中还特别描述了其在青少年时代如何直接参与地方上举行的催眠表演,并声称要成为"最有名望的被催眠者"。然而,这些事实并未被当作情节素材直接用于小说的创作,而是以一种逻辑话语程式融化在小说的叙述进程中。我们注意到作品从头至尾在叙述者与主人公以及次要人物之间贯穿了一种多维催眠话语结构,由此构建了一个衍生于催眠机制的"淘金梦"的骗局;那位在故事世界中看似无处不在却又从未现身的"娇妻"(作为"淘金梦"的骗局隐喻)乃是几十年来让数代淘金矿工欲罢不能的催眠幻象。这种催眠话语既是情节发展的内在驱动力,更是修辞层面上的外在批判力。正因为如此,《加州人的故事》不仅没有(如少数留意该作品的学者所认为的那样)使得晚年的马克·吐温沦为感伤主义的三流作家,反倒是在一个更高的元语言层面上凸显了其独到的社会批判策略;换句话说,催眠机制的"具身性"修辞体验不只是作用于文本内部的人物关系之上,更凭借某种精微的渗透力突破文本空间的物理边界,巧妙地将现实读者一并纳入那一批判之中。①

马克·吐温在《加州人的故事》中所内嵌的催眠话语对于我们理解坡的催眠诗学具有显著的启发之效。福尔克尽管在其研究中暗示了催眠如何有可能在坡的笔下成为作者与读者之间的协作认知机制,但却没有真

① 关于催眠机制如何在《加州人的故事》中获得其诗学转换,详见于雷:《催眠·骗局·隐喻——〈山家奇遇〉的未解之谜》,载《外国文学评论》2009年第2期,第73—79页。

正在坡的小说内部去展开文本实证考察,更没有注重小说情节的催眠话语发生逻辑。事实上,在作者与读者之间建构催眠模型的企图不过是一种"泛认知化"的文学隐喻——它甚或可以说是整个文学修辞学的本质所在,因而也就在很大程度上遮蔽了催眠诗学研究的必要性。换言之,福尔克虽然注意到作为诗学的催眠机制,但却是在最为宽泛的意义上将其化约为作者与读者之间的认知互动(即便在这一点上,也仅仅流于蜻蜓点水),而并未在坡的具体文本建构逻辑上将催眠视为某种具有普适属性的诗学策略。鉴于此,笔者拟重新聚焦于坡的小说《凹凸山传奇》,尝试从其催眠素材的伪装之下剥离坡所暗藏的作为诗学的催眠,并在此基础上审视该作品与坡的"非催眠"小说之间的诗学关联。

《凹凸山传奇》的故事情节始于1827年。叙述者"我"(即坦普尔顿医生)在弗吉尼亚州的夏洛茨维尔(Charlottesville)偶然结识了一位名叫彼德洛的年轻绅士。[①] 关于此人的背景,"我"知之甚少。事实上,即便是他的年龄也令人捉摸不定:他虽说是个年轻人,可在某些时刻却让"我"感觉他是个百岁老人。彼德洛无论在生理上还是在精神上均存在着不同寻常之处:他四肢瘦长、佝偻憔悴、面无血色,一双眼睛虽大得出奇,但却如僵尸之目,只有在兴奋之际才会突放异彩——这一切均源于其早年所承受的"神经痛"之患。长年以来,彼德洛的护理和医疗任务便一直由资深的坦普尔顿医生亲自负责。这是位通晓催眠术的专家,在他的精心呵护下,彼德洛不仅逐渐适应了其独特的疗法,更与他产生了某种"电磁感应"(CW 165);凭借这份"和谐"的关系,病人即便对医生的在场毫无察觉,也能受后者的意念操控而成功进入催眠状态。另外值得一提的是,彼德洛有长期服用吗啡的嗜好,而这个习惯也使得他的想象力超乎寻常。每天早上,他均会在饭后服用大量吗啡,而后独自带着家犬在附近的"凹凸山"

---

① 据笔者意外发现,坦普尔顿医生与患者彼德洛二人的姓名当中藏匿着旨在影射催眠名流的"密码学"——学术界似乎全然忽略了催眠史上那位不乏影响(当然也不乏争议)的英国催眠大师詹姆斯·格雷厄姆(James Graham);他在18世纪80年代打造的所谓"健康圣堂"(Temple of Health)招徕大批慕名前往的患者,其中最为"臭名昭著"的医疗装置被称为"灵仙床"(Celestial Bed)——通过一千根磁铁释放的"磁力流"来进行理疗(See Linda Simon. *Dark Light: Electricity and Anxiety from the Telegraph to the X-Ray*. Orlando: Harcourt, Inc., 2004, p. 18.);倘若我们留意"圣堂"(Temple)与"床"(Bed)这两个字眼,即会发现坡在《凹凸山传奇》中将催眠进程中的医患形象分别命名为Templeton与Bedloe,似乎并非空穴来风。

四处漫步。

十月底的一个清晨,天降大雾,彼德洛照旧前往山上闲游,然而天黑之后却迟迟没有返回。正当众人决定出门寻找之际,他却安然无恙地归来了。而且,神情亢奋的彼德洛还向大家讲述了当天发生在他身上的怪异之事:上午十时左右,他意外发现那"凹凸山"中一处从未见过的峡谷;要想找到其入口,只能全然借助于"一连串的碰巧"(a series of accidents; *CW* 167)。峡谷雾霭重重,以至于彼德洛不得不如临深渊摸索着向前。忽然,附近传来阵阵鼓声,紧接着从他的眼前先后跑过一位身体半裸的土著人和一只尾随其后的鬣狗。这硕大的"怪兽"使彼德洛确信自己不过是处于梦境之中罢了。于是,"我揉揉眼睛,大声叫唤,掐掐四肢",又用泉水清醒了一下头脑,消除方才出现的那些奇怪的"模糊感觉"(equivocal sensations; *CW* 168)。在一棵棕榈树下休憩片刻之后,彼德洛似乎重新掌控了自己的意念——当然,这是一种"新鲜而又独特的感觉"(novel and singular sensation);接着,"仿佛是巫师挥舞魔杖"(*CW* 169),一阵狂风将云雾彻底祛除,彼德洛此刻发现自己站在山脚下,俯瞰着一座城市。那里有许多集市和清真寺,男人们裹着头巾、穿着长袍,猴子在屋顶上攀爬,身缚绶带的公牛四处游荡——俨然是一座东方之都。于是,彼德洛下了山,径直走进那座城市,结果却陷入了当地正在发生的一场血腥巷战;战斗双方分别是人数众多的土著叛军与英国殖民政府军。彼德洛加入了后者("较弱的一方"),但却节节败退,直到眼睁睁地看着被囚禁在宫殿里的"要犯"成功从窗口逃脱(借助印度兵头巾系成的绳索);彼德洛见此情状当即决定组织突袭,不料自己却因右太阳穴中了叛军的毒箭而倒地身亡。不过,尽管他的肉体之躯业已死亡,却在一阵类似于电流冲击的感受中分离出一种灵魂式的存在,它可以感知周围的一切。虽无法控制自己的意志,却似乎受到了某种神秘能量的驱使,"轻快地飞掠这座城市",重新回到最初偶然发现的峡谷入口;此时,彼德洛再一次体验到某种电流般的冲击,终于又"变成了原来的自我"(*CW* 173)。

听完彼德洛那梦幻般的历险之后,坦普尔顿医生神情严肃地拿出自己在1780年所创作的一张水彩肖像画。结果彼德洛看后大惊失色,因为那画中的主人公——坦普尔顿医生早已亡故的战友奥洛德先生(Mr. Oldeb)——几乎与自己长得一模一样。不仅如此,彼德洛的"历险"在细节上也完全符合坦普尔顿医生本人早年在印度的经历:二十岁的他曾在加尔各答结识了一个名叫奥洛德的先生。1780年,两人共同参加了沃伦·海斯廷斯(Warren Hastings)总督率领的英国殖民军在巴拿勒斯(Benares)发起的针对印度王子切蒂·辛格(Cheyte Sing)的清剿行动。结果,奥洛德在战斗中因被毒箭击中右太阳穴而一命呜呼;而那位王子则借助于印度兵头巾系成的绳索成功逃至恒河对岸。更令人称奇的是,当彼德洛在"凹凸山"体验上述"历险"之际,坦普尔顿医生正在笔记本上书写自己对巴拿勒斯战事的回忆。一周后,夏洛茨维尔当地报纸刊出了彼德洛先生的讣告并解释了其突然辞世的原委:继"凹凸山"奇遇之后,彼德洛便出现了感冒发烧症状。坦普尔顿医生为缓解其病情即采用了独特的"水蛭"疗法(使虫体附着于患者的太阳穴)。然而不幸的是,一条有毒水蛭因失误而被混入"医用水蛭"当中,结果给彼德洛造成了致命的伤害。颇为巧合的是,该报编辑因为排印错误导致彼德洛的名字由所谓的"Bedloe"变成了"Bedlo"——恰好是奥洛德先生姓名"Oldeb"的变位字。

如果我们像美国学者西德尼·林德那样仅仅将《凹凸山传奇》视为"催眠研究"框架下围绕"灵魂转世"进行的文学变奏①,那么即会忽略对这篇小说的催眠现象做出"元语言"意义上的诗学评判,当然也就陷入福尔克所指出的那种"简洁归类"之中。换言之,在一则本身即以催眠为核心情节的小说中探究催眠现象,无疑会沦为一种批评冗余。笔者注意到,坦普尔顿在对彼德洛施加催眠影响之际,恰恰使得自己陷入那一影响的反作用之下——催眠者成了被催眠者的催眠对象。这一诗学逻辑绝不只是《凹凸山传奇》所独有的叙述策略,而是坡在其小说创作中屡屡置于我们眼皮底下的程式;它甚至在《被盗的信》中拥有一个著名的变体——"盗信者知道失信者知道盗信者"②。可以看出,盗信者与催眠者之间的突出共性在于获取目标对象的信息操控权,并在此基础上实现对后者思想与行为的规约,但在坡的诗学逻辑中又往往会产生因果反转,使得被操控者

---

① Sidney E. Lind. "Poe and Mesmerism," p. 1085.

② Edgar Allan Poe. *The Complete Poems and Stories of Edgar Allan Poe with Selection from His Critical Writings*, p. 595.

最终成为对操控者的再操控;简言之,即是让“果”成为“因”。坡在《我发现了》中特别对直线式因果律(“人的建构”)与互惠式因果律(“神的建构”)加以对比,指出人的逻辑建构方式只停留在从因到果的单向维度之上,而神的逻辑建构则突出因果“互惠”——“果必反作用于因”。①

在笔者看来,杜宾与D部长的关联性恰恰在彼德洛与坦普尔顿医生之间找到了一种奇妙的类比意义。杜宾的名字“Auguste”是彼德洛的名字“Augustus”的拉丁文呼格;与此同时,恰如D部长与杜宾之间围绕“既是数学家,亦是诗人”所表现出的近乎一致的禀赋,彼德洛与坦普尔顿之间也在精神上达成了“和谐”。当然,这并非关键所在,真正让我们感兴趣的是杜宾与彼德洛的气质性关联。为此,我们不妨将坡对彼德洛与杜宾的人物描绘置于一处加以对照:

> 1827年的秋天,我在弗吉尼亚州的夏洛茨维尔居住,其间我偶然结识了奥古斯塔·彼德洛先生。这位年轻的绅士在各个方面都很突出,且让我对其颇感兴趣,亦十分好奇。……关于家庭情况,他未曾向我敞开心扉……他的眼睛在常规状态下可谓完全黯然无光……这些独特的相貌特征给他带来诸多烦恼,而他也总是不停地带着某种半解释、半道歉的语气提及它们;起先我听了还免不了相当难受。不过,很快便适应了,我的不安也逐渐消退。他的所为似乎是一种设计(design)——并非直接去陈述,而是迂回暗示(insinuate)……(*CW* 163—164)

> 18**年的春天以及部分夏天的时光,我居住在巴黎,在那里我结交了C.奥古斯特·杜宾先生。这位年轻的绅士出身于一个杰出的甚或堪称是显赫的家庭,然而在经历了各种磨难之后却沦落到贫困之中……他口中所详尽描绘的那点零星的家族史令我深感兴趣……最重要的是,我感觉到他那恣肆鲜活的想象业已将我的灵魂点燃……我的这位朋友借着一种怪诞的幻念而独对夜晚痴迷不已;对此荒唐之举乃至于其他的一切,我默默沦陷于其中;带着某种全然的放纵(perfect abandon),任凭自己为他的诡谲心绪所摆布……[在展示其分析能力的

① Edgar Allan Poe. *Eureka*, pp. 88—89. 关于坡所倡导的“互惠式因果律”及其诗学意义,详见本书第二章第三节(“神的建构”与“反馈回路”)。

时刻,]他的眼睛显出虚空(vacant)的表情。(*CPS* 317—318)

可以发现,杜宾与彼德洛虽分别隶属于侦探小说与催眠小说,但坡对于两者的处理却清晰表明:作为诗学的催眠完全有可能摆脱文类规约的束缚,成为非催眠小说当中人物行为的内在逻辑(这一点在马克·吐温的《加州人的故事》中已有精彩呈现)。关于彼德洛,常规的催眠文类解读必然将其视为情节字面意义上的"被催眠者",而忽略其在诗学意义上的反向催眠功能——化"果"为"因",使得读者能够体验到坡在突出"神的建构"时所说的,"就虚构文学的情节建构而言,我们对于任何一则事件的安排,务必做到无法甄别它究竟是缘起于还是作用于其他事件"(*Eureka* 88—89)。

事实上,细读坡围绕彼德洛所进行的气质描绘,我们可以看出坡乃是有意要赋予该人物一种"双重面相",正如《莫格街凶杀案》中的第一人称叙述者所精辟概括的"双面杜宾——出题人与解题人(a double Dupin—the creative and the resolvent; *CPS* 318)"。与马克·吐温在《加州人的故事》当中内嵌的双向催眠关系极为相似,坡在此处同样将彼德洛装扮为体质羸弱的"被催眠者",而与此同时却在小说的肇始处暗示这个形象兼具"催眠者"的潜能。只有留意到这个微妙的细节,我们才不至于像西德尼·林德那样将坦普尔顿医生个人秉持的"灵魂转世观"仅仅视为《雷姬亚》与《莫雷拉》等小说留在《凹凸山传奇》中的情节变体;相反,我们会注意到坦普尔顿医生的"灵魂转世观"正是在其对彼德洛实施催眠的过程中被空前地激活了。换言之,催眠师在对病人实施催眠之际反倒被病人实施了催眠——这一出其不意的翻转恰恰是坡在小说开端处早已预设的"效果"。

可以看出,坡对于催眠的运用绝非一般的素材占有,而是通过复杂的双向催眠话语去构建一种因果循环诗学。如此,坦普尔顿医生的"灵魂转世观"方得以与整个催眠叙事组合成为一个有机的话语系统。与此同时,坡在小说中还刻意借助催眠机制实现了时间上的双向映射结构:回忆式映射(相对于发生在印度的历史事件)与预表式映射(相对于迷幻事件之后的毒水蛭惨剧)。这一基于循环诗学的时空体与其说是得益于坦普尔顿医生的催眠疗法,毋宁说是缘起于"被催眠者"彼德洛那看似被动的"设计"。这种反转式的催眠"设计"同样也是坡在《厄舍屋的倒塌》之关键处植入的诗学策略:那个向来以科学理性自居的叙述者得意于其本人挑中了《疯癫之约》作为缓释厄舍焦虑情绪的催眠道具——“我该好好庆祝一下自己的成功设计”(*CPS* 274),却没有意识到他本人在做出这一“设计”的同时,又恰恰被那看似陷入癫狂的厄舍所“设计”,一场旨在为德国式哥特浪漫主义加以正名的“文学情感教育”。[①]

基于上述讨论,笔者在此产生一个大胆的猜测:那封“被盗的信”若最初即为杜宾所“设计”,便可通过失信者与巴黎警署的求助而最终实现一石二鸟的终极目标:一方面赢取警署的巨额赏金,另一方面还可对其智力上的博弈对手实施一次“逍遥无恙的惩罚”[②]。因此,如果我们将D部长视为“出题”的催眠者(让警署陷入“去井底寻觅真理”的思维俗套),那么杜宾则是“解题”的“反向催眠者”——破案的玄机完全在于复制D部长(可谓杜宾的“催眠同谋者”[③])的思辨模式,也即“真理不在井底”,而恰恰就在眼皮底下。这是一个深谋远虑的庞大的诗学“设计”,它将催眠者看似主动做出的“设计”精巧地翻转成为被催眠者在更高(同时也是更宏观)的层次上所设下的埋伏。正所谓“螳螂捕蝉,黄雀在后”,而在坡的“元设计”当中,“蝉”实则早已预设了那捕食“螳螂”的“黄雀”。正是这样一种“因”与“果”之间的互惠性再次印证了坡所倡导的“神的建构”——它在《凹凸山传奇》的双向催眠机制中得到完美演绎,同时也将这一双向催眠

---

① 详见于雷:《“厄舍屋”为何倒塌?——坡与“德国风”》,第85—87页。

② 这一表述出自坡的经典复仇小说《一桶艾蒙提拉多酒》。第一人称叙述者主人公蒙特雷瑟要报复的对象是自己的同行,一位颇具名望的葡萄酒鉴赏家傅丘纳托(Fortunato)。要说那傅丘纳托曾使“我”蒙受过“上千次伤害”,“我”也就尽可能忍气吞声了;但他却还要雪上加霜地将“羞辱”施加于“我”,这使得“我”最终立下了复仇的誓言,正如蒙特雷瑟家族的纹章箴言所示——“凡辱我者必遭罚”;不过,蒙特雷瑟是个高明的复仇者,“我不仅要惩罚,且要惩罚得逍遥无恙”(I must not only punish but punish with impunity)。在他看来,“复仇者若事后遭了报应则算不上平冤昭雪。同样,复仇者若未能让那作恶之人落得个一败涂地,也算不上是扬眉吐气”(*CPS* 666)。有趣的是,这正是杜宾在《被盗的信》末尾处留给我们的明确印象。生性好强的杜宾除了盗回密信之外还有一个私下里的复仇计划:那D部长曾在维也纳对杜宾本人使过“黑招”,所以杜宾决定借“夺信”之契机顺报一箭之仇。事实上,他不仅陶醉于自己在智斗D部长过程中的大获全胜,更有意通过留下一句含沙射影的戏剧台词向对手暗示“复仇者”的真实身份。当然,这其中所体现的正是坡的核心诗学信条——“盗信者知道失信者知道盗信者”,而在催眠语境下则可幻化为“催眠者知道被催眠者知道催眠者”。

③ 就这一点而言,D部长与杜宾之间的“催眠与反向催眠”关系也正是《凹凸山传奇》中的坦普尔顿医生与彼德洛之间所同样演绎的双向互动。

机制提升为坡的诗学逻辑,不仅服务于催眠叙事本身,更成为坡的小说世界中不乏普适价值的创作哲学。

催眠(生物磁力)作为19世纪初人际信息交往的神秘主义方式,代表的是英美电磁电报发明进程中电子通信的"原始形态",它以某种准科学范式的朴素想象预示了远程通信技术革命的到来。如果说催眠的诗学意义在于它为坡那样的技术敏感作家提供了人物行为发生的新驱动力,那么摩尔斯电报(尤其是莫尔斯电码)的发明则为坡的文学编码策略树立了一种真正的新媒介意义上的技术模型。

第二节　电报通信与秘密写作

围绕电报技术的实验早在19世纪30年代即已在大西洋两岸如火如荼地展开,而在摩尔斯电报于1844年正式接通巴尔的摩和华盛顿之前,实际上业已有一位来自美国长岛的"戴尔先生"(Mr. Dyar)于1826年发明了一台正式获准注册的电报机。① 麦克卢汉在提及坡如何开创了象征主义诗歌与侦探小说之际,特别将坡的文类"发明"置于19世纪40年代方兴未艾的电子通信技术的发展背景之中;在他看来,"坡率先对[电报]这一新媒介做出了不乏想象力的反应",并在积极投身于这场"信息运动"的过程中将电报通信视为一种"文化策略",从而使得读者能够分享传统上"仅为作者所垄断的创造性角色"。② 虽然此前的生物磁力、心电感应和催眠等超心理学研究与真正的电报技术存在着科学指标上的重要区别,但却算得上是"一个共同的文化工程:个体之间的远程电子关联",其背后的全部灵感则源自"电本身所携带的神秘力量"③。

---

① See "The Telegraph in America," in *The Illustrated Magazine of Art*, Vol. 1, No. 6 (1853), pp. 354—355.

② Marshall McLuhan. "Speed of Cultural Change," p. 17. 笔者认为,读者能够打破作者对创造性的垄断,恰恰证明了19世纪电子媒介技术(包括作为其原始形态的催眠/生物磁力)提供了一种双向催眠机制,用坡的逻辑话语来说,便是"作者知道读者知道作者"。

③ Anthony Enns. "Mesmerism and the Electric Age: From Poe to Edison," in *Victorian Literary Mesmerism*. Ed. Martin Willis and Catherine Wynne. Amsterdam: Rodopi B. V., 2006, p. 62.

如麦克卢汉所暗示的那样,19世纪初美国新兴电子通信的研发对坡的文类改良事业产生了不容忽视的塑形性影响,促使他在文学认知层面上对其所尤为崇尚的"秘密写作"进行了愈加严肃的思考。正当摩尔斯的电报实验佳绩频传之际,坡于同一时期在《格雷厄姆杂志》上发表了《秘密写作刍议》。他在文中如是写道:"我们几乎想象不出有任何时候人们会缺乏这样一种需求,或至少是欲望,也即用一种躲避常规理解的方式将信息从一个人那里传输给另一个人";坡还特别强调指出,破译秘密讯息所依赖的"全部技法之基础"并不在于"密码的解法"本身,而是在于找到所谓"语言本身的总体组织原则"。① 坡的意思是,无论破译密码的方法看似多么令人眼花缭乱,实际上真正的答案恰恰就在谜面本身的话语组织方式上——"被盗的信"之所以难以寻觅,正在于藏信的悖论性话语:眼皮底下的秘密。换言之,打开一把锁的常规方法往往是去找到对应的钥匙,然而就坡的解密哲学来说,却是想办法找到这把锁的内在组装机制。在笔者看来,这正是维特根斯坦围绕"语言游戏"所提出的核心观念。作为电报通信技术影响下的第一代作家,坡在创作当中将这一新媒介所天然衍生出的"秘密写作"转化为文类演进的逻辑策略。象征主义诗歌与侦探小说(如麦克卢汉所言)乃是坡借助电子通信革命之契机创造的新文类,但是我们不应由此而忽略电报技术的出现带给19世纪上半叶美国文学文化的整体影响——美国文艺复兴时期的文学巨擘们围绕法国"埃及学之父"项伯庸(Jean-François Champollion)的象形文字破译工作所表现出的普遍热情即是极佳的例证②。

---

① James Harrison, ed. *The Complete Works of Edgar Allan Poe*, Vol. XIV, p. 114, pp. 118—119.

② 美国学者约翰·欧文在《美国象形文字》一书中指出,"象形文字的比喻"(trope of the hieroglyphics)在美国文艺复兴时期的作家那里往往意味着将那承载信息的石头之"坚硬"(hardness)与拆解密码、破译"终极意义"之"艰难"(hardness)相联系(John T. Irwin. *American Hieroglyphics: The Symbol of the Egyptian Hieroglyphics in the American Renaissance*, Baltimore: Johns Hopkins University Press, 1983, p. 308.);欧文还特别提及坡在《我发现了》中对这一文学风尚的关注,指出坡将项伯庸在研究埃及象形文字工作中运用的"直觉破译法"(intuitive deciphering)与开普勒揭示行星运动"三定律"时采取的直觉猜测(guesswork)联系起来,从而使得其本人向来崇尚的"科学直觉"(scientific intuition)获得合法性——杜宾即是这一合法性的人格化结晶(See John T. Irwin. *American Hieroglyphics*, pp. 43—44.)。

如果说电报通信技术在摩尔斯眼中乃是基于“电生理学”(electrophysiology)所提供的某种程度的灵感,那么它在“将电线视为神经”之际也就是着眼于“构建一种通信系统以模仿人体自身所具有的传递电子信号的能力”。① 在这个层面上,我们可以发现电报通信更加接近此前业已风靡欧美的生物磁力现象,而它对坡的小说诗学的影响则清晰地体现于一系列带有“心电感应”现象的超自然叙事当中。譬如在小说《埃利奥诺拉》(“Eleonora”)中,男主人公在迎娶第二任妻子“阿梦嘉蒂”(Ermengarde)之后便在一天夜里听见从窗外传来的已故前妻那久违的“熟悉而甜蜜的声音”(*CPS* 376),这正是坡在《雷姬亚》当中所强调的那种“弥漫于万物之间、拒绝死亡的伟大意志力”(*CPS* 224);而到了《莫雷拉》当中,每逢女主人公“将她冰凉的手置于我的手上,从朽败的哲学尘迹之间翻找出某些消沉怪异的观念,我便会感到身体里那久被抑制的精神被点燃了,它们裹挟着诡谲之意焚化在我的记忆之中”(*CPS* 152)。在笔者看来,“电生理学”为马克·吐温所说的那种“思维电报”提供了自然化的注解,与此同时也成为一种诗学意义上的信息交换机制。这一点在《厄舍屋的倒塌》中被发挥得淋漓尽致:电子媒介时代的滥觞具象为厄舍屋外肆虐的风暴,然而它却“没有释放出任何闪电”,反倒是厄舍屋的外墙上出现了一道“闪电”——那条从屋顶一直延伸至墙角的“之字形”裂缝。笔者认为,这恰恰是坡植入的象征符号,堪称对电子媒介时代到来的最佳暗示。正是在这一场“没有闪电”的电子通信革命悄然发生之际,叙述者的午夜诵读仪式产生了某种“远程通信”的能量,使得厄舍与其妹妹玛德琳之间的隔空感应获得了一种鲍德里亚式的“超真实”。②

电报时代带给小说文类的演进潜能还包括一个最为直接的呈现,也即笔者在上文所提及的“秘密写作”;尽管“掩藏秘密”在J.希利斯·米勒看来是文学的“本质”,但这一功能显然尤为青睐侦探小说或是以侦探话语为特质的悬疑之作。对坡而言,其最佳的小说案例莫过于1843年6月

---

① Laura Otis. “The Metaphoric Circuit: Organic and Technological Communication in the Nineteenth Century,” p. 119.

② 详见于雷:《“厄舍屋”为何倒塌? ——坡与“德国风”》,第88—93页。

连载于费城《金元日报》(*The Dollar Newspaper*)上的《金甲虫》。《金甲虫》的故事发生于19世纪美国南卡罗来纳州查尔斯顿(Charleston)附近的沙利文岛(Sullivan's Island)。故事的主人公威廉·勒格朗是一个执着的博物学爱好者,长期致力于采集各种奇异的贝壳与昆虫标本。不过,此人脾性无常,时而热情洋溢,时而郁郁寡欢;他虽然智力超群,但胸怀之间亦无不为厌世情绪所浸淫。一个偶然的机会,勒格朗在海滩上捕获一只通体金黄的神秘甲虫;这只原本仅仅满足了主人公好奇心的小生物未曾想成了"通向财富的索引"(*CPS* 460)。当初随意从沙滩上捡起的一块用来包裹甲虫的破布,竟然是历史上那位不乏传奇色彩的海盗基德(Kidd)留下的藏宝图。通过对密码信息中数字、符号出现的频率与英文字母的使用频率进行比照(例如"e"这个在英文中使用频率最高的字母对应于藏宝密码中最常出现的数字"8",以此类推并结合代入法对假设加以验算),勒格朗最终成功破译了密码,并根据藏宝信息所指示的观测地点与发掘方法,终于如愿以偿地找到了宝藏。

与《金甲虫》的海盗藏宝图一样,莫尔斯电码用一套看似没有意义的秘密符号对常规的26个英文字母进行了"翻译",由此生成一种"秘密写作"的绝佳原型。《金甲虫》的主人公勒格朗特别强调,"无论是哪一种秘密写作,首要的问题在于考察密码的语言";鉴于此,他以密码符号出现的"概率"为突破口,通过分析来找到藏宝信息的语言组织原则。勒格朗指出,"就英语而言,出现频率最高的自然是e这个字母,其余部分字母的使用频率依次按照以下顺序排列:a o i d h n r s t u y c f g l m w b k p q x z";同理,勒格朗又依照密码符号在藏宝图中出现的概率从高到低加以排列——"8"这个数字出现33次,";"出现26次,"4"出现19次,……"*"出现13次,而"—·"则仅出现了1次。(*CPS* 470—471)笔者认为,这种在密码与字母之间构建的对应关系恰恰是对莫尔斯电码运作机制的一种艺术化再现,特别是勒格朗眼中出现概率最低的那个由"点"(dot)和"划"(dash)构成的独特记号——它正是莫尔斯电码自1837年发明之日起所包含的两大核心记号。与数学上十进制转换为二进制的情形颇为相似,莫尔斯电码主要依据这两个记号对26个英文字母进行约定俗成式的对位"翻译",譬如一个"点"("·")代表字母"E",一条"划"("—")则代表字母“T”,而一条“划”与一个“点”的组合(“—·”)则代表字母“N”,以此类推。[①] 显然,莫尔斯电码的语言组织原则实际上主要就是一套由“点”与“划”所规约出来的语法;只需依据一定的时间值对电报机的电路开合[②]加以控制,即可模拟这两个符码以及它们的各种组合,从而实现讯息的“秘密写作”。

值得注意的是,印度当代科普作家贾格吉特·辛格在围绕“何为信息”那一问题展开讨论时,正是将莫尔斯电码中的“点”和“划”当作例证,以说明“信息”(information)量如何通过可供自由选择的“讯息”(message)数来表达。[③] 辛格围绕英文字母所进行的信息论阐述告诉我们,“每个字母”若在使用概率全然相同的绝对理想状态下,其信息量则为以 2 为底 27(也即 26 个字母外加上词与词之间的空格现象)的对数[④],记为“$\log_2 27$”,得出 4.76 比特(bit)的平均信息量;然而正如辛格所注意到的,在实际的英文使用状态下,每个字母出现的频率不可能完全相同,而是有着很大的差异,譬如字母“e”出现的概率最高;这就意味着,围绕英文字母的使用概率所进

---

① Frank G. Halstead. “The Genesis and Speed of the Telegraph Codes,” in *Proceedings of the American Philosophical Society*, Vol. 93, No. 5 (Nov. 30, 1949), p. 458.

② 19 世纪初电磁电报的工作原理乃是借助电流通过电磁铁线圈,使后者产生磁性,从而吸引衔铁向下与电磁铁产生接触,发出短促声响;断开电流时,电磁铁线圈失去磁性,于是衔铁弹回恢复原位,与电磁铁失去接触。摩尔斯利用这一现象,通过控制电磁铁吸引衔铁时间的长短来分别代表“点”和“划”——前者持续时间短,而后者持续时间长;“点”与“划”之间的“二进制”人工组合便可用以代表英文的 26 个字母。譬如,一个“点”的时值翻译为字母 *e*,一个“划”的时值翻译为字母 *t*,两个“点”的并置则代表字母 *i* ……,由此形成了著名的莫尔斯电码(See W. H. Preece and J. Sivewright. *Telegraphy* [New Edition]. London: Longmans, Green, and Co., 1914, pp. 46—47.)。

③ “讯息”可被视为“信息”赖以建构的组件,辛格在举例时即把莫尔斯电码中的“点”和“划”称为“讯息”(Jagjit Singh. *Great Ideas in Information Theory, Language and Cybernetics*. New York: Dover Publications, Inc., 1966, p. 13)。

④ 信息论围绕信息的数量计算往往采用“以 2 为底的对数”,其原因体现于海耶斯所提及的那种在“拉康的心理机器”与“其控制论机器”之间存在的“类比性”——由 0 和 1 建构的二进制逻辑就如同“电灯的开与关”,用以回答“是或不是”(Lydia H. Liu. “The Cybernetic Unconscious: Rethinking Lacan, Poe, and French Theory,” p. 317.);此外,海耶斯在《我们如何成为后人类》一书中还提供了更为清晰浅显的例证,此处不再赘述(See N. Katherine Hayles. *How We Became Posthuman: Virtual Bodies in Cybernetics, Literature, and Informatics*, p. 52. 下文凡引用该著作的引文均直接以作者姓氏与引文页码在括号中随文标示,不另作注)。

行的信息量演算要更为复杂。[1] 当然，笔者真正关注的现象主要还是勒格朗在《金甲虫》的密码破译过程中如何对概率论做出有意识的运用。不仅如此，我们甚至能够从坡围绕语言使用中的"冗余"(redundancy)现象所表现出的直觉感悟看到现代信息论的身影。正是这种基于不断重复所产生的冗余信息，方才使我们能够掌握一种类似于认知图式的规约法则。如果说语言得以理解的一个重要机制在于其信息论意义上的"冗余"，一种借以降低通信"噪音"的有效策略，那么英文字母在其实际使用过程中依照重复频率之高低所产生的无限组合则可谓是"秘密写作"的最基本模型；拼字游戏的可玩性正是得益于游戏者对语言冗余现象的充分利用。[2]

冗余机制一旦与文类规约相联系，将代表着文学叙事的程式化重复，借此既能有助于作者与读者之间的信息交往实现最大的经济性——这正是英国人类学家贝特森强调的所谓"让习惯成为传达意识观念的高度经济性原则"[3]，与此同时也是坡本人在论述文学创作的"新奇"(novelty)之效时所暗示的，也即过度的"新奇"只会让读者倍感沮丧，唯有那种"英雄所见略同"的信息传递方式才可能在作者与读者之间营造出"双倍的乐趣"——"是他们俩共同创造了这个事物"[4]。值得注意的是，无论是贝特森还是坡，他们在强调信息冗余的经济性原则时并未排斥通信"噪音"的辩证否定功效。实际上，正是信息论意义上的"噪音"(作为"冗余"的对立

---

① Jagjit Singh. *Great Ideas in Information Theory, Language and Cybernetics*, p. 18. 海耶斯在提及概率论问题时也举例说，在英语单词当中，字母出现的概率并不均等，譬如"字母 e 远比字母 z 更容易出现"(Hayles 53)；有趣的是，英国人类学家贝特森同样关注到英文字母的信息量问题：一个英文单词里的字母"K"乃是对其他 25 个字母加以否定之后得到的结果，其信息量也正是通过对这一否定数进行"以 2 为底的对数"来加以计算的。虽然贝特森此处的数学模型只是相当粗略的理想化状态(毕竟没有将英文的空格符号考虑在内，更突出的是，他将 26 个字母出现的概率完全平均化，这都不符合英文信息的实际传输情况)，但清晰地展示了"控制论解释"的"否定"机制——"通过限制加以消除"(eliminate by restraint)，这也是"控制"的精髓所在(Gregory Bateson. *Steps to an Ecology of Mind*, p. 408)。

② Jagjit Singh. *Great Ideas in Information Theory, Language and Cybernetics*, pp. 18—19.

③ Gregory Bateson. *Steps to an Ecology of Mind*, p. 141.

④ James A. Harrison, ed. *The Complete Works of Edgar Allan Poe*. Vol. XIII. pp. 145—146.

面)才确保了信息交往始终保持着习惯与新奇之间的动态平衡。列斐伏尔在其围绕"社会文本"(如城市景观)所展开的论述中同样借助信息论的视角突出了冗余与噪音的对立统一;在他看来,"一个好的社会文本"从信息论来看意味着那一文本务必在"可理解性"(intelligibility)上做到辩证——既不因为过度的符号性(作为信息编码的程式化冗余)而引发"全然的乏味",也不由于过度的象征性(作为信息干扰项的噪音)而导致无法理解。① 列斐伏尔的这一观念体现到文学文本当中便可具象为韦勒克与沃伦在《文学理论》中所提及的文类"扩张说":"熟知的感觉"虽增强了作品的清晰度,但走向极端即会使之味同嚼蜡;同样,"新奇的感觉"亦务必保持分寸,否则便会让读者一头雾水;"优秀的作家在一定程度上遵守已有的[文类],而在一定程度上又扩张它"②。

可以看出,坡在其"秘密写作"机制中所推崇的那种发生于作者与读者之间的"双倍的乐趣"业已成为文学批评家乃至社会科学家们的理论共识。笔者认为,文学研究的信息论模型如果得以建构,那么它或许应该包括以下几个要素:将作品的道德寓意视为"信息"(information),文本即是"信道"(channel)③,相应地,情节则成为"讯息"(message),而在程式化冗

---

① See Henri Lefebvre. *Critique of Everyday Life*, Vol. II, p. 307.

② 勒内·韦勒克、奥斯汀·沃伦:《文学理论》,第 279 页。

③ 所谓"信道",也即用以传输或存储信息的"物理媒介";信息传输或存储乃是借助"象征符码"(code of symbols)来实现的,譬如电报使用不同时值的电脉冲:"点"的时值约为 1/24 秒,"划"为 1/8 秒(Jagjit Singh. *Great Ideas in Information Theory*, *Language and Cybernetics*, pp. 22—23.)。电报与文学的关联多少可以从两者的编码机制上找到答案。作为"信息论之父"的克劳德·香依(Claude Shannon)所提出的编码定律告诉我们:一则讯息唯有通过代码加密方可为"信道"所接收,从而实现信号的传输;为此,辛格将电报当作一个"恰当例证"指出,"一则讯息在传输前必须转化为电报的点/划序列(dash-dot sequence),另一方面在讯息抵达之际又必须解码为信源文本"(Jagjit Singh. *Great Ideas in Information Theory*, *Language and Cybernetics*, p. 29.)。坡在《秘密写作刍议》中同样以古代斯巴达人的"圆筒配对法"(scytala)来说明讯息在发送者与接受者之间的编码/解码关联(详见于雷:《爱伦·坡小说美学刍议》,载《外国文学》2015 年第 1 期,第 57—58 页)。就文学而言,信息得以传输的"信道"乃是文本,它同样通过"象征符码"来传输或存储信息;其"电脉冲"隐喻性地呈现为文学叙事的独特节奏——在这一方面热奈特围绕叙事话语所提出的"时序""时距"和"时频"提供了典型例释,而在列斐伏尔的"节奏分析"(rhythmanalysis)观念中则意味着坡所强调的"既是数学家,亦是诗人":节奏是量化和质化的统一体,前者在于记录时间,区分不同时刻,后者则在于将那些不同时刻加以联系的方式。节奏是理性(数字)与感性(身体)的融合(See Henri Lefebvre. *Rhythmanalysis: Space, Time and Everyday Life*. Trans. Stuart Elden and Gerald Moore. London: Continuum, 2004, p. 9.)。

余之外所提供的审美性偏离——譬如《白鲸》(*Moby Dick*)中的科普知识——则是可为利用的通信噪音,也即"非信息的信息性"(详见下文),而这恰恰是文学"秘密写作"的信息论基础。

第三节 新媒介、信息论与文化焦虑

在坡的笔下,那封"被盗的信"成了不断被重复的信息——从寄信人到收信人,从盗信者D部长再到夺信者杜宾,那一原本具有重要政治利害关系的书信似乎终将不可避免要失去其作为**信息**的真正价值。这让笔者联想起德国著名社会学家尼古拉斯·卢曼在《大众媒介的现实》一书中提及的一个有趣而不乏关联的"悖论",也即所谓的"非信息的信息性"(informativity of non-information):

> 信息无法被重复;一旦它成了一则事件,也就变为非信息(non-information)。一则新闻播送两遍尚有其意义,但却失去了信息价值(information value)。如果说信息乃是作为某种编码价值得以使用,那么这就意味着系统的运作不断且不可避免地将信息转化为非信息。正是得益于自创生机制,系统方能自动实现从价值到反价值的边界跨越。系统不断地将自身的输出——也即围绕诸多事实所产生的知识——以非信息编码的否定面(the negative side of the code)重新输入系统;在此进程中,它逼迫自身不断提供新的信息。①

作为卢曼所说的业已被多次重复的"非信息",那封"被盗的信"显然早已从最初的"信息"沦为了一则"事件"。毋庸说,"信"的本质很大程度上乃是在于其私密性,可是一旦"被盗",则失去了其全部的信息价值。作为长

---

① Niklas Luhmann. *The Reality of the Mass Media*, pp. 19—20. 在卢曼看来,一旦信息被重复,将沦为"事件",也就相应地失去了其"信息价值";而新旧信息的跨界转换则是基于智利著名生物学家马图拉纳所提出的"自创生"概念,卢曼在《作为社会系统的艺术》一书中将其阐释为"不仅能够再生其再生,同时还能再生其赖以再生的条件",换言之即是指一个系统获得了其赖以维系自身运转的闭合循环回路(See Niklas Luhmann. *Art as a Social System*, p. 50. See also Humberto Maturana and Francisco Varela. *Autopoiesis and Cognition*: *The Realization of the Living*, pp. 78—79.)。

期在报刊业界就职的专业人士，坡或许对大众媒介所面临的上述“悖论”并不陌生，也在某种意义上折射出他围绕文学“创新”所做出的积极思考。在坡看来，“上帝所想象的是未曾有过的，而人所想象的却是业已存在的”[①]。正因为如此，坡在《创作的哲学》中强调指出，“创新”作为一种“最高层次的积极品性”，其获取方式与其说是在于“发明”(invention)，不若说是在于“否定”(negation)[②]；用卢曼的现代媒介学术语来说，也就是如何借助大众媒介的自创生系统，通过恰当利用“非信息编码的否定面”来实现系统内部信息与非信息之间的不断交换，从而使得“非信息”也可重新获得其信息价值。在笔者看来，这多少堪称坡的“创新”秘诀。与此相关的是美国叙事学家布鲁斯·克拉克在《新控制论与叙事》一书中所指出的：“信息”与“讯息”在数学上呈现为“反函数”(inverse function)关系，也就是说，“对接受方而言，讯息越不确定，最终产生的信息量越大”，其原因在于“传输噪音”(noise of transmission)以某种不可预测或是随机的方式“入侵了信号”；“噪音”是信息媒介在运作过程中产生的“非自觉的自我指涉”(inadvertent self-reference)，它作为一种独特的信息，能够如贝特森所说的那样“为新范式提供绝无仅有的新可能”。[③]

作为文学创作者，坡一方面深知“秘密写作”在大众媒介的市场运作进程中所必然引发的程式化冗余——“乌木风”与“德国风”均是典型例证，也即从“信息”到“非信息”；另一方面也凭借其作为媒体人的职业敏锐对文类的“创新”拥有某种艺术的直觉，并从中受惠良多。一个经典事例莫过于坡的“魔术揭秘”——《梅伊策尔的自动象棋机》。这篇文章不过是对苏格兰发明家大卫·布鲁斯特先前业已发表的文字加以“翻新”，本身并无任何“信息”价值，但经过坡不乏“创新”的修辞包装，反而让前者的探索发现相形见绌，仿佛坡才是那一“人工智能机器”的真正揭秘者。在此，我们有必要记住坡的断言——任何所谓的文学“创新”仅仅是“非同寻常

---

① Robert L. Hough, ed. *Literary Criticism of Edgar Allan Poe*, p. 5.

② James Harrison, ed. *The Complete Works of Edgar Allan Poe*, Vol. XIV, pp. 203—204. 这种不乏普适意义的否定认识论正是列斐伏尔所强调的“知识的活动通过否定而展开”(See Henri Lefebvre. *Critique of Everyday Life*, Vol. III, p. 132.)。

③ Bruce Clarke. *Neocybernetics and Narrative*, p. 56.

的组合而已”[①]。基于该逻辑，《被盗的信》在某种意义上折射出 19 世纪美国大众媒介语境下围绕“信息价值”所展开的利益竞争。值得注意的是，卢曼在其现代媒介学著述中恰恰暗指了那一竞争，如其所云，“大众媒介如此广泛地传播信息，以至于人们不得不在下一刻以为人尽皆知（抑或说倘不知晓则定会有失颜面而不敢承认）”；卢曼将经济学意义上的“货币追加”（fresh money）与媒介学意义上的“信息更新”（new information）加以类比，指出它们可谓“现代社会动力学的两大核心机制”。[②] 从《被盗的信》到《X 出一个段落》，从《玄虚之术》到《金甲虫》，我们均可清晰地发现坡围绕“信息价值”这一媒介学意义上的悖论所做出的不同程度的职业思考。

杜宾与 D 部长之间围绕失窃之信所进行的明争暗斗自不待言。那位精通“玄虚之术”的瑞茨纳·冯·荣格男爵与擅长形而上学的对手赫尔曼围绕“决斗法则”所展开的博弈，更是直接映射了信息价值在大众媒介传播语境下的生存之道——如坡笔下的荣格男爵暗自得意的那般：要破解传说中的“决斗法则”，唯有“隔行将第二个字与第三个字去掉”方能窥其真面目，而男爵针对赫尔曼的不懂装懂亦早有预料，“就算是死一千次，赫尔曼也不会承认自己对世上流传过的‘决斗法则’一无所知”（*CPS* 219）。这个细节可谓精巧暗合了卢曼在其著述中所调侃的那种“信息心理综合征”——“倘不知晓则定会有失颜面而不敢承认”。事实上，在笔者看来，坡乃是注重通过某种类似于维特根斯坦的“语言游戏”，将文学信息的创新机制落实到语言构建形式的独到“组合”之上。这一“组合”在《X 出一个段落》中找到了概念化的逻辑“原型”，继而将“被盗的信”变成了被盗的字母“O”；当排版工为了救急而临时以“X”加以替换时，一则旷世奇文诞生了，它凭借“意外”获得的语义增殖策略使得“非信息”重新获得了信息价值。[③]

美国数字人文学者 N. 凯瑟琳·海耶斯强调“模式”（pattern）先于“在场”（presence）这一现代信息论思维（Hayles 48），在相当程度上恰恰印证

---

① Robert L. Hough, ed. *Literary Criticism of Edgar Allan Poe*, p. 78.

② Niklas Luhmann. *The Reality of the Mass Media*, pp. 20-21.

③ 关于《X 出一个段落》与维特根斯坦“语言游戏”概念之间的关联，详见本书第五章第三节（游戏规则与“语言游戏”）中所作的相关讨论，此处不再赘述。

了坡的创作哲学——故事的寓意乃是通过其自身的发生逻辑而获得“在场”的依据;正因为如此,“被盗的信”具体写了什么并不重要,重要的是杜宾在一处看似不起眼的位置留给读者的解码逻辑(也即信息处理的独特“模式”)——“盗信者知道失信者知道盗信者”。在此,信息失去了它的“身体”,变成了博弈双方共享的数据——杜宾完全知晓D部长卷入那些政治阴谋当中,而D部长对杜宾的情报占有也心知肚明,这一心知肚明同样存在于失信者与盗信者之间。正是在此意义上,坡以某种超乎时代的敏锐嗅觉预示出现代信息论思想,特别是其围绕“占有”与“接入”所做出的精妙甄别:

> “但是否有这样的可能”,我暗示道,“尽管此信尚为部长所占有(possession),这是毋庸置疑的,但他可能已将它藏到了别的地方而不是他自己的住所?”
>
> “这不太可能,”杜宾说道。“当前宫廷上下的独特事态,特别是我们所知的那些由D部长参与其中的阴谋,使得这份文件的即需即得(instant availability)——也就是说能够在第一时间随时拿出来(its susceptibility of being produced at a moment's notice)——变得几乎与占有(possession)那封信同等重要。”
>
> “能够在第一时间随时拿出来?”我不禁疑惑。
>
> “换言之,也即被破坏(*destroyed*),”杜宾回答说。(*CPS* 596)

毋庸说,杜宾口中的“即需即得”与海耶斯所说的现代信息媒介(也即电脑互联网)的“接入”技术近乎异曲同工;在那里,信息的存在方式并非被“占有”,而是以某种独特的模式获得准入。最重要的是,那封被盗的信有可能遭遇所谓的“破坏”,而“破坏”的方式恰恰在于出示它(“拿出来”)。注意坡用来表达“拿出来”的英文字是颇具双关内涵的“produce”——既可指“拿出来”,亦可作“生产”讲。如此一来,坡提出了一个逻辑悖论:“生产/出示”恰恰引发了“破坏”。要理解这一点,我们有必要向前回溯几个段落,看看巴黎警署署长对盗窃案情的描述:受害人收到神秘信件,读信期间为另一高层人物的意外闯入所打断;受害人深知此信内容绝不能让其知晓,情急之下选择将信件堂而皇之置于桌上。正在此时,D部长又突然造访并留意到受害人与此信件的秘密关联,遂在交谈过程中“拿出来”

(produce)一封与受害人桌上颇为相似的信件,并公然在受害人眼皮底下实施了调包之计。鉴于此,“拿出来”/“生产”一词在坡所设置的独特语境中表现出强烈的“复制”意味,而这一“复制”在故事结尾处再次被杜宾本人的偷梁换柱所重现——杜宾用事先准备好的一封相仿的假信替换了D部长看似随意放在书报架上的那封“被盗的信”。在这里,我们不禁突然意识到整个故事所营造的巨大的反讽情境:“被盗的信”一旦落入杜宾之手,即由此失去了其存在的价值,因为那原本机密的信息突破了“在场”的壁垒,使得“占有”那封信显得没有任何必要。笔者认为,这在某种意义上正是海耶斯围绕信息的“去身性”(disembodiment)所做出的阐释。事实上,只要杜宾愿意,他的头脑能够成为任何人可以“接入”的网络终端并由此得知那封信的实际内容,如海耶斯在论及“赛博空间”时所强调的信息之“可复制性”(replicability)——“我给予你信息,意味着我们俩共享了该信息”(Hayles 39)。借助一封传奇的失窃之信,坡似乎在说:对(机要)信息的最佳“破坏”方式恰恰在于“生产”/复制那一信息。荒诞的是,巴黎警署为了这最终的物质性“占有”而提供了五万法郎的现金支票,作为对杜宾的酬谢。

当杜宾最终在D部长的住所发现那封“被盗的信”之际,它业已“近乎被拦腰撕成了两半——仿佛是一时冲动要将其当作废物彻底撕碎,而后转念又有收手之嫌”(*CPS* 605);这种围绕传统信息呈现方式所怀揣的矛盾情结,隐喻性地折射出新旧媒介在其过渡期所引发的文化焦虑。通过对“被盗的信”与失窃的“信息”加以戏剧性的潜在对照,坡实际上多少意识到了19世纪初电报作为新媒介的出现所可能带给信息业界的深刻影响(作为承载信息的传统纸质通信媒介将日益失去其存在的必要性),而这一影响恰恰在我们这个时代获得了最具现实意义的发生理据,如海耶斯所总结的那样,“控制了信息,也就控制了权力”(Hayles 52)。

围绕那封“被盗的信”产生了一则堪称经典的逻辑悖论,也即藏匿于最显眼之处或是眼皮底下的事物往往是最不容易被发现的。坡将其归因于人们的思维定式,而现在我们似乎有了另一种解读:面对19世纪初的电子通信媒介的挑战,信息的传输方式即将摆脱其传统的“身体”约束,变得愈发“透明”;因此,如果我们没有获得恰当的“接入”模式,则必然对其视而不见,正如一串二进制的代码对于那些仅仅掌握了十进制的数学爱好者而言毫无意义。或许也正缘于此,那封“被盗的信”逐步丧失了其最初关乎政坛风云的传奇身份,整个故事亦转而沦为一场以赚取巨额赏金和了却私人恩怨为动机的博弈游戏。就情节来说,此设计难免有了几分“败笔”之嫌;不过,从麦克卢汉的新媒介视角来看,这一小说美学上的“缺陷”又恰恰以一种不乏现实主义的观照,映射了电报通信技术给整个19世纪信息文化生态带来的革命性变迁;而对坡的文学创新本身来说,则是隐喻性地凸显了文类演进的基因突变潜能——就像马克·吐温在《哈克贝利·费恩历险记》的末尾通过汤姆·索亚所刻意设计的那个毫无必要的浪漫主义救援计划(同样作为某些批评家眼中的“败笔”)在文本内部植入一种“从崇高到滑稽”的自我戏仿机制,由此凸显了文学文类自身在其演进过程中所预设的内在否定性。也许正是基于这个意义层面,身处电报通信时代的坡在麦克卢汉眼中成了侦探小说与象征主义诗歌的文类开创者。

第七章

“红死魔”、化装舞会与文学仪式

《红死魔化装舞会》(下文简称《红死魔》)在哥特文类图式下往往被视为一则瘟疫恐怖之作,而在诗学批评语境中则需突出小说的狂欢主题,由此带来一个问题:如何将狂欢与恐怖纳入同一语义阐释框架之下,使得故事世界中诸多不可解释的现象合理化。鉴于此,笔者拟从小说中最为表层的仪式现象——化装舞会——入手,分析其在维多利亚时代初期的基本文化面相及其相应的社会仪式功能;一方面,说明“去仪式化”批评可能引发的阐述不足,另一方面,通过考察坡在小说中对莎翁戏剧《暴风雨》(*The Tempest*)的“昭然”借用,突出仪式属性对于情节建构的核心价值。在此基础上,笔者尝试在文学发生学意义上重点考察1839年由埃格林顿伯爵策划的举国关注的露天化装舞会大赛,并兼顾1842年维多利亚女王在白金汉宫隆重推出的大型化装舞会,分析两者与1832年辉格党改革主张直至1842年“宪章运动”中期英国阶级现状的历史关联,以及那一关联如何将封建贵族阶层眼中的所谓“红死魔”翻转为历史演进的必然推动力。最后，笔者着重聚焦于小说中的“红死”意象之缘起，并为此将故事中的城堡式教堂与不乏血雨腥风的“伦敦塔”加以类比性对照，以说明文学想象如何有可能凭借某种独特的仪式性而成为对历史真实的神谕式观照。

第一节 化装舞会与仪式理论

围绕《红死魔化装舞会》，研究坡作品的专家们几乎穷尽了他们能从作品中发掘的潜能，却始终忽略了一个最为表层的逻辑悖论：一群因躲避瘟疫而自我隔离的皇亲国戚们举办那一出盛大的化装舞会，毫无理由地将7个舞池中的前6个设计得炫彩夺目，而刻意留出第7间房专门打造成血腥阴森的恐怖之屋。在一个瘟疫肆虐、惶惶不可终日的时刻，这种设计方案显然有悖常理。学界之所以对上述问题视而不见，乃是因为他们彻底忘记了一个确凿的文本事实——所有那7间房（包括最西端那无人敢于涉足的恐怖之屋）均为普洛斯彼罗王子亲自策划。如果是为了淡化或是克服教堂外那“红死魔”引发的惊恐与焦虑，又为何偏偏在原本业已安全的空间内特意为“红死魔”的入侵留下一个（至少是象征性的）突破口呢？如果我们仅仅将普洛斯彼罗王子策划的这场化装舞会视为简单的娱乐行为，那么自寻恐怖的心理逻辑则显然无法得到合理的解释。

1842年5月首度发表的《红死魔》是一则反复为批评界阐释的经典哥特小说，但却有一个显而易见的事实逃逸于学界的勘察视野之外，即它所影射的对象乃是19世纪初的“英国问题”。[①] 这一点尤其体现于坡直

① 事实上，坡早在1835年9月的《南方文学信使》中即发表过《瘟疫王一世：一则包含寓言的故事》（“King Pest the First. A Tale Containing an Allegory”），同年同月在同一刊物上又发表了另一则以瘟疫为主题的小说《魅影：一则寓言》（“Silence—A Fable”）。如这两个作品的标题所示，它们均带有明确的“寓言”倾向。美国学者斯图亚特·莱文和苏珊·F. 莱文即分析指出，“瘟疫王”的讽刺对象实为美国总统安德鲁·杰克逊（Andrew Jackson），而其政府就是“国家的瘟疫”（Stuart Levine and Susan F. Levine, eds. *The Short Fiction of Edgar Allan Poe*, p. 294, p. 320.）。很明显，《红死魔》无论在风格上还是在内涵上均与上述两则瘟疫类叙事有着显著的“气质”差异。

接借用莎士比亚经典戏剧《暴风雨》中的人物姓名和局部情节元素——还有什么能够如“莎翁崇拜”那般更能激发读者对于英国的想象?由此亦进一步衍生出如下几个核心问题:那一场“暴风雨”的洗礼除了文学发生学意义上的“启发”之外,更在何种社会历史意义上呼应了1839年8月受到主流媒体广为报道的户外化装舞会“事件”——“埃格林顿化装舞会大赛”(Eglinton Tournament)?与此同时,1842年5月由登基不久的维多利亚女王所亲自策划、举办的白金汉宫皇家化装舞会(Bal Masqué)又会与那不乏“美女之死”历史想象的伦敦塔存在怎样的微妙关联?尤为重要的是,它们如何共同服务于《红死魔》围绕19世纪初英国社会矛盾所做出的仪式化表达?

古典文化学与现代神话研究的诸多批评文献反复暗示我们文学与仪式之间的密切关联。作为源自西方传统文化的社会活动形式,化装舞会在文学中所表现出的显著仪式性可从莎士比亚和本·琼森(Ben Jonson)那样的经典戏剧家笔下窥见一斑;正如英国人类学家弗雷泽(James Frazer)的仪式理论同样激发了诸如D. H. 劳伦斯那样的伟大小说家,“将诞生、施洗以及成长等仪式编织在他们的故事当中”①。类似地,坡在小说中所表现出的仪式感几乎无处不在:《幽会》(“The Assignation”)中的恋人隔空殉情、《厄舍屋的倒塌》中的午夜诵读、《默:一则寓言》中的魔鬼施法、《钟楼里的魔鬼》之(钟表)时间崇拜、《莫雷拉》中施洗之际的灵魂转世、《魅影:一则寓言》中为了躲避瘟疫而举行的午夜狂欢、《一则耶路撒冷的传说》(“A Tale of Jerusalem”)中用作牺牲的羊羔被调包为猪、《金甲虫》中海盗基德用作指引藏宝信息的头盖骨②、《被盗的信》末尾处杜宾对D部长实施的“戏剧”报复,如此等等,不胜枚举;甚至坡的众多幽默、讽刺性(侦探)小说也概不例外,如美国学者约翰·布莱恩特所评价的:在坡的笔下,“讽刺是仪式化的攻击;而幽默则是仪式化的和解”,因此,真正重要

---

① Richard F. Hardin. “‘Ritual’ in Recent Criticism: The Elusive Sense of Community,” in *PMLA*, Vol. 98, No. 5 (Dec., 1983), p. 854.

② 在《金甲虫》当中,海盗基德显然实施了“人祭仪式”(human sacrifice),将牺牲者的头盖骨钉在树林的枝干之上,这不仅是为了标示藏宝信息,也是由于“人祭仪式所增强的精神力量”(See Jeffrey J. Folks. “Edgar Allan Poe and Elias Canetti: Illuminating the Sources of Terror,” in *The Southern Literary Journal*, Vol. 37, No. 2 [Spring, 2005], p. 6.)。

的并非在于说明坡“无意识地实施了仪式”，而是在于表明“一位艺术家有意识地（不只是无意识地）将仪式拿来为我所用”[①]。化装舞会作为一种带有明确仪式属性的社会活动在世界文学的舞台上频频亮相，对于情节进程的推动和人物形象的刻画具有不可替代的认知功效。然而也正是在这一点上，《红死魔》恰恰遭遇了“灯下黑”。

自中世纪以降，尤其是英国文艺复兴时期，化装舞会始终是贵族文化阶层的重要社会活动，而到了18世纪则成为一种“大众娱乐”。为了参加化装舞会，来自社会各阶层的人们将自己装扮成千奇百怪的角色，但无论怎样，“服饰的基本要素离不开那用以隐匿穿戴者身份的面具”；不仅如此，作为化装舞会承载空间的“欢乐花园”还提供了一种“迷宫般的场地”（labyrinthine grounds），为那些“幽会与私通”创造便利。[②] 化装舞会在18世纪英国文化中所呈现的符号意义不仅带着“享乐”，更伴有“危险”；它通过“违背礼仪、社会角色的狂欢化以及戏仿式的象征性颠覆”，挑战高度严格的社会秩序和等级制度，并在此基础上“开辟可供转换、变化与流动的临时空间”。[③] 事实上，欧洲的化装舞会传统自古以来即带有显著的“圣礼-宗教（sacro-religious）目的”，它们不只是娱乐，亦往往带有“仪式的一面”，能够“驱除凶险，迎来好运”。[④] 仪式的“心智功能”（noetic function）意味着仪式活动能够帮助人类“阐释并建构他们的世界”，换言之，即是一种“探寻和发现的模式”；仪式的另一个特点在于它通过自身的表演，向“观者”（observer）展示仪式及其参与者的行为。[⑤]

---

① John Bryant. “Poe’s Ape of UnReason: Humor, Ritual, and Culture,” in *Nineteenth-Century Literature*, Vol. 51, No. 1 (Jun., 1996), p. 22.

② Helene. E. Roberts. “Victorian Medievalism: Revival or Masquerade?” in *Browning Institute Studies*, Vol. 8 (1980), p. 17.

③ Terry Castle. “The Carnivalization of 18th-Century English Narrative,” in *PMLA*, Vol. 99, No. 5 (Oct., 1984), p. 905.

④ Samuel Glotz and Marguerite Oerlemans. “European Masks,” in *The Drama Review: TDR*, Vol. 26, No. 4 (Winter, 1982), pp. 14—15.

⑤ 在笔者看来，这恰恰赋予了《红死魔》的叙述者一种可为解释的角色存在，否则故事末尾处所强调的集体毙命将导致故事本身缺乏被叙述的可能性。换言之，唯有在仪式化的图景之中让死亡成为一种表演性的仪式化牺牲，此处的“观者”才有存在的可能，而故事本身才能拥有其叙述者。否则，我们就只得像美国学者弗雷德里克·弗兰克与安东尼·玛奇斯特雷尔那样，不得不将故事中的“红死魔”当作叙述者，而与此同时却又提出免责声明——“只是可能（转下页）

值得注意的是,仪式的观者当然“不只是用眼睛看的人,同时也是用行动去做的人”;这使得仪式行为本身得到了“拓展或延续”,进而具有了“传播知识”的现实功能。仪式知识的获取务必通过“介入”(engagement)去实现对事物的“改造与转化”,甚或可以更为极端地说,“仪式并非描绘世界,而是建构或创造世界”。[①]相应地,作为仪式研究的重要代表人物,英国人类学家维克多·特纳(Victor Turner)所提出的“社会戏剧”(social drama)观念恰恰将不乏表演性的仪式与富于创造性的文学艺术联系在了一起;换言之,仪式研究某种意义上成了特纳在人类学与文学之间展示个人学术兴趣的重要桥梁。在特纳看来,仪式堪称是“一套固定化的行为序列,包含诸多姿势、语汇和物件,在一个封闭场合(sequestered place)进行表演,它服务于表演者的目标和利益,通过某种设计而对超自然的实体或力量施加影响”[②]。特纳所说的用作举办仪式的“封闭场合”就其哲学意义而言乃是对海德格尔的“林中空地”(*Lichtung*)做出的人类学诠释。[③]不仅如此,我们甚或可以借鉴智利科学家马图拉纳与瓦莱拉的“自创生”理论为这个开放的“封闭场合”找到其生物学内涵:它虽然规定了仪式系统的组织性闭合,但与此同时又恰恰借助仪式的社会施为功能预设了

(接上页)但无法证明”(Frederick S. Frank & Anthony Magistrale. *The Poe Encyclopedia*, p. 224.);可以看出,小说在叙述学逻辑层面上的悖论是一个不容忽视的关键点。然而,将“红死魔”刻意当作叙述者的做法又的确十分牵强,因为整个故事的叙述视角显然是完全外在于“红死魔”的,何况“红死魔”在坡的笔下亦更为倾向于象征性的存在。笔者认为:坡通过小说开篇处严格规约的空间上的“绝对封闭”(无法进出)与故事末尾处的“全员倒毙”,实际上人为制造了一个最大的谜团——“这个正在说话的叙述者是谁?”然而,这一看似无法解决的矛盾恰恰又可谓坡留给读者的暗示——死亡在此仅仅是一种仪式化的行为。

① Theodore Jennings. “On Ritual Knowledge,” in *The Journal of Religion*, Vol. 62, No. 2 (1982), pp. 112—113, p. 123, p. 116.

② Mathieu Deflem. “Ritual, Anti-Structure, and Religion: A Discussion of Victor Turner's Processual Symbolic Analysis,” in *Journal for the Scientific Study of Religion*, Vol. 30, No. 1 (Mar., 1991), p. 5.

③ 这种“开放的封闭”也在某种意义上映射了海德格尔的“林中空地”所蕴含的“隐蔽/显现”(hiddenness / manifestness)之辩证关联(See Thomas Prufer. “Glosses on Heidegger's Architectonic Word-Play: ‘Lichtung’ and ‘Ereignis,’ ‘Bergung’ and ‘Wahrnis’,” in *The Review of Metaphysics*, Vol. 44, No. 3 [Mar., 1991], pp. 610—612.);与特纳在仪式研究中提出的“阈限性”概念存在异曲同工之妙。

其结构上的开放性。[1] 这再次说明，仪式不只是描绘世界，而更是为了建构世界。可以说，仪式的这一本质属性使得特纳提出的“阈限性”(liminality)概念获得了其存在的学理价值。在此基础上，我们不妨说，化装舞会的狂欢特质有助于其作为仪式活动在主流社会意识形态内部创造一块临时规约的“飞地”，就像《仲夏夜之梦》(*A Midsummer Night's Dream*)当中那片与雅典社会相对的“树林”——“雅典人—树林—雅典人之序列类似于结构—共同体—结构”[2]；这样的逻辑同样为化装舞会的狂欢者“共同体”所呈现。

对笔者而言，尤为重要的是特纳围绕“阈限仪式”进程做出了三个成分的界定：其一，圣物流通，也即“通过神圣物件的展示向仪式的参与者传递秘密象征意义”，具体说来则包含诸如“面具”等各类“所示之物”(what is shown)、诸如舞蹈等各种“所行之事”(what is done)，以及那代表着作为“神话历史”指令的“所述之言”(what is said)；其二，对“熟悉的文化形态”进行“游戏性的解构与重组”，换言之，即是“以某种扭曲的、反常的或是怪诞的(grotesque)形式”对熟悉的事物加以呈现，这将有助于仪式的参与者“思考其社会以及宇宙秩序的基本价值”；其三，对社会结构关系进行简约化处理，“阈限”状态下仅存的社会结构表现为仪式的“指挥者”(instructors)成了仪式参与者所绝对服从的“权威”，而参与者之间的社会结构差异则为“绝对的平等”所取代——得益于此，特纳在其仪式研究当中构建出了阈限“共同体”概念，它意味着与主流社会结构相对峙的“反结构”(anti-structure)，两者之间的辩证互动为社会结构演进提供了引擎。[3] 特纳所谓的“反结构”乃是与福柯眼中的“异托邦”(heterotopia)颇为近似的文化概念。这一点在现代摇滚乐当中呈现得尤为突出，或许最为著名的现代例证当属 2016 年“意外”荣获诺贝尔文学奖的美国音乐家

---

① See Humberto Maturana and Francisco Varela. *Autopoiesis and Cognition: The Realization of the Living*, pp. 78—79. 关于“组织闭合”与“结构开放”在“自创生”系统当中的运作逻辑，详见李恒威、肖云龙：《论生命与心智的连续性》，第 50 页。

② Richard F. Hardin. “‘Ritual’ in Recent Criticism: The Elusive Sense of Community,” p. 852.

③ Mathieu Deflem. “Ritual, Anti-Structure, and Religion,” pp. 14—15.

鲍勃·迪伦。值得注意的是，迪伦在演出现场会如同原始部落的仪式成员那般将脸涂白，而最富戏剧性的场面则在于他戴着“鲍勃·迪伦面具”走向舞台；那一幕让全场观众愕然，无法区别“鲍勃·迪伦”的真与假，直到其为了吹奏口琴而不得不摘下面具。可见，迪伦不仅注重表演的仪式感，甚至能在“元仪式”的意义上进一步对其进行强化。毋庸置疑，借助面具的身份隐匿功能，化装舞会的参与者恰恰意在通过更为戏剧性的方式凸显其社会身份，换言之，即是一种基于“暗恐”(uncanny)所造就的“缺席的在场”。

在1992年于麦迪逊广场花园举办的“三十周年演唱会庆典”上，迪伦竟评价说“这就像是参加我自己的葬礼”①。这个离奇的比方在笔者看来，乃是颇为戏剧性地回应了法国人类学家涂尔干(Durkheim)的观念，如其所曰，“葬礼”作为一种仪式，能够引发一种建立在“消极情感”基础上的“集体兴奋”；这种集体情感“把每个人拉回到集体中，并给予他们以新生的力量”②。有趣的是，坡同样在其诸多小说作品中将“美女之死”尤其是“提前埋葬”视为重要的诗学主题，这或许正是坡能够在阅读人群当中成功唤起“集体兴奋”的文学认知策略。在相似意义上，迪伦那诸多看似带有“抗议”“反战”和“启示”特征的民谣音乐倒并非仅仅出于现实政治的考量，而是基于对某种公共性的“消极情感”加以利用，继而成了迪伦能够团结数代人群的内在驱动力。由此我们可以判断，化装舞会作为一种“反结构”空间，不仅使得参与者能够通过社会身份的自我否定来实现不乏民主气息的政治狂欢，更重要的是，还能够有助于他们在宗教仪式的原始神秘中共同寻求应对社会危机的积极心理。在笔者看来，《红死魔》的化装舞会恰恰是围绕特纳所说的“阈限性”而做出的高度艺术化展示：它不仅拥有神秘性、怪诞性和象征性，也表现出“反结构”特征的临时共同体结构——那里同样有一位仪式的“指挥者”(“红死魔”化装舞会的组织者普洛斯彼罗王子)崇尚离奇古怪的空间设计，热衷于同日常规范保持距离，

---

① 霍华德·桑恩斯：《沿着公路直行：鲍勃·迪伦传》，余淼译，南京：南京大学出版社，2012年，第4页。本章中凡涉及迪伦与仪式的内容，可详见于雷：《鲍勃·迪伦、仪式性与口头文学》，载《外国文学》2017年第5期，第48—59页。

② 转引自兰德尔·柯林斯：《互动仪式链》，林聚任、王鹏、宋丽君译，北京：商务印书馆，2012年，第515页。

更拥有一群将"消极情感"转化为"集体兴奋"的狂欢者，他们通过某种象征性的"自我牺牲"对瘟疫之灾进行了仪式性的化解。

第二节 《红死魔化装舞会》批评的仪式缺位

关于《红死魔》创作的素材来源，批评界的猜测可谓五花八门。[①] 譬如美国学者杰拉德·格尔伯认为，坡的灵感有可能源自英国 19 世纪初女诗人菲利西亚·希曼斯（Felicia Hemans）的诗歌《狂欢者》（"The Revellers"）；在那首作品中，希曼斯讲述了一场以死亡告终的舞会，而坡在 1836 年 1 月曾就希曼斯的诗歌主题与风格进行过相关论述。[②] 不过，这个解释略有牵强之嫌，毕竟它与《红死魔》首次发表相隔时间长达六年之久，而且缺乏将两者真正联系在一起的关键逻辑。相比之下，另一位美国学者詹姆斯·瑞斯（James Reece）提出的素材依据似乎更为可靠些。他注意到坡于 1841 年 9 月在《格雷厄姆杂志》上所点评过的作品——苏格兰诗人托马斯·坎贝尔（Thomas Campbell）的《彼得拉克传记》（*The Life of Petrarch*）；其中有一段情节讲的是一位意大利绅士为了躲避瘟疫而遁入密林深处的城堡。瑞斯的这个重要发现同样为美国学者本奈特所高度认可："鉴于坡在评价过[坎贝尔的作品]之后不久即发表了自己的小说，因此几乎可以毫无疑问地断定，坡受到了坎贝尔的影响。"不过，让笔者颇觉遗憾的是，本奈特稍后虽提出了一个极有意义的问题，但却仅仅满足于从坎贝尔的历史学解释当中寻找字面答案，就在即将触及"仪式"问题的前一刻停住了脚步。本奈特的问题十分关键，如其写道："在《红死魔》当中，叙述者从未解释过为什么普洛斯彼罗及其宾

① 如美国学者理查德·凯瑞指出的那样，"坡在《红死魔》如何发生（genesis）的问题上显现出不可思议的讳莫如深，但正因为如此，我们反倒被赋予了完全自由的猜测"（Richard Cary. "'The Masque of the Red Death' Again," in *Nineteenth-Century Fiction*, Vol. 17, No. 1 [Jun., 1962], p. 77.）。

② Gerald Gerber. "Additional Sources for 'The Masque of the Red Death'," in *American Literature*, Vol. 37, No. 1 (Mar., 1965), p. 53.

客会在瘟疫肆虐之际举办舞会。”[①]而事实上，坎贝尔本人倒是业已从中世纪的历史理性当中为此行为找到了一种在本奈特自己看来亦“具有说服力的”答案：

> 通常人们都相信伤感往往会使得疾病的感染速度加快，而欢快的娱乐活动则是最为有效的防御。因此，人们为了铁下心同死亡所引发的悲痛进行斗争，就会诉诸玩笑和愉悦……与此同时，那些活着的人之所以不断地狂欢，其原因也正在于他们相信消遣和快乐的歌声能够帮助自己免遭瘟疫之灾。(Bennett 48)

尽管坎贝尔的提醒是如此明确，且几乎触及化装舞会的仪式功能，但本奈特却在关键时刻绕开了那一问题。一方面，他从坎贝尔本人提供的文字说明中所得到的仅仅是历史概念的“面值”；另一方面，他又只是对那一“面值”在《红死魔》中的缺位做出如下解释：“坡通过对狂欢的原因加以模糊化处理，从而使得其读者在故事的戏剧性高潮时刻能够心安理得地(morally justified)享受快乐”(Bennett 49)。本奈特最终试图将《红死魔》的修辞意义规约为“哥特风格所固有的施虐受虐之乐”：“人物遭罪乃是因为他们希望受罚”，这源于他们的“内疚感所引发的自主性的死亡意

① Zachary Z. E. Bennett. “Killing the Aristocrats: The Mask, the Cask, and Poe's Ethics of S & M,” in *The Edgar Allan Poe Review*, Vol. 12, No. 1 (Spring 2011), p. 48. 下文凡出自该文献的引文均直接以作者姓氏与引文出处页码在括号中随文标示，不另作注。关于“普洛斯彼罗及其宾客为何会在瘟疫肆虐之际举行化装舞会”那一棘手问题，美国学者杰弗里·福克斯在一篇论及坡对英国作家埃利亚斯·卡内蒂(Elias Canetti)的影响时，也表达了类似的困惑：“[在教堂里]，这群人显然有了安全，但依然有一个问题无法解决：这群人为何必须在其同胞正经受大规模死亡之际进行狂欢。为何普洛斯彼罗要在化装舞会上招待他的朋友们，却不是庆祝他本人成功摆脱教堂外的死神而幸免于难？”(Jeffrey J. Folks. “Edgar Allan Poe and Elias Canetti: Illuminating the Sources of Terror,” pp. 11－12.)。令笔者颇感不解的是，福克斯在引入卡内蒂在《群众与权力》(*Crowds and Power*)中的观念时，在好几处地方均触及了“仪式”，但恰恰在讨论《红死魔》之际又绕开了这一问题。在卡内蒂提供的阐释语境下，福克斯最终将普洛斯彼罗的化装舞会理解为“妄想狂患者围绕空间控制所持有的习惯性冲动”；此外，化装舞会的参与者们在王子倒毙之后却反而鼓足了勇气去围捕“红死魔”——这在福克斯看来乃是因为王子的权威遭到了“突然削弱”；同时，在场的人亦寻求用他们业已死去的王子“作为交换”去实现“红死魔”的束手就擒(Jeffrey J. Folks. “Edgar Allan Poe and Elias Canetti: Illuminating the Sources of Terror,” pp. 12－13.)。值得注意的是，福克斯虽然没有正面留意“仪式”在小说中的潜在价值，但他却有意将普洛斯彼罗王子的死亡当成用以抓捕“红死魔”的“交换”条件，这倒是在不经意间与“人祭仪式”产生了某种关联。

愿”——教堂外的人们已经死亡，而我们却还活着(Bennett 45)；这一阐释显然是基于故事世界的逻辑层面展开的。接下来，本奈特又跳出故事世界，将现实读者的文学认知机制纳入考量，并围绕“读者为何同样乐于看到人物遭罪”提供了两个原因：首先，在没有给定狂欢原因的情况下(基于本奈特刻意忽略上文提及的坎贝尔的“提醒”)，读者将会视人物为十恶不赦的贪恋享乐之徒，因此“他们死有余辜”；其次，读者庆幸自己并非那些受罚之徒，即便对于“少数与普洛斯彼罗产生认同的读者”来说，也依然能够从人物的痛苦之中“获得愉悦”，因为他成了读者的“代理”(proxy)——普洛斯彼罗王子与他的朝臣们“尽管很难达到耶稣的形象地位，但确实成了用来充当牺牲的羔羊(sacrifcial lambs)”；本奈特总结说，阅读《红死魔》的乐趣显然是“施虐受虐性的”——“所谓受虐乃是基于读者对普洛斯彼罗的同情，而说它施虐则是基于读者与红死魔产生的认同”(Bennett 49)。

如笔者在上文所指出，本奈特的“病态心理解读法”既作用于故事世界中的人物行为，与此同时也在文学认知意义上直接影响到文本外的修辞学功效。本奈特试图将其以所谓“施虐受虐狂”为心理学基础的审美视角同时施加于上述两个层面，由此，他得出这样两个结论：首先，人物之“痛”引发人物之“乐”(故事层面的良心谴责/受虐机制)；其次，人物之“痛”又将引发读者之“乐”(修辞层面的阅读认知机制/施虐机制)。毋庸说，本奈特的变态心理学解读对于澄清《红死魔》的内在逻辑并未产生积极效果，相反在笔者看来倒显出几分牵强附会。从故事层面来看，如果人物的确像本奈特所说的那般表现出强烈的良心谴责，那么出于“自主的死亡意愿”所产生的受虐心理便无法包容化装舞会那一盛大典礼；况且中世纪的化装舞会拥有一个在坎贝尔看来(同时也为本奈特自己所认可的)十分“健康的”仪式性意义——通过狂欢来增强对瘟疫的抵抗力。然而，如此恰当的理由却在本奈特的解读当中被刻意隐去(事实上乃是假借坡的小说创作美学为借口)，目的只有一个：为了使读者的病态施虐机制获得其文学认知意义上的合法性。不过，这恰恰导致了一个逻辑悖论，即读者通过享受阅读的施虐之乐而呈现出的乃是“道德缺陷(morally inadequate)”，而这与本奈特从《红死魔》的人物行为中读出的“良心谴责”恰好相反。换言之，文学人物的善良反而在阅读进程中激活了现实读者的“阴暗心理(darker side of our psyches)”(Bennett 49)。事实上,本奈特在阐释之际已经将仪式现象纳入其考量的视野(但并未进入视觉)之中。笔者发现,本奈特似乎朦胧地意识到普洛斯彼罗王子的死亡多少具有某种仪式感。尽管有几分不情愿,但他依旧明确地将化装舞会上的皇亲国戚视为“牺牲的羔羊”,甚至于略带牵强地关联至“耶稣的形象”。在笔者看来,这一并未引起本奈特高度重视的批评细节,恰恰在仪式性层面上回应了坎贝尔围绕中世纪化装舞会的社会功能所做出的解释;也只有秉持这条线索,《红死魔》当中那诸多难以解释的文本现象方可获得其有机的系统属性。

另一位值得提及的批评家是加拿大学者布瑞特·齐默尔曼,她着重从“时间隐喻”的视角对《红死魔》加以研究,甚至将整个教堂里的7个房间视为半块钟表的结构,并在此基础上将普洛斯彼罗王子与红死魔看作钟表的两根指针。[①] 这在笔者看来同样难以成立:首先,坡的描述仅仅告诉我们教堂里那用来充当临时舞池的7个房间并非如传统皇宫那样的直线布局,而是遵循了某种迂回曲折的审美策略,使得舞者每到一处弯角均可欣赏到“新奇之效”;但据此却无法判断它们必定是因循着钟表圆周所建成的环状结构(且不论这样的建筑设计将造成中心区域的空间的巨大浪费)[②]。我们不该忘记一个最为清晰的事实,那就是举办化装舞会的地点乃是出于权宜之计所选择的教堂,并非真正意义上的“皇宫”。因此,王子的“审美设计”当然只是临时规约出来的方案;换言之,这7个舞池并非原来教堂的固有建筑空间,而是王子基于自己“对颜色与效果的独到眼光”所搭建出来的场地;如叙述者在文中所描述的那样,“这7个房间的布置主要是在[王子]的亲自指挥下,利用可为移动的(movable)物件做成的”(*CPS* 386)。不过,更值得商榷的核心之处在于齐默尔曼进一步围绕

---

① Brett Zimmerman. *Edgar Allan Poe: Rhetoric and Style*. Montreal: McGill-Queen's University Press, 2005, pp. 53—54.

② 值得注意的是,若依据笔者在下文引入的基于“伦敦塔”历史的阐释框架,实际上此处的“环状结构”亦似乎有几分道理,但坡显然并不愿意在字面意义上与“伦敦塔”的同心圆建筑空间进行明确对应,而是刻意做了些许艺术化的改动;如其在《红死魔》中所描述的,这7间房乃是从东到西排列。因此,“环状结构”似乎并不比“之字形结构”更为合理,反倒是后者的蜿蜒形态与1839年“埃格林顿化装舞会大赛”的雨中盛况颇为接近(详见下文)。

王子的离奇死亡所做出的合理化解释，如其指出：在许多研究者看来，王子的"瞬间死亡"似乎有悖于文本开端处所规约的瘟疫之死——"半小时事件"，然而事实上王子并非瞬间即死，"正相反，那位戴着红色眉毛的王子已经持续死亡半个小时，直至故事发展到高潮之际，当他试图挑战那个经过隐喻化表征的'红死魔'时，终于为瘟神所杀"①。齐默尔曼的阐述非但未能如其所愿地将王子的猝死合理纳入小说预设的"半小时事件"中，反倒是在结论处暴露了其整体阐释逻辑的重大缺陷——舞池中的一场追捕行为（"具身性"的字面逻辑）如何能够在同一语义层面上针对瘟疫的"隐喻化表征"（"去身性"的象征逻辑）加以实施？有趣的是，这一悖论的发生倒是再一次使得仪式框架的介入获得了其阐释的必然。

事实上，几乎所有的批评者在研究中均忽略了坡留给我们的表层暗示——《红死魔》的"恐怖"说到底不过是基于普洛斯彼罗王子眼中的一次"盛大庆典"（great *fête*），"奇异"而又不乏"别致"（*CPS* 386）。普洛斯彼罗王子围绕化装舞会所专门设计、营造的独特审美效果乃是为了引发弗洛伊德心理学意义上的"暗恐"，使得熟悉的建筑空间获得某种不乏惊异的认知冲击；而这恰恰是宗教仪式本身的功能再现策略，如澳大利亚学者雷切尔·摩根在研究宗教与"暗恐"之间的关联时所言，"宗教仪式中的暗恐遭遇有助于参与者面对恐惧和焦虑，化解因创伤或失衡所引发的蛰伏情感"②。坡在相当程度上乃是希冀赋予《红死魔》一种独特的仪式情境，而我们也只有在人类学的仪式图景中方能充分把握并合理揭示化装舞会与"红死魔"之间的逻辑关联。

《红死魔》的一个突出表象特征在于它对莎翁戏剧《暴风雨》的"昭然"借用。美国学者范德比尔特曾将普洛斯彼罗王子与《暴风雨》中的同名人物（米兰公爵）加以关联。当然，这是再合理不过（同时也是最明显）的互文解读——坡在这个阅读认知环节上不乏意外地表现出难得一见的明朗化，原因很简单：《红死魔》中的化装舞会作为贵族文化仪式，唯有在19世

---

① Brett Zimmerman. *Edgar Allan Poe*: *Rhetoric and Style*, p. 56.

② Rachel Morgain. "On the Use of the Uncanny in Ritual," in *Religion*, Vol. 42, No. 4 (October, 2012), p. 521.

纪初的英国社会矛盾中方可得到最具历史时效性的展演。遗憾的是,范德比尔特仅仅停留在字面意义上的人物对位,而后随即将研究重心转向了坡在1842年前后所做的诗学思考,试图说明其如何寓言性地在《红死魔》当中得到了象征演绎。[1] 范德比尔特的观念固然是围绕坡的小说"元语"特质所提供的又一个有效脚注,但也恰恰因此而陷入某种诗学本质主义的圈囿之中,从而极大地弱化了这一作品本身所影射的现实意义。[2] 很明显,范德比尔特的"诗学象征阐释法"根本无法如其所愿地与《红死魔》的情节逻辑产生有机关联,反倒是他在互文阐释框架下提出的文本现象值得进一步思考:(1)普洛斯彼罗王子与米兰公爵同名;(2)《暴风雨》当中出现的所谓"红色瘟疫"(red plague)与"红死魔"这个表达方式十分近似;(3)卡利班(Caliban)可被视为"红死魔的对位形象"。[3] 范德比尔特的解读符合坡对其"理想读者"的阐释预设,但却忽略了一个关键细节——米兰公爵普洛斯彼罗的法师(sorcerer)身份。如果将其视为《红死魔》当中的王子原型,那么范德比尔特理应从那场不同寻常的化装舞会中看到"暴风雨"围绕人性救赎和秩序复归所施予的社会仪式功效。遗憾的是,他的诗学本质主义聚焦显然错过了《红死魔》的这一重要层面。

在《红死魔》最初发表时,标题里的"化装舞会"一词是英文"Mask",后于1845年7月在《百老汇杂志》(*The Broadway Journal*)上再次发表之际,坡特意将原标题里的"Mask"修订为现今通行的"Masque"。[4] 这一改动在笔者看来不仅表现出坡的审美考量,更暗示了坡的隐含社会批判

---

① Kermit Vanderbilt. "Art and Nature in 'The Masque of the Red Death'," in *Nineteenth-Century Fiction*, Vol. 22, No. 4 (Mar., 1968), p. 379.

② 范德比尔特虽然留意到《红死魔》与《暴风雨》的互文性,但最终的研究路径与结论却在很大程度上将其搁置起来,如其总结道,"普洛斯彼罗王子所设计的象征性房间以及那颇为艺术化的红死魔的化装舞会,成为1842年坡所经历的其美学理念的过渡时刻"(Kermit Vanderbilt. "Art and Nature in 'The Masque of the Red Death'," pp. 386—388.);如此一来,原本可以用来反衬《红死魔》仪式属性的关键线索在纯粹的美学象征阐释进程中消失殆尽了。

③ Kermit Vanderbilt. "Art and Nature in 'The Masque of the Red Death'," pp. 383—384.

④ Frederick S. Frank & Anthony Magistrale, *The Poe Encyclopedia*, p. 223.

指向。[①] 可以发现,尽管“mask”与“masque”在用法上和意义上时常发生重合(譬如均可同时意为面具与化装舞会),但两者在词源上尤其是文体上依旧存在着一些微妙的差异:前者多指面具,后者则作为旧式表达多指化装舞会,且尤其指 16—17 世纪的欧洲化装舞会。[②] 因此,坡所预设的标题信息旨在凸显“化装舞会”在小说中的核心地位,毕竟这个作品赖以创作的契机(在笔者看来)乃是得益于 1839 年 8 月在苏格兰艾尔郡的埃格林顿城堡举办的一次引起欧美广泛关注的中世纪复古化装舞会大赛。当然,坡之所以在后来版本的标题中将“面具”与“化装舞会”这两种意义加以融合,本身也是因为面具在化装舞会中所起到的关键作用。法国中世纪研究专家丹尼尔·普瓦里翁即指出:面具的功能在于提醒我们不要忘记,“艺术的使命既为掩饰(mask),亦为模仿(mime),隐匿(conceal)之目的在于显现(reveal)”;面具不仅是化装舞会上的专用道具,实际上也是文化赋予我们的社会身份,“它标示了一个意图——至少是临时的意图——以某种方式参与到社会关系的编码系统之中”,这是一切文学所彰显的社会价值;它所发挥的“仪式功能”即便历经演变,亦总能“使得原始文化的万物有灵之庆典生生不息”。[③] 无论是化装舞会,还是化装舞会的面具,它们虽看似远离现实生活,却在悖论性的意义上揭示了现实生活的

---

① 值得注意的是,坡热衷于对自己再版的小说标题加以重新修订,而且往往有所意图。譬如《梅岑格斯坦》最初于 1832 年发表时并没有副标题,但是到了 1836 年再版之际却增加了副标题“一则模仿德意志风格的故事”,由此增强了作品的戏仿特质;到了 1845 年坡在《百老汇杂志》上再次发表该小说时却又将上述副标题删除了——汤姆逊(G. R. Thompson)认为坡之所以这么做“显然是因为其读者继续以一种严肃的态度看待这则故事”。类似地,《失去呼吸》的标题同样经历了数次改动:最初于 1832 年 11 月 10 日在费城《周六信使》(*Saturday Courier*)上刊登时题为“重大遗失”(“A Decided Loss”),到了 1835 年 9 月出版的《南方文学信使》中则易题为“失去呼吸:一则依照《乌木月刊》创作的故事”(“Loss of Breath: A Tale a la Blackwood”);而在 1845 年的《百老汇杂志》上,坡则将标题更改为“失去呼吸:一则疑似‘乌木风’故事”(“Loss of Breath: A Tale Neither in Nor out of ‘Blackwood’”)(详见于雷:《基于视觉寓言的爱伦·坡小说研究》,第 90—91 页。)。

② 关于这两个词的具体内涵差异,See “mask,” https://www.oed.com/view/Entry/114656#eid37711804[2019-08-17]; see also “masque,” https://www.oed.com/view/Entry/114608?result=3&rskey=ehGKzS&[2019-08-17].

③ Daniel Poirion and Caroline Weber. “Mask and Allegorical Personification,” in *Yale French Studies*, No. 95, *Rereading Allegory: Essays in Memory of Daniel Poirion* (1999), p. 13, p. 15.

哲学;这一方面反映了特纳将仪式当作“社会戏剧”所包含的深刻洞见,另一方面也确认了列斐伏尔从日常生活本身的现象学当中所领悟到的认识论——正是借助社会表象在“隐匿”与“显现”之间的辩证关联,我们方才真正获得了抵达社会本质的渠道,“在把握它的同时,还得将其推至一边”①。化装舞会(面具)的仪式功效恰恰体现了这种阈限性。

《红死魔》是坡的所有小说中唯一直接以化装舞会为情节主线的作品,同时也因其所营造的独特宗教氛围而获得最为突出的仪式在场。基于特纳所提出的“社会戏剧”观念,我们可以发现《红死魔》的化装舞会几乎包含了全部的仪式要素。譬如仪式务必在特纳所说的那种“封闭场合”举行,《红死魔》的开篇处即为我们设置了这样一个场景:

> 普洛斯彼罗王子却是一个快乐、无畏且睿智之士。当他发现自己的国土上失去了一半的人口,便决定从其麾下骑士与宫廷淑媛中挑选千名健硕、豁达的友人来到身边,并与他们遁入一座与世隔绝(deep seclusion)的城堡式教堂。此建筑结构宏大雄伟,乃是基于王子本人的品位所造,诡谲而又不失威严。教堂四周有坚固的高墙环绕。此墙设有几扇铁门。宫廷上下有抬火炉的,有拿巨锤的,在进入教堂时便将所有的门闩焊牢。一旦置身其中,便决意不留退路,无论遭遇绝望或是癫狂。教堂里自然吃穿不愁。万事俱备,他们只想着抵御瘟疫。外面的世界只可听天由命。既然悲伤或焦虑无济于事,于是王子即早已准备好了全部的娱乐措施。这里有滑稽小丑、即兴演员、芭蕾舞者、宫廷乐师,这里有佳丽(Beauty),这里有芳醴(wine)。这一切与安全在里面。“红死魔”在外面。直到禁闭了五六个月后,正值瘟疫肆虐猖獗之时,普洛斯彼罗王子举办了一场空前华丽的化装舞会招待了他的千名宾客。(*CPS* 384—385)

可以看出,特纳所说的那位仪式的“指挥者”正是此处的普洛斯彼罗王子,他可谓事无巨细地策划了整场狂欢活动;有趣的是,他通过与《暴风雨》中那个同名的米兰公爵发生互文性关联(事实上,坡在《红死魔》中时而称王子为“公爵”),使得自己亦俨然成了一位能够主持神秘仪式、呼风唤雨的

---

① Henri Lefebvre. *Critique of Everyday Life*, Vol. II, p. 27.

法师。同时，普洛斯彼罗王子围绕化装舞会的空间设计所给予的奇思妙想，也符合特纳所强调的“怪诞”特质。我们注意到，舞场上共有 7 个房间，但与常规皇室的直线布局不同，这些房间呈蜿蜒之势排开，每次最多只能目尽一处，而每转一个弯便能领略到另一番“新奇之效”；说到底，这要归功于“公爵对于怪诞(bizarre)之物的偏好”(*CPS* 385)。此外，《红死魔》的化装舞会上不仅有特纳眼中的“所示之物”——面具，也有舞蹈等“所行之事”；至于那代表着神话历史指令的“所述之言”，则隐匿于化装舞会本身所指涉的古代欧洲仪式传统当中。

据史料记载，坡堪称地道的爱尔兰后裔，其爱尔兰先辈的宗谱上“不仅有诗人，还有王子”①。在笔者调查的相关文献中，古爱尔兰的“弑君”(king-killing)仪式②颇值得一提，因为它正是通过“平民的化装舞会”来进行的。这个依照国王 7 年执政为循环周期(恰好对应着《红死魔》化装舞会上的 7 个色调各异的房间)而举行的“塔拉节”(Festival of Tara)，往往意味着前任国王退位与其继位者加冕的仪式活动。在常规情况下，国王之死会通过“替罪羊”的方式来加以表征，抑或是某种“象征性牺牲”(token sacrifice)；但是，如果在任期间遭遇瘟疫等灾害，那么在“塔拉节”那一年度的萨温节前夜(Eve of Samhain)，国王的性命将岌岌可危。③ 这或许是普洛斯彼罗王子丧命的古爱尔兰仪式原型——通过君主的牺牲以实现社会秩序的复归。当然，坡在《红死魔》的创作中显然进行了更具哥

---

① Mary E. Phillips. *Edgar Allan Poe—The Man*. Vol. I. Chicago: The John C. Winston Co., 1926, p. 12.

② 有趣的是，“杀死国王”的仪式似乎并不仅局限于古爱尔兰文化，在意大利的民间传说乃至于英国人类学家弗雷泽所探索的非洲部落文化中，“杀死国王”的仪式(尽管在真正的人类学意义上尚存争议)即便作为一种“虚构”，亦在事实上成了文学家们不愿错过的象征原型(Richard F. Hardin. “‘Ritual’ in Recent Criticism: The Elusive Sense of Community,” p. 849.)。实际上，“杀死国王”的仪式性虚构还有一个在笔者看来非常贴切的现代文学案例——索尔·贝娄(Saul Bellow)的代表作《雨王亨德森》(*Henderson the Rain King*)；在那个故事中，亨德森似乎无意间成了一个深入非洲部落展开田野调查的人类学家，他目睹了诸多仪式性事件，尤其是他本人在客观上作为核心“表演者”最终进入了“杀死国王”的仪式序列之中——他的逃离又恰恰成了某种“仪式的仪式”，一种在“元仪式”意义上让亨德森重新步入现代文明的“成长仪式”。

③ G. F. Dalton. “The Ritual Killing of the Irish Kings,” in *Folklore*, Vol. 81, No. 1 (Spring, 1970), p. 1, pp. 3—4.

特色彩的艺术加工,不仅让王子(那"戴着红色眉毛"的替身形象①)成为仪式进程中的替罪羊,更让所有的化装舞者共同成为那一神秘仪式的牺牲品。

人类学的仪式研究既突出象征意义,亦注重其在"维系现存社会秩序的合法性"方面所展示出的"功能"。② 所以,作为仪式的化装舞会绝不再是纯粹的狂欢,而更是出于实现某种象征性社会意义所进行的戏剧化表演。③ 在此基础上,笔者拟提出这样一种假说:作为仪式的化装舞会乃是以驱魔为宗旨的集体表演行为(这完全契合于普洛斯彼罗王子从《暴风雨》中的米兰公爵那里所获取的互文性"法师"身份),其目的乃是在象征意义上实现社会秩序的复归,而这正呼应了"红死魔"在小说中的最后归宿——当普洛斯彼罗王子倒毙后,勇敢的狂欢者们鼓起勇气冲进"红死魔"的黑色房间,"一把抓住那个化装舞者(mummer),只见其身躯高大挺拔,静止立于乌木巨钟的阴影内,此时他们不禁倒吸一口凉气,以一种无以言表的恐惧终于发现,他们在狂乱中撕扯的那件寿衣和死尸般的面具内竟然不存在任何有形之物"(*CPS* 388)。

坡在字里行间实则呈现得非常清楚,"红死魔"不过是一名"化装舞者";而最西端那看似最为阴森的黑色房间亦是由普洛斯彼罗王子本人亲自设计。不仅如此,当化装舞者们在"红死魔"入侵后纷纷毙命时,乃是"各自以一种绝望的姿势(despairing posture)倒下"(*CPS* 388)。可见,即便是小说末尾处的集体牺牲场景,亦呈现出显著的表演痕迹。换言之,《红死魔》的小说文本似乎更像是一个充满舞台提示的剧本。那所谓的

① 让善与恶成为相互角逐的影子人物,乃是世界文学中极其常见的程式(详见于雷:《西方文论关键词:替身》,载《外国文学》2013 年第 5 期,第 100—112 页。);就坡本人来说,这一程式的运用尤其在《威廉·威尔逊》当中得以凸显,当主人公向影子形象发出致命攻击时,才发现被攻击的对手恰恰就是自己(See Horace E. Thorner. "Hawthorne, Poe, and a Literary Ghost," in *The New England Quarterly*, Vol. 7, No. 1 [Mar., 1934], pp. 146—154)。相较于《威廉·威尔逊》中的决斗,坡在《红死魔》的末尾处所描绘的王子追杀瘟神的场面几乎如出一辙。相应地,"杀死国王"在仪式意义上即相当于驱除瘟神,只不过《红死魔》当中的王子成了瘟神的象征性"替身"。

② Lars Fogelin. "The Archaeology of Religious Ritual," in *Annual Review of Anthropology*, Vol. 36 (2007), pp. 62—63.

③ Elvira Osipova. "Aesthetic Effects of 'King Pest' and 'The Masque of the Red Death'," in *Edgar Allan Poe Review*, Vol. 8, No. 2 (Fall 2007), p. 29.

"无以言表的恐怖"不过是祭坛上的戏剧效果,而在宗教仪式的层面上则更是为了协助仪式参与者获得某种精神力量的提升。如马丁·罗斯所留意到的一个有趣现象:

> "血"这个字眼及其诸多近义词和短语贯穿于故事之中,它们被孤立出来不断重复与强化。不过,这种"血"在小说中却从来不是真实的;颇为反讽的是,普洛斯彼罗的死亡乃是滴血未流。他俯卧倒毙,并由此规避了坡在小说肇始处向我们描绘的瘟疫之死所可能引发的全部症状。①

但无论怎样,仪式功效的体现倒不在于是否具有客观上的真实性,而是关乎它在象征意义上表达了怎样的社会意图。如坡所明确描述的那般:在化装舞会的恐怖时刻,当"红死魔"的面具被揭开之际,内部却是彻底的虚空——那代表着瘟疫的"红死魔"彻底消失了。这是《红死魔》的化装舞会作为虚构历史情境下的仪式所力图传递的信息:通过普洛斯彼罗及其随从将自己当作"牺牲/替罪羊",瘟疫之神象征性地得到了满足,它在"掌控了一切"(*CPS* 388)之后方有可能让生命的秩序重新归位。如脱胎于希腊神话的珀尔塞福涅(Persephone)与冥王(Hades)之"冥界仪式"(Underworld Rite)所展示的那般,"围绕被掳至冥界的预期所引发的阈限式体验消解了仪式参与者对于死亡的恐惧"②。这在笔者看来正是坡于无意之间借助《红死魔》所呈现出的人类学内涵。

第三节 《红死魔化装舞会》的仪式属性

如上文所强调,坡之所以在《红死魔》当中如此"昭然地"影射《暴风雨》那一经典英国戏剧,乃是为了让其"理想读者"在第一时间意识到小说的英国社会指向。值得注意的是,1842 年 5 月发生了三个看似毫无关联

---

① Martin Roth. "Inside 'The Masque of the Red Death'," in *SubStance*, Vol. 13, No. 2, Issue 43 (1984), p. 52.

② Rachel Morgain. "On the Use of the Uncanny in Ritual," pp. 526—527.

的事件：一、英国“宪章运动”在伦敦迎来其第二次浪潮①；二、年仅23岁的维多利亚女王在白金汉宫亲自策划、操办了一场举国关注的皇家化装舞会；三、大洋彼岸的爱伦·坡在《格雷厄姆杂志》上发表了《红死魔》。笔者认为，这三者虽风马牛不相及，但实际上却贯穿着同一条逻辑，而最关键的突破口当属1839年8月28—30日在苏格兰艾尔郡的埃格林顿城堡举办的一场举国关注的化装舞会大赛。它吸引了欧美诸国的贵族精英分子前来观摩。尽管这一为众多主流媒体竞相报道的户外文化事件意在代表贵族阶层做出某种“象征性的申明”，以对抗19世纪30年代初由辉格党改革主张所引发的阶级体制动荡，但却在一场始料未及的“暴风雨”天气中沦为社会各界调侃的对象，它在其华丽图景的表象下所流露出的狼狈之态折射的是“维多利亚时期英国精英社会的公众仪式文化”；正因为如此，美国维多利亚文化研究学者阿尔伯特·D. 皮翁克在探讨“埃格林顿化装舞会大赛”时，强调将那一历史事件视为“传递意识形态信息”的文化“仪式”，而它的“失败”则是对19世纪初英国社会变革之际“贵族无能”（aristocratic impotence）的暴露。②

化装舞会在维多利亚时代初期的粉墨登场不只是围绕中世纪贵族政治所呈现的文化怀旧，更是为了借助“服饰、铠甲、城堡、封建关系、等级制度和仪式”来抵御19世纪30年代英国社会的政治变迁，刻意将“中世纪”装扮为某种“理想或范式”（Pionke 33）。如果说维多利亚女王执政的上半叶见证了“皇家仪式跌入谷底”（Pionke 34），那么“红死魔”则不再仅仅止步于一个化装恐怖的另类舞者，而是伴随辉格派改革运动所引发的新兴工业资产阶级的悄然渗透；它的神秘闯入使得普洛斯彼罗王子在其绝然密闭的城堡中所竭力守卫的封建体系陷入失序的恐惧。有趣的是，《红死魔》当中作为仪式的化装舞会本身乃是着眼于通过某种象征性的群体

---

① See Paul A. Pickering. "'And Your Petitioners &c': Chartist Petitioning in Popular Politics 1838－48," in *The English Historical Review*, Vol. 116, No. 466 (Apr., 2001), p. 368.

② Albert D. Pionke. "A Ritual Failure: The Eglinton Tournament, the Victorian Medieval Revival, and Victorian Ritual Culture," in *Medievalism in Technology Old and New*. Ed. Karl Fugelso & Carol L. Robinson. Cambridge: D. S. Brewer, 2008, p. 25, p. 27, p. 31. 下文凡出自该文献的引文均直接以作者姓氏与引文页码在括号中随文标示，不另作注。

自我牺牲来“送瘟神”，最终实现（尽管只是一厢情愿）病魔的消失与传统秩序的复归。可见，这一意识形态图式下的考量有助于我们理解维多利亚统治初期贵族仪式活动所面临的极为尴尬的社会文化处境，如皮翁克所精辟指出的那样，埃格林顿伯爵一手策划的“中世纪仪式”之所以成为诸如威利斯（N. P. Willis）等作家眼中的“时代错误”（Pionke 30），正是缘于它在力图抵御“中产阶级商业文化”之际恰恰为后者所“同化”（Pionke 38）。在此意义上，“红死魔”在普洛斯彼罗王子化装舞会上的入侵则进一步使得那一仪式活动折射出 19 世纪初英国贵族阶级体制正所遭遇的挑战。

那么，坡是如何借助《红死魔》的创作与“埃格林顿化装舞会大赛”进行对话的呢？答案一方面在于小说文本自身有许多蛛丝马迹直接或间接影射了化装舞会赛事的关键人物或情景，另一方面也在于坡的文坛好友威利斯本人作为贵族知识分子受邀参加了埃格林顿城堡的舞会盛事①；甚至连“红死魔”这个意象的发端亦可能来自威利斯于 1832 年 6 月 2 日写给纽约《镜报》（*Mirror*）的书信中——在那里，威利斯提及一场化装舞会如何被一个假扮成“霍乱瘟神”的宾客所操控。② 与此同时，坡与威利斯的个人私交也是显而易见的：在 1839 年 8 月出版的《伯顿君子杂志》上，坡围绕威利斯的戏剧《高利贷者托特萨》（*Tortesa*）发表了评论；1841 年，坡正紧锣密鼓地围绕自己即将创刊的《宾州杂志》（*Penn Magazine*）进行宣传，在其 6 月份与友人的多封书信中，我们均可发现“威利斯先生”的身影反复出现在其列出的撰稿人员名单中。③ 可以说，威利斯是坡那个时代

---

① N. P. 威利斯这位受到坡热切关注的美国作家乃是作为“贵族宾客”出现在受邀者行列中（See Pionke 30）。

② 考虑到坡在 1831 年曾亲历过发生于巴尔的摩的霍乱瘟疫，美国学者理查德·凯瑞肯定了相关研究者的这一猜测所包含的合法性，但他本人同时提出了另一个可能的意象来源：1839 年 5 月 11 日出版的纽约《评述周刊》（*Expositor*）刊登了一则发生于 1834 年俄国圣彼得堡圣诞节期间的“化装舞会逸事”；在那场化装舞会上，出现了一位装扮神秘的中国“老爷”，被人用轿子抬进舞场中央，却纹丝不动，直至舞会散场之际才由那位好奇的舞会东道主强行揭开面具，这才发现“一张死尸的脸庞”（See Richard Cary. “‘The Masque of the Red Death’ Again,” pp. 77—78）。

③ See John Ward Ostrom, ed. *The Letters of Edgar Allan Poe*. New York: Gordian Press, Inc., 1966, pp. 163—169.

“最为成功的杂志撰稿人”，而坡亦总是对这位杰出的“故事创作者”赞不绝口。①

1839年8月由埃格林顿伯爵一手策划的露天化装舞会大赛，其初衷乃是不满于维多利亚女王加冕仪式的大幅缩水。据历史记载，埃格林顿伯爵及其友人花费了将近一年的时间，耗资4万英镑(这份账单导致伯爵余生的经济状况一蹶不振)进行细致筹划，邀请了骑士、淑媛共计千人——名册上特别提及一位被冠以“美女皇后”(Queen of Beauty)的核心角色，观众人数则空前达到6万至8万，且绝大多数均着化装舞会服饰。然而，天公不作美。就在化装舞会大赛即将开始的正午时分，淫霖突降，行进中的人们纷纷撑开雨伞，于是有了下面这一幕：“当[前来参赛的舞者们]进入视线沿着弯曲的道路迂回前行之际，移动的雨伞成了一片汪洋，而那条长长的蛇形队列中晃动着的头盔和闪烁的铠甲、旌旗、矛头以及羽饰则似波涛翻滚，一眼望去宛如一条浑身长着耀眼鳞片的巨龙在汹涌的水域游动。”②很快，随着雨势增强，室外搭建的帐篷、看台乃至于宴席凉亭纷纷垮塌，舞者与观众不得不四处躲雨，在饥寒交迫中度过泥泞的一夜。尽管如此，这次化装舞会大赛依然受到了媒体的广泛关注；数家顶级媒体进行了报道，《泰晤士报》甚至还派出了6名记者进驻活动现场。此后数年内上演的一部哑剧和一部歌剧以及出版的一部小说均触及“埃格林顿化装舞会大赛”。③

如笔者在上文所指出，1839年“埃格林顿化装舞会大赛”的实况报道显然以某种方式对坡产生了艺术上的触动——我们可以从《红死魔》的字里行间发现许多惊人的相似性。譬如，美国的坡研究专家们时常围绕故事中7个房间的布局到底是“环形”还是“之字形”发生争议，但此刻如果我们留意到历史报道中所调侃的那条浑身长满鳞片、在泥泞乡野上蜿蜒的“巨龙”，则多少能够探悉坡所暗藏的现实讽喻。另外，我们注意到埃格林顿化装舞会的千名宾客之中有一位神秘人物，那个被称为“西摩小姐”

① Sidney P. Moss. *Poe's Literary Battles: The Critic in the Context of His Literary Milieu*. Durham: Duke University Press, 1963, p. 76.

② Helene E. Roberts. “Victorian Medievalism: Revival or Masquerade?” pp. 21—27.

③ Ibid.

(Lady Seymour)的“美女皇后”；类似地，坡的叙述者在描述“红死魔”化装舞会的娱乐筹备之际亦同样提及了“千名宾客”和一位无名氏“美女”。与此同时，普洛斯彼罗王子所设计的那 7 个房间乃是从“东端”(eastern extremity)的蓝色房间一直延伸至“西端”的黑色房间；这两个方位词在小说中反复出现，不禁让人联想起坡同时代的作家彼得·布坎在《埃格林顿化装舞会大赛与摘下面具的绅士》(1840)一书中围绕埃格林顿赛场装置所频频做出的极为相似的方位描述(譬如在“东端”的中心位置搭建的是所谓“哥特风格”的廊台)①；尤为突出的是，两者在场景描述的话语风格上亦极其相似。不过，最为核心的相似性恰恰呈现在最易为忽略的表层逻辑之上：两者均关乎一位贵族或皇室身份的人物如何亲自策划、操办一场“作为仪式”的化装舞会。这一逻辑自然也指引我们将目光投向另一场重大的皇家仪式活动——1842 年 5 月 12 日由维多利亚女王倾心策划、举办的白金汉宫化装舞会。

根据英国学者罗伯茨在其研究中引用的历史文献，可以发现 1842 年 5 月，年轻的维多利亚女王在其丈夫阿尔伯特(Albert)亲王的协助下，耗资 10 万英镑在白金汉宫精心策划了一场声势浩大的化装舞会。女王本人不仅在舞会上将自己装扮为皇室先祖，更下令要“严格遵从历史的准确性”；依照舞会纪念手册的描述，许多“艺术家”与“各类工匠”应皇室招募前来精确复制古代服饰，“布料必须专门编织——马刺、武器及珠宝，均要求特别设计和定制”。当然，这场隆重的化装舞会“并不仅仅着眼于复兴中世纪的时尚和风俗，同时也是为了让伦敦的萧条经济得以复苏”。更重要的是，“媒体对这次化装舞会给予了高度关注”，肯定其为“艺术与商业的完美结合”；当时的《伦敦绣像新闻》(*Illustrated London News*)为此还刊发了诸多再现舞会盛况的画作。此外，《时尚世界》(*World of Fashion*)、《环球》(*Globe*)、《艺术联盟》(*Art-Union*)以及《泰晤士报》等多家重要报刊均对此次化装舞会给予了盛赞。②

由于《红死魔》的首度发表与维多利亚女王的化装舞会在同年同月

---

① Peter Buchan. *The Eglinton Tournament and Gentleman Unmasked*. London: Simpkin, Marshall, and Co., 1840, pp. 33—34.

② Helene E. Roberts. "Victorian Medievalism: Revival or Masquerade?" pp. 27—31.

(同日?[①])发生,因此坡几乎不可能在构思上有直接"模仿"后者的机会(更不必说其相似度亦远不及"埃格林顿化装舞会大赛"),但问题的关键并不在此,而是在于两者在同一历史节点上的"巧合"本身即意味着坡对于时下英国社会阶级矛盾的艺术化关注——那位向来不乏"贵族情结"的坡恰恰在现实生活中过得颠沛流离,而他本人作为一个被挤压在贵族阶层与中下阶层之间的潦倒作家(一个被富商养父扫地出门的"半个贵族")似乎从大西洋对岸正得以如火如荼展开的社会变革中看到了自己的复杂面相。[②] 正是在此意义上,坡极有可能仅仅借助某种"预见性"的文学创作去暗合维多利亚女王的白金汉宫化装舞会。换言之,鉴于时间上的巧合,坡在创作《红死魔》之际只能依据新闻媒体对那一重大皇家仪式活动的预告来做出推测。有趣的是,这种围绕即将发生或是正在发生的新闻事件所展开的不乏超前意识的"时效性创作"在坡的笔下并不鲜见;[③]而这大抵也是缘于坡本人在新闻媒体长期工作之际所衍生出的职业化取向。

---

① 当时首度发表《红死魔》的刊物仅仅标注了年、月信息,而现有文学史料亦未有将其发表日期精确到某一天的案例,因此目前只能确定至"同年同月";但即便如此,这两个文化事件在时间节点上的巧合程度之高依然不可小觑。

② 坡在小说中时常流露出其对贵族与暴发户所持有的不同态度。譬如在《未来景致》中,坡即表达了对贵族政治的眷恋,如其写道:宇宙间的万物均遵循"等级法则"(laws of *gradation*),而现代人却设想出一个"再古怪不过"的理论,以为"所有人生来即享有自由与平等";不仅如此,他们还鼓励所有人共同参政议政;而当每个人均拥有"选举权"之际,"共和国"便失去了"政府"(James A. Harrison. *The Complete Works of Edgar Allan Poe*, Vol. VI. p. 208.);但另一方面,正如美国学者斯图亚特·莱文与苏珊·F. 莱文所感到困惑的,坡"有时候"也会表达对贵族特权的反感(Stuart Levine & Susan F. Levine, eds. *The Short Fiction of Edgar Allan Poe*, p. 454.)。

③ 关于这一点,我们可以从坡创作《玛丽·罗热疑案》("The Mystery of Marie Rogêt")的实际经历中窥见一斑。如坡本人在小说的"注释"中所说,玛丽·罗热的故事乃是基于纽约发生的一个真实悬案所展开,并且坡不乏自信地暗示要借此机会展现他对案件结果的预测。由于小说是以连载的形式刊出,所以坡在前两期业已发表的部分中似乎对"谁是真正的凶手"进行了有意的预示——"那个皮肤黝黑的男人";然而就在小说的最后一期即将发表之前,1842 年 11 月 18 日出版的《纽约论坛》(*The New York Tribune*)上发布了一则消息,称现实案件中的一名当事人在临死之际的忏悔中道出了真相:案件中的姑娘并非死于谋杀,而是因流产手术发生意外致死。于是,坡刻意将小说最后一期的发表从 1843 年的 1 月份推迟到 2 月份,以便对故事中的某些细节进行调整,从而使自己先前的推测能够涵盖女主人公"堕胎致死"的可能性(See Peter Thoms. "Poe's Dupin and the Power of Detection," in *The Cambridge Companion to Edgar Allan Poe*. Ed. Kevin J. Hayes. Cambridge: Cambridge University Press, 2002, p. 140.)。

在笔者看来，1842 年 5 月于白金汉宫举办的化装舞会作为维多利亚女王隆重策划的大型活动，不仅仅承载了英国当局围绕伦敦的经济萧条所做出的仪式性重振，更是通过中世纪化装舞会这一复古文化仪式（在这一点上与“埃格林顿化装舞会大赛”可谓异曲同工）去应对 1832 年辉格派改革运动以来英国社会日益激化的阶级矛盾。作为马克思、恩格斯眼中颇具“社会主义精神”的英国历史事件，“宪章运动”的爆发实际上与稍早的辉格派议会改革主张有着不容忽视的内在逻辑联系：工业无产阶级无法通过参与工业资产阶级的政治诉求来分享贵族化改革运动的成果。[①] 不过，就笔者而言，“红死魔”的出现无异于凭借某种历史的必然性开始撼动那日渐衰败的英国封建城堡。因此，《红死魔》的社会批判价值并不在于说明上述两种伴随英国工业革命进程所产生的新兴社会阶层如何陷入了劳资冲突，而是在于突出中世纪以降的英国贵族精英政治如何在 19 世纪 30 年代前后遭到了空前的挑战。这一现象在维多利亚时代早期的小说情节中尤为显著，如英国著名历史学家多萝西·汤普森所指出的，那些小说往往关切的是“唤醒一头正在沉睡的社会魔兽而可能招致的风险”[②]；基于此，我们不妨说，《红死魔》乃是为那一文学“语料库”增添了新的素材。

第四节 从“化装舞会大赛”到“伦敦塔”

坡曾在 1841 年 3 月出版的《格雷厄姆杂志》上发表过一篇言辞颇为犀利的批评文章，专门就英国历史小说家安斯沃思（W. H. Ainsworth）的作品《伦敦塔：一则历史传奇》（*The Tower of London: A Historical Romance*）进行了点评。[③] 这个细节很可能是促成坡在不久后创作《红死

---

① Y. V. Kovalev. “The Literature of Chartism,” in *Victorian Studies*, Vol. 2, No. 2 (Dec., 1958), p. 119.

② Qtd. in James A. Epstein. “The Working Class and the People’s Charter,” in *International Labor and Working-Class History*, No. 28 (Fall, 1985), p. 74.

③ James A. Harrison, ed. *The Complete Works of Edgar Allan Poe*, Vol. X. pp. 110—111.

魔》之际决定植入“伦敦塔”意象的关键因素。[①]《红死魔》的叙述者在描述小说中的城堡式教堂时,特别强调其空间层面上的“内”与“外”——“安全在里面(within)”,“‘红死魔’在外面(without)”。这似乎是在暗示“伦敦塔”所特有的“内城”(inner ward)与“外城”(outer ward)之建筑结构[②]。此外,小说中反复突出的那座巨大的“乌木钟”亦让我们联想起“伦敦塔”里用于战时预警的钟楼(Bell Tower),那准点敲响的钟声或许正是让“红死魔”的化装舞者们心惊胆战的原因。实际上,“伦敦塔”城堡中的血腥历史也极有可能成为坡笔下那“红死”意象得以生成的一个素材来源。譬如“伦敦塔”的建筑群当中有著名的“血腥塔”(Bloody Tower),有处决安妮·博林(Anne Boleyn)等三名皇后的“格林塔”(Tower Green),还有一座同样沾满鲜血的“威克菲塔”(Wakefield Tower),那是亨利六世被杀害的地点,在文人眼中,“那间古屋——黑暗、阴森、神秘——目睹了兰卡斯特王朝的宗血浸入大地”[③]。

在笔者看来,“伦敦塔”城堡的建筑群多少与《红死魔》当中那 7 个色调各异、迂回蜿蜒的房间布局产生了不可忽视的关联,而“伦敦塔”里所发生的诸多皇室血案又多少赋予了那“西端”的房间某种现实意义的观照。在维多利亚女王的大型化装舞会即将或是正值登场之际创作《红死魔》这一哥特小说,似乎是坡在批判了安斯沃思的“粗制滥造”之后,试图满足自己围绕“伦敦塔传奇”进行艺术博弈的潜在冲动。历经岁月沧桑的“伦敦塔”所见证的“美女之死”,甚至为坡眼中那“最具诗意的主题”供奉了不乏血腥的艺术“牺牲”,如坡在《红死魔》中所描述的那样——“这里有美女,这里有芳醴”,还有什么能够比血红的葡萄酒更符合死亡的仪式象征呢?如上文所指出的,“红死魔”的化装舞会作为一种仪式,乃是旨在通过某种替罪羊的自我牺牲来实现生命秩序的回归,恰如维多利亚女王的化装舞

---

① 坡本人对伦敦也并不陌生,7 岁那年他便随继父约翰·爱伦(John Allan)到了英国,在伦敦附近的寄宿学校读书,直到 1822 年方才返回美国(Thomas Holley Chivers. *Life of Poe*. New York: E. P. Dutton & Co., Inc., 1952, p. 34.)。

② Simon Thurley. “Royal Lodgings at The Tower of London 1216—1327,” in *Architectural History*, Vol. 38 (1995), p. 47.

③ See “The Tower of London,” pp. 17－18. 尽管“伦敦塔”的空间布局与《红死魔》中的 7 个房间在数量和功能上并无显著对应,但两者所传递出的历史传奇信息则多有重合之处。

会(依照其表面上所标榜的那样)在狂欢之余亦是为了让伦敦的经济从萎靡之中复苏。然而,当我们在“伦敦塔传奇”的历史语境下重新审视《红死魔》之际,似乎还依稀看到了坡的另一丝不乏诗性的忧虑:一位热衷于在化装舞会中狂欢的女王可否摆脱“伦敦塔”的魔咒? 就像托马斯·莫尔(Thomas More)在听到女儿描述安妮·博林女王如何在歌舞升平中消磨时光之际所发出的唏嘘:“我痛心于想象她那可怜的灵魂即将落得个香消玉殒。……用不了多久,她自己的脑袋便会像她的舞蹈那样跳舞。”①

不过,坡似乎并不情愿让自己的诗学信条沦为现实政治的压迫机制——毕竟,陪伴“美女”的是“芳醴”,而非字面意义上的血光之灾。但是,这一善意的美学愿景恰恰让《红死魔》成了笔者眼中最为恐怖诡谲的哥特传奇。在1842年化装舞会举办之后的半个多世纪中,维多利亚女王即将目睹其本人作为“血友病”(haemophilia)基因携带者给英国王室招致的“血光之灾”:自从女王的第四个儿子利奥波德(Leopold)王子于1853年降临人世,这个基于染色体突变所造就的“红死魔”便成了臭名昭著的“皇室瘟疫”②;其典型病症是血凝障碍引发致命的内出血③。尽管坡在创作《红死魔》之际与1853年前的维多利亚女王一样对血友病毫不知情,但普洛斯彼罗王子在挑战“红死魔”的瞬间倒地而亡——滴血未流! 这一反常现象在研究者们看来显然有悖于坡在小说开篇处所做出的“七窍流血”之描述;而此刻,当我们将坡在《红死魔》当中一直试图营造的“血光之灾”置于维多利亚时代的“皇室瘟疫”那一病理学背景之中,即会发现一个迄今为止尚未被人意识到的极其合理的科学答案。然而,这一即便是坡本人亦未曾料想的历史预见性恐怕也会使得《红死魔》成为哥特文学史上的旷世之作。我们不妨记住坡在其作品中所屡屡强调的一个悖论,“真实比虚构更为奇怪”④。

如果我们将“伦敦塔”的魔咒从病理科学转向社会政治,即会发现“红

---

① See “The Tower of London,” p. 18.

② See “Haemophilia in the Descendants of Queen Victoria,” http://www.englishmonarchs.co.uk/haemophilia.html.

③ Angela Kelly. “Making Community: Individuals and Families Living with and Affected by Haemophilia, HIV/AIDS and Other Blood Borne Viruses,” in *Culture, Health & Sexuality*, Vol. 4, No. 4 (Oct.-Dec., 2002), p. 444.

④ 坡在数则小说作品中均提及过这一“似非而是”的逻辑命题,详见于雷:《基于视觉寓言的爱伦·坡小说研究》,第62页。

死魔"在坡的笔下幻化成了化装舞会面具掩蔽下的无形之力,它所引发的贵族阶层眼中的"恐惧"乃是在于其被"摘下面具"之后的虚空;它源自19世纪初(尤其是1832年辉格派议会改革之后直至"宪章运动"中期)英国新兴社会阶层的政治身份缺失。巧合的是,坡同时代的英国作家彼得·布坎于1840年出版《埃格林顿化装舞会大赛与摘下面具的绅士》一书,向那位崇尚中世纪贵族精英文化传统的埃格林顿伯爵致敬。该书以已故英王詹姆士(King James)在极乐世界与一位被冠以"大卫爵士"(Sir David)的博学者之间的问答对话形式展开;书中特别围绕"埃格林顿化装舞会大赛"的诸多细节进行了描述,并以此盛赞埃格林顿伯爵在恢复英国"绅士"文化方面所做出的巨大贡献。这一部分实际上乃是作为全书的一个"引子",服务于主体部分围绕"绅士"品质在英国社会体系中的独特价值而做出百科全书式的探讨。

布坎之所以凭借"埃格林顿化装舞会大赛"开宗明义,其本质乃是希冀对英国新旧贵族身份的混杂性表达不满,换言之,即是要甄别何为"真绅士"(以埃格林顿乃至于维多利亚女王为代表的传统贵族阶层),何为"假绅士"(以1832年至1840年间先后寻求政治身份合法性的中下阶层等为代表的新兴社会力量);正如布坎笔下的英王詹姆士对"大卫爵士"说道:"'绅士'这个字眼业已变得司空见惯,且总为各阶层所滥用,以至于它不仅遭受张冠李戴,还流于混淆视听;如此,我便恳请你为这一表述正名,将'绅士'的面具'摘下',因为我希冀厘清谁才能实至名归地拥有如此高贵的称呼和头衔。"[①]所谓的"摘下面具",在布坎的字面意义上乃是指"揭示何为真正的绅士",而在坡的笔下却是着眼于褫其华衮,示人本相,让"红死魔"的可怖面目得以现身;饶有意味的是,英王詹姆士口中的"将绅士的面具摘下"(unmask the Gentleman)恰恰使得"绅士"的定位陷入了逻辑上的悖论——毕竟,真正的"绅士"本身即是不戴面具/伪装的,布坎本人的血统决定论业已强调了这一点。[②] 当这一奇特的表述被置于坡的

---

① Peter Buchan. *The Eglinton Tournament and Gentleman Unmasked*, p. 2.

② 布坎作为维护贵族精英阶层利益的知识分子,显然对19世纪初英国社会中出现的新兴阶层是排斥的,如其在书中写道,"古谚有云:'粗大汉绝不会散发绅士风'(Jack will never make a Gentleman)";虽然"绅士"的内涵是多重的,但血统的纯正恰恰是无法后天习得的品性(See Peter Buchan. *The Eglinton Tournament and Gentleman Unmasked*, pp. 76—77.)。

文本语境时,我们发现“红死魔”被“摘下面具”之际恰恰又在语用逻辑意义上自动成为“绅士”;这或许也正是辉格党改革乃至于“宪章运动”旨在实现的政治诉求。

布坎围绕“何为绅士”所进行的哲学探讨不仅刺激了19世纪初英国新兴社会阶层的神经,也多少刺痛了坡作为“半个贵族”所守护的敏感灵魂——难怪乎他在小说《提前埋葬》(“The Premature Burial”)的末尾处借第一人称叙述者之口发出了终极呼号:“烧掉‘布坎’”,“成为新人”①。自中世纪以来,尤其是英国文艺复兴时期,化装舞会始终是贵族文化阶层的重要社会仪式活动,而到了18世纪以后则逐渐拓展为一种“大众娱乐”。为了参加化装舞会,来自社会各阶层的人们将自己装扮成千奇百怪的角色,但无论怎样,“服饰的基本要素离不开那用以隐匿穿戴者身份的面具”②。化装舞会在18世纪以后的英国文化中所呈现的符号意义不仅带着“享乐”,更伴有“危险”;它通过“违背礼仪、社会角色的狂欢化以及戏仿式的象征性颠覆”,挑战高度严格的英国社会秩序和等级制度,并在此基础上“开辟可供转换、变化与流动的临时空间”③。于是,普洛斯彼罗王子的化装舞会变成了“红死魔”的化装舞会——《红死魔》的仪式价值大抵在此。

---

① James A. Harrison, ed. *The Complete Works of Edgar Allan Poe*, Vol. V. p. 273.

② Helene E. Roberts. “Victorian Medievalism: Revival or Masquerade?” p. 17.

③ Terry Castle. “The Carnivalization of 18th-Century English Narrative,” p. 905.

第八章

“双重束缚理论”与坡的替身小说

替身(doppelgänger)小说是坡笔下不容忽视的亚文类,它们不仅展现出哥特文学的一个独特母题,更能够为心理学围绕无意识世界中的否定缺失找到一种“否定的回归”。英国人类学家格雷戈里·贝特森在其围绕精神分裂症以及动物行为进行的研究当中,揭示了一种能够在病态逻辑与艺术想象之间实现对接耦合的所谓“跨语境综合征”(transcontextual syndromes);它将英国哲学家罗素眼中的“逻辑类型”混乱转化为针对精神分裂症患者的“双重束缚理论”,并从中提炼出艺术活动的独特发生逻辑——字面信息的隐喻加工。本章以这一理论框架为研究平台,通过给予坡的替身小说某种全景式观照,从人物心理与叙述结构这两大层面探讨替身美学的运作机制;在此基础上,笔者得出如下结论:替身现象既存在于文学作品的人物镜像关联之中,也会以巴赫金式的对话性逻辑呈现为显性情节与隐性进程所共同构建的叙述动力学;它不仅为当今西方学界的“表层阅读”流派提供了有效案例,更使得坡所一贯倡导的“秘密写作”获得了叙事学阐释的绝佳模型。

第一节 替身逻辑:从“双重束缚”到艺术创造

替身又称“双影人”抑或“二重身”,它作为世界文学殿堂中一个极其重要的文学现象乃是源自德国浪漫主义文学,堪称哥特小说文类当中的“经典主题”;而坡,正如其所颇为欣赏的德国作家 E. T. A. 霍夫曼那样,乃是学界公认的替身叙事大师。[①] 事实上,在世界替身文学的宏观语境之下,我们还能够找出一系列重要的代表作家;譬如“替身”一词的创造者,德国浪漫主义作家让·保罗(Jean Paul)、德国“诗意现实主义”的代表人物特奥多·施笃姆(Theodor Storm)、奥地利的费迪南·雷蒙德(Ferdinand Raimund)、爱尔兰的勒·法努、苏格兰的詹姆斯·霍格(James Hogg)、英国的王尔德、法国的缪塞(Alfred de Musset)、俄国的陀思妥耶夫斯基、土耳其的奥尔罕·帕慕克(Orhan Pamuk)以及葡萄牙的乔赛·萨拉马戈(José Saramago)等不胜枚举。[②] 值得一提的是,尽管文学替身现象是经过艺术化处理的审美衍生物,但却有其现实意义上的病理原型——精神分裂症。E. T. A. 霍夫曼的小说《魔鬼的万灵药》(*The Devil's Elixirs*)、坡的《威廉·威尔逊》、陀思妥耶夫斯基的《卡拉马佐夫兄弟》和《替身》(又译《双重人格》)、施笃姆的《双影人》、史蒂文森(Robert

---

① Dimitris Vardoulakis. “The Return of Negation: The Doppelgänger in Freud's ‘The Uncanny’,” in *SubStance*, Vol. 35, No. 2, Issue 110: Nothing (2006), p. 100. 关于文中“替身”这一表述,笔者主要依据海外同名电影在国内的通行译法;不过,在文学界,诸如陀思妥耶夫斯基、施笃姆和乔赛·萨拉马戈等著名作家所创作的同样以“替身”为名的小说标题则往往被译为“双重人格”“双影人”或是“二重身”,等等。笔者选择“替身”这一译法乃是因为其在语言表达上的精练和特殊语境下的普适性。譬如在涉及美国学者吉尔伯特与古芭的《阁楼上的疯女人》当中那个著名的概念“dark double”(Sandra Gilbert and Susan Gubar. *The Madwoman in the Attic: The Women Writer and the Nineteenth-Century Literary Imagination*. 2nd Edition. New Haven: Yale University Press, 2000, p. 360.)之际,“黑暗替身”这样的译法显然更具优越性。

② 关于文学替身概念的起源、发展及其在世界文学中的演变历程,笔者已在他处做出系统阐释(详见于雷:《西方文论关键词:替身》,第 100—112 页。),不再赘述。

Louis Stevenson)的《杰考博士和海德先生》(又译《化身博士》,*The Strange Case of Dr. Jekyll and Mr. Hyde*)、奥康纳(Flannery O'Connor)的小说《暴力救赎》(*The Violent Bear It Away*)、康拉德的短篇小说《秘密的分享者》("The Secret Sharer")乃至于勃朗蒂的《简·爱》,等等,均在文化隐喻层面上显现出主人公的精神分裂症候。[①]

这里我们注意到一个有趣的现象,即精神分裂的病理特质与文学艺术的创作美学之间存在某种不容忽视的亲缘性。就此来说,格雷戈里·贝特森围绕精神分裂症而提出的所谓"双重束缚理论"恰好为我们提供了一种不可或缺的学理支撑。他曾在跟女儿玛丽(Mary Catherine Bateson)于林间漫步时做出一番令人咋舌的评价——"自然是一个肮脏、施以双重束缚的婊子"。"双重束缚"作为贝特森提出的一个理论概念,尽管脱胎于精神病理学(尤其是精神分裂症),但却是一种基于应对所谓"多重逻辑层面"(multiple logical levels)而"在生活中反复出现的特征"。不过,玛丽·贝特森又接着对"双重束缚"进行了不乏人文主义的推而广之,指出它恰恰是人类存在的本质属性:一方面我们无法逃避死亡,另一方面我们又必须"争取个人生存"。[②] 这一点与《第22条军规》(*Catch-22*)中的黑色幽默呈现出本质上的逻辑一致性。在"双重束缚"的理论框架之下,我们不仅可以找到精神分裂症病原学基质中所包含的某种"经验性成分",与此同时也可发现"相关的行为模式,譬如幽默、艺术、诗歌等";换言之,所谓的"双重束缚理论"在格雷戈里·贝特森看来,并不会在艺术家与精神分裂症患者这些"亚类属"之间做出甄别——我们无法断定"某个具体的人是否会成为一个丑角,一位诗人,一个精神分裂症患者,或是这些角色的综合体"。为了表达这种兼病理与禀赋于一身的独特情境,贝特森特别创造了这样一个术语——"跨语境综合征",它可能为一位艺术家的生活平添情趣,亦可能让一位精神分裂症患者陷入混沌;当然,这两者之间存在一个共同点,即往往都采用"双重视角"(double take)——"一片飘零的树叶"或"一位朋友的问候"绝不会"仅此而已别

---

① 详见于雷:《西方文论关键词:替身》,第105—108页。

② Mary Catherine Bateson. "The Double Bind: Pathology and Creativity," p. 11, p. 15.

无他”。[①] 这一在罗素理论视阈中原本属于“逻辑类型”混乱的情形却成了文学叙事获得其“替身”结构的艺术之源。[②]

替身文学不仅在人物的心理学层面也同样在叙述的结构性层面呈现出“双重束缚”所引发的精神分裂症候，它一方面为文学认知的发生逻辑提供了科学阐释的依据，另一方面也为坡旨在倡导的所谓“秘密写作”创造了有效技术手段。在此意义上，申丹教授在叙事学领域所开创的“隐性进程”概念显得尤为重要。这一进程既独立于显性的情节发展，又与之相互映衬；既存在于叙事的表层结构之中，却又往往不为所见。[③] 坡通过其看似有悖常理的视觉认知策略——“侧视”(抑或曰齐泽克的“斜视”)——使得我们对同一叙事对象产生了“视差”(parallax)反应；在此基础上，“隐性进程”作为情节发展的“影子”逻辑亦引发了意义阐释的虚实错位现象：偏正倒置、背景的前景化、边缘的中心化。譬如华盛顿·欧文(Washington Irving)的短篇小说《瑞普·凡·温克尔》(“Rip Van Winkle”)的情节发展几乎无异于中国“王质烂柯”之典故，但其隐性进程所透露的却是美利坚宣告政治独立那一历史事件[④]；又譬如马克·吐温的一则非经典的短篇小说《加州人的故事》，其显性的哀情故事背后所隐匿的乃是贯穿情节始终、针对淘金梦骗局的批判[⑤]。

“双重束缚”虽缘起于精神分裂症的病理分析，但正如其发现者贝特森自己所颇感兴趣的那样，它也恰恰是艺术家们从事伟大创作之际不可

---

① Gregory Bateson. *Steps to an Ecology of Mind*, p. 272.

② 与笔者在本书第三章论及的“表层阅读”理论相似，此处贝特森所提出的“跨语境综合征”或是基于“逻辑类型”混乱所产生的“罗素悖论”(详见本书第一章中的相关内容)均可谓不乏精神分裂症候的独特表征形态；它们是替身人物性格(“自我”与“另一个自我”)与替身叙事结构(“显性情节”与“隐性进程”)获得其镜像关联的内在驱动。可见，申丹教授提出的“隐性进程”概念在相当程度上有助于我们对文学替身现象做出更为有效的阐释。

③ 详见申丹：《西方文论关键词：隐性进程》，第81—96页。

④ 详见杨金才：《从〈瑞普·凡·温克尔〉看华盛顿·欧文的历史文本意识》，载《解放军外国语学院学报》2001年第6期，第75—79页。

⑤ 马克·吐温的这则故事极佳地展现了“隐性进程”与“情节发展”之间发生的叙事辩证运动，借鉴申丹教授的术语，不妨说该作品在感伤主义的情节发展背后存在着由催眠和骗局分别充当策略与目标的隐性进程；如果我们仅仅聚焦于情节层面，即可能像许多批评家误会的那样将此短篇小说视为作者在晚年屡遭挫折之际所流露出的感伤主义情绪，从而彻底忽略了马克·吐温实际在更为艺术化的层面上所植入的社会批判话语(详见于雷：《催眠·骗局·隐喻——〈山家奇遇〉的未解之谜》，第70—81页。)。

或缺的独特规约。值得注意的是,作为一个资深的动物行为研究者,贝特森还通过观察鼠海豚与训练师之间的“跨语境”实验(也即刻意打破条件反射所形成的习惯机制,让鼠海豚“陷入错误之中”,从而通过不断重复以迫使其产生进行某种即兴表演的兴奋),并由此得出结论:哺乳动物在“双重束缚”/“跨语境综合征”的影响之下,尽管会因为业已习惯的交往程式遭遇突变而难免产生挫败感,但与此同时也恰恰为其提供了一种规避病理的渠道——“创造性”(creativity)。(*Steps* 276—278)在笔者看来,替身小说的最突出之处不仅在于人物层面上的镜像关系,也在于将显性情节发展与隐性进程加以对位、错位乃至于换位的艺术化的“跨语境综合征”。就前者来说,人物往往因其影子形象的否定性回归而获得某种类似于“暗恐”的陌生化对峙;而对后者来说,叙事结构内部所包含的显性情节与隐性进程则同样表现出人物替身关系那样的辩证否定逻辑——如申丹所言,“这两种叙事运动的交互作用,在于这两种冲突的相互矛盾、相互制约和相互补充”[①]。可以说,替身文学的独特魅力正在于它能够借助“双重束缚”机制在人物性格或叙事结构层面造成“病理分裂”,出其不意地实现了文学艺术的“创造性”;不仅如此,这种病理状态给读者所造成的“挫败感”也同样激活了阅读认知的“创造性”。

第二节　人物替身:从精神分裂到诗学隐喻

在坡的替身小说世界中存在着诸多不乏精神分裂倾向的人物。他们来自一系列看似并无直接关联的短篇小说当中——《威廉·威尔逊》《泄密的心》《人群中的人》《红死魔化装舞会》乃至于《被盗的信》;在这些故事中,主人公均时刻为一个神秘的影子形象所跟随,并不得不屡屡与之展开徒劳的斗争和博弈。当然,除了这些具备完整替身情节的小说之外,还有

---

① 申丹:《情节冲突背后隐藏的冲突:卡夫卡〈判决〉中的双重叙事运动》,第 97 页。实际上,我们还可以进一步将申丹教授的理论建构(作为叙事审美的物理维度)延展为一种叙事审美的认知维度——在替身小说中,隐性进程往往能够将我们业已熟悉的显性情节翻转为陌生化的“暗恐”之思。

许多在局部地带同样触及人物替身关系的作品，譬如《厄舍屋的倒塌》《黑猫》《椭圆画像》以及《梅岑格斯坦》，等等。人物替身现象的最显著特征在于其病理性的精神分裂症候，而造成这一病理现象的原因（如贝特森所言）正是“双重束缚”。它指的是某种类似于道林·格雷或威廉·威尔逊所遭遇的情境，即“无论一个人怎么做，他都‘不可能赢’”；在此基础上，贝特森提出假说，认为“一个为双重束缚困扰的人有可能产生精神分裂之症候”（*Steps* 201）。贝特森指出，精神分裂症患者因其所遭受的“双重束缚”而必须生活在一个独特的“宇宙”之中，以便“使他的那些反常的交往习惯获得某种意义上的正当性”；这种事件序列作为病态规约下的合理“外部经验”，将不可避免地（同时也是无以解决地）造成患者的内在逻辑冲突。（*Steps* 206）在笔者看来，这一冲突毫无疑问亦是坡笔下的精神分裂人格所特有的气质秉性。

《威廉·威尔逊》是坡的替身小说中最具图式意义的典范，也是世界文学史上极为重要的替身叙事作品。故事发生在19世纪初的英国。第一人称主人公叙述者出身于贵族家庭，但却拥有一个颇为“平民化”的姓氏，“威尔逊”。青少年时代，他曾在布朗斯比博士（Dr. Bransby）的学校读书。由于家族基因的影响，威尔逊天生即拥有超凡的想象力和敏感的神经；但随着年龄的增长，他身上愈发显现出诸多不良品性：情绪乖张、刚愎自用、恣肆放纵。在布朗斯比博士的学校里，他很快凭借自己的独特表现成了同学们心中的偶像，唯有一人令其惶惶不可终日。此人与“我”拥有相同的教名和姓氏（在接下来的叙述中，“我”临时虚构了一个假名——威廉·威尔逊），与“我”同年入校，而且从外貌到举手投足均似“我”之翻版；更神奇的是，他居然与“我”系同年同月同日生。此外，他不仅在学习成绩和运动技能等诸多方面时时对“我”构成挑战，而且还总是居高临下地对“我”的所作所为横加干涉；尽管他的举动每每让“我”感受到伤害和羞辱，但其初衷似乎并非出于个人野心，而仅仅是为了让“我”经受“挫败、惊愕或窘困”，甚或是源自某种不乏情感的“帮助和保护”①。“我”暗地里不禁对他产生了几分惧怕，更确信其“真正占了上风”（*Tales* 215）。如果

---

① Edgar Allan Poe. *The Complete Edgar Allan Poe Tales*, p. 216. 下文凡引自该著作的引文均直接以题名的简称“*Tales*”与引文出处页码在括号中随文标示，不另作注。

说他有任何缺陷,那就是他先天不足的喉咙——他说话时最多只能采用一种极为低沉的耳语;不过,即便如此,他还是能将“我”的腔调模仿得惟妙惟肖。“我”在这所学校总共待了五年;前几年,“我”尚能勉强接受他那令人憎恶的“监督”,但到了最后的几个月,“我”终于无法忍受他的高傲之态,并与之发生激烈口角——那是两人最后的一次交往。然而,奇怪的是,他此后似乎刻意地躲着“我”。在离校前的一个深夜,“我”趁其他同学熟睡之际,提着灯蹑手蹑脚来到他的床前,撩开其紧闭的帷幔,满怀恐惧地窥视着他的脸庞。①

不久,“我”便永远地离开了布朗斯比博士的学校,前往伊顿公学就读。在那里的三年,“我”非但没能学有所成,反倒是将自己根深蒂固的恶习发挥得淋漓尽致。一日深夜,“我”邀请了几位狐朋狗友参加秘密狂欢派对;可正当大家兴致高涨之际,突然有客来访。于是,“我”醉醺醺地走进昏暗的前厅,只隐约看见一个与“我”身高相仿的年轻人。他疾步走到“我”的跟前,极不耐烦地攥住“我”的胳膊,低声在“我”的耳畔说道:“威廉·威尔逊。”还没等“我”回过神来,他已拂袖而去。此事令“我”百思不得其解:这威尔逊究竟何许人也?从何而来?什么目的?不过,“我”似乎并不打算深究下去,因为紧接着,牛津大学将成为新的“避难所”。在这座全欧洲“最为放纵的大学”(*Tales* 220)里,“我”几乎将自己训练成了一名职业赌徒,采用各种高明的手段从同学的腰包里聚敛钱财。两年后的一天,学校来了一位名叫格兰迪宁的年轻暴发户。由于此人头脑简单,于是,“我”遂将其当成了下一个猎物。经过一番精密部署,“我”成功将其邀请至同学聚会上,并极为“艺术地”使之成为“我”在牌桌上的唯一对手。自然,“我”的赌博骗术很快便让其输得精光,继而债台高筑。可是就在“我”准备脱身之际,门突然被拉开,屋内的烛火也随之熄灭;只见门口站着那个身高与我相仿的年轻人,他毫不留情地当众戳穿了我的“手法”。众人随即从“我”的袖子里和口袋里找到了逢赌必赢的秘密。不过,大家

---

① 值得注意的是,这个细节与《泄密的心》当中第一人称叙述者对影子形象的窥视如出一辙,堪称是替身小说中最为经典的桥段之一。它的价值在于借助主人公与替身角色之间的象征性甚或字面性镜像关联,以一种极富戏剧性的手段折射出主人公的精神分裂症候,当然亦可说是最为“经济性”地实现了作品戏剧冲突的最大化。

在发现真相之后却并未如想象的那般表现出极度的愤怒。相反,他们以“沉默的鄙视”和“冷静的嘲弄”让“我”无地自容。

翌日清晨,“我”便黯然离开牛津前往欧洲大陆;然而无论在巴黎和柏林,抑或是在维也纳和莫斯科,所到之处似乎总是无法摆脱那个“幽灵”人物的无尽纠缠;他会在关键时刻让“我”的设想化为乌有。最为戏剧性的一幕发生在18 * * 年的罗马狂欢节期间,当时“我”正在享受布罗利奥公爵(Duke Di Broglio)举办的化装舞会;其年轻美貌的娇妻已提前将自己当晚的装扮告诉了“我”。可是,正当“我”准备穿过拥挤的人群去接近她时,一只手轻轻地搭在了“我”的肩上,耳畔再次响起了那低沉的声音。此时的“我”愤怒到了极致,一把将其拖进舞场隔壁的房间内对其厉声呵斥,并强迫其拔剑决斗。很快,“我”便将其逼至墙角,进而歇斯底里地将手中的武器反复刺向他的胸膛。就在那一刻,有人试图推门,于是“我”急忙转身予以应付,以防他人闯入。然而奇怪的事情发生了:当“我”再次回到现场时,威尔逊却不见了踪影,只剩下他的面具和外衣掉落在地上;而房间里出现了一面硕大的镜子,里面站着他——脸上的一切都与“我”本人毫厘不差。那正是威尔逊,他不再用耳语低声说话,而是以“我”的声音说道:“你赢了,我输了。不过,你也因此而亡——失去了这个世界,失去了天堂,失去了希望!你曾在我那里活着——现在,我死了,眼前就是你自己的身影,你看见了你本人如何将自己彻底地杀害。”(*Tales* 225)

《威廉·威尔逊》的第一人称叙述者(作为“力比多本能”的化身)不得不对抗一个从姓氏到外貌均与之相同的“影子人物”。作为道德监控机制,后者代表了弗洛伊德的所谓“文化及伦理观念”;值得一提的是,弗洛伊德认为这种“被监视的幻觉”即便在正常人身上亦同样存在,并会引起当事人的“反叛”,而到了某些妄想症患者那里则会时常伴随一种批判性的“语音媒介”,正如《威廉·威尔逊》中的主人公每逢寻欢作乐之际便会遭遇影子人物在其耳畔发出的那“低沉而可憎的呢喃”(*CPS* 291)[①]。勒·法努1872年发表的短篇小说集《镜中幻象》(*In a Glass Darkly*)之

① 于雷:《西方文论关键词:替身》,第105页。影子人物的“语音媒介”往往表现为关键时刻主人公耳畔响起的那充满魔性的声音,它们可能发挥道德监控的作用,抑或具有欲望诱导的功效——奥康纳的小说《暴力救赎》即是对其做出精彩演绎的现代文学尝试。

所以用“镜子”作为核心标题概念,正是因为替身小说中的主人公与其影子角色往往构成一种典型的镜像对称/对峙关系,[①]而镜子则也常常是替身叙事中的核心道具——字面意义上或是象征意义上;它不仅可在纳西索斯(Narcissus)那一经典神话原型中找到其赖以存在的心理学依据,更是恒久以来在世界文学殿堂中被赋予了某种“示人本相”之独特功效。如美国学者丽塔·特雷斯同样从歌德笔下的替身现象中所发现的那样,镜子“作为揭示秘密的先知”能够告诉我们常规条件下无法获取的信息。[②]即便在没有镜子作为事实道具的情形下,人物之间的镜像关系也往往是替身叙事的核心组件——坡在《威廉·威尔逊》以及《泄密的心》等作品当中所描绘的人物间的午夜窥视场面即是典型例证。那一幕与道林·格雷面对自己的肖像画之场景可谓异曲同工。[③] 威尔逊的精神分裂人格正体现于上述镜像关系之中,它关乎贝特森所说的“双重束缚”:一方面,威尔逊秉持着波希米亚式的恣肆放纵的生活理念,另一方面他又在心灵深处不断遭受道德戒律的鞭笞。那两个相貌全然一致的“威尔逊”不过是对“双重束缚”加以人格化处理的艺术再现,实则仅仅存在着同一个为精神分裂所困扰的“威尔逊”。这一点可在小说的结尾处得到明确的印证,如影子角色立于镜中对主人公所说,“你曾在我那里活着”,而现在“我死了,眼前就是你自己的身影,你看见了你本人如何将自己彻底地杀害”。可以说,《威廉·威尔逊》凭借影子人物的神秘咒语还原了主人公的精神分裂症候。

---

① 替身小说中主人公与影子角色之间的镜像关联几乎成了这一文类创作的机械程式,譬如勒·法努的《卡米拉》当中的少女劳拉与吸血鬼化身而来的“美丽姑娘”卡米拉、陀思妥耶夫斯基 1846 年发表的小说《替身》(又译《双重人格》)当中的“大戈利亚德金”与“小戈利亚德金”、夏洛特·勃朗蒂笔下的简·爱与疯女人伯莎·梅森、琼·里斯(Jean Rhys)在《藻海无边》(*Wide Sargasso Sea*)中描绘的主人公安托瓦内特与黑人女仆蒂亚,以及史蒂文森笔下的“杰考博士”和“海德先生”,等等,均为镜像关联的典型事例(详见于雷:《西方文论关键词:替身》,第 105—108 页。)。

② Rita Terras. “Goethe's Use of the Mirror Image,” in *Monatshefte*, Vol. 67, No. 4 (Winter, 1975), p. 389.

③ 其最为典型的情节元素在于主人公与其替身形象发生冲突,并在高潮时刻将主人公的暴力抵抗隐喻性地转化为针对自我的道德审判。这一点可在王尔德的《道林·格雷的肖像》(*The Picture of Dorian Gray*)当中窥见一斑,自然也频现于坡的笔下,如《泄密的心》《黑猫》以及《你就是那个人》(“Thou Art the Man”)等。

依据美国学者霍拉斯·E. 索纳早在1934年所进行的考证，文学史上存在诸多类似于《威廉·威尔逊》那样的替身叙事，它们与其说是相互之间发生的潜在“剽窃”，不若说是共同受益于一个时常为学界所忽略的“文学幽灵”：从爱尔兰传说到17世纪西班牙作家蒙塔尔万(Juan Perez de Montalvan)与卡尔德隆(Pedro Calderón de la Barca)的作品中，均出现过一个名叫路易斯·艾尼乌斯(Luis Enius)的爱尔兰裔士兵，一个作恶多端的杀手——按照蒙塔尔万的描述，艾尼乌斯在一次即将行凶之际突然得到一份从天而降的神秘纸片，告知某人业已被杀，而那人正是艾尼乌斯自己。相比之下，卡尔德隆的版本则是采用此后坡所热衷的“恩怨复仇”与“自我审判”加以杂糅的复合模式：每逢艾尼乌斯即将行凶之际，总会出现一位神秘的造访者阻碍其动手，而当他最终斗胆面对后者并揭去他身上的斗篷时，才发现只剩下一具会张嘴说话的骷髅：“不认识自己吗？/这是你最忠实的肖像；/呜呼，我便是路易斯·艾尼乌斯啊。”[①]稍做比对，我们即可清晰地发现威廉·威尔逊与其文学原型艾尼乌斯之间的高度相似性：其一，两者均陷入善与恶共同作用下的“双重束缚”，如此造成了人物的精神分裂症候；其二，均在冲突的高潮节点上发生影子角色的虚空幻化，譬如此处被揭去斗篷后“张嘴说话的骷髅”；而在《威廉·威尔逊》当中则变成了会说话的镜中映像，再到《红死魔化装舞会》的末尾处，被扯开面具之后的“红死魔”(作为普洛斯彼罗的替身[②])同样是彻底的虚空——正如替身小说中那个始终游荡着的、名叫路易斯·艾尼乌斯的“文学幽灵”：他所逃避的恰恰是自己所追逐的，他所报复的也恰恰是自己所牺牲的。

替身小说中那会说话的虚空镜像表达的是主人公正在遭遇的“双重束缚”，它不仅意味着同一人物身上的善与恶发生戏剧化的对峙与冲突，更暗示了精神分裂症的一个重要认知特质——将字面和隐喻进行替换，在替身小说中则往往表现为人物将镜像投射误当成独立于自身之外的实

---

① Horace E. Thorner. “Hawthorne, Poe, and a Literary Ghost,” pp. 147－149.

② 美国学者本奈特在论及《红死魔化装舞会》之际指出“红死魔”——作为“被抑制的内疚感之化身”——就是普洛斯彼罗王子的“替身”(Zachary Z. E. Bennett. “Killing the Aristocrats: The Mask, the Cask, and Poe's Ethics of S & M,” p. 48.)。

体形象。很明显,这种混淆“逻辑类型”的做法乃是哲学家罗素旨在化解的难题,然而对于文学创作来说却是“歪打正着”的艺术品性。如贝特森所告诉我们的那样,精神分裂症患者习惯于对字面讯息加以隐喻化处理;他举例说医生迟到了,患者为了避免直接指责医生而可能讲述一则诸如“某人错过了上船时间”的隐喻性故事(*Steps* 209)。如果我们稍加留意,便会发现此类借助隐喻策略所生成的虚实错位逻辑在坡的笔下可谓比比皆是:在《被盗的信》中,杜宾围绕鞋匠“戏迷”尚迪伊的传闻所做出的那一连串让人眼花缭乱的逻辑推衍,即是通过不断对字面信息加以隐喻化处理的结果[①];在《一桶艾蒙提拉多酒》当中,叙述者主人公蒙特雷瑟亦真亦假地将傅丘纳托口中提及的所谓“共济会成员”(masons)“曲解”为字面意义上的泥瓦匠(mason)——其从身后亮出的那把用来砌墙的铲子无疑将“双重束缚”作用下的认知形态展露无遗。但是,坡的高明之处乃是要将这一病态心理纳入自然化的叙述逻辑中去,从而使得主人公在文本事实上不仅不是羸弱的精神病患者,反倒成了一个善于巧妙利用这种病态认知去成功实施个人阴谋的玄术高手。蒙特雷瑟虽然在显性情节发展中扮演的是一个旨在对傅丘纳托进行报复的谋杀者,但在隐性进程中却是像艾尼乌斯那般做出“自我摧毁”的精神分裂者。如美国学者史蒂文·卡特在论及《泄密的心》与《一桶艾蒙提拉多酒》等此类复仇之作时所指出,“坡笔下的谋杀者与其被害者通常均系替身关系”[②]。

有意思的是,上述替身关系也同样发生在坡的侦探小说当中,尤其是《被盗的信》里的杜宾与D部长——他们不仅拥有相同的姓氏首字母,更为重要的是在思维模式上亦完全契合(“既是数学家,亦为诗人”);与此同时,前者在向后者夺信之际,仍念念不忘公报私仇,刻意留下一行戏剧台词暗示自己的身份,从而达到使后者在智力上蒙羞之目的;这就再次映射了替身文学的所谓“恩怨复仇”模式。替身关系在坡那里折射出其本质上的文学内涵——因人格分裂所造成的“自我”与“他我”之间的一致性与对

---

① 具体细节可详见本书第二章(“文学与控制论:基于坡的小说考察”)第四节围绕“情节偏离”所进行的相关分析,此处不再赘述。

② Steven Carter. “Alexander's Bitter Tears,” in *Journal of European Studies*, Vol. 29 (1999), pp. 347—348.

峙性的杂糅，充分展示了“双重束缚”在人物塑造层面的戏剧化凸显。在此意义上，我们发现《凹凸山传奇》当中的坦普尔顿医生与其患者奥古斯塔·彼德洛之间那不乏神秘主义的“磁力关联”(magnetic relation)①同样呈现出替身文学的特质。不仅如此，《金甲虫》当中的主人公勒格朗也借助所谓“诗性的一致”(poetical consistency)②与海盗基德表现出类似的替身潜能。事实上，如果我们将这种隐性替身关联抽象化，即可留意到坡很大程度上乃是希冀在“召唤”与“抵御”之间(尤其体现于《厄舍屋的倒塌》③)构建一种双向催眠关系(也即主要人物与影子角色之间存在着的思想渗透与反渗透)，而这一逻辑又在“隐含作者”与“隐含读者”之间得到了元语言层面上的叙事学呈现。④

可以看出，替身小说当中的两位看似相互冲突的镜像人物，实则体现的是通过表面的消极承受去实施客观上的积极诱导。这使得替身关系在某种意义上与催眠发生了诗学对话的可能。贝特森尤其注意到催眠能够在正常人身上制造诸多“临时性的精神分裂症候”——“幻象、错觉、人格更变以及健忘，等等”，这些均折射出精神分裂症患者如何看似有效地对“双重束缚”的内在矛盾加以“解决”。(*Steps* 223)此类现象可在马克·吐温的短篇小说《加州人的故事》中得到极佳的体现。我们注意到，小说中那位因失去娇妻而精神失常的亨利先生不仅通过妻子的相片、书信以及家居布置等所构建的某种“物体系”来实现自欺之目的，更将来访的第一人称叙述者以及三位前来探视的矿工视为“同谋”，共同营造“娇妻犹在”的催眠幻象。在贝特森那里，一位精神分裂症患者同样在人际交往中避免让父母等诸多“占上风”的对象“知道他在做什么”，相反，他“为了成就父母那无意识的伪善而甘当一位同谋者”——患者与父母/医生之间于

---

① Edgar Allan Poe. *The Complete Poems and Stories of Edgar Allan Poe* with Selections from His Critical Writings, p. 515.

② James A. Harrison, ed. *The Complete Works of Edgar Allan Poe*, Vol. V. p. 141.

③ 在《厄舍屋的倒塌》中，那位代表着理性思维的第一人称叙述者面对厄舍的各种非理性表征，绝不仅仅是表面上显现的嗤之以鼻，相反他骨子里乃是藏匿着某种欲罢不能的冲动，暗自响应着厄舍的超自然召唤，如同“坐过山车所带来的惊悚之乐”(Louise J. Kaplan. “The Perverse Strategy in ‘The Fall of House of Usher’,” p. 55.)。

④ 关于“隐含作者”与“隐含读者”这两个概念如何相辅相成，共同维系叙事进程的内在驱动力，详见本书第二章第六节围绕元小说与“自创生”所做出的分析；此处不再赘述。

是产生了一种更富戏剧性的所谓“相互双重束缚”(mutual doublebinding)。(*Steps* 237)在笔者看来,“相互双重束缚”尤其在那些带有“反向催眠”逻辑的替身小说中得到了最为精妙的体现;如《凹凸山传奇》所展示的那般,医生在对病人施以催眠之际反而落入了病人于无意之间设置的催眠陷阱。① 有趣的是,此类小说在逻辑意义上也同样回应了坡在《被盗的信》中所概括的那一悖论:“盗信者知道失信者知道盗信者”;对于复仇类替身小说而言,则可演绎为“报复者知道受害者知道报复者”——这可谓是替身小说当中所惯常呈现的自反式循环逻辑。

第三节 隐性进程:从人物替身到结构替身

如果说一则叙事中的影子人物与主人公之间产生的是某种心理性替身关系,那么隐性进程与叙事情节则相应地组合为结构性的替身关系。就后者而言,替身现象作为“叙述的生成原则”可能会指涉文本完形结构中的“内部映射”②;这种观念回应了《陀思妥耶夫斯基诗学问题》中围绕复调小说所做出的思考:“[替身现象]……不仅在思想方面和心理方面,而且还在[小说的]布局结构方面,都起着重要的作用。”③申丹教授指出,隐性进程并非局部情节缺失或旨在为主体情节做出解释的某些“隐匿情节”,而是指“自始至终跟情节并列前行,构成另外一个表意轨道”——它作为“独立运行、自成一体”的话语系统与其说是为情节发展提供解释,不如说是与情节发展进行对话,既可以“相互补充”,亦能够“相互颠覆”④。在这一点上,隐性进程与巴赫金的诗学理念产生了一定程度的契合,同时也使得我们能够更好地理解替身现象如何从叙事进程中的人物关系转化

---

① 同样的情形也出现在《加州人的故事》当中;在那里,亨利无意中对“我”进行的催眠在客观上却成了“我”(与当地的三名矿工)对亨利实施的催眠(详见于雷:《催眠·骗局·隐喻——〈山家奇遇〉的未解之谜》,第73—76页。)。

② Laurence M. Porter. “The Devil as Double in Nineteenth-Century Literature: Goethe, Dostoevsky, and Flaubert,” in *Comparative Literature Studies*. Vol. 15. No. 3 (1978), p. 316.

③ M. 巴赫金:《陀思妥耶夫斯基诗学问题:复调小说理论》,白春仁、顾亚铃译,北京:生活·读书·新知三联书店,1988年,第80页。

④ 申丹:《西方文论关键词:隐性进程》,第83—85页。

为结构关系。如笔者在上文所强调的,替身现象最重要的一个环节在于它所包藏的融协作和对抗于一身的辩证法。它不仅作用于人物层面,也同样延伸至结构肌理。

就替身文学来说,坡显然深受 E. T. A. 霍夫曼的影响,以至于他不得不刻意与后者保持距离;然而即便如此,坡依然无法完全摆脱时下美国批评界围绕其“德国风”做派所发出的冷嘲热讽。美国学者利珀借助文学发生学意义上的实证考察,指出霍夫曼是坡在塑造“厄舍”这一人物形象时所依据的艺术原型——两者在性格气质、外在容貌以及志趣爱好等诸多方面均存在着不容忽视的亲缘性,并由此使得厄舍成了目睹那一亲缘性的“见证人”;正是在此意义上,利珀将霍夫曼视为厄舍的“替身”。[①] 不过,在笔者看来,这一提法事实上并不恰当,甚至有悖于“替身”概念的本质内涵。为此,我们不妨考察澳大利亚学者瓦尔多拉吉斯的精辟言论:替身是一种“阈限主体”(liminal subject),其游离性使之获得某种哲学意义上的“否定”(negation)潜能,而这一因表象上的消极形态所衍生出的“积极”属性又恰恰使得替身问题与弗洛伊德心理学话语中的“暗恐”学说产生了对话协作的可能;替身表现出其存在的学理依据——在弗洛伊德那里“没法说‘不’的无意识”终于有机会在意识世界中获得了表达“否定”的发言权,于是替身从弗洛伊德眼中那“被压抑者的回归”转化为瓦尔多拉吉斯笔下所谓的“否定的回归”(return of negation)。[②] 如此说来,当利珀将霍夫曼视为虚构人物厄舍的“替身”之际,他不过是将这一概念庸俗化为艺术形象在其现实世界中的对应物,完全弱化了“替身”的哲学否定价值。[③]

在笔者看来,倘若说霍夫曼的确能够算得上一个“替身”形象,那么他恰恰不该是厄舍的替身,而应是坡的替身,正如利珀本人言语之间所无意

---

① George B. Von Der Lippe. “The Figure of E. T. A. Hoffmann as Doppelgänger to Poe's Roderick Usher,” in *MLN*, Vol. 92, No. 3, German Issue (Apr., 1977), p. 525, p. 534.

② Dimitris Vardoulakis. “The Return of Negation: The Doppelgänger in Freud's ‘The Uncanny’,” pp. 101—102.

③ 这里实际上涉及的是“替身”的两种看似对立的属性——“基于复制的替身”(double-by-duplication)与“基于分裂的替身”(double-by-division);前者是传统意义上的镜像对称,后者则是“一个人物对另一个人物的补充”(Rita Terras. “Goethe's Use of the Mirror Image,” p. 395.)。笔者认为,做出这一区分自然是必要的,但在修辞意义上却又恰恰破坏了“替身”概念所特有的对立统一性;换言之,替身乃是镜像对称(认同)与镜像倒置(否定)这两者所构成的复杂综合体。

暗示到的那样:尽管坡对霍夫曼是那般熟知,但却“从未直接谈及霍夫曼”①。坡对霍夫曼的刻意回避不禁让我们联想起《威廉·威尔逊》的替身程式——在那里,主人公同样竭力摆脱一个挥之不去的影子人物,一个在道德层面上对主人公不断加以否定的神秘力量。但是,在坡的小说世界中,谁又能确信那否定的潜能不是缘于某种肯定的召唤呢?就像坡笔下的那个“逆反的精灵”——越是试图隐藏秘密,却往往意味着更多的泄密;越是希望阻碍某件事情的发生,反倒最终成了促使其发生的推手。在小说《逆反的精灵》中,坡特别“研究”了人所共有的“逆反”心理趋向,即不该干的事情恰恰成了导致人们欲罢不能的诱惑。在《一桶艾蒙提拉多酒》中,复仇者蒙特雷瑟骨子里是在诱骗对手进入其精心布置的陷阱,但表面上却三番五次地“阻碍”后者上当——这是典型的欲擒故纵;有意思的是,当蒙特雷瑟为了实施谋杀计划而将仆人从家中打发走时,却义正词严地规定他们“不可擅自离家”,因为他很清楚如此“规定”只会“确保他们在我转身之际消失得无影无踪”(*CPS* 668)。在《你就是那个人》当中,表面忠厚的“老查理”在谋杀了富有的邻居夏特沃斯(Shuttleworthy)先生之后即试图拿“老先生膝下的继承人”这一细节说事儿,如此可嫁祸于夏特沃斯的亲外甥潘尼费瑟(Pennifeather);其高明之处在于,他非但没有直接将潘尼费瑟宣布为“谋杀的嫌疑人”,反倒是满怀“仁慈”地替后者处处寻求辩解,结果恰恰是在煽风点火,越说越对当事人不利。坡的这一贯穿于其小说世界中的独特逻辑正是造成具体作品在微观层面上产生认知相对性的重要原因,更是小说结构得以“明修栈道,暗度陈仓”的关键榫卯。

人物替身是结构替身的认知内核,正是通过人物的镜像关联(无论是替身小说抑或是非替身小说,仅仅存在程度上的差异②),叙事进程中方

---

① George B. Von Der Lippe. “The Figure of E. T. A. Hoffmann as Doppelgänger to Poe's Roderick Usher,” p. 534.

② 如萨特所暗示的那样,“他者不仅是我看到的他,也是看到我的他”;如此一来,替身关系当中的“主体”同时也会呈现为“自我客体”(Me-object)。换句话说,“我之‘基于自我而存在’从一开始便也是‘基于他者而存在’”(Alfred Schuetz. “Sartre's Theory of the Alter Ego,” in *Philosophy and Phenomenological Research*. Vol. 9. No. 2 [1948], p. 182, p. 189.)。事实上,只要矛盾冲突仍是艺术创作力图聚焦的核心对象,那么任何文学作品都将在不同程度上呈现出萨特的观念,而绝不止于替身小说——替身小说只不过将上述人物关系推向了一个极致,使之成为不乏元语言意义的叙事学模型,当然也最富戏剧性。

有可能出现整体结构层面的显性与隐性路径的交织。我们甚至可以说，情节发展在元语言意义上常常成为激活隐性进程的那个“逆反的精灵”，前者对后者的拒斥性召唤正是文学阐释得以发生的内在动力。在此，替身小说中的人物关系与情节关系成了话语性的表达机制，而不仅仅是人物塑造和故事进展——这一点契合于美国叙事学家詹姆斯·费伦在谈及巴赫金的“对话”学说时所做出的一段评价：

> 就作为意识形态工具的叙事类别而论，巴赫金在其理论中所阐述的人物观可能是最为激进的。他对未完成性对话的推崇表明了他的潜在论断，即小说的实质乃是由对话性所建构的。也正是在这一论断的影响下，其人物观和情节观得到了相应的发展。实际上，巴赫金就对话性所表现出来的强烈关注颠倒了故事/话语之分的显性逻辑。如上文所指出的，那种逻辑认为人物与事件拥有一种独立于话语再现之外的品性。但是，按照巴赫金的研究方法，这两种元素的重要性却主要源自它们在作者的对话编排中所发挥的作用。如此一来，人物的重要性与其说是在于其性格体征，毋宁说是在于他们同小说中的一种或更多种方言及其所反映出来的意识形态立场之间所建立的联系。类似地，情节的重要性也并非停留在如何将诸多事件整合为一种宏观设计，而更多的是体现于它们如何追踪诸方言之间对话的轨迹与终结（抑或是无终结）。虽然巴赫金可谓是文学批评家当中的一种全适供血者——也就是说，他的思想几乎被用以服务每一种重要的批评方法——但是，他关于人物和情节隶属于话语的观念却尚未得到大多数叙事理论家的采纳。①

尽管“尚未得到大多数叙事理论家的采纳”，但巴赫金围绕人物和情节所进行的话语加工显然为文学阐释提供了重要的实践工具。的确，人物与事件具有“独立于话语再现之外的品性”，但也正如巴赫金所认为的那样，它们的重要性乃是在于其通过对话性想象所产生的意识形态网络。在此意义上，我们发现“隐性进程”作为申丹教授所开创的叙事

---

① 罗伯特·斯科尔斯、詹姆斯·费伦、罗伯特·凯洛格：《叙事的本质》，于雷译，南京：南京大学出版社，2015年，第328页。

学概念有了其独特的存在价值:隐性进程虽然是独立于情节的表意系统,但依然能够与情节发展并驾齐驱,在相互补充与颠覆的对立统一中使得情节与话语之间的交往成为新的阐释可能。事实上,费伦本人亦在字里行间预设了这样的可能性——毕竟,为巴赫金的对话性理念所“颠倒”的,仅仅是“故事/话语之分的显性逻辑”,这为隐性进程的提出创造了理论空间。

情节的话语性对于理解坡笔下那些以精神分裂为特质的小说十分重要,因为它规避了阅读者所秉持的既定伦理范式,从而以某种现象学意义上的“悬置”聚焦于故事世界本身的叙述逻辑。这样一来,坡的替身小说中所呈现的形形色色的病态话语获得了其赖以发生的文化相对性。在此,我们有必要考察贝特森的观念:

> 在人类繁衍生息的自然历史当中,本体论与认识论是无法分离的。人关于世界为何的信念(通常是无意识的)将会决定他对那一世界的审视方式以及在那一世界中的行为方式,而他的审视方式与行为方式又将决定他围绕那一世界的本质所持信念。于是,一个存活着的人被束缚在一张由认识论和本体论前提所建构的网络之中——那些前提最终无论是真抑或是假,均会在某种程度上成为他自圆其说(self-validating)的依据。(*Steps* 314)

在贝特森看来,认识论及本体论乃是“文化决定”的产物。正因为如此,一位“文化相对论者”(cultural relativist)便会将那“作为总体的文化”视为具体的(甚或是“独异的”[idiosyncratic])认识论赖以合理化的语义框架。抑或反过来说,“局部认识论”一旦发生错误将会导致“作为总体的文化”丧失真正的合法性。围绕这种现象,贝特森找到了一个勉强近似的概念——“认知结构”(cognitive structure);但即便如此,也无法真正表达其核心意旨:认识论作为一种“习惯性假设或前提”,无论其真假,均暗含于“人与环境的关系”之中。(*Steps* 313—314)基于此,我们在阅读坡的相关小说时就有必要采用贝特森所强调的文化相对主义立场,将一位“独异的”主人公所持有的怪诞认识论放在其本人所信仰的“总体文化”之中加以理解。这么做的道理并非要追逐传统意义上道德层面的正确与否,而是旨在分析一个具体人物形象建构其自身经验的逻辑方式。就此而论,坡的经典短篇小说《泄密的心》为我们提供了一个极佳的案例。

故事聚焦于一位高度“神经质”的人物,他不仅没有因为这一“疾患”(*CPS* 445)而丧失感官功能,恰恰相反,倒是获得了某种极其敏锐的感官反应,他能听见天堂与人间的一切,即便来自地狱的声响也难以逃脱他的耳朵。主人公从头至尾一再强调自己神志清楚,绝无半点疯癫;唯一令其焦躁不安的是同一屋檐下居住着的那个老头,准确地说,是其脑袋上的那只“秃鹫之眼”(the eye of a vulture, *CPS* 445)。每当遭遇到它的凝视,主人公便觉毛骨悚然。虽然那个老头与他无冤无仇,甚至令其心存怜悯,但仅仅因为那只让人不寒而栗的眼睛,主人公遂下定决心要取那老头的性命。正如他本人所标榜的那样,他是一个颇具理性的作案高手:一连 7 天,他均会在午夜时分潜入那老头的房内,将一丝灯光投射在后者的眼睛上。可是,每次那眼睛都是照例紧闭着,这使得他无从下手——“让我心烦的并非老头本人,而是他的‘邪恶之眼’(Evil Eye)。”(*CPS* 446)

直到第 8 天的午夜,正当主人公准备捻开灯光之际,老头似乎察觉到异常,突然从床上坐了起来,大声问道:“谁在那儿?”但见主人公保持着绝对的静止,“足足一个时辰纹丝未动”(*CPS* 446);而与此同时,他也没有听见老头重新躺下,似乎后者也在静静地竖起耳朵听着哪怕是最细微的动静。[①] 主人公不禁得意地揣摩起老头的心思:没准儿他会想,刚才那细微的声响定是烟囱里的风儿作祟,要不就是地板上的鼠窜所致,抑或是蟋蟀发出的鸣叫——他哪里知道死神已经逼近!在经过漫长的耐心等待后,主人公决定略微捻开一丝光线,使之刚好落在那只“秃鹫之眼”上。这才发现“它睁着,睁得很大很大”(*CPS* 447)。主人公禁不住怒火中烧;那道光线仅仅使他能够执着于老头的眼睛,而老头的心跳声也随之开始越来越响。担心邻居被这强烈的心跳声所惊动,主人公一个箭步冲上前去

---

① 与笔者此前所论及的“午夜窥视”之经典场景一样,这个细节再次清晰地暗示了主人公与影子角色之间的替身关联。尽管两个人物分别是谋杀者与被害者,但是他们对彼此的感知完全是镜像式的(当主人公暗自揣摩老头的心思之际,谁能说那老头未曾同时在揣摩主人公的心思?),正如杜宾与 D 部长在《被盗的信》里所呈现出的相似情境。

将老头拖倒在地,又猛然将床掀翻,将老头活生生地扣在下面,直到心跳声渐止。老头死后,主人公便将尸体肢解,将头颅、胳膊和双腿一并掩藏在屋内的地板之下。正当主人公庆幸自己终于摆脱了那只"邪恶之眼",警方接到邻居举报,声称午夜听见有人尖叫,遂派遣三名探员前来突访。主人公起先尚且得意于自己的高明手段,积极配合警方的调查,甚至颇为自信地端坐在藏尸点上方的椅子里谈笑风生。可是没过多久,主人公便开始听见地板下传来那熟悉的心跳声。这声响越来越大,无论怎样人为地制造噪音去掩盖它,也总是无法奏效。奇怪的是,三位探员却依旧聊着天,似乎并未觉察到这令主人公近乎崩溃的心跳声。在主人公看来,他们不过是在做戏,故意通过这种"虚伪的"幌子来嘲弄他。最终,主人公经不住巨大的精神压力而大声喊道:"混蛋!……别再演戏了!我承认自己的所作所为!——扒开这些地板!这儿,这儿!——是他那可恶的心脏发出的跳动!"[①](*CPS* 448)

可以发现,小说中最为突出的细节乃是在于人物之间的"视觉对话",在于看与被看所引发的心理交往。故事所展现的不仅仅是凶手("我")如何对被害者的身体实施控制,更在于表现被害者如何用他那令人憎恶的"秃鹫之眼"将施害者("我")的身体变成客体化进程中的工具。这似乎印证了萨特的观念——"我开始接受用'他者'的眼睛来审视自己"[②]。《泄密的心》当中的叙述者主人公之所以对那位老者的"秃鹫之眼"产生某种病态的偏执,乃是因为他在某种象征意义上试图通过一只被摘除的眼球(如笛卡儿在实验里所设计的那样)去审视自己;换句话说,也就是意大利哲学家阿甘本所概括的那种典型"爱伦·坡式的"循环逻辑——"我看见我在看我"[③]。此视觉运作方式充分体现了替身文学所特有的镜像关联。值得一提的是,阿甘本在讨论"眼睛"与作为主体的"我"之间的复杂关联

---

① 替身小说的高潮节点往往意味着主人公与影子人物在身份边界上的模糊,让两者合而为一。类似地,《泄密的心》在其文本的最后一句话中实际上刻意对指称进行了模糊化处理;主人公口中所谓的"我承认自己的所作所为"以及"他那可恶的心脏发出的跳动",正是通过看似无意间将"我"和"他"并置于同一个忏悔情境之中,而最终使得"他"成了"我",抑或"我"成了"他"。

② Alfred Schuetz. "Sartre's Theory of the Alter Ego," p. 192.

③ 乔吉奥·阿甘本:《潜能》,王立秋、严和来等译,沙明校,桂林:漓江出版社,2014年,第105页。

时，贯穿了从笛卡儿到维特根斯坦再到瓦莱里这三者的视觉主体思考。譬如笛卡儿进行了一个有趣的设想：从他人或大型动物身上摘除一只眼球，借助某种技术处理使外部世界在那一眼球上形成“惟妙惟肖”的三维景观，传输给“视觉的真正主体”——那个“思考的我”（在笛卡儿实验的图示中呈现为一个“长着胡须的男人”）。阿甘本说，此神秘长者其实并非“我”，而是所谓的“我思之我”（ego cogito）——换言之，仅仅是“一个虚构”；于是笛卡儿的实验构想创造出一个“讽刺的分裂”（恰如《泄密的心》当中的镜像人物关系所凸显的那样），“看的眼睛变成了被看的眼睛，并且视觉变成了一种自己看见自己”。依照笛卡儿的思想路径，维特根斯坦则通过一个颇为类似的“摘除眼球”的假想实验“宣告了通过视觉抵达主体我的不可能性”；依其所见，“哲学的我”是一个“形而上学的主体，他是世界的边界，而不是世界的部分”。与维特根斯坦相仿，瓦莱里设想了一个在镜子面前施展的“慢速哑剧表演”：在那里，光速因神的介入而大幅度减缓，于是此时在镜中得以呈现的内容将发生奇妙的视觉延滞现象，进而造成了“目光在场”与“意识在场”的分裂，也即“打破了‘我’和眼睛”之间的必然联系。[①] 可以看出，上述三种假想实验均旨在说明视觉的“看”与哲学的“我”之间的逻辑断裂，说到底，这不过是再次确证笛卡儿的“身心二元论”——“我”的本质仅仅在于“我是思考之物”（my being a thinking thing）；“思”即是“我”，而与身体无关；“思”（mind）即便在没有“身”（body）的情况下也能够独立存在；“思”在笛卡儿那里并非解剖学意义上的人脑（brain），而是一种灵魂的属性。[②] 正是在此意义上，《泄密的心》里的主人公试图借助“身”之凝视去把握“思”之主体的挣扎不可避免地陷入了哲学上的徒劳。

《泄密的心》当中那只邪恶的“秃鹫之眼”之所以引起主人公的极度焦

---

① 详见乔吉奥·阿甘本：《潜能》，第89—97页。

② 基于“我思故我在”这一哲学第一原则，笛卡儿推出了其最常为世人提及的所谓“身心二元论”——能证明我之存在的唯有我的“思”，我可以设想世界甚至我的身体都不存在，但一旦我做出那样的设想，却只能证明我的存在；反过来说，假如世界万物原封不动地现实地存在着，而我却“停止了思考”（ceased to think），那么“我便没有理由相信自己存在过”，故此，我作为一种“物质”，其本质“仅仅在于思考”（See René Descartes. *Discourse on Method and the Meditations*. Trans. John Veitch. Amherst: Prometheus Books, 1989, p. 31, p. 80, p. 115.）。

虑和病态偏执，在很大程度上乃是因为它见证了主人公所遭受的精神分裂式的“双重束缚”——“目光在场”与“意识在场”之间的分裂，一种通过将“凝视”从主人公那里偷走所触发的主体性的问题化。主人公借助“秃鹫之眼”看到的自己（“意识在场”）显然不同于他通过对面谈笑风生的警察的眼睛所看到的自己（“目光在场”），从而戏剧性地再现了瓦莱里设想的“慢速哑剧表演”及其引发的视觉延滞现象。如此说来，维特根斯坦眼中所谓的“哲学的我”恰恰提供了一个化解问题的方案——那个游走于“世界的边界”之人不正是以阈限性为其生存特质的“闲游客”吗？威廉·休斯在其编纂的哥特词典中解释“闲游客”时，将其视为“哥特写作的一个特征”，但却与传统的“哥特主人公”完全不同：前者的功能主要是“无介入地观察”（unobtrusively observe），而后者则“将自己的存在强加于人”。他以坡的小说《人群中的人》为例，认为那一作品讲的是“两个闲游客的故事”：一个是标题中的人物，他旨在从人群中“聚集活力”，另一个是叙述者本人，他是观察人群并尾随主人公的角色。[①] 这个有趣的结论不过是将萨特乃至于阿甘本眼中的视觉主体性问题转化为一种文学例释，某种意义上也是围绕《泄密的心》所做出的哲学回应：当视觉机制不再成为主体性赖以建构的确凿依据，形而上学的“我”（笛卡儿的“思”之主体）难免会在“双重束缚”的语境下沦为精神分裂的“我”。《人群中的人》与《泄密的心》尽管在故事情节方面相去甚远，但却有一个不容忽视的共同点，即两篇作品中均有一位令主人公魂不守舍、充满好奇且不乏畏惧的老者，主人公试图窥视老者，最终却发现那位带着“邪恶”之气的老者似乎成了主人公的镜像替身；这一暗中传达的信息使得我们再次想起那个业已徘徊于世界替身文学殿堂数个世纪之久的“文学幽灵”——路易斯·艾尼乌斯。当然，《泄密的心》与《人群中的人》之间也存在着一个根本的区别：前者的主人公一味偏执于影子人物的凝视，并由此沦为那一凝视反向异化的对象，而后者的主人公则在最后关头彻底放弃了对影子人物的追随，完成了其作为一个真正的“闲游客”之成长仪式——换言之，即是成为维特根斯坦所说的那个“哲学的我”；他成功地将《泄密的心》之精神分裂的“我”转化为《人群中的人》之形而上学的“我”，抑或说将一个遭受“身”之束缚的

---

① William Hughes. *Historical Dictionary of Gothic Literature*, p. 102.

“我”提升为一个笛卡儿式的“思”之主体的“我”。

关于《泄密的心》，一个常被学界忽略的“眼皮底下的”文本事实在于：“泄密”（也即字面上“讲故事”[tell-tale]）的“心”并非第一人称叙述者所拥有，相反，其“主人”恰恰是小说中处于被凝视地位的受害者，一个看似极度被动的、被叙述者妖魔化的年长的邻居。小说中仅有的这两位主次人物在笔者看来可谓将替身母题提升到了某种寓言式的高度。彼得·K. 盖瑞特在论及《泄密的心》之际即对此给予了一段极为重要的暗示：

> 叙述者世界中发生的一切似乎是在以某种可怕的方式回应着他那饱受惊恐之苦的精神与肉体，一旦我们执着于此洞见，即会最终将这不乏暗恐的告密的心跳重新阐释为[叙述者]本人所为，而这一兼诱导和谴责于一身的机制却再次被[叙述者]误以为来自其本人之外。①

如此说来，“泄密”（讲故事）的人在“双重束缚”的阐释框架下恰恰不再是表面上的第一人称叙述者，而是那位“被叙述”的老者，那位用“秃鹫之眼”洞察主人公意识世界的影子人物。用笛卡儿的哲学话语来说，便是“身”与“心”的分裂；换言之，坡可谓在无意之间针对笛卡儿的哲学理念做了一个“心独立于身”的文学实验——“身”围绕自己的分裂所呈现的叙述实则是借助“心”（老者）而展开的。这种叙述视角翻转（作为“偏正倒置”）使我们得以更为清晰地洞见故事的隐性进程：一位高度精神分裂的病态形象（“这个病使我的感官异常敏锐”[*CPS* 445]）如何遭受“双重束缚”的极度困扰。与“路易斯·艾尼乌斯”那一替身原型如出一辙，他所仇视的“邪恶”对象正是其自身，他肢解且藏匿尸体的行为也不过是某种哲学式的自我消解②——这一切正是那“秃鹫之眼”目睹的情境，却丝毫不为当事人

---

① Peter K. Garrett. “The Force of a Frame: Poe and the Control of Reading,” in *The Yearbook of English Studies*, Vol. 26, *Strategies of Reading: Dickens and after Special Number* (1996), p. 62.

② 笛卡儿在《沉思录》当中特别强调身与心的“绝对差异”（absolute distinction of mind and body）；譬如“身”可分（divisible），而“心”却不可分（indivisible）；我们可以设想一半的身体，但却无法设想一半的心灵；换句话说，我们的“心”不会因为身体失去一只脚或一只胳膊而失去其完整性（René Descartes. *Discourse on Method and the Meditations*, p. 69, p. 120.）。有趣的是，《泄密的心》之主人公恰恰对老者进行了“身体上的”肢解，却未曾料到那虚幻出来的老者的“身体”实则正是他本人的“心”，那一在笛卡儿眼中无法切割的代表主体之本质的“心”——这大抵可以解释为何那“泄密的心”纵然在彻底失去“身体”之后却依旧发出振聋发聩的跳动。

自己所知晓。

在讨论情节发展与隐性进程所共同构建的叙事动力学之际,申丹教授以《泄密的心》为例提出作品的双重隐性进程:一是无意识的自我谴责(也即当"我"辱骂警察,视其为故意"装蒜"的"恶棍"之际,恰恰反向指涉了"我"本人时刻加以伪装的"恶棍"之行径),二是反讽性的自我定罪("我"越是声称自己神智健全,就越是在法律意义上证明了自己承担刑事责任的必要性)。[①] 毋庸说,这一颇具洞见的观念凸显了视觉主体的切换,某种程度上也正意味着叙述视角的潜在翻转。忽略这种翻转,则可能导致我们对隐性进程视而不见。申丹教授在分析"隐性进程被忽略的原因"之际,尤其强调指出传统文学研究过程中"批评家着力挖掘情节发展的深层意义,但没有关注与情节并列前行的其他叙事运动"[②]。这让我们联想起坡的视觉认知理念——"真理并非总在井底深处。事实上,就比较重要的知识而言,我倒以为她一贯显露在浅处。"(*Tales* 256)坡的这一独到见解为当今西方阐释学的"表层阅读"流派提供了灵感,使得文学的隐性进程(亦如申丹教授所暗示的那样)恰恰悖论性地停留在"眼皮底下的"表层,而未必是传统批评家们所趋之若鹜的"深层"。换言之,隐性进程并非隐匿于垂直意义上的深处,而是隐匿于水平意义上因"偏正倒置"所造成的视觉盲区——也即坡在其认知逻辑中所一贯强调的所谓"游戏之外的事物";相应地,西方"表层阅读"的学理必要性在相当程度上也正得益于叙事隐性进程的规约。

基于"隐性进程"这一概念的启发,笔者认为常规阅读定势显然习惯于将关注点聚焦于游戏本身,但文学寓意发生的逻辑注定了情节之外可能存在着某个或某些隐性进程。在此意义上,寓言算得上是最能直观体现隐性进程的创作实践模型。坡在讨论霍桑的作品时即曾如是评价:"就虚构性叙事来说,寓言毕竟还是能够在恰当利用的情形下获得一席之地的;关键只是在

---

① 申丹:《西方文论关键词:隐性进程》,第 88 页。值得注意的是,此处"反讽性的自我定罪"倒也在另一意义层面上证明了主人公实在"病得不轻":没有什么比这种方式更能够彻头彻尾地展示其骨子里的疯癫;它多少使我们联想起黑色幽默的经典之作《第 22 条军规》,在那里,要证明自己的疯癫,恰恰反讽性地需要以某种"健全的"神智去努力凸显其在作战行为上对长官意志的执行。

② 申丹:《西方文论关键词:隐性进程》,第 89 页。

于要确保隐性意义以一种极为深邃的暗流(under-current)贯穿于显性意义之间。”[1]正如坡借助《焦油博士和羽毛教授的管理体系》(“The System of Dr. Tarr and Prof. Fether”)所暗示我们的那样,当一个体系为另一个体系遮蔽时,即便是疯子的世界亦可能显现出卓绝的理性之光,而由此所产生的认识论意义上的“双重束缚”则不仅能够在那两种体系之间构建出镜像替身关联,与此同时也能够将其演绎为艾米莉·狄金森(Emily Dickinson)所描绘的诗性悖论——“疯癫之至即是最具神性的理智/仅为那善于洞察的眼睛所视”——这,或许正是替身文学的传奇之处。

---

① James A Harrison, ed. *The Complete Works of Edgar Allan Poe*, Vol. XIII. p. 148.

结　语

1839年9月21日，坡在写给友人的信中说：“写完《莫雷拉》之后再来创作《雷姬亚》，其结尾方式就有必要做一点变化。我不得已只能满足于让叙述者突然达至一种模糊意识——雷姬亚站在了其跟前。”这一段诚恳的表露将笔者从观众席带入后台的化妆间，使我开始将注意力从那些光怪陆离的情节内容及其所表达的“深层寓意”转向其背后的逻辑话语方式。围绕文类程式化所引发的信息冗余，坡有意识地对其进行陌生化处理，在“信息”（“新奇”）与“非信息”（“熟悉”）之间实现循环往复，并由此构成了尼古拉斯·卢曼社会学控制论意义上的所谓“自创生式的永不停息的时间流”。对我来说，其更为重要的暗示在于表明了小说文类自身作为一个话语系统不仅具有生命力，与此同时也规定了其内在的能量运动方式乃至于基因突变的潜能——文类进化的意义即在此。这是本书通过研究“爱伦·坡小说寓意发生的逻辑界面”所引出的一个更为宏观的文学命题。它涉及一系列当代文学研究的现实可能性：诗学突现论、文学控制论、文类进化论、文学游戏论、文学仪式论以及文学媒介学。虽然本书在研究坡的小说过程中顺带突出了上述可能性，但终究因课题自身的边界所限而不得不暂时满足于接受这样一种

“模糊意识”,即它们作为尚需进一步认识的文学研究命题,业已“站在了跟前”。

艺术作品的信息价值,如控制论先驱诺伯特·维纳所认为的,往往纠缠于作品本身的所有权和技艺复制之间的固有矛盾。也就是说,版权法只能保护作品免遭复制,却无法规避其创作手法的推广。维纳曾就此提供了一个极佳的例证:文艺复兴时期的艺术巨擘们(如达·芬奇和丢勒)在绘画创作中发现了几何透视法的重要作用,但这一风格逐渐成了商业化艺术创作的惯用伎俩,进而使之沦为某种“浅薄的陈词滥调”。在维纳的(控制论)信息论话语中,因技艺复制所导致的此类“陈词滥调”之所以能够流行,并非偶然,而是“信息本性所固有的现象”;尤其值得注意的是,维纳也在相当程度上对文学文类的信息论意义加以暗示:“即便在文学和艺术的伟大经典之作中,大量显著的信息价值也已发生流失,而其原因仅仅在于公众对其内容的熟悉。学生们不喜欢莎士比亚,因为他似乎就意味着一堆耳熟能详的名言。只有等到突破当下肤浅的陈词滥调,实现对作者的更加深刻的发掘,我们才能与之重建信息的交往,并给予他一种全新的文学价值。”①如此说来,文类进化不仅有赖于伟大作家在审美意义上的自我否定,也同样离不开读者在信息论意义上的批评自省。正如韦勒克在《文学理论》一书中所隐含的某些文类进化思想,维纳在论及文学(艺术)的信息价值时不仅关注读者对文类规约的认知反应,也暗示了作者围绕文类规约所产生的某种“双重意识”——既受益于传统风格的程式化便利(也即冗余的价值),同时又受制于那一“便利”所引发的文类信息的不断流失。不过,维纳提醒我们注意一个反向的有趣事实:有些艺术家为了克服上述焦虑可能会对当下的“审美和智性之道”进行“广泛探索”,以至于会像毕加索那样对其同时代以及多年后的追随者产生“一种近乎破坏性的影响”——他们道出了那个时代尚在嘴边却不及说出的全部可能性,进而“使得同代人与后继者的创新力陷入了枯竭”。

相对于19世纪初哥特小说所遭遇的“德国风”之文类固化现象,坡是一个承前启后的关键角色:他一方面不得不回应像霍夫曼那样的浪漫主义先驱所带来的“近乎破坏性的影响”,另一方面又必须克服“影响的焦

① N.维纳:《人有人的用处——控制论和社会》,第96页。

虑”,竭其所能开拓文类进化过程中的新可能性。基于此,笔者认为有必要在生物学与文学文类学之间建构一种类比关联。贝特森在谈及英国生物学家康拉德·瓦丁顿(Conrad Waddington)围绕果蝇所进行的著名实验时,特别对“基因同化”进程加以概括:首先,“在个体层面上,环境与经验诱发身体变化(somatic change),但不足以影响个体的基因”;其次,“在群体层面上,伴随表现型(phenotype)的恰当选择,环境和经验会塑造更为优化的适应性个体,为自然选择的运作提供对象”;最后,还需要一个“更为宏观的格式塔”——“周围的生态系统或某些相邻物种将通过改变其自身以适应生物个体的身体变化”;于是,在这样一个“共同进化”(co-evolution)的框架下,环境的变化将会充当“模具”,从而“将优先权赋予身体变化所产生的任何拟基因型(genocopy)”。所谓“拟基因型”,指的是“基因性拷贝”(genetic copies);譬如瓦丁顿为了“唤醒”果蝇“双胸基因”(bithorax)的原始形态,连续对约三十代果蝇的虫蛹进行乙醚麻醉处理,每一次均挑选那些“最佳的”具有双胸“表现型”的对象进入下一次实验,并最终实现了在乙醇麻醉缺席的情况下亦同样能够产生双胸形态(也即与常规果蝇的双翅结构相异的四翼结构)。在正常果蝇的身体上,这一对业已退化的“翅膀”是以“平衡棒”的形式出现的;生物体上的肢体器官所发生的此类转化被称为“同源异形突变”。

对文学而言,文类进化的方式与生物进化有着不可忽视的相同逻辑。个体文本可在社会历史或媒介文化环境中发生局部的风格变化,而后又在互文性的基础上产生文本群落中的优化变异版本,它们更具深度地与外部环境加以互动,并进一步提升自己的适应性,不断迎合文学生产的语境格式塔所提供的“模具”影响,直到形成一种带有文类基因突变的陌生化形态。19 世纪初摩尔斯电报的发明作为新媒介发展的高潮节点,为坡的文类革新提供了极佳的外部环境;而莫尔斯电码的语言组织形式则直接为坡的“秘密写作”注入了灵感。在此意义上,我们甚至可以将坡的小说《厄舍屋的倒塌》视为瓦丁顿实验室里的“四翼果蝇”,它借助坡作为媒体专业人士所秉持的文类自省意识,成功将 18 世纪后期兴起的欧洲哥特小说改造为一种以凸显“灵魂的恐怖”为宗旨的“神经哥特”。回到瓦丁顿的“基因同化”概念上去,我们不妨说:所谓“基因同化”也就是围绕基因变异加以自然化处理的过程,而对于文学文类的进化来说,则是文类自身对其模板不断加以革新调校的演化历程。尽管上述来自控制论、信息论以及生物学基因论的观念未在本书的具体章节中充分展开,但对于理解麦克卢汉眼中那“作为文类发明者的坡”则算是提供了一则科学类比意义上的脚注。

可以说,文类进化的问题实际上不仅是一个关乎文学“有机体”的基因论问题,也是一个涉及文学“系统”的控制论问题。在这方面,坡的小说创作为我们提供了极佳的研究平台。哥伦比亚大学教授刘禾在其研究中注意到法国思想界(尤其是拉康)在接触美国控制论理念之际,有可能将坡的个别小说(主要是《被盗的信》)当成了那一过程中不乏偶然性的机缘巧合,却在相当程度上忽略了坡的小说诗学本身所包藏的控制论逻辑。换言之,我们与其将坡视为拉康无意间拾到的一把打开其控制论思想的钥匙,毋宁将坡的创作哲学本身视为控制论在小说诗学体系中的审美演绎——这一点可从坡与维纳围绕莱布尼茨所表现出的共同“志趣”当中窥见一斑。坡感兴趣的是那位 17 世纪德国哲学家如何将机械理性(数学逻辑)与形而上学(伦理关怀)结合起来,而维纳则从他眼中的那位“现代控制论思想的守护神”那里发现了数学逻辑如何作为一个庞大的隐喻体系获得其“审美”附加值。这样一种学理上的渊源使得维纳在其控制论著述中对坡的存在表现出不容忽视的亲缘性,也使得本书在研究坡的小说过程中将控制论思想当作某种诗学逻辑加以引入——突出坡在其创作的哲学中所尤为关注的两对核心二元论(“诗性直觉”/“数理逻辑”与“情节偏离”/“整体效果”)如何契合于控制论在“反馈”与“稳态”之间实现的辩证统一。坡在《我发现了》当中强调指出:所谓的“上帝的情节”(或曰“神的建构”)在于将常规的直线式因果律转化为“因”与“果”之间的“互惠性”,尤其是“果”对“因”施加的“反作用”;进而从诗学层面印证了维纳在其控制论体系中所突出的核心思想——“反馈回路”。这种对位关联绝非随机巧合,相反倒是恰恰折射出控制论作为认识论所隐含的普适价值:从生物学到经济学再到社会学,从基因论到博弈论再到系统论,控制论思想的身影几乎无处不在。相比之下,控制论在文学领域的存在还基本停留在后现代科幻小说(尤其是“后人类”文学)的情节线索当中,不仅没有被抽象为小说诗学的逻辑本体论,更没有突破“后现代科幻”文类的时空束缚。基于此,本书主张回到坡,回到短篇小说“标准化”进程得以开创的起点。

在那里,我们既能看到文学控制论思想的最初原型,亦可指导我们更为科学地分析小说的诗学逻辑,使得寓意的发生有理可循,有据可依。

除了控制论、信息论以及基因论在坡的小说世界中所演绎出的逻辑话语策略,哲学界颇为关注的“突现论”对于厘清坡的诗学“逻辑争议”亦具有十分重要的价值。“突现论”自19世纪英国哲学家约翰·斯图亚特·穆勒到当代美国语言哲学家约翰·塞尔以来经历了理论上的不断更迭和延展,但其核心思想乃是旨在说明:“基础条件”借助穆勒所说的那种“异质效应”加工,能够产生一种不为基础条件自身所拥有的“突现属性”。正如坡能够将传统哥特小说的文类元素加以重新组合,升华为一种被现代哥特文学研究者称为“神经恐怖”的新样式——坡称其为“灵魂的恐怖”。与突现论的逻辑路径相同,坡的诗学理念在于将“创新”视为既有素材的陌生化(或曰游戏性)组合,而非直接进行所谓的“全新”发明;在他看来,后者非人类所为,而仅仅是神拥有的本领。因此,坡主张一种类似于维特根斯坦之“语言游戏”的“秘密写作”策略,将游戏规则视为具体语境下的独特语言组织形式。在麦克卢汉的现代媒介学视野中,坡被视为浪漫主义与侦探小说的“文类发明者”;而在笔者看来,这样的“创新”恰恰如坡自己所暗示的,乃是基于“突现论”意义上的化学“异质效应”。批评界常常围绕“坡的逻辑”展开戏谑式的贬抑,以为那只是哗众取宠的故作姿态——坡在他们眼中甚至无法区分“主题”与“效果”、“逻辑”与“直觉”以及“名”与“物”之间的边界。事实上,一旦我们依照坡的诗学预设将上述几组看似对立的概念纳入“突现论”的逻辑框架中,便会发现它们之间不再是相互矛盾的关系,而是在共同建构坡的“诗学突现论”之际加以利用的“基础条件”。坡至为崇尚的折中美学围绕上述二元对立进行了某种阈限化的再加工,由此在辩证统一中衍生出其诗学逻辑的“突现属性”。

J. 希利斯·米勒认为文学的本质在于“隐藏秘密”,这一观念在坡的小说诗学中获得了完美的例释——其“秘密写作”不仅在故事情节层面展开,更在逻辑话语层面有所呈现;这也是托多洛夫将坡的小说称为“元文学故事”的重要原因。那封“被盗的信”并无具体的内容,但恰恰引发了一百多年来的阐释冲动——缺席的在场带来的是无限的语义增殖。尤为关键的是,“被盗的信”并非藏匿于暗处,而恰恰就在眼皮底下,并由此围绕其自身的轨迹创造了一个诗学意义上的阐释“盲点”。这不仅是“秘密写作”的表征策略，更折射出当下西方“表层阅读”所呈现的“视差”逻辑。文学作品的“秘密”（寓意）在一个以“说教”为审美禁忌的诗学体系中如何隐藏？坡的解决方法在于其小说世界中所反复强调的“侧目而视”（也即“用视网膜的外围聚焦”），而这一视觉认知机制又同时规约了“游戏之外的事物”对于小说叙述策略的核心意义。基于此，可以发现齐泽克围绕拉康所展开的大众文化阐释实际上正是通过“侧目而视”（齐泽克称之为“斜视”）的认知机制从边缘反顾中心，对视差结构中的“鸭兔图”进行图形与背景的翻转，由此让“游戏之外的事物”恰恰成为理解游戏本身的逻辑通道。在此意义上，齐泽克的视差学说不过是坡的视觉认知机制在当代文化批评实践中的哲学变体。以桑塔格为代表的表层阅读学派“反对阐释”，强调“艺术的情色学”，它呼应着罗兰·巴特眼中以“文之悦”为特质的文学书写，而这一点恰恰在坡的“秘密写作”那里找到了理论的源头。

坡向来突出表层逻辑的重要性，如其所言：“真理并非总在井底深处。事实上，就比较重要的知识而言，我倒以为她一贯显露在浅处。”[①]那封藏匿于眼皮底下的“被盗的信”无疑将表层阅读的实践逻辑推向了极致。正是在此意义上，我认为“秘密写作”的根本目的乃是在于将道德说教（“寓意”）隐藏起来，而不是彻底加以排斥——这在相当程度上也是坡于《创作的哲学》中所流露出的核心思想。美国文艺复兴时期以坡为代表的象征主义思潮为“秘密写作”提供了美学化的呈现机制，而它恰恰来自那个时代的文人墨客围绕法国著名埃及学专家项伯庸的象形文字破译所表现出的浓厚兴趣——这似乎与19世纪初美国电报通信革命的滥觞产生了某种不乏历史必然性的“巧合”。自柏拉图以降的传统阐释学往往认为寓意隐匿于“深层”，并由此对“艺术的情色学”过度加以弱化；在这一背景之下，“表层阅读”的出现可谓阐释学意义上的一场革命。它颠覆了人们围绕“深层”与“表层”所持有的刻板认知图式，转而强调“深层”作为几何学意义上的三维幻象实则依然存在于“表层”之中。令人惊叹的是，这样一种不乏解构主义特质的现代阐释学恰恰源自“表层阅读”实践家们对坡所表达的致敬。

可以说，本书围绕“逻辑界面”所展开的全部研究均是在关注作品“表

---

① Edgar Allan Poe. *The Complete Edgar Allan Poe Tales*, p. 256.

层”逻辑的基础上进行了齐泽克理论意义上的“斜视”。换言之,“表层阅读”的阐释实践业已预设了坡的“秘密写作”所特有的逻辑策略——“匿于显眼之处”,与此同时也规约了“侧目而视”的解码原则。唯有如此,方才可能利用具体作品在显性情节与隐性进程之间的视差结构,实现两者之间的偏正倒置,从而揭示表层逻辑下的深层机制。就此而言,坡的替身小说为我们提供了极佳的研究平台。替身关系往往在这一类以心理学见长的文学创作中表现为人物之间的镜像对峙,但我试图从巴赫金的相关理念中找到启发,将其拓展为叙述结构上的镜像对话。颇为契合的是,申丹教授新近提出的叙事“隐性进程”观念映射了这种叙述结构上的替身逻辑,不仅再次凸显了“表层阅读”的阐释学价值,也将坡的替身小说中所包藏的“隐性进程”真正释放出来。由于替身小说的人物镜像对峙往往直接表现为以双重人格为特征的精神分裂症候,因此英国人类学家格雷戈里·贝特森围绕精神分裂症所提出的著名的“双重束缚理论”成了我们理解替身小说机制的一个独特窗口。然而真正有意义的是,“双重束缚”对我的思考而言不只是能够围绕替身人物做出心理学解读,更能够如贝特森本人所做的那样,将精神分裂症所赖以发生的“逻辑类型混乱”(以及由此所导致的“跨语境综合征”)与文学艺术在字面和隐喻之间所表现出的诗学模糊机制加以对位;换言之,“双重束缚”尽管可能引发精神分裂症,但在文学艺术领域恰恰是创造力的重要源泉。如此说来,用贝特森的“双重束缚理论”去重读坡的替身小说,既阐释了其人物行为逻辑,也从“秘密写作”的视角考察了叙事“隐性进程”与显性情节发展之间的结构性对话关联。

围绕“隐性进程”的表层逻辑,还有一个颇具时效性的问题——文学的仪式性。或许恰恰由于文学的仪式性是如此的表象,以至于这个问题在相当长的历史时期中成了批评视野的盲区,直到2016年诺贝尔文学奖颁给美国著名民谣歌手鲍勃·迪伦。这一事件看似挑战了文学的边界,而在笔者看来则恰好相反——文学的边界不仅不是遭受了挑战,反倒是前所未有地获得了回归;文学的仪式性由此得以被唤醒。在这方面,英国人类学家维克多·特纳所提出的“社会戏剧”不乏创见地将仪式的表演性与文学的功用性联系起来。事实上,在坡的小说世界中,仪式性是一个不容忽视的文本现象,而最为典型的例证莫过于《红死魔化装舞会》中的化装舞会。且不论这一重要仪式活动在坡笔下出现的频率之高,单就其作为文本表层的核心事件如何悄然成为“隐性进程”赖以发生的线索便颇值得玩味。如果我们仅仅关注作品的哥特线索,则会将故事中的化装舞会当作“瘟神”(“红死魔”)显灵事件的对立面,从而错过人类学意义上的仪式对于映射作品的历史文化渊源所发挥的逻辑规约作用。一旦化装舞会的仪式性不再沦为我们眼皮底下的审美盲点,那么整个作品的社会文化意义将作为“隐性进程”得以凸显——自中世纪以来的化装舞会传统具有怎样的人类学意义?作为狂欢的化装舞会仪式又是如何在维多利亚时代得以延续和演变,对当下的社会生产发挥了怎样的积极功效?在这样的阐释语境下,我们会恍然发现故事中的化装舞会乃是坡在创作之际影射了同时期英国王室举办的两次颇为轰动的皇家化装舞会,尤其是维多利亚女王亲手策划的第二次盛会——正如小说中的普洛斯彼罗王子亦同样陶醉于自己的化装舞会设计。如果说维多利亚女王的化装舞会旨在使伦敦摆脱其所遭遇的经济低迷,那么普洛斯彼罗王子则是为了通过某种仪式性的自我牺牲来换取天下的太平,从而在现实隐喻层面上消除辉格派改革运动尤其是“宪章运动”以来工业资产阶级乃至于工业无产阶级对英国传统贵族精英体制造成的“威胁”。文学的仪式性凸显的是艺术的社会功用性,在此意义上服务于那悠久的“为诗辩护”之传统。

从约翰·塞尔的“突现属性”到齐泽克的“视差之见”,从维特根斯坦的“语言游戏”到诺伯特·维纳的“反馈回路”,从维克多·特纳的“社会戏剧”到格雷戈里·贝特森的“双重束缚”,贯穿于其间的是笔者所强调的用坡的眼睛去看坡的世界——这既是本书对坡的小说进行重新解读所诉诸的逻辑策略,也是坡的诗学“控制论”围绕“表层阅读”所做出的逻辑预设。本书在爱伦·坡小说研究进程中采取了上述看似“离经叛道”的现代学理尝试,某种意义上乃是希冀将布尔迪厄(Pierre Bourdieu)所强调的社会科学的“自反性”付诸文学批评实践,使得那位早已被文类经典化所“提前埋葬”的坡重新“站在我们的跟前”。

参考文献

Adorno, Theodor W. *Aesthetic Theory*. Trans. C. Lenhardt. London: Routledge & Kegan Paul, 1984.

Alterton, Margaret. *Origins of Poe's Critical Theory*. New York: Russell & Russell, Inc., 1965.

Arzy, Shahar, et al. "Induction of an Illusory Shadow Person: Stimulation of a site on the brain's left hemisphere prompts the creepy feeling that somebody is close by." *Nature*. Vol. 443 (2006): 287.

Atkinson, David. "Folk Songs in Print: Text and Tradition." *Folk Music Journal* 4 (2004): 456—483.

Bailey, J. O. "What Happens in 'The Fall of the House of Usher'." *American Literature*. Vol. 35, No. 4 (1964): 445—466.

Ball, Gordon. "Dylan and the Nobel." *Oral Tradition* 1 (2007): 14—29.

Bateson, Gregory. *Steps to an Ecology of Mind*. Chicago: The University of Chicago Press, 2000.

——. *Mind and Nature: A Necessary Unity*. Cresskill: Hampton Press, Inc., 2002.

Bateson, Mary Catherine. "The Double Bind: Pathology and Creativity." *Cybernetics and Human Knowing*. Vol. 12, Nos. 1—2 (2005): 11—21.

Baudrillard, Jean. *Simulacra and Simulation*. Trans. S. Glaser. Ann Arbor: The University of Michigan Press, 1994.

Bedau, Mark A. "Downward Causation and Autonomy in Weak Emergence." *Emergence: Contemporary Readings in Philosophy and Science*. Ed. Mark A. Bedau and Paul Humphreys. Cambridge: The MIT Press, 2008: 155—188.

Bennett, Zachary Z. E. "Killing the Aristocrats: The Mask, the Cask, and Poe's Ethics of S & M." *The Edgar Allan Poe Review*. Vol. 12, No. 1 (Spring 2011): 42—58.

Best, Stephen and Sharon Marcus. "Surface Reading: An Introduction." *Representations* 1 (2009): 1—21.

Bickford, Tyler. "Music of Poetry and Poetry of Song: Expressivity and Grammar in Vocal Performance." *Ethnomusicology* 3 (2007): 439—476.

Bieganowski, Ronald. "The Self-Consuming Narrator in Poe's 'Ligeia' and 'Usher'." *American Literature*. Vol. 60, No. 2 (May, 1988): 175—187.

Blanke, Olaf. "Out of Body Experiences and Their Neural Basis." *The British Medical Journal*. Vol. 329 (2004): 1415—1416.

Bloom, Clive, ed. *Gothic Horror: A Guide for Students and Readers*. 2nd ed. New York: Palgrave Macmillan, 2007.

Blum, Deborah. *Ghost Hunters: The Victorians and the Hunt for Proof of Life after Death*. London: Arrow Books, 2007.

Boose, Emery, et al. "Landscape and Regional Impacts of Hurricanes in New England." *Ecological Monographs*. Vol. 71, No. 1 (Feb., 2001): 27—48.

Bryant, John. "Poe's Ape of UnReason: Humor, Ritual, and Culture." *Nineteenth-Century Literature*. Vol. 51, No. 1 (Jun., 1996): 16—52.

Buchan, Peter. *The Eglinton Tournament and Gentleman Unmasked*. London: Simpkin, Marshall & Co., 1840.

Budick, E. Miller. "The Fall of the House: A Reappraisal of Poe's Attitudes Toward Life and Death." *The Southern Literary Journal*. Vol. 9, No. 2 (Spring, 1977): 30—50.

Bulson, Eric. "The Freewheelin' Bob Dylan (1963)." *The Cambridge Companion to Bob Dylan*. Ed. Kevin J. H. Dettmar. Cambridge: Cambridge University Press, 2009: 125—130.

Butler, Judith. "Foreword." *The Erotic Bird: Phenomenology in Literature*. Ed. Maurice Natanson. Princeton: Princeton Uuniversity Press. 1998: ix-xvi.

Caillois, Roger. *Man, Play and Games*. Trans. Meyer Barash. Chicago: University of Illinois Press, 2001.

Cantalupo, Barbara. *Poe and the Visual Arts*. University Park: Pennsylvania State University Press, 2014.

Carnot, Nicolas Léonard Sadi. *Reflections on the Motive Power of Heat*. New York: John Wiley & Sons, 1897.

Carter, Steven. "Alexander's Bitter Tears." *Journal of European Studies*. Vol. 29 (1999): 343—363.

Castle, Terry. "The Carnivalization of 18th-Century English Narrative." *PMLA*. Vol. 99, No. 5 (Oct., 1984): 903—916.

Cheynea, J. Allan, and Todd A. Girard. "The Body Unbound: Vestibular-motor Hallucinations and Out-of-body Experiences." *CORTEX* 45 (2009): 201—215.

Chivers, Thomas Holley. *Life of Poe*. New York: E. P. Dutton & Co., Inc., 1952.

Clarke, Bruce. *Neocybernetics and Narrative*. Minneapolis: University of Minnesota Press, 2014.

Cobb, Palmer. "The Influence of E. T. A. Hoffmann on the Tales of Edgar Allan Poe." *Studies in Philology*. Vol. 3 (1908): 1—105.

Coyle, Michael and Debra Rae Cohen. "Blonde on Blonde (1966)." *The Cambridge Companion to Bob Dylan*. Ed. Kevin J. H. Dettmar. Cambridge: Cambridge University Press, 2009: 143—149.

Crane, Mary Thomas. "Surface, Depth, and the Spatial Imaginary: A Cognitive Reading of *The Political Unconscious*." *Representations*. Vol. 108, No. 1 (Fall 2009): 76—97.

Crawford, Joseph. *Gothic Fiction and the Invention of Terrorism*. London: Bloomsbury, 2013.

Crow, Charles L., ed. *American Gothic: From Salem Witchcraft to H. P. Lovecraft, an Anthology*. (2nd Edition). Chichester: John Wiley & Sons, Ltd., 2013.

Dalton, G. F. "The Ritual Killing of the Irish Kings." *Folklore*. Vol. 81, No. 1 (Spring, 1970): 1—22.

Danto, Arthur C. "The Philosophical Disenfranchisement of Art." *Grand Street*. Vol. 4, No. 3 (1985): 171—189.

Deflem, Mathieu. "Ritual, Anti-Structure, and Religion: A Discussion of Victor

Turner's Processual Symbolic Analysis." *Journal for the Scientific Study of Religion*. Vol. 30, No. 1 (Mar., 1991): 1—25.

Deleuze, Gilles. *The Logic of Sense*. Trans. Mark Lester with Charles Stivale. New York: Columbia University Press, 1990.

Denning, Michael. "Bob Dylan and Rolling Thunder." *The Cambridge Companion to Bob Dylan*. Ed. Kevin J. H. Dettmar. Cambridge: Cambridge University Press, 2009: 28—41.

Dimock, W. C. "Cognition as a Category of Literary Analysis." *American Literature* 67.4 (1995): 825—831.

Duff, David. "Maximal Tensions and Minimal Conditions: Tynianov as Genre Theorist." *New Literary History*. Vol. 34, No. 3, *Theorizing Genres II* (Summer, 2003): 553—563.

Dylan, Bob. *Tarantula*. London: Harper Perennial, 2005.

Ehrmann, Jacques. "Introduction." *Yale French Studies*. No. 41, *Game, Play, Literature* (1968): 5.

Enns, Anthony. "Mesmerism and the Electric Age: From Poe to Edison." *Victorian Literary Mesmerism*. Ed. Martin Willis and Catherine Wynne. Amsterdam: Rodopi B. V., 2006: 61—82.

Epstein, James A. "The Working Class and the People's Charter." *International Labor and Working-Class History*. No. 28 (Fall, 1985): 69—78.

Falk, Doris V. "Poe and the Power of Animal Magnetism." *PMLA*. Vol. 84, No. 3 (May, 1969): 536—546.

Fanon, Frantz. *Black Skin, White Masks*. New York: Grove Press, 1967.

Farrell, Joseph. "Classical Genre in Theory and Practice." *New Literary History*. Vol. 34, No. 3. *Theorizing Genres II* (Summer, 2003): 383—408.

Felman, Shoshana. *The Literary Speech Act: Don Juan with J. L. Austin, or Seduction in Two Languages*. Trans. Catherine Porter. Ithaca: Cornell University Press, 1983.

Felski, Rita. "Suspicious Minds." *Poetics Today* 32:2 (Summer 2011): 215—234.

Fogelin, Lars. "The Archaeology of Religious Ritual." *Annual Review of Anthropology*. Vol. 36 (2007): 55—71.

Folks, Jeffrey J. "Edgar Allan Poe and Elias Canetti: Illuminating the Sources of Terror." *The Southern Literary Journal*. Vol. 37, No. 2 (Spring, 2005): 1—16.

Frank, Frederick S. & Anthony Magistrale. *The Poe Encyclopedia*. Westport: Greenwood Press, 1997.

Freud, Sigmund. "On Narcissism: an Introduction." *The Standard Edition of the Complete Psychological Works of Sigmund Freud*. Vol. XIV. London: The Hogarth Press, 1957.

——. *The Uncanny*. Trans. David McLintock. London: Penguin Books, 2003.

Freund, John. "Entropy and Composition." *College English*. Vol. 41, No. 5 (Jan., 1980): 493—516.

Fulford, Tim. "Conducting the Vital Fluid: The Politics and Poetics of Mesmerism in the 1790s." *Studies in Romanticism*. Vol. 43, No. 1, *Romanticism and the Sciences of Life* (Spring, 2004): 57—78.

Garrett, Peter K. "The Force of a Frame: Poe and the Control of Reading." *The Yearbook of English Studies*. Vol. 26, *Strategies of Reading: Dickens and after Special Number* (1996): 54—64.

Genette, Gérard. *Narrative Discourse: An Essay in Method*. Trans. Jane Lewin. Ithaca: Cornell University Press, 1980.

Gerber, Gerald. "Additional Sources for 'The Masque of the Red Death'." *American Literature*. Vol. 37, No. 1 (Mar., 1965): 52—54.

Gilbert, Sandra and Susan Gubar. *The Madwoman in the Attic: The Women Writer and the Nineteenth-Century Literary Imagination*. 2nd Edition. New Haven: Yale University Press, 2000.

Glotz, Samuel and Marguerite Oerlemans. "European Masks." *The Drama Review: TDR*. Vol. 26, No. 4 (Winter, 1982): 14—18.

Goldberg, Joe. "Bob Dylan at Sixty." *The Threepenny Review* 89 (2002): 26.

Goldsmith, Margaret. *Franz Anton Mesmer: A History of Mesmerism*. Garden City: Doubleday, Doran & Company, Inc., 1934.

Griffith, Clark. "Poe's 'Ligeia' and the English Romantics." *University of Toronto Quarterly* 24.1(1954): 8—25.

Gruener, Gustav. "Poe's Knowledge of German." *Modern Philology*. Vol. 2, No. 1 (Jun., 1904): 125—140.

Guterstam, Arvid and H. Henrik Ehrsson. "Disowning One's Seen Real Body During an Out-of-body Illusion." *Consciousness and Cognition* 21 (2012): 1037—1042.

Haggerty, George. *Gothic Fiction/Gothic Form*. University Park: The Pennsylvania State University Press, 1989.

Halstead, Frank G. "The Genesis and Speed of the Telegraph Codes." *Proceedings of the American Philosophical Society*. Vol. 93, No. 5 (Nov., 1949): 448—458.

Hammond, Alexander. "A Reconstruction of Poe's 1833 Tales of the Folio Club." *Poe Studies*. Vol. 5, No. 2 (Dec., 1972): 25—32.

Hardin, Richard F. "'Ritual' in Recent Criticism: The Elusive Sense of Community." *PMLA*. Vol. 98, No. 5 (Oct., 1983): 846—862.

Harrison, James, A., ed. *The Complete Works of Edgar Allan Poe*. 17 Vols. New York: AMS Press Inc., 1965.

Hayes, Kevin J. "Visual Culture and the Word in Edgar Allan Poe's 'The Man of the Crowd'." *Nineteenth-Century Literature* 4 (2002): 445—465.

Hayles, N. Katherine. *Chaos Bound: Orderly Disorder in Contemporary Literature and Science*. Ithaca: Cornell University Press, 1990.

——. *How We Became Posthuman: Virtual Bodies in Cybernetics, Literature, and Informatics*. Chicago: The University of Chicago Press, 1999.

Hecker, William, ed. *Private Perry and Mister Poe: the West Point Poems, 1831*. Baton Rouge: Louisiana State University Press, 2005.

Herrmann, Claudine and Nicholas Kostis. "'The Fall of the House of Usher' or The Art of Duplication." *SubStance*. Vol. 9, No. 1, Issue 26 (1980): 36—42.

Heydrich, Lukas, et al. "Illusory Own Body Perceptions: Case reports and relevance for bodily self-consciousness."*Consciousness and Cognition* 19 (2010): 702—710.

Heylighen, Francis and Cliff Joslyn. "Second Order Cybernetics." Web. 6 December. 2018. 〈http:// pespmcl. vub. ac. be/SECORCYB. html〉

Hoeveler, Diane. "The Hidden God and the Abjected Woman in 'The Fall of the House of Usher'." *Studies in Short Fiction*. Vol. 29, No. 3 (Jun., 1992): 385—395.

Hoffman, Daniel. *Poe Poe Poe Poe Poe Poe Poe*. Garden City: Doubleday & Company, Inc., 1972.

——. "Foreword: Marching with Poe." *Private Perry and Mister Poe: the West Point Poems, 1831*. Ed. William Hecker. Baton Rouge: Louisiana State University Press, 2005.

Hogan, Patrick Colm. *Beauty and Sublimity: A Cognitive Aesthetics of Literature and the Arts*. Cambridge: Cambridge University Press, 2016.

Hough, Robert L., ed. *Literary Criticism of Edgar Allan Poe*. Lincoln: University of Nebraska Press, 1965.

Hughes, William. *Historical Dictionary of Gothic Literature*. Lanham: The Scarecrow Press, Inc., 2013.

——. *That Devil's Trick: Hypnotism and the Victorian Popular Imagination*. Manchester: Manchester University Press, 2015.

Iser, Wolfgang. *The Act of Reading: A Theory of Aesthetic Response*. Baltimore: The Johns Hopkins University Press, 1978.

Jameson, Fredric. *The Political Unconscious: Narrative as Socially Symbolic Act*. Ithaca: Cornell University Press, 1981.

Jennings, Theodore. "On Ritual Knowledge." *The Journal of Religion*. Vol. 62, No. 2 (1982): 111—127.

Kaplan, Fred. *Dickens and Mesmerism: The Hidden Springs of Fiction*. Princeton: Princeton University Press, 1975.

Kaplan, Louise J. "The Perverse Strategy in 'The Fall of House of Usher'." *New Essays on Poe's Major Tales*. Ed. Kenneth Silverman. New York: Cambridge University Press, 1993: 45—64.

Kelly, Angela. "Making Community: Individuals and Families Living with and Affected by Haemophilia, HIV/AIDS and Other Blood Borne Viruses." *Culture, Health & Sexuality*. Vol. 4, No. 4 (Oct.-Dec., 2002): 443—458.

Kim, Jaegwon. "Making Sense of Emergence." *Emergence: Contemporary Readings in Philosophy and Science*. Ed. Mark A. Bedau and Paul Humphreys. Cambridge: The MIT Press, 2008: 127—153.

Kovalev, Y. V. "The Literature of Chartism." *Victorian Studies*. Vol. 2, No. 2 (Dec., 1958): 117—138.

Lacan, Jacques. "Desire and the Interpretation of Desire in Hamlet." *Yale French Studies* 55/56 (1977): 11—52.

——. *The Seminar of Jacques Lacan, Book XI: The Four Fundamental Concepts of Psychoanalysis*. Trans. Alan Sheridan. New York: W. W. Norton & Company, 1998.

Lamarque, Peter. *The Philosophy of Literature*. Oxford: Blackwell Publishing Ltd., 2009.

Lapham, Lewis H. "Introduction." Marshall McLuhan. *Understanding Media: The Extensions of Man*. Cambridge: The MIT Press, 1994.

Le Fanu, Sheridan. "Carmilla." *In a Glass Darkly*. Vol. III. London: R. Bentley and Son, 1872.

Lefebvre, Henri. *Critique of Everyday Life*. Vol. I. Trans. John Moore. London: Verso, 1991.

——. *Critique of Everyday Life*. Vol. II. Trans. John Moore, London: Verso, 2002.

——. *Critique of Everyday Life*. Vol. III. Trans. John Moore, London: Verso, 2005.

——. *Introduction to Modernity: Twelve Preludes, September 1959—May 1961*. Trans. John Moore. London: Verso, 1995.

Levine, Stuart & Susan F. Levine, eds. *The Short Fiction of Edgar Allan Poe*. Indianapolis: The Bobbs-Merill Company, Inc., 1976.

Lhermitte, Jean. "Visual Hallucination of the Self." *The British Medical Journal*. Vol. 1 (1951): 431—434

Light, Alan. "Bob Dylan as Performer." *The Cambridge Companion to Bob Dylan*. Ed. Kevin J. H. Dettmar. Cambridge: Cambridge University Press, 2009: 55—68.

Lind, Sidney E. "Poe and Mesmerism." *PMLA*. Vol. 62, No. 4 (Dec., 1947): 1077—1094.

Lippe, George B. Von Der. "The Figure of E. T. A. Hoffmann as Doppelgänger to Poe's Roderick Usher." *MLN*. Vol. 92, No. 3, German Issue (Apr., 1977): 525—534.

Liu, Lydia H. "The Cybernetic Unconscious: Rethinking Lacan, Poe, and French Theory." *Critical Inquiry*. Vol. 36, No. 2 (Winter 2010): 288—320.

Love, Heather. "Close but not Deep: Literary Ethics and the Descriptive Turn," *New Literary History*. Vol. 41, No. 2, *New Sociologies of Literature* (SPRING 2010): 371—391.

Luhmann, Niklas. *Art as a Social System*. Trans. Eva Knodt. Stanford: Stanford University Press, 2000.

——. *Essays on Self-Reference*. New York: Columbia University Press, 1990.

——. *The Reality of the Mass Media*. Trans. Kathleen Cross. Cambridge: Polity

Press, 2000.

Lycan, William G. "Gombrich, Wittgenstein, and the Duck-Rabbit." *The Journal of Aesthetics and Art Criticism*. Vol. 30, No. 2 (Winter, 1971): 229—237.

Manning, Susan. "'The Plots of God Are Perfect': Poe's 'Eureka' and American Creative Nihilism." *Journal of American Studies*. Vol. 23, No. 2 (1989): 235—251.

Marshall, Lee. "Bob Dylan and the Academy." *The Cambridge Companion to Bob Dylan*. Ed. Kevin J. H. Dettmar. Cambridge: Cambridge University Press, 2009: 100—109.

——. "Review: Song and Dance Man III: The Art of Bob Dylan by Michael Gray." *Popular Music*. Vol. 20, No. 1. (Jan. 2001): 131—133.

Marvin, Carolyn. *When Old Technologies Were New: Thinking about Electric Communication in the Late Nineteenth Century*. New York: Oxford University Press, 1988.

Marcus, Greil. "Where Is Desolation Row?" *The Threepenny Review* 81 (2000): 28—30.

Maturana, Humberto and Francisco Varela. *Autopoiesis and Cognition: The Realization of the Living*. Dordrecht: D. Reidel Publishing Company, 1980.

May, Charles E. *Edgar Allan Poe: A Study of the Short Fiction*. Boston: Twayne Publishers, 1991.

McGill, Meredith. *American Literature and the Culture of Reprinting, 1834—1853*. Philadelphia: University of Pennsylvania Press, 2003.

McKee, John D. "Poe's Use of Live Burial in Three Stories." *The News Bulletin of the Rocky Mountain Modern Language Association*. Vol. 10, No. 3 (May, 1957): 1—3.

McLaughlin, Brian P. "The Rise and Fall of British Emergentism." *Emergence: Contemporary Readings in Philosophy and Science*. Ed. Mark A. Bedau and Paul Humphreys. Cambridge: The MIT Press, 2008: 19—59.

McLuhan, Marshall. "Speed of Cultural Change." *College Composition and Communication*. Vol. 9, No. 1 (Feb. 1958): 16—20.

——. *Understanding Media: The Extensions of Man*. Cambridge: The MIT Press, 1997.

Menke, Richard. *Telegraphic Realism: Victorian Fiction and Other Information*

Systems. Stanford: Stanford University Press, 2008.

Mills, Bruce. *Poe, Fuller, and the Mesmeric Arts: Transition States in the American Renaissance*. Columbia: University of Missouri Press, 2006.

Morgain, Rachel. "On the Use of the Uncanny in Ritual." *Religion*. Vol. 42, No. 4 (October, 2012): 521—548.

Moss, Sidney P. *Poe's Literary Battles: The Critic in the Context of His Literary Milieu*. Durham: Duke University Press, 1963.

Murnane, Barry. "Gothic Translation: Germany, 1760—1830." *The Gothic World*. Ed. Glennis Byron and Dale Townshend. London: Routledge, 2014: 231—242.

Nadal, Marita. "Trauma and the Uncanny in Edgar Allan Poe's 'Ligeia' and 'The Fall of the House of Usher'." *The Edgar Allan Poe Review*. Vol. 17, No. 2 (2016): 178—192.

Natanson, Maurice. *The Erotic Bird: Phenomenology in Literature*. Princeton: Princeton University Press, 1998.

Osipova, Elvira. "Aesthetic Effects of 'King Pest' and 'The Masque of the Red Death'." *Edgar Allan Poe Review*. Vol. 8, No. 2 (Fall 2007): 25—33.

Ostrom, John Ward, ed. *The Letters of Edgar Allan Poe*. New York: Gordian Press, Inc., 1966.

Otis, Laura. "The Metaphoric Circuit: Organic and Technological Communication in the Nineteenth Century." *Journal of the History of Ideas*. Vol. 63, No. 1 (Jan., 2002): 105—128.

Perry, Denis R. and Carl H. Sederholm. *Poe. "The House of Usher," and the American Gothic*. New York: Palgrave Macmillan, 2009.

Phillips, Mary E. *Edgar Allan Poe—The Man*. Vol. I. Chicago: The John C. Winston Co., 1926.

Pizer, John. "Guilt, Memory, and the Motif of the Double in Storm's *Aquis Submersus and Ein Doppelgänger*." *The German Quarterly*. Vol. 65. No. 2 (1992): 177—191.

Pock, Benny. *Mediality, Cybernetics, Narrativity in the American Novel after 1960*. Heidelberg: Universitätsverlag Winter, 2011.

Poe, Edgar Allan. *Eureka*. Ed. Stuart Levine and Susan F. Levine. Chicago: University of Illinois Press, 2004.

——. *Marginalia*. Charlottesville: University Press of Virginia, 1981.

——. *The Complete Edgar Allan Poe Tales*. New York: Avenel Books, 1981.

——. *The Complete Poems and Stories of Edgar Allan Poe with Selections from His Critical Writings*. New York: Alfred A. Knopf, 1964.

Poirion, Daniel and Caroline Weber. "Mask and Allegorical Personification." *Yale French Studies*. No. 95, *Rereading Allegory: Essays in Memory of Daniel Poirion* (1999): 13—32.

Polito, Robert. "Highway 61 Revisited (1965)." *The Cambridge Companion to Bob Dylan*. Ed. Kevin J. H. Dettmar. Cambridge: Cambridge University Press, 2009: 137—142.

Pollock, Lori. "(An) Other Politics of Reading *Jane Eyre*." *The Journal of Narrative Technique*. Vol. 26, No. 3 (1996): 249—273.

Porter, Laurence M. "The Devil as Double in Nineteenth-Century Literature: Goethe, Dostoevsky, and Flaubert." *Comparative Literature Studies*. Vol. 15, No. 3 (1978): 316—335.

Porush, David. *The Soft Machine: Cybernetic Fiction*. New York: Methuen, 1985.

Preece, W. H. and J. Sivewright. *Telegraphy* (New Edition). London: Longmans, Green, and Co., 1914.

Prufer, Thomas. "Glosses on Heidegger's Architectonic Word-Play: 'Lichtung' and 'Ereignis,' 'Bergung' and 'Wahrnis'." *The Review of Metaphysics*. Vol. 44, No. 3 (Mar., 1991): 607—612.

Quinn, A. H. *Edgar Allan Poe: A Critical Biography*. New York: D. Appleton-Century Company, 1942.

Rank, Otto. *The Double: A Psychoanalytic Study*. Trans. & Ed. Harry Tucker Jr. Chapel Hill: The University of North Carolina Press. 1971.

Rath, Sura P. "Game, Play and Literature: An Introduction." *South Central Review*. Vol. 3, No. 4 (1986): 1—4.

Rein, David M. *Edgar Allan Poe: The Inner Pattern*. New York: Philosophical Library, 1960.

Renza, Louis A. *Edgar Allan Poe, Wallace Stevens, and the Poetics of American Privacy*. Baton Rouge: Louisiana State University Press, 2002.

Rice, Ronald, et al. *The New Media: Communication, Research, and Technology*. Beverly Hills: SAGE Publications, Inc., 1984.

Richter, Jean Paul. *Flower, Fruit and Thorn Pieces: or the Married Life, Death and Wedding of the Advocate of the Poor, Firmian Stanislaus Siebenkäs*. Boston: Ticknor and Fields. 1863.

Riley, Tim. "Another Side of Bob Dylan." *World Literature Today*. Vol. 79, No. 3/4 (Sep.-Dec., 2005): 8—12.

Roberts, Helene E. "Victorian Medievalism: Revival or Masquerade?" *Browning Institute Studies*. Vol. 8 (1980): 11—44.

Robinson, Christopher C. *Wittgenstein and Political Theory: The View from Somewhere*. Edinburgh: Edinburgh University Press, 2009.

Rogers, Robert. *A Psychoanalytic Study of the Double in Literature*. Detroit: Wayne State University Press, 1970.

Rollason, Christopher. "Tell-Tale Signs—Edgar Allan Poe and Bob Dylan: Towards a Model of Intertextuality." *ATLANTIS. Journal of the Spanish Association of Anglo-American Studies* 2 (2009): 41—56.

Rosenfield, Claire. "The Shadow Within: The Conscious and Unconscious Use of the Double."*Daedalus*. Vol. 92, No. 2(1963): 326—344.

Roth, Martin. "Inside 'The Masque of the Red Death'." *SubStance*. Vol. 13, No. 2, Issue 43 (1984): 50—53.

Saposnik, Irving S. "The Anatomy of Dr. Jekyll and Mr. Hyde." *Studies in English Literature, 1500—1900*. Vol. 11, No. 4 (1971): 715—731.

Sayre, Kenneth M. *Cybernetics and the Philosophy of Mind*. London: Routledge & Kegan Paul, 1976.

Schmid, Wolf. *Narratology: An Introduction*. Trans. Alexander Starritt. Berlin: De Gruyter, 2010.

Schuetz, Alfred. "Sartre's Theory of the Alter Ego." *Philosophy and Phenomenological Research*. Vol. 9, No. 2 (1948):181—199.

Sconce, Jeffrey. *Haunted Media: Electronic Presence from Telegraphy to Television*. Durham: Duke University Press, 2000.

Searle, John. "Reductionism and the Irreducibility of Consciousness." *Emergence: Contemporary Readings in Philosophy and Science*. Ed. Mark A. Bedau and Paul Humphreys. Cambridge: The MIT Press, 2008: 69—80.

Sedgwick, Eve Kosofsky. "The Character in the Veil: Imagery of the Surface in the Gothic Novel." *PMLA*. Vol. 96, No. 2 (Mar., 1981): 255—270.

Shen, Dan. "Edgar Allan Poe's Aesthetic Theory, the Insanity Debate, and the

Ethically Oriented Dynamics of 'The Tell-Tale Heart'." *Nineteenth-Century Literature*. Vol. 63, No. 3 (2008): 321—345.

Shortlidge, Jack. "Performed Literature: Words and Music by Bob Dylan." *The Journal of American Folklore* 464 (2004): 212—213.

Shumway, David R. "Bob Dylan as Cultural Icon." *The Cambridge Companion to Bob Dylan*. Ed. Kevin J. H. Dettmar. Cambridge: Cambridge University Press, 2009: 110—121.

Simon, Linda. *Dark Light: Electricity and Anxiety from the Telegraph to the X-Ray*. Orlando: Harcourt, Inc., 2004.

Singh, Jagjit. *Great Ideas in Information Theory, Language and Cybernetics*. New York: Dover Publications, Inc., 1966.

Sjoberg, Gideon. "A Rationale for Descriptive Sociology." *Social Forces*. Vol. 29, No. 3 (Mar., 1951): 251—257.

Smith, Andrew and William Hughes, eds. *Empire and the Gothic: The Politics of Genre*. New York: Palgrave Macmillan, 2003.

Smith, C. Alphonso *Edgar Allan Poe: How to Know Him*. Garden City: Garden City Publishing Co., Inc., 1921.

Smith, Herbert F. "Usher's Madness and Poe's Organicism: A Source." *American Literature*. Vol. 39, No. 3 (1967): 379—389.

Sontag, Susan. *Against Interpretation and Other Essays*. Farrar: Picador, 1990.

Spargo, R. Clifton, and Anne K. Ream. "Bob Dylan and Religion." *The Cambridge Companion to Bob Dylan*. Ed. Kevin J. H. Dettmar. Cambridge: Cambridge University Press, 2009: 87—99.

Spitzer, Leo. "A Reinterpretation of 'The Fall of the House of Usher'." *Comparative Literature*. Vol. 4, No. 4 (Autumn, 1952): 351—363.

Spivak, Gayatri. "Three Women's Texts and a Critique of Imperialism." *Critical Inquiry*. Vol. 12, No. 1 (1985): 243—261.

Stockwell, Peter. *Cognitive Poetics: An Introduction*. London: Routledge, 2002.

Stone-Blackburn, Susan. "Consciousness Evolution and Early Telepathic Tales." *Science Fiction Studies*. Vol. 20, No. 2 (Jul., 1993): 241—250.

Swirski, Peter. "Literary Studies and Literary Pragmatics: The Case of 'The Purloined Letter'." *SubStance*. Vol. 25, No. 3, Issue 81: *25th Anniversary Issue* (1996): 69—89.

Tamarin, Jean. "Bringing It All Back Home (1965)." *The Cambridge Companion to Bob Dylan*. Ed. Kevin J. H. Dettmar. Cambridge: Cambridge University Press, 2009: 131—136.

Tate, Allan, ed. *The Complete Poetry and Selected Criticism of Edgar Allan Poe*. New York: The New American Library, Inc., 1981.

Terras, Rita. "Goethe's Use of the Mirror Image." *Monatshefte*. Vol. 67, No. 4 (1975): 387—402.

Teunissen, John and Evelyn Hinz. "Poe's *Journal of Julius Rodman* as Parody." *Nineteenth-Century Fiction* 3 (1972): 317—338.

Thomas, Dwight and David K. Jackson. *The Poe Log*. Boston: G. K. Hall & Co. 1987.

Thorner, Horace E. "Hawthorne, Poe, and a Literary Ghost." *The New England Quarterly*. Vol. 7, No. 1 (Mar., 1934): 146—154.

Thurley, Simon. "Royal Lodgings at The Tower of London 1216—1327." *Architectural History*, Vol. 38 (1995): 36—57.

Todorov, Tzvetan and Richard M. Berrong. "The Origin of Genres." *New Literary History*. Vol. 8, No. 1, *Readers and Spectators: Some Views and Reviews* (Autumn, 1976): 159—170.

Todorov, Tzvetan. *Genres in Discourse*. Trans. Catherine Porter. Cambridge: Cambridge University Press, 1990.

Tresch, John. "'The Potent Magic of Verisimilitude': Edgar Allan Poe Within the Mechanical Age." *The British Journal for the History of Science*. Vol. 30, No. 3 (1997): 275—290.

Tsur, Reuven. "Metaphor and Figure-ground Relationship: Comparison from Poetry, Music, and the visual Arts." *Cognitive Poetics: Goals, Gains and Gaps*. Ed. Geert Brône and Jeroen Vandaele. Berlin: Mouton de Gruyter, 2009: 237—277.

Twain, Mark. "Mental Telegraphy Again." *Harper's New Monthly Magazine*. Vol. 91 (Sept. 1895): 521—524.

——. "Mental Telegraphy: A Manuscript with a History." *Harper's New Monthly Magazine*. Vol. 84 (Dec. 1891): 95—104.

Vanderbilt, Kermit. "Art and Nature in 'The Masque of the Red Death'." *Nineteenth-Century Fiction*. Vol. 22, No. 4 (Mar., 1968): 379—389.

Van Gennep, Arnold. *The Rites of Passage*. Trans. Monika B. Vizedom and

Gabrielle L. Caffee. Chicago: University of Chicago Press, 1960.

Vardoulakis, Dimitris. *The Doppelgänger: Literature's Philosophy*. New York: Fordham University Press, 2010.

——. "The Return of Negation: The Doppelgänger in Freud's 'The Uncanny'." *SubStance*. Vol. 35, No. 2, Issue 110: *Nothing* (2006): 100—116.

Walcutt, Charles Child. "The Logic of Poe." *College English*. Vol. 2, No. 5 (Feb., 1941): 438—444.

Walker, I. M. "The 'Legitimate Sources' of Terror in 'The Fall of the House of Usher'." *The Modern Language Review*. Vol. 61, No. 4 (Oct., 1966): 585—592.

Weed, Elizabeth. "The Way We Read Now." *History of the Present*. Vol. 2, No. 1 (Spring 2012): 95—106.

Weisskopf, Victor F. "What Is Quantum Mechanics?" *Bulletin of the American Academy of Arts and Sciences*. Vol. 33, No. 7 (1980): 27—39.

Werner, James. *American Flaneur: The Cosmic Physiognomy of Edgar Allan Poe*. New York: Routledge, 2004.

Wiener, Norbert. *Cybernetics: Or Control and Communication in the Animal and the Machine*. New York: The MIT Press, 1961.

——. *The Human Use of Human Beings: Cybernetics and Society*. London: Free Association Books, 1989.

Wilson, W. Daniel. "Readers in Texts." *PMLA*. Vol. 96, No. 5 (Oct., 1981): 848—863.

Wimsatt, Jr. W. K. "Poe and the Chess Automaton." *American Literature*. Vol. 11, No. 2 (May, 1939): 138—151.

Wittgenstein, Ludwig. *Philosophical Investigations*. 3rd edition. Trans. G. E. M. Anscombe. Oxford: Basil Blackwell Ltd., 1967.

Wyatt, Jean. "I Want to Be You: Envy, the Lacanian Double, and Feminist Community in Margaret Atwood's *The Robber Bride*." *Tulsa Studies in Women's Literature*. Vol. 17, No. 1 (1998): 37—64.

Yaffe, David. "Bob Dylan and the Anglo-American Tradition." *The Cambridge Companion to Bob Dylan*. Ed. Kevin J. H. Dettmar. Cambridge: Cambridge University Press, 2009, pp. 15—27.

Zapf, Hubert. "Entropic Imagination in Poe's 'The Masque of the Red Death." *College Literature*. Vol. 16, No. 3 (Fall, 1989): 211—218.

Zeki, Semir. *Inner Vision: An Exploration of Art and the Brain*. Oxford: Oxford University Press, 1999.

Zimmerman, Brett. *Edgar Allan Poe: Rhetoric and Style*. Montreal: McGill-Queen's University Press, 2005.

Žižek, Slavoj. *Looking Awry: An Introduction to Jacques Lacan Through Popular Culture*. Cambridge: The MIT Press, 1992.

——. *The Parallax View*. Cambridge: The MIT Press, 1992.

G. 克劳斯:《从哲学看控制论》,梁志学译,北京:中国社会科学出版社,1981.

J. 希利斯·米勒:《小说与重复——七部英国小说》,王宏图译,天津:天津人民出版社,2008.

——.《文学死了吗》,秦立彦译,桂林:广西师范大学出版社,2007.

——.《文学在当下的"物质性"和重要性》,丁夏林编译,载《国外文学》2013(2):3-8.

M. 巴赫金:《陀思妥耶夫斯基诗学问题:复调小说理论》,白春仁、顾亚铃译,北京:生活·读书·新知三联书店,1988.

N. 维纳:《人有人的用处——控制论和社会》,陈步译,北京:商务印书馆,1978.

鲍勃·迪伦:《编年史》,徐振锋、吴宏凯译,郑州:河南大学出版社,2015.

柏拉图:《柏拉图对话集》,王太庆译,北京:商务印书馆,2004.

陈波:《逻辑哲学》,北京:北京大学出版社,2005.

大卫·科泽:《仪式、政治与权力》,王海洲译,南京:江苏人民出版社,2015.

德勒兹、加塔利:《资本主义与精神分裂(卷2):千高原》,姜宇辉译,上海:上海书店出版社,2010.

汉斯-格奥尔格·伽达默尔:《真理与方法——哲学诠释学的基本特征》(修订译本),洪汉鼎译,北京:商务印书馆,2007.

霍华德·桑恩斯:《沿着公路直行:鲍勃·迪伦传》,余淼译,南京:南京大学出版社,2012.

吉奥乔·阿甘本:《渎神》,王立秋译,北京:北京大学出版社,2017.

——.《万物的签名:论方法》,尉光吉译,北京:中央编译出版社,2017.

简·艾伦·哈里森:《古代艺术与仪式》,刘宗迪译,北京:生活·读书·新知三联书店,2008.

康德:《逻辑学讲义》,许景行译,杨一之校,北京:商务印书馆,2010.

拉康:《拉康选集》,褚孝泉译,上海:上海三联书店,2001.

兰德尔·柯林斯:《互动仪式链》,林聚任、王鹏、宋丽君译,北京:商务印书馆,2012.

勒内·韦勒克、奥斯汀·沃伦:《文学理论》,刘象愚、邢培明、陈圣生、李哲明译,南京:

江苏教育出版社，2005.
李恒威、肖云龙：《论生命与心智的连续性》，载《中国社会科学》2016(4)：37—52.
路易·阿尔都塞、艾蒂安·巴里巴尔：《读〈资本论〉》，李其庆、冯文光译，北京：中央编译出版社，2001.
罗伯特·斯科尔斯、詹姆斯·费伦、罗伯特·凯洛格：《叙事的本质》，于雷译，南京：南京大学出版社，2015.
罗伯特·谢尔顿：《迷途家园——鲍勃·迪伦的音乐与生活·1.》，滕继萌译，重庆：重庆大学出版社，2017.
罗兰·巴特：《文之悦》，屠友祥译，上海：上海人民出版社，2009.
潘文国：《界面研究四论》，载《中国外语》2012(3)：110—111.
乔吉奥·阿甘本：《潜能》，王立秋、严和来等译，沙明校，桂林：漓江出版社，2014.
申丹：《情节冲突背后隐藏的冲突：卡夫卡〈判决〉中的双重叙事运动》，载《外国文学评论》2016(1)：97—122.
——.《西方文论关键词：隐性进程》，载《外国文学》2019(1)：81—96.
施笃姆：《茵梦湖》，杨武能译，南京：译林出版社，1998.
斯拉沃热·齐泽克：《斜目而视：透过通俗文化看拉康》，季广茂译，杭州：浙江大学出版社，2011.
苏珊·桑塔格：《论摄影》，黄灿然译，上海：上海译文出版社，2014.
梭罗：《远行》，董晓娣译，北京：光明日报出版社，2012.
童明：《西方文论关键词：暗恐/非家幻觉》，载《外国文学》2011(4)：106—116.
托马斯·瑞德：《机器崛起：遗失的控制论历史》，王晓、郑心湖、王飞跃译，北京：机械工业出版社，2017.
陀思妥耶夫斯基：《卡拉马佐夫兄弟》，荣如德译，上海：上海译文出版社，2004.
瓦莱里：《文艺杂谈》，段映虹译，天津：百花文艺出版社，2002.
维克多·特纳：《象征之林——恩登布人仪式散论》，赵玉燕、欧阳敏、徐洪峰译，北京：商务印书馆，2006.
——.《仪式过程：结构与反结构》，黄剑波、柳博赟译，北京：中国人民大学出版社，2006.
维特根斯坦：《逻辑哲学论》，韩林合译，北京：商务印书馆，2013.
杨金才：《从〈瑞普·凡·温克尔〉看华盛顿·欧文的历史文本意识》，载《解放军外国语学院学报》2001(6)：75—79.
伊塔洛·卡尔维诺：《新千年文学备忘录》，黄灿然译，南京：译林出版社，2009.
约翰·赫伊津哈：《游戏的人：关于文化的游戏成分的研究》，多人译，杭州：中国美术学院出版社,1996.

约翰·塞尔:《心、脑与科学》,杨音莱译,上海:上海译文出版社,2006.

于雷:《爱伦·坡小说美学刍议》,载《外国文学》2015(1):51—61.

——.《爱伦·坡小说中的"眼睛"》,载《外国文学评论》2012(3):52—64.

——.《爱伦·坡与"南方性"》,载《外国文学评论》2014(3):5—20.

——.《从"共济会"到"最后一块石头"——论〈一桶艾蒙提拉多酒〉中的"秘密写作"》,载《国外文学》2014(3):94—101.

——.《催眠·骗局·隐喻——〈山家奇遇〉的未解之谜》,载《外国文学评论》2009(2):70—81.

——.《当代国际爱伦·坡研究的"视觉维度"——兼评〈坡与视觉艺术〉(2014)》,载《当代外国文学》2015(4):142—149.

——.《"厄舍屋"为何倒塌?——坡与"德国风"》,载《外国文学评论》2018(1):75—93.

——.《基于视觉寓言的爱伦·坡小说研究》,南京:南京大学出版社,2015.

——.《〈雷姬亚〉:"德国浪漫主义转型期"的人文困惑》,载《国外文学》2012(3):138—147.

——.《坡与游戏》,载《外国文学》2018(6):140—149.

——.《〈裘力斯·罗德曼日志〉的文本残缺及其伦理批判》,载《外国文学研究》2013(4):78—86.

——.《西方文论关键词:替身》,载《外国文学》2013(5):100—112.

——.《一则基于〈乌鸦〉之谜的"推理故事"——〈创作的哲学〉及其诗学问题》,载《外国文学评论》2013(3):5—19.

詹·乔·弗雷泽:《金枝精要——巫术与宗教之研究》,刘魁立编,上海:上海文艺出版社,2001.

张玖青、曹建国:《论仪式的文学生产与阐释功能:基于诗歌的讨论》,载《河南师范大学学报》(哲学社会科学版)2013(6):137—142.

张一兵:《拟像、拟真与内爆的布尔乔亚世界——鲍德里亚〈象征交换与死亡〉研究》,载《江苏社会科学》2008(6):32—38.

——.《析阿尔都塞的"症候阅读法"》,载《南京大学学报》(哲学·人文科学·社会科学版)2002(3):63—73.

张志伟:《从维特根斯坦的"语言游戏"说看哲学话语的困境》,载《中国人民大学学报》2001(1):40—46.

附录一

各章英文摘要
(English Chapter Abstracts)

Chapter One: Three Logic Disputes in Poe's Fictional Poetics

Any attempt at juxtaposing Poe and logic seems to have always inevitably led to such stereotyped conclusion that Poe's logic is question-begging or nothing more than an air of mystification, which, however, is actually just what Poe himself had long admitted to, hence bringing about a critical redundancy. It is advisable to argue that Poe pays more attention to the poetics of logic than he does to the logic of poetics and that he regards logic as a form of representation of his poetics, highlighting its quintessence by means of parodying the orthodox logic science. This chapter, in light of the above-mentioned issues, focuses on "The Philosophy of Composition," *Eureka*, and "The Oval Portrait" among others, which either directly or obliquely bear upon the logic phenomena of literature, analysing such logic disputes as "effect vs. subject," "logic vs. intuition" and "name vs. thing." This chapter concludes that Poe tends to adopt an eclectic aesthetics by obscuring the demarcation line between these binary opposites so as to fulfil "the circuitry of causality," "the intuition of logic," and the Baudrillardian "precession of simulacra," all contributing to a constructive "emergentism" of Poe's poetics.

Chapter Two: Poe and Cybernetics

From Jacques Lacan's "seminar" to Norbert Wiener's "automaton," from Humberto Maturana's "autopoiesis" to Katherine Hayles' "post-human," from Niklas Luhmann's "social systems theory" to Gregory Bateson's "ecology of mind," this chapter traces the cybernetic trajectory that has to do with the literary scholarship in terms of cybernetic fiction or cybernetic studies of narratology, and, in this context, revisits Poe's "poetics of control," in particular, as a prototype of "literary cybernetics," where the duality of poetic intuition / mechanic rationalism, and that of plot deviation / totality of effect synthesize themselves into a dialectic of negation. By means of a cybernetically-oriented close reading of Poe's fiction and its philosophy of composition, this chapter reaches three conclusions: (1) The textual discursive system, too, boasts "feedback" and "homeostasis" as key factors from the cybernetic logic; (2) The literary aesthetic control, as illustrated via Poe's occupational "schizophrenia" both as a writer and as a critic, tends to be trapped in the paradox caused by the unconscious of habitual cognition and the conscious of technocratic control, which in a naïve manner has foreseen the modern cybernetics' theoretical sublation during the 1970s; (3) The "tragic" teleology, based upon entropy and heat death of the second law of thermodynamics, entails a literary cybernetics which, with the aid of artistic simulation, transforms the concept of "beauty" from what Wiener called "a local and temporary fight against the Niagara of increasing entropy" into the Shakespearean "eternal lines" that "gives life to thee."

Chapter Three: "Parallax" and "Surface Reading"—from Poe to Žižek

There have long been in the reading/interpreting history various theoretical disputes (either overt or latent) over the "depth"-vs.-"surface" problematic. This inveterate dichotomy results in two branches of modern reading: what Nietzsche, Freud, and Marx represent as the "depth hermeneutic" and what Susan Sontag, Stephen Best, and Eve Sedgwick represent as the "surface reading." Meanwhile, the "parallax" theory posed by Žižek, in a way, transforms Poe's "sidelong glance" (as a sort of literary cognitive strategy) into a reading/interpreting philosophy known as "looking awry," which, while providing the "surface-readers" with a unique methodology, obfuscates to a certain extent the long-standing demarcation line drawn between the "depth" mode and the "surface" one. This article intends to revisit their dialectical relations and point out among others: (1) The binary opposition between the "depth" mode and the "surface" one is supposed to be dissolved as, more or less in the Hegelian sense, the inherent artistic tension of the surface structure itself. (2) The coincidence of visuality between Poe and Žižek suggests such epistemological necessity as disclosing from a peripheralized perspective the otherwise silenced gaps, fissures or paradoxes via "taking sidelong glances" / "looking awry" at the naturalized textual surface. (3) The parallaxically-oriented "surface reading," namely the "Poesque" mode, is conducive to redressing those vulgarized surface critical practices, and hence more efficiently integrating the "depth" schema of traditional hermeneutics into the two-dimensional logic of "surface" discourse.

Chapter Four: Why the House of Usher Falls? —Poe and "Germanism"

While "The Fall of the House of Usher" boasts a legacy of long-lasting critical scholarship, there still exists a question that needs to be clarified: How was the supposed "Germanism," standing for a sort of parochial gothic exoticism, finally ushered into the schemata of Poe's "terror of the soul"? In light of the issue in question, this chapter intends to elaborate upon Poe's own dialectic as regards that often pejoratively-adopted label, and, in particular, "the singular spectacle" that German romanticism was then experiencing, where "the impulsive spirit [was] surrounded by the critical." These two mutually exclusive forms of "energy" find from the media theories by Marshall McLuhan (as a special witness to Poe's generic inventions at the early electric age) a natural perspective of understanding the phenomenon of literary "Germanism." On the one hand, "Germanism" meant an "explosion" of the mechanical gothic discourse around the early 19th century; on the other, "Germanism" was gradually reduced to an "implosive" progression by which the gothic genre might draw upon in the self-conscious manner of parody so as to propel its own evolution. This aesthetic inward collapse echoes the fall of the House of Usher both in the literal sense and in the metaphorical. Of course, the fall of the House of Usher also relies on a subtly-devised pivot—the "flaw" does not so much consist in "human" (genetic morbidity) or "house" (architectural dilapidation) as lie in "text" (generic struggle), whose subversive power, despite its ostensible absence, actually stands out as the most crucial. Accompanied by the electric phenomena of the mid-night storm, the narrator, while reading aloud the "fool's work" of Germanism ("Mad Trist")—a sort of "linguistic event," unwittingly exercises a "wild ritual," which not only brings about Madeline's breaking out of her coffin in a telepathic remote control, but parodies the excess of the discursive expansion of the gothic genre. This "electricized" scenario illustrates the reason why McLuhan regarded Poe's generic inventions as the direct cultural influence cultivated by the introduction of electric media such as Morse telegraph. Meanwhile, it bears witness to Jean Baudrillard's logic of simulation by transforming the resurrected Madeline into a hyperreality that erases the distance between the real and the fictional, hence imposing a literary sentimental education upon those as typified by the narrator, whose vulgar treatment of "Germanism" has been committed at the cost of what Poe always advocated, "the terror of the soul."

Chapter Five: Poe and Games

Edgar Allan Poe's short stories are imbued with games ranging from plot to language and even to the philosophy of composition. By recourse to the theories of games posed by Johan Huizinga and Roger Caillois, this chapter first and foremost sorts out the competitive games as Poe is most infatuated with, and analyses their narratological model in light of the author-(ideal-) reader nexus. Secondly, this chapter focuses on the legendary "Maelzel's Automaton Chess-Player," studying on one hand the allegorical association of this mechanical equipment with Poe's philosophy of composition, and on the other, the parallel between Dupin's game aesthetics and Poe's motivation for revealing the trick of the alleged "pure mechanism." Last but not least, this chapter ushers in a latent literature-and-philosophy dialogue as regards Wittgenstein's concept of "language game" so as to expound the effect of semantic proliferation imposed by rules of games upon Poe's making of literature.

Chapter Six: Poe and the Early 19th Century New Media

Edgar Allan Poe lived in an age that happened to see the telecommunicative revolution being ushered in, and he himself, in the capacity of a professional media worker, displayed a highly sensitive soul as regards the technological evolution of the early 19th century new media. From the then popular parapsychological experiments centering upon "thought transference," "mental telegraphy," as well as "telepathy," to the medical practice of mesmerism based upon "animal magnetism," and further to the invention of new communicative technology as typified by the Morse telegraph, Poe creatively drew upon the aesthetic potentials of new media development, and transformed them into a poetic extension of the traditional genre morphology. This chapter, by placing Poe's tales in the historical context of the 19th century new media, intends to elaborate respectively on such three aspects as "mesmerism as poetics," "telegraphy and secret writing," and "new media, information theory and cultural anxiety," illustrating how Poe's fictional poetics interacted aesthetically with the new media in question, and how that interaction projected an anxiety over technocratic culture.

Chapter Seven: "Red Death," Masquerade, and the Literary Ritual

"The Masque of the Red Death" is usually seen as a story of plague horror, whose carnival motif as a result has been conspicuously overlooked, hence bringing up such a problem as how to subsume the carnival and the horror under the same semantic framework and naturalize various inexplicable textual phenomena. The chapter intends to focus on the masquerade in the story as the most apparent ritual, studying its basic cultural physiognomy during the Victorian age as well as its corresponding social functions, and, by recourse to the relevant theories of anthropology, illustrating the ritual power of the masquerade in question. While displaying the possible inadequacy of a de-ritualized hermeneutic, this chapter aims to highlight the essential values of the text's ritual properties in terms of emplotment. In addition, this chapter will also trace back to Queen Victoria's 1842 grand masquerade, together with its warming-up outdoor masquerade contest organized by Earl of Eglinton in 1839, and analyse how "The Mask of the Red Death" might possibly allegorize those contemporary cultural events and still further the political conflicts as indicated by the contemporary Whigs' Parliamentary Reform and the ensuing Chartist Movement. Last but not least, this chapter focuses on the genesis of the "red death" image by associating the castellated abbey with the legendary Tower of London, illustrating how literary imagination may even act as an oracle to ritualize the historical truth values.

Chapter Eight: "Double Bind Theory" and Poe's Doppelgänger Tales

The doppelgänger tales make a significant subgenre in Poe's fictional sphere, not only nurturing a unique motif of gothic literature, but also overcoming by "the return of negation" the inability of the Freudian unconscious to say "no." In his studies of schizophrenia and animal behavior, the British anthropologist Gregory Bateson detected a sort of "transcontextual syndrome," which makes a coupling between morbid logic and artistic creativity, hence transforming the disorder of Bertrand Russell's "logical types" into the "double bind" that usually causes schizophrenia. The double bind theory, regardless of its pathological concerns, finds no absolute boundary between artists and schizophrenics as they rely on the same logic of misconfusing the literal with the metaphorical. This chapter, by drawing on the theoretical framework of Bateson's "double bind," offers a panoramic view of Poe's doppelgänger tales so as to study the genesis of the doppelgänger aesthetics in light of characters' psychology and narrative structure. Based on the above, this chapter reaches such conclusions that the doppelgänger phenomenon not only finds itself in characters' struggles with their mirrored counterparts, but also displays itself in the narrative dynamics driven by a Bakhtinian dialogic nexus between overt plot and covert progression, and that it offers the "surface-reading" school an effective case in point, enabling Poe's "secret writing" to be appreciated as the double-binding strategy that entails a textual schizophrenia.

附录二

鲍勃·迪伦、仪式性与口头文学

——也谈坡与迪伦

内容提要：继鲍勃·迪伦荣获诺贝尔文学奖后，国内外学者不得不面对文学的边界问题，但那一极易为理论相对主义侵袭的学术争议显然忽略了另一个更为实质的文学现象——仪式性的唤醒。面临媒体技术无孔不入的威胁，现代书面传统在其看似繁荣的表象之下掩蔽着文学读写时代的"自闭症"，而在其呈现出历史性的低迷之际，迪伦的"闯入"事件恰恰为我们提供了一个"意外"的合理答案：文学的存活亟待回归其原初的仪式召唤，重新弥合书面叙事与口头传统之间、精英文化与大众需求之间的断裂。鉴于此，笔者尝试搁置传统上围绕迪伦的"诗人"身份抑或"歌手"身份所展开的彼此孤立的研究，转而借助相关仪式理论的透镜聚焦于迪伦的文化身份、舞台表演以及民谣程式等三方面内容；并在此基础上进一步探析迪伦的民谣音乐与口头文学传统之间在仪式层面上的基因关联，从而说明迪伦对于现代文学发展的重大贡献与其说是在于“为伟大的美国歌曲传统创造了新的诗性的表达”，毋宁说是在于他为悠久的书面诗歌传统找回了更为古老的口头文学的仪式性表达。与此同时，鉴于迪伦的音乐诗歌创作乃至于其仪式化的艺术生存之道深受美国作家爱伦·坡的影响，笔者拟将两者置于仪式理论的逻辑层面上加以分析，建构坡与迪伦的跨时空对话以及那一对话所折射出的文学的仪式性和仪式的文学性。

Title: Bob Dylan, Rituality and Oral Literature (with a Passing Remark on Poe and Dylan)

Abstract: Right in the wake of Bob Dylan's securement of the 2016 Nobel Prize for Literature, researchers both home and abroad have unavoidably been faced with the boundary of literature as a problematic, the theoretical disputes over which, while easily tampered with by relativistic mindsets, conceal the awakening of another more fundamental (and simultaneously more practical) literary phenomenon—rituality. Confronted by the permeating threats from media technology, the modern written tradition of literature, though under its camouflage of prosperity, has long been experiencing a kind of autism in the contemporary epoch of literacy. Nonetheless, the event of Bob Dylan's "intrusion" happens to offer an "accidental" but justifiable solution: the survival of literature has yet to echo the primitive ritual calling, bridging the gap between written narratives and the oral tradition on the one hand, and between elitist cultures and popular needs on the other. While deviating from the tradition of studying either "Dylan as a poet" or "Dylan as a singer" isolatedly, this article has recourse to the perspective of the ritual theories concerned to elaborate on Bob Dylan's cultural identity, stage performance and folk-music formulae, and on that basis to further analyze the genetic connection between Bob Dylan's folk music and the oral tradition of literature. The article concludes that Bob Dylan's great contribution to modern literature doesn't lie so much in "creating new poetic expressions within the great American song tradition," as in recovering for the time-honored written poetic tradition a long-lost ritual legacy of the far more age-old oral literature. In addition, given that Dylan has been dramatically influenced by his patron saint Edgar Allan Poe in terms of their shared propensity towards artistic ritualization, this article places these two "song" writers on the plane of modern ritual theories for a comparative study, hence making possible a trans-spatiotemporal dialogue between Poe and Dylan, which may help to throw light on the literary rituality as well as the ritual literality.

20世纪60年代早期是"都市民谣音乐的复兴时期",而迪伦的音乐生涯亦得益于那一时期他对民谣复兴运动所做出的原创性贡献。但是,运用纯粹的音乐规则做出评判则极易忽略"鲍勃·迪伦的另一面",其结果很可能会像贝斯演奏家米奇·杰恩(Mitch Jayne)所调侃的那样,"迪伦的演唱听上去就如同一条被铁丝网缠住腿的狗"①;"从常规上来看,他也并非一位优秀的歌手,人们取笑他那滑稽的舞台动作"②。迪伦本人亦在自传《编年史》(*Chronicles*)当中坦承:"我唱的民谣绝不轻松。它们并不友好或者成熟甜美。它们可不会温柔地靠岸。"③迪伦尽管获得了格莱美终身成就奖,但由他本人演唱的单曲却"没有一首在英国或美国榜单上拿过第一",仅有为数很少的几首曲目在英美两地排行榜进入前十。④ 相对于他在音乐界不可取代的传奇地位,这份榜单成绩几乎可用"糟糕"来

① Qtd. in Jack Shortlidge. "Performed Literature: Words and Music by Bob Dylan," in *The Journal of American Folklore* 464 (2004), p. 212.

② 霍华德·桑恩斯:《沿着公路直行:鲍勃·迪伦传》,第49页。下文凡引自该著作的引文均直接以作者姓氏与引文页码随文标示,不另作注。

③ 鲍勃·迪伦:《编年史》,徐振锋、吴宏凯译,郑州:河南大学出版社,2015年,第37页。

④ 英国UNCUT编辑部:《经典摇滚音乐指南:鲍勃·迪伦》,乐童翻译组一宋世超译,北京:北京联合出版公司,2016年,第126页。

形容；同样有趣的是，迪伦的“音乐诗歌”若抛开音乐的外壳，其综合水准则也难同艾伦·金斯伯格(Allen Ginsberg)那样的职业作家相提并论[①]，但他却“意外地”摘得了2016年度诺贝尔文学奖。笔者认为，若孤立地看，迪伦在“歌唱”与“作诗”这两个领域内均无法被贴上“一流”的标签，然而一旦处于它们之间的阈限地带，迪伦的不寻常之处便熠熠生辉：他的音乐诗歌表演凭借其凸显的民谣吟唱仪式，成了现代艺术进程中口头文学传统赖以重现的“活化石”。

一、迪伦的仪式化身份建构

从13岁突击学习希伯来语去参加犹太教成年礼的“唱诵”仪式[②]，到1978年从加州圣迭戈的演出现场捡起歌迷扔到舞台上的一枚十字架，并在不久之后接受基督教洗礼(桑恩斯 406－408)；从其真实姓氏“齐莫尔曼”(Zimmerman)到一位著名威尔士诗人——迪伦·托马斯(Dylan Thomas)——的名字赋予他创造艺名的灵感；从明尼苏达州的希宾市(Hibbing)走入其音乐王国中那充满玄奥诗意的“荒芜街”(Desolation Row)；从“无尽之旅”(Never-Ending Tour)环球巡演征程上的一位民谣音乐家到缺席诺贝尔文学奖颁奖典礼的音乐诗人[③]，迪伦在其人生旅途与艺术道路上似乎总在积极回应着某种神秘“仪式”的召唤，以至于1992年在麦迪逊广场花园举办的“三十周年演唱会庆典”上，迪伦亦不忘评价说“这就像是参加我自己的葬礼”(转引自桑恩斯 4)。这个离奇的比方不禁使我们想起法国人类学家涂尔干的观念：“葬礼”作为一种仪式，能够引

---

① 金斯伯格对迪伦音乐的欣赏与其说是在于后者的诗歌本身，毋若说是在于后者围绕诗性话语所呈现的口头吟唱风格，如垮掉派诗人劳伦斯·佛林格迪(Lawrence Ferlinghetti)所言，金斯伯格并非要成为作为“诗人”的迪伦，而是成为作为“摇滚巨星”的迪伦——后者才是金斯伯格深感“诗情受到压迫”的根本原因(桑恩斯 195)。事实上，《狼蛛》(*Tarantula*)这部实验派意识流“散文诗”在迪伦自己的口中不过是“将所有的话都写下来将它们寄给我的出版商[……]，我对所写下的那些废话感到非常困窘”(转引自桑恩斯 281)。

② 罗伯特·谢尔顿：《迷途家园——鲍勃·迪伦的音乐与生活·1.》，滕继萌译，重庆：重庆大学出版社，2017年，第81页。

③ 或许缘于此前媒体盛传迪伦作为“反主流”的固有形象将“拒绝领奖”，因此这一缺席本身似乎借助于“不在场”而恰恰成为一个代表“迪伦信条”的独特仪式。有意思的是，迪伦在缺席这一重要典礼的三个月之后，又选择在2017年的愚人节专程领取了诺贝尔文学奖，似乎又成了另一种略带黑色幽默的仪式。

发一种建立在“消极情感”基础上的“集体兴奋”；这种集体情感“把每个人拉回到集体中，并给予他们以新生的力量”。[①] 从此意义上说，迪伦的诸多看似带有所谓“抗议”“反战”和“启示”特征的民谣音乐倒并非仅仅出于政治现实的考量，而是基于某种公共性的“消极情感”所营造的“集体兴奋”，这是迪伦能够团结数代人群的内在驱动力。事实上，迪伦的演唱会上不仅有掌声，还有不少嘘声——当然，那嘘声恰恰也是其音乐仪式所特有的“众所期待的举动”（桑恩斯 243）；但无论怎样，有一点是可以肯定的，那就是迪伦能够将两派对峙的势力吸纳至同一个激烈碰撞的思想空间内，这是其他音乐家难以奢望的仪式境界。

自从超级歌迷韦伯曼（A. J. Weberman）将目光从迪伦的生活垃圾转向略带调侃的“迪伦学”（Dylanology）以来，学术界围绕这位民谣诗人的研究趋向大致分为两大类：一类突出展示其“在作词方面的天赋”，即作为“诗人”的迪伦；另一类则探析“表演性”对于其艺术的重要价值，也即作为“歌者”的迪伦。[②] 值得注意的是，几乎所有的文学批评家在研究迪伦的歌词之际，均趋向于依照诗歌语法加以分析——如波士顿大学诗歌文学教授克里斯托弗·瑞克斯（Christopher Ricks）于 2004 年出版的《迪伦的原罪想象》（*Dylan's Visions of Sin*）——而没有注意到歌唱行为的仪式性对于歌词的规约机制；正如泰勒·彼克福特（Taylor Bickford）围绕“语言一音乐类比”学说所提出的质疑：“歌唱务必在与语言学的对话中得以理解，因为歌唱富含语言，但那并不意味着歌唱就是语言。”[③]迪伦自己亦曾说：“现场面对面才是硬道理。我知道观众期望的东西与反应的方式。那是极为自发的。”[④]故此，聚焦于迪伦音乐诗歌的表演性不仅是必要的，而且也理应更进一步去审视其最为表象（当然亦因之而悖论性地遭受视而不见）的口头吟唱之仪式性。

---

① 兰德尔·柯林斯：《互动仪式链》，第 515 页。

② Lee Marshall. “Bob Dylan and the Academy,” in *The Cambridge Companion to Bob Dylan*. Ed. Kevin J. H. Dettmar. Cambridge: Cambridge University Press, 2009, p. 131.

③ Tyler Bickford. “Music of Poetry and Poetry of Song: Expressivity and Grammar in Vocal Performance,” in *Ethnomusicology* 3 (2007), p. 441.

④ Qtd. in Robert Polito. “Highway 61 Revisited (1965),” in *The Cambridge Companion to Bob Dylan*. Ed. Kevin J. H. Dettmar. Cambridge: Cambridge University Press, 2009, p. 140.

迪伦艺术呈现的最精彩瞬间并非与“甲壳虫”(The Beatles)抑或“滚石”(The Rolling Stones)乐队同台合作之际,而恰恰是孤身一人用他几乎有些走调的吉他琴弦和祭祀般的低沉吟诵所呈现的时刻——那“几乎是带有催眠效果的表演,仅靠鲍勃一个人就将满场的听众都迷住了”(桑恩斯 227)。即便是在幕后独自创作期间,他也不忘时时营造一种仪式化的意境,正如其友人所观察到的那样,“鲍勃是以一种与众不同的方式创作歌曲的。[……]他将照片、明信片和其他图片铺在地板上,绕着它们走动,从中寻找灵感”(桑恩斯 182)。迪伦的民谣用它“咒语”般的奇幻莫测构建了一种神谕特质(且不论其歌词创作的诗学程度之高低),这使得他的音乐呈现拥有了前所未有的仪式效应。研究者们业已认识到仪式本身即是一种“诗性行为”,其诗学特质“来自仪式主体心理层面的剧烈的情感活动及其行为过程所具有的表演性”①,而迪伦从民谣传统当中获得的正是一种“仪式性的净化”②。金斯伯格在 1963 年的一次旅途中听到《大雨将至》(“A Hard Rain's a-Gonna Fall”)之际,禁不住“感动流泪”③,而迪伦在一次基督教慈善义演上更是让一位现场的牧师“激动得浑身发抖”,“这种力量让我感到惊讶……它是多么的震撼和灿烂……对我而言,这就像耶稣站在山坡上向人们宣讲真理”(桑恩斯 416)。

如剑桥学派“神话－仪式”学说的创立者简·哈里森(Jane Harrison)所说,仪式并非旨在再现事物,而是为了“重构一种情境”④。身处 20 世纪 60 年代的迪伦在他的民谣音乐中即热衷于回溯大萧条时代的精神——“虽生不逢时,我也/向往自己曾活在/饥饿的三十年代”⑤。迪伦

---

① 张玖青、曹建国:《论仪式的文学生产与阐释功能:基于诗歌的讨论》,载《河南师范大学学报》(哲学社会科学版)2013 年第 6 期,第 138 页。

② David Yaffe. “Bob Dylan and the Anglo-American Tradition,” in *The Cambridge Companion to Bob Dylan*. Ed. Kevin J. H. Dettmar. Cambridge: Cambridge University Press, 2009, p. 23.

③ Gordon Ball. “Dylan and the Nobel,” in *Oral Tradition* 1 (2007), p. 22.

④ 简·艾伦·哈里森:《古代艺术与仪式》,刘宗迪译,北京:生活·读书·新知三联书店,2008 年,第 13 页。

⑤ Qtd. in Michael Denning. “Bob Dylan and Rolling Thunder,” in *The Cambridge Companion to Bob Dylan*. Ed. Kevin J. H. Dettmar. Cambridge: Cambridge University Press, 2009, p. 28.

凭借其独特的音乐语言与那些同样身处意识形态结构边缘的艺术家们进行了一种人类学意义上的"反结构式交融";但颇具反讽意味的是,这种"自发性、即时性"的阈限式"交融"一方面对抗社会结构的规范化与制度化特征,另一方面却不得不如英国人类学家特纳所指出的那样,"只有在与社会结构并置,或与社会结构相混的情况下,交融才会变得显著,变得可以接近"①。相应地,迪伦对学术界缔造的"迪伦学"带着一种融"吸引与抵触"为一体的复杂心态:他不仅接受了普林斯顿大学的荣誉博士学位,更要求所有研究其音乐诗歌的学者向"迪伦图书馆"提交研究成果,这说明"迪伦对人们的评价相当感兴趣"②,无论他对世俗社会持有怎样的保留姿态。

如果说迪伦的舞台表演堪称对现场观众进行了一种(借用人类学家范·热奈普的概念)"直接仪式",那么通过电台和唱片等各类远程播送手段所施予的则成了另一种"反响"(repercussion)更为广泛的所谓"间接仪式";这两种仪式共同构建了一个在热奈普那里被称作"中介阶段"(intermediate stage)的独特辖域,使得受众能够在身陷世俗凡尘的同时悖论性地远离尘嚣。③ 似乎带着些许德勒兹理论的精髓,迪伦在自己的传记纪录片中说道:"一位艺术家务必小心,绝不要真正抵达一个他自认为已经尘埃落定的地方。你应时刻意识到自己处于一种生成状态(state of becoming)之中。"④这一不断进行身份幻化的艺术血液流淌于迪伦的精神世界,赋予他一种在仪式化进程的恒固场域中施展变形魔力的法器,进而使得他对美国社会的观照从最初便带有强烈的"预言色彩"——他甚至被视为"现代的希伯来先知耶利米"⑤抑或民谣音乐界

---

① 维克多·特纳:《仪式过程:结构与反结构》,黄剑波、柳博赟译,北京:中国人民大学出版社,2006年,第128—129页。

② Lee Marshall. "Bob Dylan and the Academy," p. 100.

③ Arnold Van Gennep. *The Rites of Passage*. Trans. Monika B. Vizedom and Gabrielle L. Caffee. Chicago: University of Chicago Press, 1960, p. 1, p. 8.

④ Qtd. in David R. Shumway. "Bob Dylan as Cultural Icon," in *The Cambridge Companion to Bob Dylan*. Ed. Kevin J. H. Dettmar. Cambridge: Cambridge University Press, 2009, p. 115.

⑤ R. Clifton Spargo and Anne K. Ream. "Bob Dylan and Religion," in *The Cambridge Companion to Bob Dylan*. Ed. Kevin J. H. Dettmar. Cambridge: Cambridge University Press, 2009, p. 88.

的“弥赛亚”[1],在舞台上也颇似一位用其诗性民谣传递神谕的“祭司”,正如U2乐队主唱Bono在即兴演唱迪伦的《沿着瞭望塔》(“All Along the Watchtower”)之际所特意增加的歌词(堪称对迪伦民谣仪式最为精致的评价)——“我所有的一切是一把红吉他/三个和弦/赋以真理”。

二、迪伦民谣的仪式属性

“仪式”作为一个学术概念,其内涵存在显著的游离性,如美国社会学家兰德尔·柯林斯(Randall Collins)所指出,“仪式”在微观社会学与文化人类学这两类学科体系中表现出截然相反的定义:前者指的是基于情感机制的人类行为的“局部根源”,也即“微观情境行动的主要形式”,而后者则意味着以“反映宏观结构”为特征、以维护社会秩序为宗旨的结构主义功能形态。[2] 我们谈论“文学的社会公用性”,其实讲的就是第二种形态的仪式;但这意味着,我们可能长期以来忽略了文学仪式的第一种形态。在当今这样一个阅读逐步偏向某种“自闭症”的时代,文学的仪式感正濒临消逝。如果说仪式本质上是一个“以聚集到同一个地点”为基础的“身体经历的过程”[3],那么我们不禁好奇:文学的仪式性是否(以及通过何种形式)得以在现代文明中残留?对迪伦这个时代的书面文学来说,仪式性已经弱化为某种集体性的无意识抑或只可追忆的文化创伤,即便是诗歌这种仪式感相对突出的文类,也依然与荷马时期的古代文学口头传统相去甚远。在此背景之下,我们发现迪伦恰恰成了问题的“意外”答案。特纳在《仪式过程》一书中竟然有一小段文字提及迪伦在其新发行的专辑封面上与孟加拉国的一群音乐家流浪汉(他们是一个名为“鲍尔斯人”[Bauls]的神秘音乐教派)合影的图片。于是,特纳从仪式理论的角度提出了一个大胆的猜测:“在文化的领域里,对交融的表达常常是与简单的吹奏乐器(笛子和口琴),以及弦乐器联系在一起的。[……]要对此做出解释的话,除了这些乐器便于携带的原因之外,恐怕就得归因于它们对

---

① Jean Tamarin. “Bringing It All Back Home (1965),” in *The Cambridge Companion to Bob Dylan*. Ed. Kevin J. H. Dettmar. Cambridge: Cambridge University Press, 2009, p. 131.

② 兰德尔·柯林斯:《互动仪式链》,第25页。

③ 同上书,第87页。

‘自生的人类交融’做出表达的能力了。”[1]从这个意义上看，迪伦在舞台上的那种近乎“吟游诗人”般的草率装束便不难理解了。他的典型舞台表演器具无外乎两样：一是吉他，二是口琴。有趣的是，迪伦在舞台上一旦没有了吉他，便“显得很羞涩”，而“一旦手中握有吉他，他就立刻变成一位伟人”（桑恩斯 189）。

相较于“猫王”（Elvis Presley）、“甲壳虫”乐队乃至于迈克尔·杰克逊等其他流行巨星来说，迪伦的音乐仪式感大抵具有以下几个独特之处：首先是神秘性。维克多·特纳将“仪式”视为“人们在求助于对神秘物质或神秘力量的信仰之际”所施展的“规定性”行为[2]，这一点当然亦可追溯至古代仪式行事中固有程式的“千篇一律”如何借助令人信服的“巫术魔力”而得以“盛行不衰”[3]——这与德国社会学家尼古拉斯·卢曼所揭示的“信息－非信息”的“自创生”运动[4]有着逻辑上的相通之处。迪伦显然非常清楚“神秘感能提升他作为艺术家的形象”（桑恩斯 186），事实上，“鲍勃生活中的每件事似乎都显得异常古怪”（桑恩斯 254）；而植入于《狼蛛》（*Tarantula*）中的诗性话语更是将那位被“想象性谋杀”之后的“鲍勃·迪伦”变成了随时可以“跳上”（jumped on）的“街车”——原本由刺客发出的“跳上（扑倒）”的仇视行为，通过谓语施动的游戏性双关对作为受动者的“宾语”做出了变幻莫测的语意规约；即便最终变成了“鬼魂”，那“鬼魂”亦如“鲍勃·迪伦”一样难以捕捉——“原来并不止一人”[5]。

作为一名现代舞台的仪式操控者，迪伦的音乐诗歌传达的可谓是“一个谜面”，他本人则堪称“幕布后的神秘巫师”，通过语汇的操控去“实施他的情感意志”[6]。“奔雷秀”（Rolling Thunder Revue）巡演现场的表演者

---

① 维克多·特纳：《仪式过程：结构与反结构》，第 167 页。

② 维克多·特纳：《象征之林——恩登布人仪式散论》，赵玉燕、欧阳敏、徐洪峰译，北京：商务印书馆，2006 年，第 19 页。

③ 简·艾伦·哈里森：《古代艺术与仪式》，第 90 页。

④ 关于卢曼的信息论思想，可详见本书第六章第三节“新媒介、信息论与文化焦虑”的相关部分。

⑤ Bob Dylan. *Tarantula*. London: Harper Perennial, 2005, pp. 101－102.

⑥ Tim Riley. “Another Side of Bob Dylan,” in *World Literature Today*. Vol. 79, No. 3/4 (Sep. -Dec., 2005), p. 8.

(包括迪伦)时常佩戴面具①,“要让演出看上去像一个即兴晚会”②。无论是接受采访,抑或是歌词创作,迪伦竭尽所能通过诸多晦涩的“慷慨”暗示将意义锁入黑暗,正如美国文化批评家格莱尔・马库斯所评价的,他的职业之乐在于“泄漏无人领会的口风”③。不仅如此,迪伦在采访中亦声称自己并不知道早期的那些歌曲何以产生,“[它们]几乎是神来之笔”④。与此相应的是,迪伦的音乐往往带有强烈的即兴色彩。尽管他对录音棚的唱片制作采取了相对包容的姿态,但他仅认为那只是“某一天碰巧被捕捉到的版本”;事实上,迪伦热衷于“在每一次演出过程中对其创作加以重新思索”;正是在此意义上,美国学者阿伦・莱特明确指出,“迪伦让你痴迷的地方在于他所表现出的不可预知性”——“这是迪伦真正的魔力所在……他让演出空间充满赋予生命般的激情与亢奋”⑤。

当然,除了上述因素之外,我们还可以通过“嗓音呈现”这种对于民谣歌手来说至关重要的品质来体会迪伦吟唱仪式的神秘性。早在二十岁刚出道之际,他的唱腔即让初次聆听的人误以为他“年届六旬”⑥,而他本人在年近古稀之际亦为其嗓音的特质而颇感得意——“有人说我的嗓音有着土地的血脉”⑦。除了先天沧桑古朴的声线之外,他的嗓音天赋还表现在强大的模仿与内化能力——“就像一块海绵,吸收他人的风格与腔调”⑧;我们不难发现,在其奇诡精怪的音色操演之中汇聚了诸如布鲁斯

---

① 迪伦在演出现场会如同原始部落的仪式成员那般将脸涂白,而最富戏剧性的场面出现于他戴着“鲍勃・迪伦面具”走向舞台,那一幕让全场观众愕然,他们瞬间被这种仪式符号的晦涩功能所折服,无法区分“鲍勃・迪伦”的真与假,直到其为了吹奏口琴而不得不摘下面具。因此,迪伦不仅注重表演的仪式感,甚至能在“元仪式”的意义上进一步对其加以强化。

② Michael Denning. “Bob Dylan and Rolling Thunder,” p. 35.

③ Greil Marcus. “Where Is Desolation Row?” in *The Threepenny Review* 81 (2000), p. 28.

④ Qtd. in Anthony Decurtis. “Bob Dylan as Songwriter,” in *The Cambridge Companion to Bob Dylan*. Ed. Kevin J. H. Dettmar. Cambridge: Cambridge University Press, 2009, p. 43.

⑤ Alan Light. “Bob Dylan as Performer,” in *The Cambridge Companion to Bob Dylan*. Ed. Kevin J. H. Dettmar. Cambridge: Cambridge University Press, 2009, pp. 56—57.

⑥ Joe Goldberg. “Bob Dylan at Sixty,” in *The Threepenny Review* 89 (2002), p. 26.

⑦ 英国 UNCUT 编辑部:《经典摇滚音乐指南:鲍勃・迪伦》,第 106 页。

⑧ *No Direction Home: Bob Dylan*. Dir. Martin Scorsese. Paramount Pictures, 2005. LE.com. Web. 6 April 2017. ＜http://www.le.com/ptv/vplay/26816776.html＞, 25′13″—17″.

歌手凯伦·达尔顿(Karen Dalton)、民谣歌手戴夫·范·荣克(Dave Van Ronk)、民谣唱作人伍迪·格思里(Woody Guthrie)、乡村音乐家汉克·威廉姆斯(Hank Williams)、“猫王”和“甲壳虫”等许多前辈或同辈歌手的嗓音和咬字特色。诸如《铁石天使》(“Tin Angel”)、《战争专家》(“Masters of War”)、《狭路相逢》(“Narrow Way”)和《罗马先王》(“Early Roman Kings”)那样的机械布鲁斯旋律,就音乐本身而言似乎并没有常规意义上的戏剧性,它们的成功几乎完全借助于迪伦嗓音的神秘化处理,但也正是得益于此,原本颇感乏味的和弦程式却反倒因之而显得十分贴切。民族音乐学家泰勒发现“迪伦的演唱风格是异常的,[……]他将不规则的重音施加在语汇之上,操着一种经过抑制的鼻音去演唱,且时常以诸多意想不到的方式对歌词进行发声”,为此歌者似乎“注定要将脖子别扭地伸长,将肩膀扭曲,面部彰显嘲弄”①。这种缘于嗓音控制的怪诞之态使得迪伦的吟唱仪式获得了某种病理意义上的神秘特质:伍迪·格思里无意之中“传承”给他的发声特效层面的“亨廷顿舞蹈症”(Huntington Disease)②不仅感染了迪伦的吟唱风格,也借此对其歌词的神秘诗性提出了相应的仪式化要求——正如《狼蛛》的语言之谜在其主题意义上同样源自一种毒性生物的攻击所引发的不乏诗性的疯狂“舞蹈病”③。

如果说“仪式的一个重要因素在于它的集体性,是由若干有着相同情绪体验的人们共同做出的行为”④,那么迪伦音乐中为大众所耳熟能详的歌词语汇恰恰能够“丰富我们的集体经验”,进而“成为我们日常表达的一部分”⑤;而1975年迪伦的“奔雷秀”巡演则旨在体现“艺术性群落与集体的新形式”⑥。仪式强调集体性的情感共享,而并非现实的简单再现。在

---

① Tyler Bickford. “Music of Poetry and Poetry of Song: Expressivity and Grammar in Vocal Performance,” in *Ethnomusicology* 3 (2007), p. 446, p. 465.

② 桑恩斯:《沿着公路直行:鲍勃·迪伦传》,第108页。值得注意的是,这一怪诞的模仿——尤见于《乔安娜的幻象》(“Visions of Johanna”)那一类民谣——反而使得迪伦嗓音品质的独异性与歌词创作的神秘感相映成趣。

③ 罗伯特·谢尔顿:《迷途家园——鲍勃·迪伦的音乐与生活·1.》,第427页。

④ 简·艾伦·哈里森:《古代艺术与仪式》,第19页。

⑤ Gordon Ball. “Dylan and the Nobel,” p. 22.

⑥ Michael Denning. “Bob Dylan and Rolling Thunder,” p. 32.

此意义上,尽管迪伦接受了诺贝尔文学奖,却在获奖致辞的开篇处强调自己"无法亲自到场",因为他相信自己"在精神上与众人绝对融为一体"[①]。迪伦的艺术之道充分诠释了"隐于市"(hidden in plain sight)的定义——"让自己几乎无处不在,却又深藏不露。这一非凡之举在媒体无孔不入的时代堪称无法实现的使命,但他做到了。"[②]这种通过对体制性规约加以疏离所导致的"集体兴奋"彰显了迪伦音乐仪式的阈限性,进而使他立足于时空、文化乃至于风格层面上的中介地带。特纳在探讨仪式的"阈限性"问题之际,强调指出"阈限人"(也即"门槛之处的人")往往作为"具有神话性质的类型"在结构上处于边缘位置,代表"规范化体系"的某种相对的"开放性"。[③] 笔者认为,这一阈限仪式的"开放性"在迪伦的音乐当中首先表现为对时间的抗拒;他曾对艾伦·金斯伯格说:"为了让时间停滞,你必须活在此刻。"[④]在《沿着瞭望塔》那首作品中,迪伦将情节的起点倒叙性地设置在歌曲的末尾;由此,我们不禁于恍然之间发现,最后那两位走入眼帘的"骑士"竟然是作品肇始处提及的"小丑"与"小偷";这一倒置性(进而也成了循环性)的时间结构似乎将我们牢牢卡在了进程的"此刻"。相似的时间阈限性同样在《晾衣绳萨迦》("Clothes Line Saga")那一类仿英雄体民谣作品中得以典型诠释。可以说,迪伦的民谣艺术对于时间的抗拒某种意义上回应着大卫·科泽(David Kertzer)的仪式理念——"通过一种连续性,帮助我们建构对自身的信心",借助"仪式的稳固性和永恒性","为尝试着驯化时间和界定现实的人们提供一副安慰剂"[⑤]。倘若说"先知和艺术家都有着成为阈限人、边缘人或是'临界人'的倾向"[⑥],那么迪伦与他所处的世俗世界之间即存在"一道罅隙",热衷于为自己"想象出一个现代美国之外的立身之地"[⑦]。即便在那个反文化运动如火如荼的20世纪60年代,迪伦亦刻意保持一种恰当的距离;那些

---

① See http://www.nobelprize.org/nobel_prizes/literature/laureates/2016/dylan-speech_en.html.

② Anthony Decurtis. "Bob Dylan as Songwriter," p. 43.

③ 维克多·特纳:《仪式过程:结构与反结构》,第95页,第111页。

④ Qtd. in Michael Denning. "Bob Dylan and Rolling Thunder," p. 29.

⑤ 大卫·科泽:《仪式、政治与权力》,王海洲译,南京:江苏人民出版社,2015年,第13页。

⑥ 维克多·特纳:《仪式过程:结构与反结构》,第129页。

⑦ R. Clifton Spargo and Anne K. Ream. "Bob Dylan and Religion," p. 93.

苦于为社会病症寻求答案的人们“越是向他追问，他却愈发后撤”，换言之，“迪伦不愿成为任何运动的代言人”①。他的这种阈限策略借助身体的隐喻性缺失，恰恰再次印证了涂尔干所说的以“消极情感”引发“集体兴奋”的仪式过程；而迪伦的民谣音乐在对流行文化与高雅文化的若即若离之间，客观上也同样围绕现代诗歌文学的书面传统中那业已消失殆尽的仪式感发出了积极呼唤。

三、迪伦民谣的口头文学程式

金斯伯格在给瑞典文学院的诺贝尔文学奖推荐信中将迪伦称为“20世纪的吟游诗人”②。这一称谓无疑将迪伦的民谣音乐与文学口头传统联系在一起。③ 无论是古希腊的荷马还是南部斯拉夫怀抱古兹拉琴的口头吟唱者，甚或阿巴拉契亚地区的民谣歌者，“韵律诗歌的默认状态均是唱出来的，或至少是带有节奏地吟诵出来而非说出来的”④。戈登·鲍尔(Gordon Ball)强调说，文学乃是一种“审美负载性”语言，诗歌则根植于“口头表演”；尽管金斯伯格的《嚎叫》(“Howl”)仅落实在页面上似乎也能“尚为幸运地”保留几分“显著效果”，然而一旦与“诗人的——歌者的——声音”相比，“只能有所接近，且多为貌合神离”⑤。在此意义上，仪式性成了口头文学向民谣音乐转化变形的重要症候。

文学与仪式的关联性不言而喻，在古希腊诗人品达(Pindar)的诗句中，后世学者所颇感迷茫的意向实则来自原始的仪式活动；譬如“酒神颂”乃是源自古希腊春天庆典上的颂歌，尽管常被视为“一种在很晚才形成的成熟的抒情诗体”⑥。围绕口头传统在现代文学中的缺失，肯尼斯·雷克斯罗斯(Kenneth Rexroth)有过一段精辟的暗示：“教授和读书人进行诗

---

① Eric Bulson. “The Freewheelin’ Bob Dylan (1963),” in *The Cambridge Companion to Bob Dylan*. Ed. Kevin J. H. Dettmar. Cambridge: Cambridge University Press, 2009, p. 126.

② Qtd. in Gordon Ball. “Dylan and the Nobel,” p. 22.

③ 早在1996年，戈登·鲍尔教授即曾在其诺贝尔文学奖提名推荐信中如是写道：“事实上，音乐与诗歌是联系着的，而迪伦先生的作品恰恰在极大程度上使得那一重要关联得以重新恢复”(具体内容可详见 http://www.expectingrain.com/dok/art/nobel/nobelpress.html)。

④ Tyler Bickford. “Music of Poetry and Poetry of Song,” p. 442.

⑤ Gordon Ball. “Dylan and the Nobel,” p. 25.

⑥ 简·艾伦·哈里森：《古代艺术与仪式》，第52页。

歌创作固然很重要……但我们若能将诗歌注入这个国家的日常生活中,那才是创新……不论是荷马还是写《贝奥武夫》的那个无名氏都旨在娱乐大众,而我们也只是想将诗歌纳入娱乐生活。"[①]传记作家霍华德·桑恩斯(Howard Sounes)称迪伦为"一位非凡的现场表演家",尽管其他音乐家或许同样不乏活力,但迪伦却能够"卓尔不群";其原因不仅在于前者"无法写出属于他们自己的音乐",更在于"迪伦始终觉得他只是传达神灵感召的一个途径,他自称那些歌词就如同潮水般流淌过他的身体"(桑恩斯"作者序"1—2)。这种类似于荷马史诗开篇处对于缪斯女神的召唤,在一定程度上折射出迪伦音乐诗性背后的口头文学特质。另一个与口头文学特质相关的是,歌词篇幅突出。迪伦说:"我唱的很多歌实际上都很长,或许不如一部歌剧或交响乐长,但仍然算是长的……至少歌词很长。[……]而我没有觉得记住或唱出这些故事有什么困难"[②];《荒芜街》更是达到了流行乐界极为少见的单曲长达11分钟以上。民谣研究者们发现,真正的民谣歌手就如同古希腊荷马史诗的口头吟唱者一样,并不需要背诵全部的文本,而仅需在每一次表演中采用即兴手法,将其"口头技艺"中所独有的程式化语汇与"语法"加以融合;这与哈佛大学著名口头文学研究专家弥尔曼·帕里(Milman Parry)与阿尔伯特·洛德(Albert Lord)从荷马史诗中揭示的"口头程式化再创作"有着显著的亲缘性。[③]

"程式化"赋予文学口头传统一种独有的仪式性(仪式本身即是程式化的规约行为),它在看似枯燥的叙述表演中传达出富有生命内涵的存在意义。作为著名的"帕里－洛德模式"的开创者之一,帕里使我们首次窥见书面文学与口头文学的差异以及书面叙事的口头传统。口头史诗实际上与传奇和民间传说一样是属于"神话性的",最初同样是一种"与宗教仪式相关的叙事形式"(尽管在此后的演进过程中,"神话趋向"逐渐被弱化和摆脱);帕里就《伊利亚特》(*Iliad*)及《奥德赛》(*Odyssey*)的口头创作所进行的阐释证实了这样一种假说:口头文学与书面文学得以区分的基础

---

① 转引自罗伯特·谢尔顿:《迷途家园——鲍勃·迪伦的音乐与生活·1.》,第384页。

② 鲍勃·迪伦:《编年史》,第59页。

③ David Atkinson. "Folk Songs in Print: Text and Tradition," in *Folk Music Journal* 4 (2004), p. 459.

“在其形式而不在其内容”——“高度程式化的诗歌语汇乃口头创作的证据[……],口头诗人凡创作必用程式;他们在即兴创作时以其诗歌传统中的惯用程式为基础,组织符合格律和语义的诗句”。帕里所谓的“程式”指的是“在相同的格律条件下得以反复运用的一组词,以表达某个恒定的核心理念”——用于阿伽门农(Agamemnon)身上的固定饰语,如“阿特柔斯(Atreus)之子”和“众士之王”;而“戴着耀眼头盔”则用在赫克托耳(Hector)身上;用以指大海的则包括诸如“朱红似酒的”“澎湃激荡的”和“充满回响的”等修饰语。[1] 类似地,乐评人艾伦·琼斯(Allan Jones)亦从迪伦的音乐语汇中发现,“歌词经常提到下沉的落日、寒风、永恒的孤独、黄昏的冥想、通往未知命运的最后旅程、一天中最后一道光的消逝”等反复出现的程式化表达。[2]

事实上,我们只需稍加留意便可以从《大雨将至》《像一块滚石》《为君一梦》(“This Dream of You”)以及《随风而逝》(“Blowin’ in the Wind”)那样的作品中发现一系列“答案在风中飘荡”的问题;当然,我们也可从《地下乡愁蓝调》(“Subterranean Homesick Blues”)、《愿君知吾爱》(“Make You Feel My Love”)、《D调民谣》(“Ballad in Plain D”)和《别离》(“Farewell”)中体会各种“风”吹“雨”打;而在《铁石天使》《躺下,女士,躺下》(“Lay Lady Lay”)以及《别顾虑,没关系》(“Don’t Think Twice, It’s All Right”)等作品中,“黎明”或“破晓”似乎总是情感轨迹产生质变的关键时刻。除此之外,迪伦还热衷于频繁使用“黑夜”“阴影”“雷鸣”“丑角”“风暴”“战争”“公路”“窗户”“大门”“离别”“重访”“隐藏”和“失明”等诸多高度程式化的意象。

与此同时,迪伦的民谣带有口头文学传统的“论题”程式。它们在洛德那里被定义为“以传统诗歌之程式化风格讲述故事的常用观念群”(斯科尔斯等 24—25);譬如在《奥德赛》当中,奥德修斯回归故里之际对伊萨卡人的试探即是通过“凌辱”“责难”和“认出”这三个“母题”营造出一个“论题”:“经过伪装的再生之神由于未被卑劣之徒认出而遭到后者的拒

① 罗伯特·斯科尔斯、詹姆斯·费伦、罗伯特·凯洛格:《叙事的本质》,第19—20页;下文凡引自该著作的引文均直接以“斯科尔斯等”与引文页码在括号中随文标示,不另作注。

② 英国UNCUT编辑部:《经典摇滚音乐指南:鲍勃·迪伦》,第107页。

斥”。口头叙事当中可以由某种结构性元素来“掌控逐个‘论题’的编排”,这就要求口头吟唱者能够“同时表现”情节与论题这两个层面,将那一经过“编排”的论题“铰链序列”融入作为对外部再现世界(也即“情节”)的阐释结构当中去——这一完美的综合体到了现代文明的读写时代则演变成了推论式的哲学写作与经验化的叙事写作之间的分裂。(斯科尔斯等 27)迪伦的民谣音乐之所以与文学口头传统存在着血脉之缘,一个重要原因即在于其吟诵性叙事在“情节”与“论题”、再现与阐释之间选择了一条阈限性的通道;使得口头史诗在宗教神话与世俗叙事之间所采取的那种“中间路线”(斯科尔斯等 28)得以保留——某种意义上也将迪伦变成了一位既置身于(同时也游离于)世俗社会的“现代耶利米”,进而在很大程度上也成了导致迪伦音乐诗歌含混性的关键因素之一。如果将《晾衣绳萨迦》与《重访 61 号公路》(“Highway 61 Revisited”)进行比对,即可发现这两首蓝调作品不仅在其和弦、语言程式方面十分接近(尽管节奏风格不同),更重要的是,它们在“情节”与“论题”的杂糅程式上亦存在着显著的“陈述不足”之共性——将各种具有重要历史或政治意义的真实或想象性“论题事件”与日常生活中平庸乏味的“情节细节”挤压到同一语义层面上(“副总统疯了”与“取回晾晒的衣服”/“40 根红白蓝的鞋带儿”与“下一次世界大战”)。在笔者看来,正是得益于这种与古代口头文学产生机缘巧合的叙述程式,“民谣歌手寥寥数句便能把歌唱得像一整本书”[①];如此,“晾衣绳”之类的家居琐碎方得以在迪伦的民谣想象中寻觅到冰岛“萨迦”那样的口头传统,从看似平淡无奇的日常素材中发掘叙述表征的复杂可能性。

据笔者观察,迪伦不仅热衷于围绕“当时”与“当下”去构建某种时间性的循环程式,他还尤其倾向于在不同的人称之间实现一种指代交替程式,譬如《铃鼓先生》(“Mr. Tambourine Man”)、《鲍勃·迪伦的布鲁斯》(“Bob Dylan’s Blues”)以及《“三战”呓语蓝调》(“Talkin’ World War III Blues”)等作品均呈现出此类叙述的游戏性风格。迪伦的诸多“超现实主义”程式使得“[那些]智慧和诗意的词语[成为]我自己的,而且是我一个

---

① 鲍勃·迪伦:《编年史》,第 42 页。

人的"[①]。对于那些未曾领会迪伦叙述程式的歌手来说，要想演绎他的歌曲将是颇具挑战的工作。作为美国朋克音乐"教母"的帕蒂·史密斯(Patti Smith)在2016年诺贝尔文学奖颁奖典礼上演唱迪伦的《大雨将至》时，竟然忘记了老朋友的歌词而不得不请求暂停。在笔者看来，这或许并非表面的"紧张"所致，而恰恰是由于未能真正把握迪伦民谣叙事的口头程式(尽管帕蒂自己也是诗人)。与语言程式化特征相对应的是迪伦的旋律程式化现象。譬如我们可以在吉他上用"朋克式"的"三和弦"(如A/D/E或E/A/B)去弹唱《乔安娜的幻象》《荒芜街》等许多歌曲而几乎不必做任何复杂变化。类似的程式现象同样出现于《罪孽之城》("Scarlet Town")、《铁石天使》《瘦人民谣》("Ballad of a Thin Man")、《晾衣绳萨迦》等大量民谣作品中。值得注意的是，这种极其单一，甚或堪称"枯燥"的吉他和弦程式并未带来音乐审美上的乏味，相反恰恰是这种简单的往复使得迪伦的表演呈现出吟游诗人所特有的古典仪式感。

20世纪60年代密歇根州立大学的本科生韦伯曼，作为对迪伦一家生活垃圾产生浓厚兴趣的"铁杆粉丝"，一度给后者的日常生活造成严重干扰；他围绕迪伦而展开的疯狂探秘行动虽看似执着于"推断出"其心目中的英雄系"海洛因吸食者"，但在笔者看来倒是歪打正着地展示了其诠释音乐诗歌口头程式的独特方法论，如其所云，"我研究出了一种迪伦逻辑解读法，这一方法是从所出现处的上下文考虑每个词，寻找有着相同主题的词，并将其整合起来"(转引自桑恩斯334)。当然，更为精密的口头程式发掘则当属美国作曲家约翰·科里利亚诺(John Corigliano)的声乐套曲《铃鼓先生：鲍勃·迪伦的七首诗》(*Mr. Tambourine Man: Seven Poems of Bob Dylan*)。这部作品当属科里利亚诺后期的重要室内乐，但是迪伦的七首音乐诗歌经他细致挑选出来后，竟然无意之中为这位他原本并不算熟悉的民谣音乐家建构了一条几近完整的程式化的"论题"序列，如科里利亚诺本人所概括的那样——首先是"序曲：《铃鼓先生》"，代表"幻想与生机"；其次是中间的部分，五则带有"寻觅和冥思的独白"——"一次关乎情感与公众的成熟之旅"——"从《晾衣绳萨迦》的天真到《随风而逝》中围绕更为广阔的世界所产生的朦胧意识"，再经过《战争专家》表

① 鲍勃·迪伦：《编年史》，第240页。

达的“政治愤怒”到《沿着瞭望塔》所预示的“灾难性的未来”，最终借助《自由的钟声》（“Chimes of Freedom”）实现“一种观念性胜利的愿景”。[①] 韦伯曼与科里利亚诺围绕迪伦民谣音乐的程式化特质所赢得的“意外”收获可谓再次确认了迪伦音乐诗歌的口头文学基因。

在纽约曼哈顿的历史地标建筑“切尔西旅馆”（Hotel Chelsea）外，艾伦·金斯伯格曾倚墙蹲在地上，亲耳聆听迪伦怀抱吉他为其歌唱那些发端于“荒芜街”上的奇思妙想，共同为着“庞德与 T. S. 艾略特在船长的塔楼里争斗”那样的民谣诗句而发出会心的微笑。那一幕不仅诠释了一位现代诗人对迪伦的敬意与崇拜，证实了金斯伯格如何“迷恋于迪伦所从事的工作”（桑恩斯 341），更例释了现代诗歌如何发现并珍视一个近乎消亡的“活化石”般的声音。著名音乐人阿尔·库珀（Al Kooper）将迪伦与莎士比亚相提并论，认为“莎士比亚在他那个时代所做的，鲍勃在自己的时代做到了”[②]。迪伦本人在诺贝尔文学奖获奖致辞中同样将自己与莎士比亚进行了类比，这在许多人看来或许有几分“不自量力”；但在笔者看来，迪伦实则恰恰不是在说自己如何像莎士比亚那样伟大，而是在以一种不乏冷峻的调侃指出莎士比亚在自己的时代如何像“鲍勃·迪伦”那样进行了诸多在今天看来显得极为朴实的思考——“上哪儿去搞一颗人的骷髅头？”迪伦指出，莎士比亚显然并不知道自己在创作文学，“他的语汇乃是为舞台而作。用来说而并非用来读”[③]。作为一名热衷于“在路上”的吟游诗人，迪伦亦有意表达自己对莎士比亚的某种“手足之情”，视其为“街头诗人”，如他在《身陷莫比尔》（“Stuck Inside of Mobile”）中所吟唱的：“莎士比亚，他在小巷中/穿着尖头鞋，带着铃铛。”[④]迪伦显然在以某种含蓄委婉的口吻质疑人类在过去的数个世纪以来对文学所采取的某种

---

① 关于约翰·科里利亚诺围绕《铃鼓先生：鲍勃·迪伦的七首诗》那一室内乐的创作构思所发表的言论，可详见 http://www.johncorigliano.com/index.php? p=item2&item=27。

② 详见迪伦官方网站 http://www.bobdylan.com/news/the-lyrics-since-1962-available-now/。

③ See http://www.nobelprize.org/nobel_prizes/literature/laureates/2016/dylan-speech_en.html.

④ Michael Coyle and Debra Rae Cohen. “Blonde on Blonde (1966),” in *The Cambridge Companion to Bob Dylan*. Ed. Kevin J. H. Dettmar. Cambridge: Cambridge University Press, 2009, p. 146.

脱离现实的自我孤立。在此意义上，文学的经典化进程实际上损害了文学原初的最基本特质——仪式性，而这一文学文化的失忆恰恰在迪伦缺席诺贝尔文学奖颁奖仪式的“元仪式”中得到了前所未有的“唤醒式的”关注。

四、也谈坡与迪伦

将爱伦·坡与鲍勃·迪伦联系起来加以考察的学术尝试似乎是一件稀罕事，但如果我们仔细阅读迪伦的自传，便会发现那位19世纪初的美国诗人的确在迪伦的音乐创作乃至于艺术生涯中扮演了一个不容忽视的影子角色。迪伦曾背诵坡的诗歌，甚或在吉他上“拨弄着给它配了曲”①；与坡一样，迪伦也热衷于在其民谣创作中采用“不确定的指代和未化解的收尾”②。值得一提的是，英国学者克里斯托夫·罗拉逊特别注意到坡与迪伦所共有的一个特质：两者均是“那种骑跨在高雅文化与大众文化分水岭之上的艺术家，既兼顾两大阵营，亦不为任何一方所坦然接受”③。对笔者而言，罗拉逊的这一观念之所以十分重要，乃是在于它突破了艺术门类的壁垒，暗示性地捕捉到常为学术界视而不见的文学之原始属性——基于口头文学传统所天然衍生出的仪式性。如笔者在上文所述，迪伦热衷于在大众媒介的透明化压迫机制下始终保持着某种“隐于市”的悖论姿态。与此同时，他也并非如人们所想象的那般热衷于在反文化运动当中充当旗手。正相反，迪伦通过对体制性规约加以疏离让自己获得“阈限性”的生存之道。在这个意义上，迪伦将“阈限仪式”付诸其“闲游客”的社会身份建构。特纳所突出考察的“阈限性”不仅适用于迪伦，也同样契合于坡的艺术人生。坡往往被视作一位典型的美国南方作家，然而却在北方度过了其大部分职业生涯，且未曾因为深入北方文坛的腹地而丧失其艺术特质上的“南方性”。坡的这种“阈限”身份使得其颇具问题化的“南方性”获得了独特的哲学内涵。④ 詹姆斯·韦尔纳在《美国闲游客：埃德

---

① 鲍勃·迪伦：《编年史》，第40页。

② Michael Denning. “Bob Dylan and Rolling Thunder,” p. 29.

③ Christopher Rollason. “Tell-Tale Signs—Edgar Allan Poe and Bob Dylan: Towards a Model of Intertextuality,” in *ATLANTIS. Journal of the Spanish Association of Anglo-American Studies* 2 (2009), p. 42.

④ 详见于雷：《爱伦·坡与“南方性”》，载《外国文学评论》2014年第3期，第5—20页。

加·爱伦·坡的宇宙面相学》一书中指出,“闲游客”的生命力在于其与生俱来的“阈限性”——“同时置身于城市及社会的‘内部’和‘外部’”,“在超脱和介入之间保持着微妙的平衡”。[①] 可以说,坡与迪伦在这一点上表现出了显著的一致,而其背后的本质正是笔者意在强调的文学的仪式性。迪伦曾将他“三十周年演唱会庆典”视为“自己的葬礼”,似乎正契合了坡在其文学创作中亦尤为钟爱的“提前埋葬”那一类主题。这种仪式化的人生观印证了涂尔干围绕葬礼仪式所做出的那个精彩论断:通过公共性的“消极情感”去营造某种能够重新激活生命秩序的“集体兴奋”。杜宾之所以成为巴黎警署的倚仗,并非他立于社会文化的中心,而恰恰是因为他隐匿在都市的郊区。这种对中心的刻意回避颇为反讽地使得杜宾成了经典不朽的文学形象,而他所倡导的“侧目而视”[②]则是围绕其“阈限性”的生存之道所做出的相应的视觉认知转化——“用视网膜的外围聚焦”。

如果说特纳将“仪式”视为“人们在求助于对神秘物质或神秘力量的信仰之际”所施展的“规定性”行为,那么文学艺术在笔者看来,恰恰为这种古老的仪式表达提供了一种象征性场域。与坡的创作哲学极为相似,迪伦亦非常清楚“神秘感能提升他作为艺术家的形象”——《狼蛛》的诗性话语则为我们直接创造了一个难以捕捉的“鲍勃·迪伦的鬼魂”[③]。我们能够从中看到诸如《威廉·威尔逊》《雷姬亚》《莫雷拉》等作品末尾处发生的类似场景。《狼蛛》虽常被称为迪伦的“小说”,然而却更为接近坡为自己的“绝唱”《我发现了》所做出的定位——“散文诗”。有趣的是,迪伦的小说标题“狼蛛”不禁让我们想起坡在《金甲虫》开篇处留下的题头语:“瞧啊!瞧啊!这家伙疯狂地把舞跳着!/他刚被狼蛛咬过。”[④]美国学者斯图亚特·莱文与苏珊·F. 莱文的注解告诉我们,这两句诗是坡的伪作,而其中所表达的怪诞现象倒是有一定的生理学依据:狼蛛的蜇咬“据说会

---

① James Werner. *American Flaneur: The Cosmic Physiognomy of Edgar Allan Poe*, p. 19, p. 136, p. 109.

② 关于“侧目而视”在杜宾刑侦哲学中的运用,详见于雷:《爱伦·坡小说中的“眼睛”》,第52—64页。

③ Bob Dylan. *Tarantula*, pp. 101—102.

④ Edgar Allan Poe. *The Complete Poems and Stories of Edgar Allan Poe with Selections from His Critical Writings*, p. 449. 下文凡引自该著作的内容均直接用标题缩写字母“*CPS*”与引文页码在括号中随文标示,不再另作注。

导致人癫狂地舞蹈”[①]。如笔者在上文所提及的，迪伦的音乐启蒙老师当中有一位大名鼎鼎的民谣音乐家伍迪・格思里。迪伦初次结识这位对他日后音乐生涯产生关键影响的灵魂人物之际，后者的嗓音实际上业已“因亨廷顿舞蹈症而变得含混不清”，但迪伦并不知情；他从那位民谣前辈身上所模仿的不只是俄克拉荷马方言，还包含了“亨廷顿舞蹈症的早期症状”无意之中“传承”给他的神秘发声特效。[②]“亨廷顿舞蹈症”不仅促成了迪伦的仪式化吟唱风格，也使他对其歌词书写的神秘性提出了相应的仪式化要求。如果说迪伦作为一位民谣音乐家复兴了欧洲古代口头文学传统的诗歌吟唱仪式，那么坡则是借助语言逻辑的仪式化“表演”而使得其文学艺术真正成为一种诗性的神谕——《红死魔化装舞会》无疑是一个典型例证[③]。

霍拉斯・恩格道尔(Horace Engdahl)教授在2016年的诺贝尔文学奖授奖词中提出三点重要理念：其一，文学史上但凡“伟大的转型”总是发生在人们捕捉到一种“简单而被忽视的形式”之际，它能够改变我们的文学观念；其二，诗歌的传统自古以来在其本质上从未与音乐分家，正是在此意义上，迪伦将古代欧洲的吟游诗风成功地保存并移植到现代美国音乐的土壤之中，并且在有意或无意中从那里“淘到了诗歌的金子”；人们不再将他仅仅与汉克・威廉姆斯那样的民谣音乐大师相比较，转而在他身上寻找布莱克或是莎士比亚的身影；其三，文类不分等级，文学不分高低，迪伦获奖并未颠覆文学的体系——正相反，文学的本质经历了一次“革命性”的回归：“我们与所有那些怀揣悸动之心、跟随其无尽之旅、站在演出现场舞台跟前的人们，共同分享着这样一种更为简单的解释，那便是期待一种魔力之音。”[④]迪伦围绕现代诗歌文学的发展所引发的某种不乏革命性的仪式回归，正如同坡在19世纪初的电报时代同样为文类演化所做出

① Stuart Levine and Susan F. Levine, eds. *The Short Fiction of Edgar Allan Poe*, p. 244.

② 霍华德・桑恩斯：《沿着公路直行：鲍勃・迪伦传》，第108页。

③ 详见本书第七章(“红死魔”、化装舞会与文学仪式)当中的相关内容，此处不再赘述。

④ Award ceremony speech. NobelPrize.org. Nobel Prize Outreach AB 2022. Tue. 11 Oct 2022. <https://www.nobelprize.org/prizes/literature/2016/ceremony-speech/>

的革命性开创[①]——“浪漫主义诗歌”以及“侦探小说”作为坡在19世纪初美国电子通信滥觞期发明的两大新文类(基于麦克卢汉的发现),不只是新媒介的发展本身所带来的文学技术改良,也是对美国文艺复兴时期知识界围绕项伯庸的埃及象形文字破译工程所做出的积极回应[②]。笔者认为,坡在电报时代得以开启的特殊时刻反而将莫尔斯电码的信息传递追溯至古代斯巴达人借以发送密文的“圆筒配对法”(*scytala*),乃至于埃及象形文字的“秘密写作”模型,无疑为当代文学文类的技术演进找到了某种仪式话语——尽管莫尔斯电码的“点-划”二进制同样表现出语言组织形式对意义秩序的操控,还有什么能够比埃及象形文字更具有远古仪式的神谕之效呢?坡甚至在《皮姆历险记》中植入了主人公在洞穴中“破译”象形文字的场景。[③] 可以说,浪漫主义诗歌所特有的字面的隐喻化逻辑恰恰展示了语言的仪式功能(在这方面与埃及象形文字表达了相似的本质),如侦探小说从落在地面的香烟灰当中揭示犯罪阴谋——这或许正是坡所强调的那种“语词的力量”(Power of Words)。

坡的哥特小说时常被同时代的批评家贬斥为难登大雅之堂的“德国风”,以为那是坡从没落的德国浪漫主义同行手中获取的舶来品;而事实上,它们恰恰凭借坡所突出强调的“灵魂的恐怖”成为当今世界文学的经典之作。类似地,迪伦亦“拒绝成为严肃文学的一部分”,甚至“憎恨‘诗人’这一标签”,但他所排斥的不过是现代书面学院派的所谓高雅之作;这样“一位言语随和的吟游诗人”所真正热衷的,乃是“以民俗的语言开始,然后妙笔生花,直接以复杂的城市市井语言表达自己”;迪伦的那种根植于民谣传统、融汇现代生活与远古风尚的音乐杂糅体“既是听觉的艺术,也是口头表达的艺术”[④]。瑞典文学院授予迪伦诺贝尔奖的理由是“在伟

---

① 如加拿大著名媒介学家麦克卢汉所评价的那样,坡在电报时代到来之际“同时发明了两种此前尚不为(或几乎不为)文学所知的信息交流技术——象征主义诗歌与侦探故事”(Marshall McLuhan. “Speed of Cultural Change,” p. 17.)。

② 坡在《我发现了》中将法国“埃及学之父”项伯庸在破译埃及象形文字工作中采取的“直觉破译法”与德国天文学家开普勒揭示行星运动“三定律”的直觉猜测联系起来,从而使得其本人向来崇尚的“科学直觉”获得合法性——杜宾即是典型例证(John T. Irwin. *American Hieroglyphics*, pp. 43-44.)。

③ See John T. Irwin. *American Hieroglyphics*, pp. 204-205.

④ 罗伯特·谢尔顿:《迷途家园——鲍勃·迪伦的音乐与生活·1.》,第23-24页。

大的美国歌曲传统中创造了新的诗性的表达”[1]，而现在我们不妨反过来说，迪伦为悠久的书面诗歌传统找回了古老的口头文学的仪式性表达。坡与迪伦的成功秘诀在于他们将各自职业生涯的“阈限仪式”转化为一种艺术生存之道，从边缘反顾中心，以“消极情感”引发“集体兴奋”；这使得他们作为“同时代的人”始终与社会人群保持着一种独特的诗性疏离，如阿甘本敏锐感知的那样——同时代的人意味着必须有处于时代之外的潜能，务必包含着“非同时代性”，这便是“闲游客”的绝妙身份；正是在此意义上，阿甘本指出：“时装模特”恰恰因为其“始终且仅仅”处于时尚之中而“从未真正处于时尚之中”，因为“时尚”这个概念包含着一个悖论，即它虽名为“现在”，却恰恰“与那‘其他’时间建立起了特殊的联系——毫无疑问，与过去或许未来的联系”[2]；换言之，前者意味着复古，后者意味着先锋，但不管怎样却是被“哲学式地”困在了现实时空的飞地之中。阿甘本的观念某种意义上是对特纳的“阈限仪式”做出的一种哲学诠释，而坡与迪伦也正是充分演绎了阿甘本所说的“同时代的人”之独特角色，悖论性地身处其各自的文化时尚之中，却又恰恰因之而游离在那一时尚之外——如果说坡在19世纪初的美国成了引领文学文化的技术先锋(至少在浪漫主义诗歌与侦探小说领域)，那么迪伦则代表着21世纪初现代文学文化的复古情怀——他们共同凭借一种超凡脱俗的仪式化气息，成为彼此所处文学时尚的否定潜能，通过某种主动营造的“消极情感”去唤醒公共领域的“集体兴奋”。

---

① The Nobel Prize in Literature 2016. NobelPrize.org. Nobel Prize Outreach AB 2022. Tue. 4 Oct 2022. <https://www.nobelprize.org/prizes/literature/2016/summary/>

② 吉奥乔·阿甘本：《裸体》，黄晓武译，北京：北京大学出版社，2017年，第29、31页。

附录三

当代国际爱伦·坡研究的“视觉维度”

——兼评《坡与视觉艺术》

内容提要:2015 年初,笔者出席了美国“爱伦·坡研究协会”在纽约市罗斯福宾馆召开的“第四届国际埃德加·爱伦·坡学术大会”。在此,笔者以会议期间引起广泛关注的芭芭拉·坎特卢珀教授的新著《坡与视觉艺术》为讨论平台,对当代国际爱伦·坡研究中初现端倪的“视觉维度”进行探讨,一方面旨在说明西方视觉艺术与坡的文学作品之间存在着美学性对话,另一方面突出揭示坡的视觉认知策略与“视觉失真”这一在坎特卢珀看来极为重要的光学现象之间所发生的诗学关联。在此基础上,笔者试图对坡的视觉“实施手法”与坡的文学创作哲学加以融合,在阐释层面上观照坡的视觉认知图式如何影响了以苏珊·桑塔格和斯蒂芬·贝斯特等为代表的现代“表层阅读”文化。

Title: On the “Visual Dimension” of the Contemporary Poe

Studies: The Case of *Poe and the Visual Arts*

Abstract: This article starts with "The Poe Studies Association's Fourth International Edgar Allan Poe Conference" held at Roosevelt Hotel in New York City, 2015, and takes as the basis for further elaboration Barbara Cantalupo's recent monograph *Poe and the Visual Arts*, which attracted wide attention during the conference. While offering a critical review of the burgeoning "visual dimension" in the contemporary international Poe studies, this article aims on the one hand to display the aesthetic dialogue between Western visual arts and Poe's literary products, and on the other, to expound on the plane of poetics the association between Poe's visual cognitive pattern and what Cantalupo sees as immensely significant the optical phenomenon of "anamorphosis." In addition, this article attempts to integrate Poe's visual "modus operandi" and his philosophy of composition, while at the same time to analyze from the hermeneutical perspective how Poe's visual cognition bears upon the modern culture of "surface reading" as represented by Susan Sontag and Stephen Best among others.

2015年初,美国“爱伦・坡研究协会”在纽约市隆重召开了“第四届国际埃德加・爱伦・坡学术大会”,来自全球23个国家和地区的近200名代表出席了会议。值得注意的是,会议首日即出现了一个颇为抢眼的议题——“坡与视觉”(Poe and the Visual),引起在场多位专家学者的热烈讨论。其中,笔者着重阐述了“爱伦・坡小说中的视觉诗学”,首次将坡的小说人物视觉应用策略转化为作家的创作认知理据,继而将坡笔下的视觉现象从文本层面提升至诗学层面。来自美国宾州印第安纳大学的威斯利・麦克马斯特斯(Wesley McMasters)聚焦于比利时超现实主义画家雷内・马格利特(René Magritte)的油画《不可复制》(“Not to Be Reproduced”),围绕画面角落中看似“不经意”放在壁炉台上的一本书(坡的小说《皮姆历险记》)加以分析,研究画家如何通过布置这样一个易为忽略的细节来映射人物身份的不确定性。来自西班牙卡斯蒂利亚-拉曼恰大学的费尔南多·冈萨雷斯-莫雷诺(Fernando Gonzalez-Moreno)则将目光投向1884年由法国巴黎昆丹出版社(Quantin)发行、经波德莱尔选译的爱伦·坡短篇小说读本《奇异故事集》(*Histoires Extraordinaires*),着重研究了"昆丹版"故事集当中的两类插图风格:"怪诞—戏仿"与"怪诞—恐怖"。尤为重要的是,作为本次大会主席之一的宾夕法尼亚州立大学教授芭芭拉·坎特卢珀于2014年出版的专著《坡与视觉艺术》(*Poe and the Visual Arts*)在会议期间展出,引起了与会代表的广泛关注,堪称是当代爱伦·坡视觉研究的开山之作。

一

爱伦·坡研究中的视觉维度大致分为三类情形:一是坡的文学话语如何折射出作为创作认知理据的视觉运作图式;二是专业艺术人士如何利用坡及其作品进行二度视觉艺术创作;三是坡如何对西方视觉艺术加以批评与吸收。第一种属于文学本体研究,解决的是文学发生的内在逻辑;后两种实际反映的是文学与视觉艺术(如绘画、插图和室内设计)之间的相互影响。坎特卢珀在《坡与视觉艺术》一书中所着重论述的属于后两种情形。全书共分五个部分:(1)费城及曼哈顿艺术展对坡的影响,1838—1845;(2)坡的短篇小说及随笔中的艺术家和艺术品;(3)坡笔下的家装设计;(4)坡的视觉戏法;(5)坡的艺术批评。坎特卢珀秉持文化考古姿态,对坡笔下出现的艺术家及其视觉产品加以发掘,试图实现艺术与文学的对话。《坡与视觉艺术》的价值在于它破天荒地围绕坡对视觉艺术的认知进行了一次较为系统的总结,弥补了爱伦·坡研究领域的相关空白。正如坎特卢珀本人所强调的那样,坡特别重视为其作品营造某种"画面感"。2001年,资深爱伦·坡研究专家伯顿·珀林(Burton Pollin)接受采访时即指出:

> 我们务必记住坡所创造过的一个字眼,"图像性"(graphicality)——坡的发明。……[它]至少当属坡在小说中(某种程度上亦在其诗歌中)着力实现的目标之一,它是一位艺术家极易迷恋的东西——那些引人注目、令人惊愕的意象,凭借坡的语言获得了其精妙之处以及独

> 特的含而不露……在坡看来，它们能够传达出某种前所未有的东西。由此可以解释坡缘何能够深刻地影响诸多印象派或是象征派画家，比如勒顿（Redon）或是马奈（Manet）。①

《坡与视觉艺术》的大部分内容旨在探讨坡围绕文学与绘画之间的"对话性"所持有的敏锐意识，以及坡作品中的"图像性"对一个多世纪以来的西方画家们所产生过的深远影响。（Cantalupo 2－4）然而，该书最具理论核心价值的内容当属"第四部分"——"坡的视觉戏法"（Poe's Visual Tricks）。理由是它不仅仅局限于视觉艺术本身的探讨，而是在某种意义上触及了坡的视觉诗学机制，并因此潜藏着其他章节所不具备的理论特质。遗憾的是，坎特卢珀的视觉诗学介入却并非正面的、有意识的分析；而且，她不过是将本质上属于"视觉诗学"的理论范畴规约为"视觉美学"在文学创作中的机械变形，并因此忽略了坡在其他场合提及的不乏普适意义的视觉认知策略。

具体说来，"坡的视觉戏法"乃是将诗学意义上的视觉认知机制蜕变为绘画艺术中的"视觉失真"现象（Cantalupo 108－113）。她之所以能够在研究坡的过程中联系到这样一个独特概念，主要缘于三个渠道：一是苏格兰发明家大卫·布鲁斯特写给历史小说家司各特的《自然魔法信札》（*Letters on Natural Magic*）。该书1832年于伦敦出版，后在美国多次重印，其中也专门围绕"视觉失真"现象进行过论述，对坡的视觉认知理念产生过较大影响（Cantalupo 103－104）。二是坡在《雷姬亚》中直接影射了"视觉失真"这一艺术技法（Cantalupo 109）。三是得益于立陶宛裔著名艺术评论家巴尔特鲁塞蒂斯（Jurgis Baltrušaitis）所著《视觉失真艺术》（*Anamorphic Art*）一书的英译本（1976）以及美国学者普拉托尔（Jeanine Plottel）教授于1979年发表的论文《绘画与文学中的视觉失真》（"Anamorphosis in Painting and Literature"）——两位专家均直接在著述中提及《雷姬亚》并将其当作视觉失真在文学作品中得以展现的范例（Cantalupo 115－117）。

如此说来，将坡与"视觉戏法"联系起来的研究路径的确有其依据；然

① Qtd. in Barbara Cantalupo. *Poe and the Visual Arts*, p. 5. 下文凡出自该著作的引文均直接以作者姓氏与引文页码在括号中随文标示，不另作注。

而必须注意的是，“视觉戏法”在坎特卢珀专著中的理论定位流于模糊，时常在诗学层面与美学层面之间踟蹰徘徊，其结论性观念亦因此而陷入与事实相左的阐释困境。一个典型的事例在于《雷姬亚》结尾处营造的神秘气氛（这也是坎特卢珀讨论“视觉戏法”时所依赖的关键平台）：已故多年的雷姬亚凭借其不朽的生存意志附身于叙述者第二任妻子罗温娜的躯体之上。该细节在坎特卢珀看来，完全是叙述者本人刻意利用“视觉失真”营造出来的光学幻化场景，借此“‘找回’那故去的雷姬亚”（Cantalupo 118）——“吸食鸦片”仅仅是用来“误导读者相信雷姬亚死而复生事件”的障眼法（Cantalupo 113）。这一解读试图否认借尸还魂在浪漫主义语境下的真实存在，转而从故事文本中寻求理性证据以实现对超自然情节的祛魅。坎特卢珀注意到，小说在描述叙述者房内的窗帘图案设计时，特别提及某个“时下常见的发明”（a *contrivance* now common）乃是造成窗帘图案产生光学幻象的原因（Cantalupo 115）。事实上，这个细节即便直接指涉了“视觉失真”，也只是服务于叙述者室内设计所营造的“奇幻之效”①，与吸食鸦片的功能一脉相承（但坎特卢珀显然将两者对立起来）——均是为了说明情节中“非理性”背后的“理性”，也即让看似“失真”的魔幻场景得到某种合理的、自然化的解释：吸食鸦片与“视觉失真”乃是造成“死而复生”幻象的现实原因。

坎特卢珀认为《雷姬亚》的叙述者利用“视觉失真”的光学原理为自己虚幻性地“找回”了已故的恋人。这一颇为牵强的阐释刻意夸大了科学对文学的影响——坡不过是借用了当下流行的光学科普知识为自己的作品增添富有时代特色的“奇幻之效”，并非要为雷姬亚的复活寻找科学的解释。在这一点上，《雷姬亚》的神秘结局截然有别于坡的其他“视觉失真”类小说，譬如《斯芬克斯》（“The Sphinx”）——后者将主人公“错把昆虫当巨兽”的笑话归咎于视觉聚焦失误。且不论那位过量吸食鸦片的瘾君子是否还有能力如坎特卢珀所暗示的那样“从一个独特的视角”（Cantalupo 115）去理性地欣赏卧室里的视觉失真艺术，至少坡本人并不打算完全将故事的结尾处理成一种可为科学理性收编的视觉幻象。换言之，“幻觉

① E. A. Poe. *Complete Stories and Poems of Edgar Allan Poe*. Garden City: Doubleday & Company, Inc., 1966, p. 104.

说”的合理性与超自然主义的真实性在坡的笔下并不是对立的，而是交织的。事实上，在1839年向好友解释《雷姬亚》结尾处的“突变式”（而非“渐变式”）的“魂灵附体”构思之际，坡强调自己不仅“满足于让叙述者突然达至一种模糊意识——雷姬亚站在了其跟前”，更在“本意上”试图“暗示[雷姬亚的]意志未能彻底达到目的，[……]她的成功之举仅在于向叙述者传递一则真实信息”。[①] 显然，雷姬亚的生命意志在坡的设计方案中并非全然归因于叙述者的视觉幻象——他头脑中的“模糊意识”只是让“雷姬亚站在了其跟前”沦为一种无法进行真值评判的悬浮情境。同时，雷姬亚的超自然主义回归依然被赋予了相当程度的实体意义，至少女主人公“成功”地向叙述者传递了“一则真实信息”。如此来看，坎特卢珀的“视觉失真”解读导致了过犹不及的缺憾，也多少弱化了爱伦・坡哥特小说的浪漫主义本质。

二

如果说坎特卢珀着重观照的“视觉失真”现象尚且暗含着一种诗学的隐喻，那么这隐喻在笔者看来可以追溯至坡借杜宾之口所阐发的视觉认知策略：

> 看东西凑得太近反而会扰乱了视觉。就算有可能极为清晰地看见一两点，也必然会因此而失去对事物的整体关注。如此，便有了所谓深不可测之说。然而，真理并非总在井底深处。事实上，就比较重要的知识而言，我倒以为她一贯显露在浅处。真理之所以显得深奥乃是因为人们总在峡谷中寻觅，而不知道她恰恰就栖息于山巅之上。人们对于天体的观察便能够很好地说明此类谬误的性状与根源。要想看清夜空的星体，要想最佳地感受其发出的光亮，就该用余光侧目而视——将视网膜的外围区域（它对微弱光线的敏感度高于中心区域）对准它们——完全正视只会让星体的光亮随之黯淡。实际上，处于后一种情形下的人眼往往会接收到大部分光线，但更为精细的感

---

① James A. Harrison, ed. *The Complete Works of Edgar Allan Poe*, Vol. XVII. pp. 52—53.

光效能恰恰体现在前一种情形。①

关于这段引文以及坡在其他作品中所涉及的相关言论,笔者在《爱伦·坡小说中的"眼睛"》一文中进行过分析,不再赘述;此处仅说明"侧目而视""外围聚焦"与坎特卢珀至为强调的"视觉失真"之间究竟存在怎样的关联。《坡与视觉艺术》中提供的"视觉失真"概念就其词源学意义而言,分别包含了希腊文当中的"回归"(*ana* -)和"形态"(*morphe* -),在光学层面上指的是依据一个独特的视角"让扭曲的影像复原为可辨的形态"(Cantalupo 110)。如此看来,"视觉失真"这个译法其实并未涵盖原文 *anamorphosis* 的完整意义。它的重点不仅仅停留于"失真",而在于如何根据一定的光学、几何学原理创造出视觉失真之效,使得观者必须占据某个独特视角方可让扭曲的影像回复原状。

一个经典的案例(坎特卢珀自然没有错过)当数 16 世纪德国画家汉斯·荷尔拜因的名作《大使》。这幅画作的前景正中央有一处扭曲拉伸的晦涩图案,正视之,无以识辨;侧视之,则发现原是人的头盖骨。这一认知机制如此贴合坡的视觉"实施手法",却仅为坎特卢珀用以佐证小说人物借助光学手段实施的"科学巫术"。有意思的是,坎特卢珀并非对"视觉失真"的诗学价值丝毫没有产生过联想。她在一处不起眼的地方留下这样一句话——"坡试图[在《雷姬亚》]当中创造他自己的视觉失真"(Cantalupo 109)。然而在接下来的论述中,坎特卢珀却旋即将这一"创造"从作者手里交给了叙述者,不仅人为模糊了作者与叙述者的身份界线,而且使得原本业已非常接近诗学探讨的契机丧失在故事世界内部的美学设计方案当中。如果说"视觉失真"在坎特卢珀那里首先是一种静态的美学效果,那么坡所倡导的"侧目而视""视网膜外围聚焦"则是营造和解读那一效果背后的动态认知机制,并在此意义上实现了"视觉失真"的第二层内涵:影像复原。换言之,"视觉失真"的潜在诗学价值在于它能够融合创作机制与阐释机制,如同坡在《秘密写作刍议》中所提及的兼具加密与解密之双向功效的古斯巴达"圆筒配对法"②。

视觉失真机制作为西方美术界古老的艺术"障眼法"之所以能够与坡

① E. A. Poe. *Complete Stories and Poems of Edgar Allan Poe*, p. 13.

② 于雷:《爱伦·坡小说美学刍议》,第 57—58 页。

的诗学理念产生契合，不仅得益于19世纪上半叶各种光学知识的普及，更得益于坡本人推崇的视觉认知图式对于理解外部世界的重要价值。在当代爱伦·坡研究学界，"视觉诗学"尽管还是一个有待发掘的新概念，但坡笔下的视觉认知现象业已逐步引起批评者们不同程度的关注。詹姆斯·韦尔纳在其2004年所著《美国闲游客：埃德加·爱伦·坡的宇宙面相学》一书中即留意到坡的视觉机制与波德莱尔、本雅明笔下的"闲游客"姿态之间的契合——"间接观察""侧目一瞥"及"余光扫视"。他甚至在全书即将告罄的倒数第二段弥补性地写道："如果视线的倾侧（obliqueness of vision）是精确观测的必要条件，那么坡在《创作的哲学》中所提倡的'暗示性'则作为一种最佳艺术策略，激发读者头脑中间接的想象性凝视。"[①]当然，韦尔纳对坡小说中个别视觉现象的关注依然是停留在"前诗学"意义上的模糊直觉。[②] 与坎特卢珀相似，韦尔纳也几乎触及了坡的视觉诗学问题，但因其研究重心的非诗学化倾向而同样未能进入正面系统论述的批评视野。不过，韦尔纳的贡献同样不容忽视：他将坡的视觉认知策略与"闲游客"的社会观察哲学相关联，从一个侧面拓展了坡小说的视觉"语用"维度："看"即是"做"；这对坡的人物塑造和情节布置具有非凡意义。[③] "视网膜外围聚焦"虽缘起于杜宾的刑侦话语，却能够作为一种隐性的诗学机制操控着故事逻辑的发生，使得坡"凭借'侧目而视'的独特眼光以及由此所产生的相对安全的批判距离对南方社会问题加以深刻洞察"[④]。在此意义上，苏珊·桑塔格围绕现代摄影师的卓越视觉感知所发表的言论堪称一则完美的注脚：

> 摄影师是侦察、跟踪、巡游城市地狱的孤独漫步者的武装版，[……]是深谙观看之乐的行家，[……]吸引闲逛者的，不是城市的各种官方现实，而是其污秽的黑暗角落，其受忽略的人口——一种非官方现实，它隐藏在中产阶级生活表面的背后。摄影师"擒拿"这种现

---

① James Werner. *American Flaneur: The Cosmic Physiognomy of Edgar Allan Poe*, pp. x—xi, p. 162.

② 于雷：《爱伦·坡与"南方性"》，第15页。

③ 于雷：《爱伦·坡小说中的"眼睛"》，第61—64页。

④ 于雷：《爱伦·坡与"南方性"》，第5页。

实,如同侦探擒拿一名罪犯。[1]

无论是杜宾,抑或是“人群中的人”,作为阈限性的社会存在,“闲游客”的视觉认知机制决定了其社会行走的独特姿态——“漫步”。梭罗在《远行》中将其视为“一门高雅的艺术”,拥有“不可或缺的三大要素——悠闲、自由和独立”[2]。杜宾的技能当然也不仅缘于他能在侦破案件过程中将诗性元素与理性元素相融合,更在于他能凭借其作为“漫步者”所秉持的独特视角将“边缘的”“非官方的”目标纳入考察视野。这正是“闲游”的精髓所在。在坡的故事世界中,理性的直视对应着视网膜的中心区域,而诗性的侧视则往往对应着视网膜的边缘区域;一味追随理性通常会误入认知歧途,而充分依赖诗性则会有意想不到的功效,如坡在《我发现了》中所感叹的那样:开普勒宇宙定律的发现竟然缘起于感性的“猜测”![3] 这一在理性传统中位居边缘的“诗性”力量正是梭罗所追随的“大自然冥冥中”的那种“微妙的磁力”——“如果我们下意识地追随它,就能走到正确的道路上去”[4]。

三

关于坡的视觉认知维度,还有一点颇为重要。那就是坡不仅强调“侧目而视”和“外围聚焦”对于洞察世界的重要价值,也同样强调保持视觉距离尤其是留意那些裸露在“眼皮底下”却又极易让观者视而不见的对象。[5] 坎特卢珀在《坡与视觉艺术》当中对此乃是有所关注的,正如她在论及坡的短篇小说《钟楼里的魔鬼》时对壁炉台上放置的中国时钟产生了浓厚兴趣:

> 这个壁炉台上的中国物件尽管就在眼皮底下,却可能因其看似无关痛痒而轻易为读者所忽略——恰如《被盗的信》当中那封赫然置于D部长公寓内的信件,它就被放在“壁炉台正下方……那个花哨

① 苏珊·桑塔格:《论摄影》,黄灿然译,上海:上海译文出版社,2014年,第61—62页。
② 梭罗:《远行》,董晓娣译,北京:光明日报出版社,2012年,第97页。
③ Edgar Allan Poe. *Eureka*, p. 79.
④ 梭罗:《远行》,第103页。
⑤ 于雷:《爱伦·坡小说中的“眼睛”》,第56—59页。

的金银细丝装扮的纸板卡片架上"。(Cantalupo 88)

"壁炉台上的中国物件"与"卡片架上的被盗的信"在此被戏剧性地并置于一处,因为两者均是"眼皮底下"易为忽略的细节。但是,坎特卢珀不过是在强调坡最为热衷表达的一个视觉认知隐喻:"要看摆放在眼前的,而不是我们想要看的"(Cantalupo 107),并未意识到该隐喻实际上还从反方向映射出爱伦·坡视觉认知的诗学维度:作为文学创作者的坡如何在故事中精妙植入寓意(这是坡所极力关注的重大诗学问题),使其"看似随意地"浮现于表层话语之间而踪迹不辨。[①] 也只有在这个隐喻层面上,那封赫然置于D部长公寓内的"被盗的信"方才有了其诗学意义。不过,坎特卢珀依据坡的视觉认知策略所建构的阐释路径——"要看摆放在眼前的,而不是我们想要看的"——倒可以将我们带入当代西方学界所提出的一种独特的认知模式——"表层阅读"。

关于坡笔下"看"与"读"之间的"类比性"以及"阅读行为与视觉认知之间的多重关联",美国学者凯文·海伊斯(Kevin J. Hayes)曾在其2002年发表的《视觉文化与爱伦·坡的〈人群中的人〉的语言符号》一文中专门进行过探析。他实则要说明的是,坡笔下的都市空间正如同一本书——在那里,"语言的可视化正日趋显著,城市正开始为文字所包裹"[②],视觉文化已然成为现代性的一个重要标志。如果说海伊斯的研究旨在揭示某种社会学意义的"表层阅读"(都市观察即是符号阅读),那么2009年美国学者斯蒂芬·贝斯特和沙龙·马库斯合著的论文《表层阅读刍议》则将目光转向了阐释学层面。该文刊发于《表征》第一期上,引发了学术界的广泛热议。在他们看来,将文本意义与深层秘密画上等号的传统做法可以追溯至公元2世纪的诺斯替教派的阐释主张,甚或也紧密关联着自柏拉图以降将视觉与"理念"割裂后所树立起来的根深蒂固的西方寓言传统;不仅如此,近代欧洲绘画中发展起来的透视技法也因其幻象模态而进一

---

① 于雷:《一则基于〈乌鸦〉之谜的"推理故事"——〈创作的哲学〉及其诗学问题》,第17—18页。

② Kevin J. Hayes. "Visual Culture and the Word in Edgar Allan Poe's 'The Man of the Crowd'," in *Nineteenth-Century Literature*, 4 (2002), p. 445, p. 453.

步强化了意义与视觉的剥离。[①] 鉴于此，贝斯特和马库斯同样主张从坡的视觉认知策略中领会"表层阅读"的重要性："如埃德加·爱伦·坡的故事《被盗的信》所一直教导我们的那样，眼皮底下存在的事物值得关注但却经常从人们的观察视野中逃逸——尤其是那些生性多疑的侦探，他们往往将目光绕过表面转而去发掘那表面以下的东西"(Best and Marcus 18)。

在贝斯特和马库斯看来，"表层"之意绝非诸如"纸张、装帧、版式、字音"等各类"字面性文本表层"元素，亦非"症候式读者"眼中那种旨在"藏匿"深意的阐释性包装。相反，它意指"文本中显见的、易感的、可解的部分；既不受蔽，也不施蔽；在几何意义上，仅有长度与宽度而无厚度，自然亦无深度"。阐释者不求"看穿"，但求"看见"；甚至连福柯也"并不打算发掘那些'秘密的、隐藏的[……]的关系'，[而是]在话语的表层之上对那些关系加以界定"。为此，贝斯特和马库斯主张摆脱心理学分析(以弗洛伊德为代表)与社会学分析(以马克思为代表)这两大阐释传统，突破"意义/内容决定论"的羁绊，转而推崇以苏珊·桑塔格为代表的所谓"艺术情色学"的文学接受观，突出最纯粹、最直接的艺术感官体验。在此意义上，两位学者隐喻性地指出，"勿将鬼魂视为缺席，而要将其视为在场"，"鬼魂即是鬼魂，不可说那是某某人的鬼魂"(Best and Marcus 9—10, 13)。有趣的是，坡亦曾在《语词的力量》中提出过一个颇为类似的观念：花儿"是"梦，而并非花儿"像"梦。[②]

与毕加索的立体主义绘画颇为相似，坡的文学创作逻辑是在二维平面上进行三维展示，它不追求纵深，而是执着于如何在稿纸上安排立体性的、具有"画面感"的"视觉失真"事件。如果说西方传统绘画中的透视技法因其造成的三维空间错觉"强化了意义与视觉的剥离"，那么坡的这种强调表层话语的视觉认知逻辑则显然有助于实现"意义"朝向"视觉"的原始回归。坎特卢珀在《坡与视觉艺术》中力图展现的是坡小说的"图像性"

---

① Stephen Best and Sharon Marcus. "Surface Reading: An Introduction," p. 4. 下文凡引自该文献的引文有以作者姓氏与引文出处页码在括号中随文标示，不另作注。

② Stuart Levine and Susan F. Levine, eds. *The Short Fiction of Edgar Allan Poe*, pp. 107—108.

及其与西方美术之间的对话，但同时也在暗示我们，回归视觉本质上即是回归意义。这一古老而有效的思维认知图式业已被《反对阐释》中所担忧的那种“对表象(appearances)的公然蔑视”所湮没；关注“眼皮底下”的事物，就有必要依照桑塔格所建议的那样，不追逐艺术作品的“内容最大化”，但求“看见”事物本身，返回艺术的最初原始体验——“魔幻”。[①] 在此意义上，大卫・布鲁斯特依据光学原理所缔造的各种“自然魔法”不仅为坡的文学创作铺垫了“视觉失真”的理性基础，也为坡的文学接受提供了“视觉还原”的感性之途。我们不妨记住坡留下的隽语：“就更为伟大的真理而言，人们常常错在去底部觅其踪迹，而不是在顶部；智慧看似深奥，乃是因为人们往往投向渊薮之中将其探寻——而不是在她赖以栖息的显眼之所。”[②]

① Susan Sontag. *Against Interpretation and Other Essays*, p. 6, p. 14, p. 3.

② Qtd. in Robert Hough, ed. *Literary Criticism of Edgar Allan Poe*, p. 72.

附录四

世界文学中的“替身”现象

内容提要:“替身”是人类思维的独特表征。自 1796 年德国作家让·保罗首次创造并使用这一概念起,“替身”业已历经浪漫主义、现实主义乃至现代主义的洗礼。出于讨论的可行性考虑,笔者拟聚焦于 19 世纪以来部分具有代表性的经典“替身文学”,从“理论内涵与嬗变”和“文学想象与批评”这两大层面对“替身母题”展开讨论。前者旨在说明文学替身现象如何与人类学、心理学、叙述学乃至哲学等众多领域发生着关联;后者则旨在观照具体文本的美学特质及其相关批评路径,并借此梳理“替身文学”在其形式层面上的演进脉络:从“善恶对立模式”到“精神分裂模式”到“伦理混沌模式”再到“身份换位模式”,“替身母题”逐渐实现了其文学意义上的现代性。在此基础上,笔者还将立足于“文学与科学”这一跨学科命题,着重考察 21 世纪以来西方认知神经科学家围绕“自体窥视”和“出体经验”等典型替身现象所展开的科学实验,尝试为“替身”这一看似非理性的文学现象找到其科学的认知理据。

Title: The Doppelgänger in World Literature

Abstract: The "doppelgänger" is a unique representation of human psyche. Since it was coined and used in 1796 by the German author Jean Paul, the "doppelgänger" has undergone the baptism of romanticism, realism and even modernism. This article, for the sake of analytic feasibility, intends to focus on a portion of the representative canonical "doppelgänger literature" since the 19th century, and discuss the doubling motif by reviewing its "theoretical nexus and evolution" and its "literary imagination and criticism." The former aims to expound how the literary doubling relates itself with multi-disciplines such as anthropology, psychology, narratology and even philosophy; the latter aims to throw light on the concrete textual aesthetics as well as the relevant critical routes, and whereby trace the formal development of the "doppelgänger literature." From the "good-versus-evil pattern" to the "schizophrenic pattern" to the "ethical-ambiguity pattern" and to the "identity-exchange pattern," the doubling motif gradually takes on a sense of literary modernity. Last but not least, this article, in light of the interdisciplinary concern of "literature and science," will also review several significant studies made by the 21st- century cognitive neuroscientists as regards such typical doubling phenomena as "autoscopy" and "out-of-body experience," and hence try to find the scientific cognitive motivation for the ostensibly non-rational literary phenomenon of the "doppelgänger."

“替身”是世界文学发展长河中与人类心理、认知关系最为密切的概念之一。根据《牛津英语辞典》(*OED*)的解释,“替身”(double)一词大致相当于德文的 doppelgänger 或荷兰语中的“dubbleganger”(“double-goer”);顾名思义,即是如影随形的幽灵式人物。“替身”作为正式的文学概念最初由德国浪漫主义作家让·保罗在其 1796 年发表的小说《塞宾卡斯》(*Siebenkäs*)中加以创造并使用。[①] 作为一种独特的文学现象,“替身”始终吸引着世界范围内自浪漫主义、现实主义乃至(后)现代主义时期以来的众多文人骚客:从德国的E. T. A. 霍夫曼到奥地利的费迪南·雷蒙德,从爱尔兰的勒·法努到苏格兰的詹姆斯·霍格,从英国的王尔德到美国的爱伦·坡,从法国的缪塞到俄国的陀思妥耶夫斯基,从土耳其的奥尔罕·帕慕克到葡萄牙的乔赛·萨拉马戈等等,不胜枚举。“替身”现象甚至一度成为20世纪初欧洲心理分析学派重点关注的对象。弗洛伊德虽在《暗恐》(“The Uncanny”)等著述中有所涉猎,但却不像其学术阵营中的奥托·兰克(Otto Rank)那样专门以欧洲文学作品为案例,对其中的“替身”现象展开人类学尤其是心理学意义上的专业探讨。进入21世纪后,“替身”现象进一步突破了文学自身的发展界域,成为文学与认知神经科学之间的跨学科研究对象;在此基础上,“替身”这一文学概念获得了其科学意义上的认知内涵。

一、“替身”的理论内涵及嬗变

如果说西方文学中的“替身”可以追溯至柏拉图在《会饮篇》中所提及的远古神话——宙斯为削弱人类的力量而将人体劈成两半,从而导致“这一半想念那一半”[②],那么更为现实的理论缘起则可以从民俗学和人类学当中找到答案。就此而言,20世纪初奥地利心理分析学家奥托·兰克在其专著《替身:一种心理分析学研究》中进行了卓有成效的探讨。他在充分利用前人研究成果的基础上指出,“替身”可以回溯至原始社会中盛行的“影子迷信”;在那里,一个人的影子充当着主体的“守护神”,但是随着历史文化的更迭,“影子”的功能也在逐渐发生变化,原先的“守护神”最终蜕变为“可怕的、迫害性的幽灵”[③],用弗洛伊德的话说,

---

① 最初的德文版文本中首次出现“替身”一词时,其拼写方式为“doppel*t*gänger”,但是到了小说的第532页时,这个合成词当中所包含的字母“t”方才消失,并由此产生了其现今通行的拼写——*doppelgänger* (See Dimitris Vardoulakis. *The Doppelgänger: Literature's Philosophy*. New York: Fordham University Press, 2010. p. 249, p. 13.)。

② 柏拉图:《柏拉图对话集》,王太庆译,北京:商务印书馆,2004年,第311页。

③ Otto Rank. *The Double: A Psychoanalytic Study*. Trans. & Ed. Harry Tucker Jr. Chapel Hill: The University of North Carolina Press. 1971, p. 51. 下文凡出自该著作的引文均以作者姓氏与引文出处页码在括号中随文标示,不另作注。

即是那曾经用以确保“不朽”的替身之物如今却变成了“死亡的暗恐先兆”[①]——这似乎能够解释替身文学中主体对“影子”或是“映像”的恐惧。关于“影子”和“映像”在原始人群心目中的重要地位，英国人类学家弗雷泽在其《金枝》中亦曾专门辟有章节加以探讨。他发现“未开化者常常把自己的影子或映像当作自己的灵魂，或者不管怎样也是自己生命的重要部分，因而它也必然是对自己产生危险的一个根源，如果踩着了它，打着了它，或刺伤了它，就会像是真的发生在他身上一样使他感觉受了伤害，如果它完全脱离了他的身体（他相信这是可能的），他的生命就得死亡”[②]。兰克依据弗雷泽的相关发现进一步指出，许多民族文化中几乎无一例外地存在着主体对自身肖像、照片或是镜中映像所表现出的恐惧，因为他们相信一旦自己的“影像”（image）为他人占据即有可能引发杀身之祸。不过，尽管兰克十分重视弗雷泽的研究成果，但他显然并不满足于后者仅仅从人类学的视角对各种迷信观念加以追根溯源。在论及古代神话中的纳西索斯之际，兰克指出这一经典故事所包含的意义“就其本质而言无异于替身母题”；与此同时，心理学家亦绝不能将“替身”现象当中“自恋”意义与“死亡”意义之间的紧密关联仅仅视为某种人类学意义上的“偶然事件”。（Rank 65，69－70）为此，兰克主要从“自恋”“手足之争”（fraternal rivalry）以及“死亡恐惧”（thanatophobia）等几个方面进行了探讨。

在兰克看来，“替身母题”当中有关“迫害情结”（persecution complex）的文学表征不仅印证了弗洛伊德围绕“妄想症之自恋倾向”所做出的论断，而且还将那个以“追逐者”（pursuer）形象出现的“替身”化约为“自我本身”——“一位曾经最为所爱的人物，而如今却成了必需防御的目标”（Rank 74）。事实上，这种看似矛盾的心理演变恰恰再次折射出弗洛伊德的观念：“自恋”并不只是暗示主体欲望表达的“病态”乃至于“变态”，它在一定程度上也是主体从“自淫”（auto-erotism）到“客体恋”（object-

---

① Sigmund Freud. *The Uncanny*. Trans. David McLintock. London: Penguin Books, 2003, p. 142.

② 詹·乔·弗雷泽：《金枝精要——巫术与宗教之研究》，刘魁立编，上海：上海文艺出版社，2001 年，第 173－174 页。

love)发展过程中的“必要中介期”[①]。事实上，神话中的纳西索斯在顾影自怜之际即对“自我”表现出了某种矛盾心态，在他身上“似乎有某种东西在抵制绝对的自恋”。兰克认为替身文学中有两种方法可以充当这样的防御机制：一是像王尔德笔下的道林·格雷那样对自己的影像表现出“恐惧和反感”，二是如大多数情形下所发生的那样——使自己的影像或镜像从眼前消失，而这在兰克看来恰恰是一种极端自恋的复归。(Rank 73)

接下来，兰克将研究视角转向文学替身现象当中经常涉及的男性“手足之争”。在他看来，兄弟间的此类敌对之态尽管可以表现于日常生活中的诸多情境，但主要却是围绕争夺“女性之爱”而展开的；当这样的争夺将矛头指向“母爱”之际，主体便会“合乎情理地”产生一种置其替身于死地的“意愿和冲动”。当然，“手足之争”并非替身现象产生的根源，而只是一种“阐释”。兰克的真正目的乃是希望将替身所带有的“形式意义”与先前围绕“自恋”所展开的心理分析结合起来，进而在“替身”“自恋”和“死亡”这几个概念之间建立起联系。兰克首先指出，替身形象的“最突出症候”通常是一种强烈的“负罪意识”，主体人物正是由于这样的意识而不得不放弃对“自我”的某些行为承担责任，转而将其转嫁给“另一个自我”，也即“替身”。不仅如此，兰克还特别指出：“死亡恐惧”与“自恋”之间之所以存在关联，乃是因为主体拥有一种所谓的“永葆青春之意愿”。这一意愿自然表明了主体针对“自我”的独特发展阶段所投射的“力比多固着”(libidinal fixation)，但另一方面也表达了主体对于“变老”的恐惧——其实质等同于“死亡恐惧”。于是，替身文学中时常会出现一种奇怪的自杀逻辑悖论：“[主体]为了使自己摆脱那令人无法忍受的死亡恐惧而主动寻死。”对此，兰克解释说，主体的自杀欲望从来都不是指向其自身的，相反，它“以一种无痛的方式去杀死另一个自我”，一个在无意识中分裂出来的“可憎的、罪孽的自我”。在此意义上，当主体将其自杀欲望替代性地移置到那一影子人物身上时，替身文学作品中便会出现这样一种屡

---

① Sigmund Freud. “On Narcissism: an Introduction,” in *The Standard Edition of the Complete Psychological Works of Sigmund Freud*, Vol. XIV. London: The Hogarth Press, 1957, p. 69.

见不鲜的情形：主人公为了“永远躲避替身的追逐”而选择将其杀死。(Rank 76—79)

关于兰克的“替身”研究，弗洛伊德在《暗恐》一文中亦有所提及，不过他似乎更希望在兰克研究的基础上进一步揭示出替身现象所包含的“暗恐”特质。如果说霍夫曼笔下那个难以从儿时记忆中祛除的“沙魔”(Sand-Man)代表了所谓反复闯入现实的“被压抑的恐惧的象征”[①]，那么这种“反复”在一定程度上恰恰映射了原始神祇在人类意识当中的魔性回归；它构成了“暗恐”的“可怖因子”——某种“业已遭受压抑而如今又得以重返的事物”。有意思的是，为了进一步说明“暗恐”与“替身”之间的相互关联，弗洛伊德还在《暗恐》一文的脚注中讲述了发生在自己身上的一则故事：列车行进途中，“我”正坐在自己的卧铺车厢内，突然，隔壁厕所的门由于车厢剧烈晃动而被打开；接着，一位年长的绅士穿着晨衣闯入“我”的房间，显然，他从厕所出来后认错了道，于是“我”立即起身予以纠正，走近却发现那绅士竟然与“我”长得一模一样！稍作辨别，“我”方才意识到眼前这位神秘的“替身”不过是门上的镜子反射所致。弗洛伊德不禁自问：“当我们因看见这些意外出现的自我影像而感到不快时，那当中或许也包含着针对‘替身’所做出的原始反应，将其视为某种暗恐之物？”[②]

作为暗恐形象的“替身”对于文学而言往往是一种天然的优势。如美国学者皮策尔所言，其独特功效往往使之能够超越主体自我“在认识论和生理层面上的屏障”[③]。在此意义上，替身关系演绎的乃是“自我力比多”与“客体力比多”之间的对立、穿越和交换：“其中的一方被利用得越多，那么另一方便越会遭受损抑。”[④]这在一定程度上映射了拉康的观念：欲望客体乃是主体在象征意义上被剥夺的部分；无论那种想象性欲望多么荒诞不经，主体总是会以某种方式牵连于其中。施虐欲望的主体之所以对受虐对象表现出兴趣，其原因正在于主体自身也同样倾向于顺从那样的

---

① 童明：《西方文论关键词：暗恐/非家幻觉》，载《外国文学》2011 年第 4 期，第 110 页。

② Sigmund Freud. *The Uncanny*, p. 147, p. 162.

③ John Pizer. “Guilt, Memory, and the Motif of the Double in Storm's *Aquis Submersus* and *Ein Doppelgänger*,” in *The German Quarterly*. Vol. 65. No. 2(1992), p. 177.

④ Sigmund Freud. “On Narcissism: an Introduction,” p. 76.

虐待。[①] 也就是说,在替身关系当中,主客体之间的施虐与受虐行为在某种意义上乃是双向展开的。道林·格雷即是如此,当他将匕首刺向自己的肖像时,受到致命伤害的却是自己。这一现象在拉康看来同样(当然是作为一种变体)存在于《哈姆雷特》当中:当雷欧提斯(奥菲莉娅的哥哥)与哈姆雷特进行决斗之际,前者实际上成了后者的替身;难怪哈姆雷特不禁感喟对手的高贵品德可谓"举世罕见……若有人试与之比高下,/那他只配当他的影子而已"(第五幕第二场)。在拉康看来,"他者形象的呈现在此处显然意味着对[主体/观者]的全面吸收";……在这样一种独特的"镜像关系"中,"你所抗争的对象恰恰是你最为崇敬的人;理想自我(ego ideal)……也因而成了你不得不杀戮的对象"[②]。

如果我们将萨特围绕"他者"理论所展开的研究纳入考察视野,便可更加清晰地意识到替身现象中的独特运动机制:"他者不仅是我看到的他,也是看到我的他"。如此一来,替身关系当中的"主体"同时也会呈现为"自我客体"(Me-object)。换句话说,"我之'基于自我而存在'从一开始便也是'基于他者而存在'";与此同时,我们还应该注意到,自我与他者在萨特那里实际上还会围绕各自的主体性展开交替性的争夺,"他者通过审视我而将我变成客体……[不过]在接下来的行动中,我还可以再次对'他者一主体'加以客体化,并因此而重新获得我自己的主体性"。在此意义上,坡的小说《泄密的心》所展现的不仅仅是凶手("我")如何对被害者的身体实施控制,更在于表现被害者如何用他那令人憎恶的"秃鹫之眼"将施害者("我")的身体变成客体化进程中的工具。这似乎印证了萨特的观念——"我开始接受用'他者'的眼睛来审视自己。"[③]替身关系中围绕"他者"所产生的矛盾情结不禁让笔者联想起列斐伏尔在"他者"(the other)与"异己性"(otherness)之间做出的精彩甄别:"他者"并非字面上所呈现的那种疏离之印象,正相反,"他者"恰恰是我们的"同谋",甚至是"我们的伙伴"(our fellow-man);本质上说,"他者"是我们通过对"异己

---

① Jacques Lacan. "Desire and the Interpretation of Desire in Hamlet," in *Yale French Studies*. No. 55/56 (1977), pp. 15—16.

② Ibid., p. 31.

③ Alfred Schuetz. "Sartre's Theory of the Alter Ego," p. 182, p. 189, p. 195, p. 192.

性”加以“去异化”处理后得到的结果，也即“他者”可谓“异己性”被我们驯服的产物①。那么“异己性”指的又是什么呢？按照列斐伏尔的观念，正是“他者”的对立面——“他者”是我们的同谋，实则与我们友好，且能够为我们所把握。相比之下，“异己性”则代表着距离，不可亲近，将我们从自我那里夺走，但也恰恰因此而“让我魂牵梦绕”。② 在笔者看来，列斐伏尔所说的“异己性”某种意义上正可谓心理学“暗恐”的翻版，也即让熟悉的变为陌生的，而“他者”则刚好相反，旨在将陌生的变为熟悉的、可为控制的。对于替身文学作品来说，这一对矛盾反映的是人物与影子形象之间若即若离、欲罢不能的相互对峙与共谋，实际上也就是作品内部人物关系的心理辩证法。

在现代文学中，“替身”的出现固然意味着人格分裂成为“两股对峙的力量”及其所引发的“身份缺失”，但是主体与替身之间并不总是泾渭分明地代表着善与恶的二元对立。在不少场合，两者常常会在表面对抗的语义层面之下展开一定程度的“合谋”(恰如列斐伏尔所强调的那般)——这直接关系到替身文学作品本身的隐含道德取向。如果说，“在一个对自由不羁之物持消极评价的社会语境中，‘替身’小说便会演绎成为‘魔鬼’小说”③，那么这种观念所反映出的实质意义则是指：作品本身潜在的反讽结构有可能彻底颠覆“天使－魔鬼”这一传统的“二元对立”模式。于是，替身关系有可能变得复杂起来，就像夏洛特·勃朗蒂笔下的简·爱与伯莎·梅森那样。当然，替身关系的复杂性还不止表现为人物(边界)的模糊性和阈限性，它在现代文学结构中还可能表现为美国学者珀尔特所揭示的“内部复制原则”；换言之，替身现象作为“叙述的生成原则”还可能指涉文本完形结构中的“内部映射”。④ 这种观念一方面回应着《陀思妥耶夫斯基诗学问题》中围绕复调小说所做的思考：“[替身现象]……不仅在

---

① 这一“被我们驯服的产物”无疑成了道林·格雷的肖像画抑或是威廉·威尔逊的镜中映像。

② See Henri Lefebvre. *Critique of Everyday Life*, Vol. II, pp. 215－216.

③ Claire Rosenfield. “The Shadow Within: The Conscious and Unconscious Use of the Double,” in *Daedalus*, Vol. 92. No. 2(1963), p. 327, p. 334.

④ Laurence M. Porter. “The Devil as Double in Nineteenth-Century Literature: Goethe, Dostoevsky, and Flaubert,” p. 331, p. 316.

思想方面和心理方面,而且还在[小说的]布局结构方面,都起着重要的作用"[①];另一方面也回应着米勒在其《小说与重复》开篇处亮出的精辟见解:"任何一部小说都是重复现象的复合组织,都是重复中的重复。"[②]

如此说来,苏格兰作家詹姆斯·霍格的小说《一位清白罪者的私人回忆与忏悔》(*The Private Memoirs and Confessions of a Justified Sinner*)堪称是极佳的例证:它不仅将人物关系演绎为一种双重替身母题(罗伯特成为其哥哥乔治的"对立式替身";而吉尔-马丁则作为影子人物又成为罗伯特的"协作式替身"),更值得注意的是,它还分别借助"编者"与"罪者"的叙述声音先后两次对情节事件加以聚焦,从而使得小说获得了一种基于重复基础之上的"叙述替身"关系。由是观之,"替身"现象虽说缘起于人类的精神世界,但却能够如神话中的普罗蒂厄斯那样随机变化着自己的形态。它在理论内涵方面的强大可塑性使得其自身不仅仅停留在简单的文学想象层面之上,更可能凭借其独特的现代性姿态成为文学思维的元语言。正如瓦都拉吉斯在其 2010 年出版的《替身:文学的哲学》一书中所提出的告诫:我们既不要将替身文学狭隘地"收缩"为某种"心理分析的门类"(否则便会如托多洛夫所担心的那样使"替身"失去其文学意义),也不要将其加以无限"扩张",使之沦为某种普适性的"复制现象"(duplicity),以为"人人均互为替身;万物均相互拷贝"[③]。瓦都拉吉斯之所以与过去的替身研究者观点不同,乃是因为他将文学替身抽象成了一种"功能性的在场"(operative presence),一种既抵制"在场"又拒斥"缺席"的哲学式隐喻——这是他全部理论的精髓和出发点。在瓦都拉吉斯那颇具解构主义风范的阐释中,"替身"成了"阈限性的主体"(liminal subject),而文学也在此意义上成为哲学的"替身"[④]。

二、"替身"的文学想象与批评

如果说西方替身文学的滥觞出现在中世纪的欧洲——或表现为喜剧

---

① M.巴赫金:《陀思妥耶夫斯基诗学问题:复调小说理论》,第 80 页。

② J.希利斯·米勒:《小说与重复——七部英国小说》,王宏图译,天津:天津人民出版社,2008 年,第 3 页。

③ Dimitris Vardoulakis. *The Doppelgänger: Literature's Philosophy*, p. 8.

④ Ibid., p. 247.

作品中的娱乐元素，或表现为寓言作品中的说教方式[①]，那么，它的“黄金岁月”则主要集中在19世纪的欧洲浪漫主义运动时期，尤以德国为甚[②]。替身文学之所以在19世纪大行其道，总体而言乃是因为那一时代的风尚热衷于展示人的“精神生活”(inner life)；这缘于时下欧洲社会、文化与宗教所经历的巨大变迁，尤其是正统基督教信仰在19世纪的削弱以及法国大革命引发的社会动荡。它们一方面引发了神学领域的争议，使得撒旦这样的魔鬼形象在想象性文学中获得了空前的“礼遇”，另一方面也使得人的个体价值以及内省意识重新获得了重视。[③] 在霍夫曼的小说《魔鬼的万灵药》中，身为修士的梅达杜斯与维克托林伯爵不仅容貌酷似彼此，且能产生精神信息的交换。在霍桑的小说《威廉·豪的化装舞会》(“Howe's Masquerade”)中，那位曾经叱咤风云的英军总司令在舞会进行当中竟然遭遇到一个容貌与之完全相同的不速之客。夏弥索(Adelbert von Chamisso)在《彼得·施莱密尔》(*Peter Schlemihl*)中讲述了主人公因为将影子卖给魔鬼而从此失去了自己的社会身份。缪塞在诗歌《十二月之夜》(“La Nuit de Décembre”)中如是写道：“一个身着黑衫的孤儿/与我如兄弟一般相似/……/是虚幻之梦/抑或是镜中的自己/……/你到底是谁？又为何如我那青春的幽灵/不知疲倦地将我追随？”[④]毫无疑问，作为文学想象的“替身”案例将会构成一根漫长的文本链。限于篇幅及讨论之可行性，笔者将主要围绕世界文学范围内的部分代表性作家及其相关作品略做梳理与分析，并在此基础上大致勾勒出替身文学的演绎轮廓。

如上文所说，“替身”作为一个真正意义上的文学概念首先出现于

---

① Claire Rosenfield. “The Shadow Within: The Conscious and Unconscious Use of the Double,” p. 326.

② John Pizer. “Guilt, Memory, and the Motif of the Double,” p. 177.

③ See Laurence M. Porter. “The Devil as Double in Nineteenth-Century Literature: Goethe, Dostoevsky, and Flaubert,” p. 319; see also Claire Rosenfield. “The Shadow Within: The Conscious and Unconscious Use of the Double,” p. 328.

④ 有趣的是，列斐伏尔曾在讨论“浪漫主义”之际特别提及一个事件：1833年9月的一天，缪塞与乔治·桑(George Sand)在林中漫步时突然产生幻觉——“他看到了自己的替身，一位身着黑衣的年轻男子……”(Henri Lefebvre. *Introduction to Modernity: Twelve Preludes, September 1959—May 1961*. Trans. John Moore. London: Verso, 1995, p. 311)。

1796年由德国浪漫主义作家让·保罗发表的小说《塞宾卡斯》中。这部作品主要讲述的是主人公塞宾卡斯追求幸福婚姻的喜剧故事,但情节当中出现了塞宾卡斯与其挚友莱布吉伯(Leibgeber)之间的替身关系:他们不仅拥有相同的秉性和体征,且身着相同服饰,仿佛是“一个灵魂被分配到两个躯体之上”。当然,同样属人耳目的是两者在为人处世方面的差异:“塞宾卡斯乐于宽容,而莱布吉伯则喜好惩罚”①。这在一定程度上确立了替身文学最初的创作范式——相似的生理特征、相悖的精神世界。爱伦·坡的《威廉·威尔逊》即是一个经典例证:恣肆放纵的“我”与作为道德监控机制的“影子人物”从姓氏到外貌均完全一致,但在心理层面上却分别表征着弗洛伊德所谓的“力比多本能”和主体所必须对抗的“文化及伦理观念”。与此同时,“良心”所代表的“理想自我”(作为一种“独特的心理力量”)旨在对“现实自我”加以“监视和导控”。弗洛伊德认为这种“被监视的幻觉”在正常人身上均可存在,并会引起当事人的“反叛”;当然,在某些妄想症患者那里还会时常伴随一种批判性的“语音媒介”②——就像《威廉·威尔逊》中的主人公每每在寻欢作乐之际便会遭遇到“影子人物”在其耳畔发出的那“令人毛骨悚然的呢喃”。这种以人物对称关系为创作范式的替身小说在19世纪文学当中十分普遍。罗森菲尔德认为作家出于可然性考虑往往会采用两种做法:一是“并列”,也即将代表社会道德规范的人格与放荡不羁的罪恶自我分别展现于两个不同的人物身上;二是“互补”,也即为同一个人物创造出两个身份互补的“投射对象”③。值得注意的是,不少替身小说中的二元对立关系并非清晰可辨,相反它们会借助“影子人物”从人格化向非人格化的渐变模式逐步实现自行消解。换句话说,替身关系中的主宾双方在某些场合可能并非简单的“并列”或“互补”,而是既“并列”又“互补”。这不仅在很大程度上展示出主人公的精神分裂症候,同时也为替身文学的现代性逻辑埋下了

---

① Jean Paul Richter. *Flower, Fruit and Thorn Pieces; or the Married Life, Death and Wedding of the Advocate of the Poor, Firmian Stanislaus Siebenkäs*. Boston: Ticknor and Fields, 1863, p. 86.

② Sigmund Freud. “On Narcissism: an Introduction,” p. 93, pp. 95—96.

③ Claire Rosenfield. “The Shadow Within: The Conscious and Unconscious Use of the Double,” p. 328.

伏笔。

在勒·法努 1872 年发表的短篇小说集《镜中幻象》中，几乎每一部作品均涉及替身母题，而最为著名的当属西方吸血鬼文学传统中的经典之作《卡米拉》。替身关系在《卡米拉》中首先表征为一种以善恶划界的模式：一方面是作为主人公的少女劳拉(代表纯洁)，另一方面是由吸血鬼化身而来的"美丽姑娘"卡米拉(代表欲望)；但是随着故事的推进，两位女性人物之间的边界变得模糊起来。卡米拉自身的变幻莫测——"卡米拉""米卡拉"和"米拉卡"——使得这一魔鬼形象(不妨称之为青春期的"力比多固着")在逐渐失去其原先的人格表征之际转而蜕变为主人公精神世界中的"暗恐"："即便到今天，卡米拉依然以她那捉摸不定的形象回到我的记忆之中——有时是一个活泼而又文静的美丽姑娘，有时又会成为我在教堂废墟里所目睹的那个面目狰狞的魔鬼。"①这就如同陀思妥耶夫斯基在《卡拉马佐夫兄弟》中所描绘的伊万，他在精神错乱之际冲着自己的替身说道："你是我的疾病，你是幽灵。……你是我的幻觉。你是我自己的化身，不过你体现的只是我的一面……，但只是最见不得人和最愚蠢的那部分。"②

与《卡拉马佐夫兄弟》相比，陀思妥耶夫斯基 1846 年发表的小说《替身》(或译《双重人格》)更是直接将替身母题中的精神分裂症候发挥到了极致。故事中的"大戈利亚德金"与"小戈利亚德金"所构成的替身关系使我们想起了安徒生的童话《影子》：作为心理投射物的幻象实体最终战胜并取代了现实世界中的意识主体。与陀思妥耶夫斯基一样，德国 19 世纪"诗意现实主义"的代表人物施笃姆也创作过一部题为《替身》的小说(国内有译者将其标题译为《双影人》)。区别在于施笃姆笔下的替身关系主要表现为一个拥有矛盾性格的人物(既有暴虐倾向却又不乏温情的父亲形象约翰·汉森)如何存在于他人(汉森之女克里斯蒂娜)的记忆碎片之中；如叙述者感叹的那样："驱走你脑子里的幽灵吧！那个幻影与你亲爱

---

① Sheridan Le Fanu. "Carmilla." *In a Glass Darkly*, Vol. III. London: R. Bentley and Son, 1872, p. 270.

② 陀思妥耶夫斯基：《卡拉马佐夫兄弟》，荣如德译，上海：上海译文出版社，2004 年，第 700 页。

的父亲，他们本是一个人啊！他失过足，受过苦，但却是一个人。”①

随着替身文学逐渐摆脱传统的善恶之二元对立模式，它更多地乃是旨在揭示独特历史情境下人物所面临的伦理焦虑与混沌。在此意义上，某些替身小说开始将传统的精神分裂症候转化成了社会学意义上的价值反思。就这方面而言，史蒂文森的《杰考博士和海德先生》堪称重要代表。它折射出维多利亚时代英国人的精神风尚——人们的头脑中“总是萦绕着一种无法逃避的分裂意识”：“理性”与“放纵”、“公众”与“隐私”、“文明”与“野蛮”；在这些彼此对峙的价值取向之间，他们不得不“成为一个演员”，“仅仅扮演具体场合所规定的那一部分自我”。换句话说，维多利亚时代的英国人堪称“化装舞者”，他们就像“杰考博士”那样幻化出一个替身形象，那替身并非“邪恶的对手”，而是“影子自我”。与那种基于精神分裂症候的替身小说相比，史蒂文森的《杰考博士和海德先生》主要是力图表明善恶双方的聚合性；正如萨珀斯尼科所说的那样，“人不得不与其本身的多重自我建立起一种尴尬但却必要的和谐关系”②。于是，替身关系中的对立双方总是处于逻辑悖论之中：一方对另一方的逃避恰恰构建了一种无法逃避的怪圈。对此，英国作家切斯特顿（G. K. Chesterton）不乏精辟地说道：“[《杰考博士和海德先生》]的真正意图并不在于表明一个人成了两个人，而在于揭示两个人成了一个人……”③

如果说19世纪替身文学中的心理投射对象往往由一个看似有血有肉的人物（或真实或虚幻）来充当——不妨称之为“心理实体”，那么20世纪的替身文学则大致因循两条发展轨迹。第一条轨迹是愈加淡化影子人物的实体性，比如在美国南方小说家奥康纳的小说《暴力救赎》当中，主人公塔尔沃特（Tarwater）的撒旦式替身几乎幻化成了其头脑中时常出现的“声音”。或许正是在此意义上，罗森菲尔德的观点存在其合理性：传统替身文学中的“机械降魔”（diabolus ex machina）程式对于现代读者而言不免显得“过于幼稚”；在20世纪，更易博得受众认同的是“想象之魔”

---

① 施笃姆：《茵梦湖》，杨武能译，南京：译林出版社，1998年，第229页。

② Irving S. Saposnik. “The Anatomy of Dr. Jekyll and Mr. Hyde,” in *Studies in English Literature, 1500—1900*. Vol. 11. No. 4 (1971), pp. 716—717, p. 724.

③ Ibid., pp. 729—730.

(diabolus ex capite),抑或是赋予“现实主义人物”某些“魔鬼属性”,并借此使之象征“无意识进程中的反叛式自由”①。不过,20世纪的替身文学显然无法为罗森菲尔德的归纳法所完全涵盖;当他指出纳博科夫的小说《微暗的火》(*Pale Fire*)汇聚了现代“替身小说”的“全部特征”②之际,他可能忘记了自己先前关于“想象之魔”的理论概括根本无法观照小说中由约翰·谢德与查尔斯·金波特所构筑的实体化替身关系。事实上,现代替身文学中的不少精品依然对“心理实体”模式保持着某种经过“扬弃”的怀旧情结,不妨称之为“第二条轨迹”。其特点是将以往那种简单的“心理投射”转化为相对复杂的“身份换位”,而由此所产生的伦理困境恰恰在一定程度上折射出了文学的现代性。康拉德的小说《秘密的分享者》即是如此:当年轻的船长费尽周折帮助莱格特(一位因意外杀人而前来寻求庇护的大副)逃亡之际,那最终跳入大海奔向自由的人究竟是前者还是后者呢?

土耳其诺贝尔文学奖得主奥尔罕·帕慕克在其小说《白色城堡》(*Beyaz Kale*)中更为明确地展示了现代替身文学中的身份换位现象:作为叙述者主人公的意大利学者与奥斯曼帝国的占星师霍加不仅拥有相同的容貌,更在故事的最后交换了身份而滞留在对方的世界中。有趣的是,葡萄牙诺贝尔文学奖得主乔赛·萨拉马戈在其2002年发表的小说《替身》(*O Homem Duplicado*)中同样表现了类似的主题。故事中的主人公特尔图里亚诺与自己的影子人物安东尼奥拥有完全相同的外貌和音质,进而出于报复而在无意间交换了身份并由此引发了现实生活中的身份危机。当小说中的替身形象在车祸中丧生之后,主人公取代了他的现实身份,从而使得自己事实上沦为了替身的替身。更有意思的是,小说的开放式结局(主人公即将如约会见一个新的影子人物)有意将这种循环的替身关系无限延伸下去。安徒生的童话《影子》虽然也讲述了获得肉身的影子与影子的主人展开身份的争夺,但结局却与萨拉马戈的版本大相径庭:前者的“影子”以极具反讽的姿态彻底取代了影子的主人,而后者的“影子”

① Claire Rosenfield. “The Shadow Within: The Conscious and Unconscious Use of the Double,” p. 336.

② Ibid., p. 341.

则似乎成了一种拉康式的"纯粹的能指",它在不断交替的身份换位中使得人的生存意义获得其隐含的现代性。

替身文学的现代性未必取决于创作者的现代身份,亦有可能包藏于作品本身的潜在政治意识(尤其是性别政治意识)当中。换言之,不只是20世纪以来的替身小说,甚至许多19世纪的经典之作同样可能表现出前所未有的批评潜力。关于前者,不妨以加拿大作家玛格丽特·阿特伍德(Margaret Atwood)的《强盗新娘》(*The Robber Bride*)为例。在这部小说当中,三位女主人公(托尼、恰瑞丝和洛兹)在面对那令人捉摸不定的"影子人物"泽尼娅(Zenia)时,非但没有将其"恶行"视为实质上的伤害,相反倒是将她看成了自我实现的必由之径。在此意义上,美国学者吉恩·怀厄特指出,泽尼娅作为拉康意义上的"真实"恰恰是托尼等女主人公们在"象征域"中业已"丧失"或加以"压制"的部分;也就是说,她成了拉康视阈中的暗恐意象——"一个能够无拘无束进行自我表达、未遭阉割的自我"。小说主人公与泽尼娅之间的替身关系正如泽尼娅的名字所暗示的那样,乃是刻意影射并批判古希腊文化当中的"齐尼亚现象"(Xenia)——也即一种基于自我牺牲的"宾－主关系"(guest-host relationship)。怀厄特指出,阿特伍德将"齐尼亚"转化为"泽尼娅",其用意正在于表达对传统女权主义的修正:女性间的团结互助只有以"承认女性之间的妒忌和矛盾"为基础才具有现实意义。①

关于19世纪文学经典如何成为现代替身批评的一个有趣话题,最佳的案例莫过于夏洛特·勃朗蒂的《简·爱》。简·爱与伯莎·梅森之间的替身关系在西方学者那里经历了三个阶段的阐释:首先是以吉尔伯特与古芭为代表的女性主义批评家将伯莎·梅森视为简·爱抵御男性权力社会的"黑暗替身"②;如此一来便不可避免地使得前者仅仅沦为后者的心理学"映射",并因此抹除了伯莎·梅森的主体性。这种解读在斯皮瓦克

---

① Jean Wyatt. "I Want to Be You: Envy, the Lacanian Double, and Feminist Community in Margaret Atwood's *The Robber Bride*," in *Tulsa Studies in Women's Literature*. Vol. 17. No. 1 (1998), p. 42, p. 59.

② Sandra Gilbert and Susan Gubar. *The Madwoman in the Attic: The Women Writer and the Nineteenth-Century Literary Imagination*, p. 360.

看来乃是将属下身份降格为白人帝国主义霸权体系操控下的“他者”①，换言之即是将伯莎·梅森视为白人作家笔下缔造的、用以拯救白人女性个体主义价值的牺牲品。鉴于此，斯皮瓦克等人主张借助后殖民理论的政治棱镜将伯莎·梅森从其作为“他者”的“物化情境”之中解放出来。但问题在于，这种表面上的“解放”批评本身即预设了伯莎·梅森的“他者”身份，从而造成了解读过程中的“二次物化”。针对上述两种阐释，珀洛克提出第三种阐释，认为简·爱与伯莎·梅森之间发生着某种“同谋关系”。首先，在珀洛克看来，吉尔伯特和古芭等女性主义批评者们不仅忽略了伯莎·梅森在文本中“造就其自身主体性的能力”，同时也没有注意到小说作者试图借助这一从边缘地带突围的“身份”对文本机体造成的“阻隔”。换言之，传统女性主义批评只是注意到了文本中以白人女主人公为核心的性别权力话语，而没有意识到叙事进程中以克里奥尔人伯莎·梅森为核心的种族话语颠覆机制。其次，珀洛克敏锐地指出伯莎·梅森并不只是简·爱的消极“镜像”，相反，这两位女性人物之间发生着某种“相互依存”；她们虽然看似对帝国主义文化规范表现出截然相反的姿态，但却在身份换位的过程中使得“简—伯莎”通过拒斥“文明化使命”而得以从帝国主义霸权及其教育实践中解放出来。再者，珀洛克还指出小说中人物的兽性表征不只是作用于“疯女人”伯莎·梅森身上，也同样体现在女主人公简·爱身上。从某种意义上说，我们甚至可以颠倒人物之间的替身关系，“将简·爱视为伯莎·梅森的映射”，并因此而成功“解构了欧洲的自我/种族化他者之二元对立”。②

值得一提的是，《简·爱》本身也拥有一个文本性的“替身”——多米尼加裔作家琼·里斯围绕“疯女人”（伯莎·梅森）所撰写的“前传”《藻海无边》。斯皮瓦克在研究这部作品时特别强调女主人公安托瓦内特（也即伯莎·梅森）与黑人女仆蒂亚之间的替身关系：她们俩同吃同住同行，“就好像看见镜子里的自己一样”。不过，斯皮瓦克从后殖民理论视角出发，

① Gayatri Spivak. “Three Women's Texts and a Critique of Imperialism,” in *Critical Inquiry*. Vol. 12, No. 1 (1985), p. 247.

② Lori Pollock. “(An) Other Politics of Reading *Jane Eyre*,” in *The Journal of Narrative Technique*. Vol. 26. No. 3 (1996), p. 262, p. 249, p. 253, p. 255, p. 261, p. 266.

进一步将此替身关系视为对古典神话模式的颠覆。如果说奥维德在《变形记》中有意让纳西索斯将水中的“他者”看作了“自我”或曰“被自我化的他者”(Selfed other),那么琼·里斯则旨在让安托瓦内特将其“自我”视为“他者”,也即“被他者化的自我”(Othered self)。正是这种从“自我”向“他者”的转化在斯皮瓦克看来,成了揭示“帝国主义认识论之总体暴力”的寓言。[①] 在总结围绕文学替身的批评路径时,珀尔特指出替身现象通常有以下几种阐释:(1)“自我意识”为维护“理想化的自我形象”而力图压制的那些“让人恐惧的、卑劣的自我属性”;(2)“力比多”的自恋式回归;(3)基于人格塑造之要求而显现的不同潜在势力之间的和谐发展;(4)人类针对“不朽”所表达的普遍欲望。[②] 不过,鉴于笔者在上文的讨论,不妨再补充一条路径:基于性别、种族等政治问题而进行的寓言式解构。

三、文学“替身”的认知科学理据

在1824年发表的小说《一位清白罪者的私人回忆与忏悔》中,詹姆斯·霍格描述了主人公罗伯特的一番心理感受:“我总是觉得自己变成了两个人。当我躺在床上的时候,就会认为那床上躺着我们俩;当我坐起来的时候,总会发现在我的左侧三步开外的地方……存在着另外一个人。”[③]毋庸说,这样一种奇诡的文学想象在替身小说中并不鲜见,但有意思的是,对认知科学一无所知的霍格竟然在无意间讲述了一则现代实验室里的故事。2006年9月21日出版的《自然》杂志上刊载了认知神经科学家沙哈·阿尔希等人的实验报告,题为《幻象影子人物的诱发》。根据这个报告,科学家们在对一位精神正常的22岁年轻女性进行癫痫手术治疗前的会诊评估时发现,每当这位患者左脑的颞顶交界区(temporoparietal junction)受到脑电刺激时便会产生一种幻觉,以为“其体外空间存在着另一个人”。在这个报告中,被试在接受脑电刺激之际采取了三种不同的姿态:当她仰卧时,一个“年轻”“性别不明”的“影子人物”

---

① Gayatri Spivak. “Three Women's Texts and a Critique of Imperialism,” pp. 250—251.

② Laurence M. Porter. “The Devil as Double in Nineteenth-Century Literature,” p. 318.

③ Claire Rosenfield. “The Shadow Within: The Conscious and Unconscious Use of the Double,” p. 335.

(shadow person)便会紧挨着其身体下方保持同样的卧姿；当她坐立时，那个“人”也会坐起身，从背后紧紧地拥抱她——“一种令人不适的感觉”；最后，研究人员又让被试在保持坐姿之际用右手拿起卡片执行语言测试任务，此时，其身后的那个“影子人物”竟然试图干扰被试的测试进程——“他想要夺走卡片”，“他不让我阅读卡片”。由于认知神经科学家在此之前业已发现人脑的颞顶交界区负责掌控人类的自我意识、自我与他者的甄别以及其他幻象性的“自体知觉”(own-body perceptions)等信息加工程序，因此阿尔希等人得出的实验结论是：“借助脑电刺激在颞顶交界区造成多感官(multisensory)及(或)感官运动(sensorimotor)分裂，将会导致被试产生一种自体幻觉，也即在近体外空间(near extrapersonal space)出现了另外一个人。”①

2010年，瑞士认知神经科学实验室的卢卡斯·海德里希等人在《意识与认知》杂志上发表《幻象中的自我身体感知》一文，试图通过实验中的临床案例进一步证明“多感官生理信号的整合”对于“生理自我意识”的关键作用。有意思的是，尽管这原本只是一篇认知神经科学领域的学术论文，但文章却从霍夫曼的小说《魔鬼的万灵药》当中摘取一段文字作为题头语：“我成了看似存在的自我，但似乎并非真实的自我；即便于我本人而言，我也是一个难解之谜，因为我的人格已被撕裂。”②早在1951年，法国巴黎医学院教授让·莱尔米特便在著名的《英国医学杂志》(*BMJ*)上发表《视觉自我幻象》一文，指出历来就存在着这样一种令哲学家们颇感困扰的异常现象——人能够看见自己的“替身”，仿佛是“镜中反射的身体影像”；“……伴随这种奇怪的现象，不仅产生过许多方法各异的阐释，而且还出现了诸多文学作品，尤其是在18、19世纪浪漫主义时期的德国”。莱尔米特指出歌德在离开他的未婚妻之后旋即出现了这样的幻觉：“我看到了我自己，不是用生理的眼睛，而是用心灵的眼睛。……当我冲着这个幻象摆动脑袋之际，它便消失了。”影像(替身)与主体之间似乎存在着某种

---

① Shahar Arzy, et al. “Induction of an Illusory Shadow Person: Stimulation of a site on the brain's left hemisphere prompts the creepy feeling that somebody is close by,” in *Nature*. Vol. 443(2006), p. 287.

② Lukas Heydrich, et al. “Illusory Own Body Perceptions: Case reports and relevance for bodily self-consciousness,” in *Consciousness and Cognition* 19 (2010), p. 702.

"精神与肉体上的联结":那影像似乎是主体自身的一部分,而主体则会产生一种幻觉,即"他存在于这个与他拥有相同思维和感知的影像之中"。替身现象在莱尔米特看来尽管更多地与睡眠或困倦的生理状态存在紧密关联,但也会大量地出现于"头脑完全清醒的主体"身上。此外,莱尔米特还特别提及"焦虑"对于自体幻象的激发作用。他举例说,一位不久前痛失孩子的年轻母亲在某个晚上竟然发现隔壁房间里有另一个"自我"站在孩子的床边,脸上写满了酸楚。莱尔米特于是强调,"替身问题必须同时在文学与医学病理学两个层面上加以研究"。值得一提的是,莱尔米特还专门用了一段篇幅去讨论"文学中的'替身'",并特意论及陀思妥耶夫斯基的小说《双重人格》,认为主人公戈利亚德金所遭遇的替身幻象正是现实生活中所可能发生的。这一基于典型妄想症的替身幻象同样存在于卡夫卡的小说《审判》当中,甚至也同样发生在疯癫之际的莫泊桑身上。替身幻象虽然是文学作品中的常客,但莱尔米特指出,这种看似浪漫的想象性创作实际上有其"病理性现实"的依据,通常均源自"中央神经系统的病变"。在此意义上,他还不乏依据地指出,绝大多数善于描写替身幻象的"文学天才"——从霍夫曼到爱伦·坡,从陀思妥耶夫斯基到缪塞——均表现出"显著的精神异常":他们不是好酒便是嗜毒,抑或饱受癫痫病痛的折磨。①

同样与替身文学有着紧密关联的是认知神经科学研究当中的所谓"出体经验"(out-of-body experience/OBE)。其传统意义通常包括三点:(1)感觉自己从身体中分离出来;(2)从体外看见自己的身体;(3)自体感知过程中的视点升高。② 在这里,除了第三点特征主要适用于人文想象中的"灵魂出窍"模式(如爱伦·坡的短篇小说《凹凸山传奇》当中有关灵魂从高处审视肉身躯体的描述),前两个特征则与替身文学的表达程式存在着直接关联。在康拉德的小说《秘密的分享者》当中,年轻的船长看着自己床铺上正在睡觉的"替身",不由地产生了一种"同时身处两地的感知

---

① Jean Lhermitte. "Visual Hallucination of the Self," in *The British Medical Journal*. Vol. 1 (1951), pp. 431—433.

② J. Allan Cheynea and Todd A. Girard. "The Body Unbound: Vestibular-motor Hallucinations and Out-of-body Experiences," in *CORTEX* 45(2009), p. 202.

困扰”。瑞士认知神经学家奥拉夫·布兰克教授认为，“出体经验”作为跨越不同文化的恒定现象，完全能够成为科学调查的对象。[①] 瑞典卡罗林斯卡医学院（Karolinska Institutet）神经科学实验室的工作人员在这方面进行了颇具启发的研究。他们于2012年发表了有关“出体幻觉”的最新实验报告。研究者借助实时视频传送与虚拟现实技术使被试的自我意识产生了“出体幻觉”（其突出表现之一便是人物视点的虚拟性位移）。当实验者采用“刀具威胁”（knife-threat）手段（即做出“缓缓用刀刺向被试后背”的动作）之际，被试的生理恐惧反应便会通过“皮肤电导反应”被客观地记录下来。科学家发现，与通常状态下对“刀具威胁”做出的“皮肤电导反应”数值相比，被试在“出体幻觉”实验中所显现的“皮肤电导反应”数值发生了明显的减弱；这就证实了科研人员的假说：被试在实验中会趋向于“脱离其真实的身体”[②]。

作为文学批评家的珀尔特曾试图说明文学作品中的替身现象与临床医学上的“自窥症”（autoscopy）存在“相当大的差异”，因为他认为前者属于心理层面，而后者属于生理层面。[③] 显然，这样的甄别不仅在科学上经不起推敲（因为认知神经科学的独特价值恰恰在于它弥合了“身”与“心”的内在关联），而且在文学上也显得毫无必要——毕竟，艺术的想象从来都不排斥甚至还会崇尚人类的某些生理病症，就像《卡拉马佐夫兄弟》中伊万的替身所说的那样：“由于胃部不适或者其他原因，人往往会做一些精美绝伦的梦，看到极其复杂而又真实的生活，……即使列夫·托尔斯泰也写不出来。”[④]替身现象是人类精神世界的独特表征，其影响不止于文学，更遍及政治、宗教、哲学、心理学、人类学及认知神经科学等诸多学科领域。博尔赫斯（Jorge L. Borges）将替身视为奇幻文学创作的四大技法之一[⑤]；法侬在《黑皮肤，白面具》中将“美—丑、白—黑”这种世俗的善恶

---

① Olaf Blanke. “Out of Body Experiences and Their Neural Basis,” in *The British Medical Journal*. Vol. 329 (2004), p. 1414.

② Arvid Guterstam and H. Henrik Ehrsson. “Disowning One's Seen Real Body During an Out-of-body Illusion,” in *Consciousness and Cognition* 21 (2012), p. 1040.

③ Laurence M. Porter. “The Devil as Double in Nineteenth-Century Literature,” p. 317.

④ 陀思妥耶夫斯基：《卡拉马佐夫兄弟》，第702页。

⑤ Robert Rogers. *A Psychoanalytic Study of the Double in Literature*. Detroit: Wayne State University Press, 1970, p. 161.

替身关系称为“摩尼论谵妄”(manicheism delirium)①;G. R. 泰勒将基督教中的魔鬼看作上帝的“镜像”②;罗杰斯将替身现象联系到中国哲学的阴和阳、柏拉图哲学的灵与肉、笛卡儿哲学的身与心以及洛克哲学观当中的认识主体与客体③;兰克将替身现象根植于人类的自恋情结,弗洛伊德则将其当成一种“暗恐”的复归;弗雷泽从不同民族所共有的“影子迷信”中为替身现象提供了一则人类学脚注,而新近的认知神经科学家们则在实验室里发现了替身现象的理性内涵。

替身文学缘何能够在世界范围内引起作者与读者的广泛共鸣呢?奥秘大抵在于其独特的修辞功效所引发的超文本性的情感发生机制。对此,罗森菲尔德给出了表层解答:“作家对生活的想象乃是其本人的公开忏悔,他既是罪者亦为判官,而我们[读者]则充当了第二自我,在无意识中分担了他的愧疚。”④换言之,替身关系不仅存在于文本内部的人物之间,同样也可能存在于作者与读者之间。弗洛伊德给出了深层解答:文学作品中的黑暗替身(罪犯)之所以让读者倍感兴致,乃得益于那些人物身上所体现出来的“一贯的自恋”;而这令人“嫉羡”的“幸福的精神状态”(作为一种“坚不可摧的力比多立场”)正是读者业已舍弃的。弗洛伊德认为儿童乃至于某些动物的“魅力”恰恰在于他(它)们的“自恋、自我满足和不可理解”——他(它)们似乎对周围的一切毫不在意;“很明显,对于那些早已放弃部分自恋并着手寻找‘客体之爱’的人而言,另一个人身上的自恋似乎会变得充满吸引力”⑤。

“替身”是脚踵下相伴的影子,丢弃它定会像詹姆斯·M. 巴里(James M. Barrie)笔下的“彼得·潘”(Peter Pan)那般惶惶不可终日;“替身”又或许是心头挥之不去的“暗恐”,它将美杜莎的真实面目映射在帕尔修斯的盾牌之上。这样一位陌生的密友将始终如幽灵一般萦绕于世界文学殿堂的各个角落。

---

① Frantz Fanon. *Black Skin, White Masks*. New York: Grove Press, 1967, p. 183.

② Qtd. in Robert Rogers. *A Psychoanalytic Study of the Double in Literature*, p. 6.

③ Robert Rogers. *A Psychoanalytic Study of the Double in Literature*, p. 10.

④ Claire Rosenfield. “The Shadow Within: The Conscious and Unconscious Use of the Double,” p. 343.

⑤ Sigmund Freud. “On Narcissism: an Introduction,” p. 89.

后 记

E. L. 多克特罗(E. L. Doctorow)在一次访谈节目中不乏调侃地说道,坡是"我们心目中最伟大的烂(bad)作家"——在数落坡的问题上,他并没有比 T. S. 艾略特显出更多的仁慈。不过关于"烂"字的理解却不可流于简单化,尤其对坡而言更是如此。这样一个在《牛津英语词典》(*OED*)当中恰恰意味着"棒"的英语俚语使得多克特罗的戏谑之辞多了几分晦涩。至少于我而言,坡堪称是最"棒"的短篇小说大师,且毫无争议。然而,最可让坡感到自豪的却远不止于短篇小说本身;他在诗学方面的"原型"意义似乎早已渗透至现代文学乃至于现代哲学的诸多角落——拉康、齐泽克、阿甘本、阿多诺、本雅明、巴特、桑塔格、波德莱尔、瓦莱里、陀思妥耶夫斯基、D. H. 劳伦斯、博尔赫斯、纳博科夫、艾柯、卡尔维诺、江户川乱步……——如果我们愿意,这份名单几乎能够串联出一个卡萨诺瓦眼中的"文学世界共和国"。不过,"微观地"说来,坡的小说世界是我本人的学术冲动得以缘起的地方(尽管"坡道起步"并非易事),也是我在探索文学文化的征程之中幸运发现的一个最为发达的交通枢纽。

这些年来,我与坡纠缠得太久,以至于我近乎成了"威廉·威尔逊"身后那位穷追不舍的影子形象。虽然如此,我们在禀赋气质上的共性使得这一路上的旅行并非一无所获。他教会了我如何成为一名合格的文学侦探,不满足于在故纸堆中举着放大镜寻找线索,而是如杜宾那样凭借一种"斜视"("侧目而视")的哲学认识论,去审视眼皮底下那封"被盗的信";他更教会了我如何观察身边的世界,以本雅明眼中的"闲游客"姿态徘徊于中心的边缘,充当一个"人群中的人"。坡热衷于将"美"提前埋葬,而我则妄图将那"美"身上的裹尸布拆解,借助某种学术的"催眠"让其复活,与之对话,使得经典的同样成为现代的。

目前看来,坡似乎并未对我们之间的"契约"失去信心。从2013年6月到2019年12月,我业已围绕"爱伦·坡小说寓意发生的逻辑界面研究"这一课题连续在文科一流刊物和专业领域权威刊物上共计发表了17篇学术论文(平均篇幅在1.2万字以上),包括《外国文学评论》4篇,《国外文学》4篇,《外国文学》5篇,《外国文学研究》2篇,《当代外国文学》1篇,《文艺理论研究》1篇。其中2篇被《新华文摘》收录,1篇被《新华文摘》(网络版)全文转载,4篇被《中国人民大学复印报刊资料》全文转载,1篇被《中国社会科学文摘》摘录,1篇获全国美国文学研究会(CASAL)颁发的"优秀学术成果一等奖",1篇获"省社科联学术成果大会一等奖";其余亦有数篇分别被中国社会科学网和中国社会科学院马克思主义研究网全文转载。

结项之际,当我重新回顾这几年来取得的阶段性成果,心中多少有了一丝如释重负的庆幸——毕竟还算没有辜负国家社科基金项目的重托,更没有让我围绕文学经典所梦想着的现代"复活"成为一场泡影。为此,我要特别感谢那些与我一道见证"奇迹"发生的专家和学者,他们带着不乏宽容和鼓励的信任接受我的每一次批评的想象。他们是中国社会科学院外国文学研究所的盛宁教授、程巍教授、严蓓雯编审、龚蓉博士以及《外国文学评论》编辑部的其他专家学者;北京外国语大学王佐良外国文学高等研究院院长金莉教授、英文学院马海良教授和赵国新教授、外国文学研究所王炳钧教授、姜红教授、王炎教授、汪剑钊教授、陈榕教授以及《外国文学》编辑部主任李铁先生;南京大学资深教授王守仁先生以及外国语学院杨金才教授。特别感谢北京大学资深学者申丹教授围绕其所开创的"叙事隐性进程"理论提供的智力支持和学术指引;再次感谢上海师范大学知名学者朱振武教授在爱伦·坡研究方面提供的慷慨帮助与鼓励。另外,我要由衷感谢美国康涅狄格大学资深教授(颇具国际影响力的文学认知学者)Patrick Colm Hogan、加州大学圣迭戈分校文学系德国研究学者Lisa Lampert-Weissig 教授、宾夕法尼亚州立大学的爱伦·坡研究资深学者 Richard Kopley 教授以及弗吉尼亚州里士满爱伦·坡博物馆馆长Chris Semtner;他们为项目进程中的某些环节提供了学术上的重要支撑。

我要特别向哈佛大学英文系的 James Simpson 教授及 Lawrence Buell 教授表达诚挚的感激;作为合作导师,他们在我所从事的2019—2020中美富布赖特研究学者项目(Sino-US Fulbright VRS Program)进程中给予了诸多科研上的帮助与点拨,使我得以更为迅捷地接触到19世纪美国文学研究的丰富文献,更为高效地圆满完成富布赖特研究项目的预定计划。最后,我还要向这几年来在学术工作中给予我关心和帮助的学界同辈们表达衷心的感谢——他们是一批在科研水平与业务能力上均于我有示范效应的青年学者:上海交通大学尚必武教授、华中科技大学陈后亮教授、北京航空航天大学田俊武教授、南京大学但汉松教授、浙江大学隋红升教授,以及其他许多在此无法逐一提及的学术才隽;他们作为目前活跃在外国文学研究领域的一支生力军,无疑让那原本略显孤寂的学术征途平添了一丝志同道合的温暖。此外,特别向本书的责任编辑北京大学出版社李娜老师表达由衷的敬意,得益于她鹰眼般的锐利审读,书稿方能够呈现出目前的状态。当然,书中尚存不及思考透彻的问题和现象,抑或有这样或那样值得商榷之处;我衷心期待各方专家以及热爱坡的师生朋友们不吝赐教,与我共同合作完成坡的"中国面相"。

于　雷

2020年6月于哈佛大学学者公寓